LES VISAGES

Jesse Kellerman

LES VISAGES

Traduit de l'anglais (États-Unis)
par Julie Sibony

ÉDITIONS FRANCE LOISIRS

Titre original : *The Genius*

Édition du Club France Loisirs,
avec l'autorisation des Éditions Sonatine.

Éditions France Loisirs,
123, boulevard de Grenelle, Paris.
www.franceloisirs.com

ISBN : 978-2-298-03309-0

Pour Gavri

« Le vrai art est toujours là où on ne l'attend pas. Là où personne ne pense à lui ni ne prononce son nom.

L'art déteste être reconnu et salué par son nom.

Il se sauve aussitôt. »

Jean Dubuffet

« ... un miroir de fumée, fêlé et flou, dans lequel se jauger soi-même... »

Le Livre des pensées bizarres, 13, 15

1

Au début, je me suis mal comporté. Je ne vais pas vous mentir, alors autant jouer cartes sur table dès maintenant : si j'aimerais croire que je me suis racheté par la suite, il ne fait aucun doute que mes intentions, du moins au début, ont manqué quelque peu de noblesse. Et encore, c'est un euphémisme. Alors, puisqu'il faut être honnête, soyons honnête : j'étais motivé par l'appât du gain et surtout par le narcissisme ; un sentiment de toute-puissance profondément enraciné dans mes gènes et dont je semble incapable de me débarrasser, bien qu'il me fasse parfois honte. Déformation professionnelle, j'imagine, mais aussi une des raisons qui m'ont poussé à tourner la page. « Connais-toi toi-même. »

Et merde. Je m'étais promis de faire un effort pour ne pas parler comme un sale con prétentieux. Il faut que je fasse plus roman noir ; en tout cas j'aimerais bien. Mais je ne crois pas que ce soit mon truc. D'écrire par petites phrases hachées. D'employer des métaphores graveleuses pour décrire des blondes sensuelles (mon héroïne est brune, pas spécialement du genre sensuel ; elle n'a pas les cheveux noir de jais lâchés en une crinière dégoulinante ; ils sont châtain clair et la plupart du temps pragmatiquement attachés en arrière – des queues-de-cheval soignées ou des chignons improvisés – ou bien juste coincés derrière les oreilles). Je n'y arrive pas, alors pourquoi me forcer ?

Nous n'avons chacun qu'une histoire à raconter et nous devons le faire comme ça nous vient naturellement. Je ne porte pas de flingue ; je ne suis pas coutumier des bagarres ou des courses-poursuites en voiture. Tout ce que je peux faire, c'est dire la vérité, et, en vérité, je suis peut-être bien un sale con prétentieux. Peu importe. Je n'en mourrai pas.

« C'est comme ça », ainsi qu'aime à le répéter Samantha.

Je ne suis pas tout à fait d'accord. Une maxime qui me conviendrait mieux – pour ma vie en général, mon travail et cette histoire en particulier – serait plutôt : « C'est comme ça, sauf quand c'est autrement, c'est-à-dire la plupart du temps. » Je ne connais toujours pas toute la vérité, et je doute que je la connaisse un jour.

Mais je m'emballe.

Je veux simplement dire que, ayant vécu longtemps dans un monde d'illusions, un genre de bal costumé géant où chaque phrase est soulignée de clins d'œil entendus et entourée de moult guillemets, c'est un soulagement que de pouvoir m'exprimer sincèrement. Et si ma sincérité ne sonne pas comme celle de Philip Marlowe, tant pis. C'est comme ça. Ce livre est peut-être un roman policier, mais, moi, je ne suis pas policier. Je m'appelle Ethan Muller, j'ai 33 ans, et avant je travaillais dans l'art.

Évidemment, je vis à New York. Ma galerie se trouvait à Chelsea, sur la 25e Rue, entre la 10e et la 11e Avenue ; c'était une galerie parmi de nombreuses autres dans un immeuble dont l'identité, comme celle de la ville qui l'entoure, a été en constante évolution depuis sa fondation. Une écurie ; un garage à *cabs* ; puis une usine de corsets dont le déclin coïncida avec l'avènement du soutien-gorge. L'immeuble survécut cependant, il fut subdivisé, remembré, resubdivisé, condamné, décondamné et, pour finir, réhabilité en lofts pour jeunes artistes, dont certains s'étaient mis à porter des corsets en hommage aux protoféministes. Mais avant que le premier étudiant en cinéma sans le sou n'ait le temps de signer un bail et de sortir ses cartons du garde-meuble, le monde de l'art décida comme un seul homme de venir poser ses fesses flasques dans ce quartier, créant un miniboom immobilier.

C'était au début des années 1990. Keith Haring était mort, l'East Village était mort, SoHo était mort, tout le monde avait le sida ou des rubans antisida. Il fallait du changement, et Chelsea faisait parfaitement l'affaire. La DIA Foundation était déjà installée là depuis la fin des années 1980, et les gens espéraient que ce dépaysement sauverait l'art de la marchandisation à outrance qui gangrenait le milieu *downtown*.

Les promoteurs, flairant le potentiel de cette marchandisation excessive, firent main basse sur ce nouveau territoire de premier choix, procédèrent à une énième réhabilitation, et, en mai 1995, le 567 West Twenty-fifth Street réouvrit ses portes, accueillant entre ses murs immaculés quelques dizaines de petites galeries et une poignée de grosses, dont l'immense plateau au cinquième étage – clair, spacieux et à double hauteur sous plafond – qui finirait par devenir la mienne.

Je me demandais souvent ce que les fabricants de corsets ou les garçons d'écurie auraient pensé des tractations qui avaient lieu sur leur ancienne parcelle. Là où l'air empestait autrefois l'odeur âcre et fétide du crottin de cheval, des millions et des millions de dollars circulaient à présent de main en main. Ça se passe comme ça, dans la Grosse Pomme.

En raison du nombre de locataires pratiquant la même activité – à savoir la vente d'art contemporain – et de la nature même de cette activité – à savoir frénétique, envieuse, se réjouissant du malheur des autres –, le 567 donne souvent l'impression d'une ruche, mais d'une ruche branchée et cynique. Artistes, galeristes, assistants, collectionneurs, experts et larbins en tout genre arpentent en vrombissant ses soyeux couloirs de béton, le jabot chargé du nectar des derniers ragots. C'est le paradis des commères. Il y a les vernissages auxquels il faut être vu, la vente dont on ricane, la revente qui fait passer la première pour l'affaire du siècle, sans compter tous les classiques de la vie sociale new-yorkaise : adultères, divorces et procès. Marilyn a surnommé l'immeuble « le Lycée », un terme affectueux, venant d'elle. Il faut dire qu'elle était reine de beauté dans le sien.

Il n'y a pas de hall d'entrée à proprement parler. Trois marches en béton mènent à une porte en acier qui s'ouvre avec un code, lequel a environ autant de pouvoir dissuasif sur les voleurs qu'un tortillon de fil de fer ou qu'une peau de banane. Tous les gens concernés de près ou de loin connaissent le code. Au cas où vous viendriez juste de débarquer de Mars ou du Kansas et que, n'ayant jamais vu de galerie d'art de votre vie, vous prendriez le premier taxi pour le 567, vous n'auriez aucun mal à entrer. Vous pourriez attendre qu'une stagiaire arrive d'un pas hésitant, quatre gobelets de café en équilibre entre les mains, tous préparés avec une extrême précision, un pour elle, les trois autres pour son employeur. Ou qu'un artiste débarque, traînant sa gueule de bois et les nouvelles toiles qu'il avait promises dix-huit mois plus tôt. Ou encore un des galeristes en personne, quelqu'un comme moi, sortant d'un taxi par un lundi de janvier froid et sans vent, le téléphone coincé entre l'oreille et l'épaule, en pleine négociation avec un particulier à Londres, les doigts engourdis alors que je compte les billets pour régler la course, empli de la certitude inexpliquée et pourtant redoutable que cette journée s'annonce mal.

Terminant mon appel sur le trottoir, je pénétrai dans l'immeuble, appuyai sur le bouton du monte-charge et savourai ma solitude. En général, j'arrivais au boulot vers 8 heures et demie, plus tôt que la plupart de mes collègues et une bonne heure avant mes assistants. Une fois que le travail avait commencé, je n'avais plus une minute à moi. Parler aux gens a toujours été mon point fort et la clé de ma réussite. Pour cette même raison, je chérissais ces quelques instants de tranquillité.

L'ascenseur arriva et Vidal ouvrit dans un grincement la porte en accordéon. Tandis que nous nous disions bonjour, mon téléphone sonna de nouveau. L'écran afficha le nom de KRISTJANA HALLBJÖRNSDOTTIR, confirmant ma prémonition d'une journée mal embringuée.

Kristjana est une artiste qui fait des installations et des performances, une créature monstrueuse : 1,80 mètre, des jambes comme des poteaux et la coupe en brosse d'un sergent instructeur. Elle arrive, je ne sais comment, à être à la fois délicate et d'une lourdeur invraisemblable, un genre d'éléphant dans un magasin de porcelaine, mais un éléphant en tutu. Née en Islande, élevée aux quatre coins du monde : voilà son pedigree et celui de ses œuvres. Bien que j'admire énormément son travail, il n'est pas assez exceptionnel pour que ça justifie le cauchemar d'être son galeriste. Quand je l'ai prise chez moi, je connaissais sa réputation. Je savais aussi que certaines personnes parlaient de moi en roulant des yeux. C'était une de mes grandes fiertés que d'avoir réussi à l'apprivoiser et à monter sa meilleure exposition depuis des années : nous avions eu d'excellentes critiques et avions tout vendu pour bien plus cher qu'on ne l'espérait, un exploit qui me valut de la voir littéralement me pleurer dans les bras, submergée de gratitude. Kristjana est plutôt du genre démonstratif.

Mais ça, c'était en mai, et depuis elle avait plongé en hibernation. J'étais passé chez elle, je lui avais laissé des messages, envoyé des e-mails et des SMS. Si elle cherchait à attirer mon attention, c'était raté, car j'avais fini par abandonner. Son coup de fil ce matin-là était notre premier contact depuis des mois.

Les téléphones portables ne passent pas bien dans l'ascenseur, de sorte que je l'entendais très mal jusqu'à ce que Vidal ouvre la porte, et que sa voix tonitruante et paniquée me saute au visage à travers les ondes, déjà lancée dans une grande explication de son « idée » et du soutien matériel dont elle avait besoin. Je lui demandai de se calmer et de reprendre du début. Elle poussa un grand soupir exaspéré, premier signe qu'elle frisait le pétage de plombs. Puis, semblant se raviser, elle voulut savoir si la galerie était libre pour l'été. Je lui répondis que je ne pourrais pas l'exposer avant août.

« Impossible, dit-elle. Tu ne m'écoutes pas.

— Si. C'est une question de planning.

— Mon cul. Tu ne *m'écoutes* pas.

— J'ai le calendrier sous les yeux à la minute où je te parle (faux : j'étais en train de chercher mes clés). Et puis de quoi s'agit-il, au fait ? Qu'est-ce que tu attends de moi, avant que je te dise oui ?

— J'ai besoin de tout l'espace.

— Je...

— C'est non négociable. Il me faut toute la galerie. Je veux parler de *paysage,* Ethan. »

Elle me débita alors tout un topo hypertechnique et truffé de références théoriques sur la disparition de la banquise dans l'Arctique. Il fallait absolument qu'elle expose en juin, au plus fort de l'été, avec un vernissage le soir du solstice, et elle voulait que la clim soit coupée – qu'il fasse *chaud* – parce que ça soulignerait la notion de fonte. *La vonte des klaces,* comme elle disait. Le temps qu'elle en arrive à la théorie post-post-post-critique, je ne l'écoutais plus, absorbé que j'étais par le problème de mes clés, qui avaient migré jusqu'au fond de mon attaché-case. Je finis par les retrouver et ouvris la porte de la galerie tandis qu'elle me détaillait ses plans pour détruire mon parquet.

« Tu ne peux pas faire venir un morse vivant ici. »

Gros soupir exaspéré.

« De toute façon, c'est sans doute illégal. Non ? Kristjana ? Tu y as pensé, à ça ? »

Elle me rétorqua d'aller me faire foutre et me raccrocha au nez.

Sachant qu'elle allait rappeler d'une minute à l'autre, je laissai mon téléphone à l'accueil et entamai ma routine du matin. Tout d'abord, les messages téléphoniques. Il y en avait six de Kristjana, tous entre 4 heures et 5 heures et demie du matin. Dieu seul sait sur qui elle espérait tomber à ces heures-là. Quelques collectionneurs voulaient savoir quand ils recevraient leurs œuvres. J'avais deux expositions en cours : une série de jolies peintures chatoyantes d'Egao Oshima et des organes génitaux en papier mâché de Jocko Steinberger. Tous les Oshima avaient été prévendus, et plusieurs des Steinberger avaient été achetés par le Whitney Museum. Un bon mois.

Après le téléphone, les e-mails : des clients à recontacter, les rouages de la machine sociale à huiler, des arrangements en vue de salons à venir, des rendez-vous pour voir des travaux récents. Une bonne partie du travail de galeriste consiste à faire tourner la boutique. Un ami qui était du milieu m'écrivait pour savoir si je pouvais mettre la main sur un Dale Schnelle qu'il convoitait. Je lui répondis que j'allais essayer. Marilyn m'envoyait une macabre caricature qu'un de ses artistes avait faite d'elle, la représentant sous les traits de Saturne dévorant ses enfants, à la manière de Goya. Elle trouvait cette image réjouissante.

À 9 heures et demie, Ruby débarqua, cafés à la main. Je pris le mien et lui donnai les consignes. À 9 h 39, Nat arriva et se remit aussitôt à la composition du catalogue pour notre prochaine exposition. À 10 h 23, mon portable sonna à nouveau : numéro masqué. Comme vous pouvez l'imaginer, la plupart des gens à qui j'espérais vendre avaient des numéros masqués.

« Ethan. »

Une voix de flanelle que j'identifiai instantanément.

Je connaissais Tony Wexler depuis toujours et le considérais comme la personne la plus proche d'un père digne de ce nom. Le fait qu'il travaille pour mon père, qu'il ait travaillé pour lui depuis plus de quarante ans... je vous laisse faire vos propres déductions psychanalytiques. Qu'il me suffise de dire que, chaque fois que mon père me voulait quelque chose, il envoyait Tony à sa place.

Et cela s'était produit de plus en plus fréquemment au cours des deux dernières années, après que mon père avait eu une crise cardiaque et que je n'étais pas allé le voir à l'hôpital. Depuis, je recevais des coups de fil de lui par l'intermédiaire de Tony toutes les huit ou dix semaines. Ça ne vous paraît peut-être pas beaucoup, mais, vu le peu de communication que nous avions avant cela, je commençais à me sentir un tantinet harcelé. Je n'avais aucune intention de restaurer des ponts entre nous ; quand mon père construit un pont, vous pouvez être sûr qu'il y aura un péage au milieu.

Alors, même si j'étais content d'entendre la voix de Tony, je n'étais pas très pressé de savoir ce qu'il avait à me dire.

« On a lu les articles sur ton expo. Ça a beaucoup intéressé ton père. »

Par « on », il voulait dire « je ». Lorsque j'avais ouvert la galerie, neuf ans plus tôt, Tony s'était abonné à plusieurs revues artistiques ; et, contrairement à la majorité, il les lisait. C'était un authentique intellectuel à une époque où ce mot ne voulait déjà plus rien dire, et il en connaissait un sacré rayon sur le marché de l'art.

Il parlait aussi de lui quand il disait « ton père ». Tony avait tendance à prêter ses propres opinions à son patron, une habitude destinée, il me semble, à cacher le fait absurde que j'avais une relation plus proche avec les employés qu'avec mon propre géniteur. Personne n'était dupe, cependant.

Nous nous mîmes à discuter d'art un moment. Il me demanda ce que je pensais des Steinberger dans le contexte de son retour à la figuration ; ce qu'Oshima avait comme autres projets ; comment les deux expositions se répondaient. Mais j'attendais la requête, la phrase qui commencerait par « Ton père aimerait que ».

« On m'a montré quelque chose auquel tu devrais jeter un coup d'œil, me dit-il. Un travail intéressant. »

La chasse aux marchands d'art est toujours ouverte. Assez vite, on apprend à établir de strictes conditions de recevabilité. Dans mon cas, totalement hermétiques : si vous étiez bon, je vous trouverais, sinon je ne voulais pas entendre parler de vous. Ça peut paraître élitiste ou draconien mais je n'avais pas le choix. C'était ça ou bien se taper les supplications sans fin de vagues connaissances convaincues que si vous preniez le temps de venir voir la première exposition du demi-frère du mari de la meilleure amie de leur belle-sœur au centre communautaire juif, vous seriez immédiatement ébloui, converti, impatient de présenter leur petit génie sur les murs évidemment vides de votre galerie. Et maintenant toi, Tony ?

« C'est vrai ? répondis-je.

— Des dessins sur papier, précisa-t-il. À l'encre et au feutre. Il faut que tu voies ça. »

Méfiant, je voulus connaître le nom de l'artiste.

« Il vient des Courts », indiqua Tony.

Les Courts, c'est-à-dire les Muller Courts, le plus grand lotissement de l'État de New York. Construit comme une utopie d'après guerre pour classe moyenne, vidé de ses intentions premières par l'exode de sa population blanche, il détient le record ignominieux du plus fort taux de criminalité du Queens ; une infamie dans un quartier déjà infâme ; un monument au fric, à l'ego et aux marchands de sommeil ; une vingtaine de tours,

22 hectares de terrain et 26 000 habitants. Le tout portant mon nom.

Savoir que l'artiste en question venait de cet enfer éveilla en moi une certaine culpabilité, que pourtant je n'aurais pas dû éprouver. Ce n'était pas moi qui avais bâti cette horreur ; c'était mon grand-père. Je n'étais pas responsable de son état de décrépitude avancée ; c'étaient mon père et mes frères. Pourtant je me mis à me trouver des justifications : ça ne me coûtait pas grand-chose de jeter un œil aux soi-disant œuvres de ce soi-disant artiste. Pourvu que le bruit ne se répandît pas que la galerie Muller faisait portes ouvertes, je ne risquais de perdre que quelques minutes de mon temps, un sacrifice que j'étais prêt à consentir pour Tony. Et puis il avait un bon œil. S'il disait que quelque chose valait le détour, c'était sans doute le cas.

Je n'avais pourtant aucune intention de représenter de nouveaux artistes. Mon agenda était déjà plein. Mais les gens aiment qu'on valide leur bon goût, et j'imagine que même Tony, que je considérais comme le flegme incarné, n'était pas exempt d'un certain besoin de reconnaissance.

« Tu n'as qu'à lui donner mon adresse e-mail, dis-je.

— Ethan...

— Ou bien il peut passer, s'il veut. Dis-lui de m'appeler d'abord et de se recommander de toi.

— Ethan, je ne peux pas faire ça.

— Pourquoi ?

— Parce que je ne sais pas où il est.

— Qui ?

— L'artiste.

— Tu ne sais pas où est l'artiste ?

— C'est ce que je suis en train de te dire. Il est parti

— Parti où ?

— Parti, *parti*. Ça fait trois mois qu'il ne paye plus son loyer. Personne ne l'a vu. On a commencé à penser qu'il était peut-être mort, alors le syndic est allé forcer la porte de l'appart, mais, au lieu de trouver le locataire, il a trouvé les dessins. Il a eu la présence d'esprit de m'appeler avant de les balancer

— Il t'a appelé directement ?

— Il a appelé la société de gestion, et ils ont fait remonter l'info. Crois-moi, il y a une raison pour que ce soit arrivé si haut. Je n'ai jamais vu un truc pareil. »

J'étais sceptique. « Des dessins, tu dis ?

— Oui. Mais ils sont aussi bons que des peintures. Meilleurs

— À quoi ça ressemble ?

— Je ne peux pas te les décrire, dit-il avec une insistance que je ne lui connaissais pas. Il faut que tu voies ça par toi-même. Le lieu fait partie intégrante de l'expérience. »

Je lui rétorquai qu'il parlait comme un catalogue d'expo.

« Arrête de râler.

— Écoute, Tony, tu crois vraiment que...

— Fais-moi confiance. Quand est-ce que tu peux venir ?

— J'ai une ou deux semaines très chargées, là. Je vais à Miami...

— Non, non, non. Aujourd'hui. Quand est-ce que tu peux venir *aujourd'hui* ?

— Je ne peux pas. Tu plaisantes ou quoi ? Aujourd'hui ? Je suis en plein boulot.

— Fais une pause.

— Je n'ai même pas encore commencé.

— Alors tu n'as pas besoin de t'interrompre.

— Je pourrai passer... mardi prochain. Ça t'irait ?

— Je t'envoie une voiture.

— Tony. Ça peut attendre un peu. Il faudra bien. »

Il se tut, la plus efficace des réprobations. J'écartai le téléphone de mon oreille et demandai à Ruby de m'indiquer à quel moment j'avais un trou dans mon planning, mais la voix de Tony se mit à brailler dans le combiné.

« Ne lui demande pas ! Ne dis rien à la fille !

— J'ai...

— Saute dans un taxi. Je te retrouve là-bas dans une heure. »

Je pris mon manteau et mon attaché-case et, tandis que j'avançais jusqu'au coin de la rue pour trouver un taxi, mon portable sonna. C'était Kristjana. Elle avait réfléchi. Août pourrait aller.

2

Les vingt-quatre tours des Muller Courts portent des noms de pierres précieuses, une velléité d'élégance, hélas ! complètement infructueuse. Je demandai au taxi de faire le tour de la résidence jusqu'à ce que je repère Tony qui m'attendait devant la tour Grenat, son manteau brun clair en poils de chameau se détachant de manière éclatante contre le mur en brique ; il semblait se tenir à distance respectueuse d'un tas de sacs-poubelle qui dégueulaient dans le caniveau. Sur l'auvent en béton flottaient les trois drapeaux du pays, de l'État et de la ville, plus un quatrième, celui de la Muller Corporation.

Nous pénétrâmes dans le hall d'entrée, surchauffé et puant le produit d'entretien industriel. Toutes les personnes en uniforme – le garde dans sa petite guérite blindée, l'homme à tout faire en train d'arracher les plinthes près du bureau de l'administration – avaient l'air de connaître Tony et le saluèrent, que ce fût par courtoisie ou par crainte.

Une porte en verre Securit donnait sur une cour sombre, bordée par la tour Grenat derrière nous, et sur les trois autres côtés par les tours Lapis-Lazuli, Tourmaline et Platine.

Je me rappelais avoir un jour demandé à mon père

comment ils avaient pu baptiser une des tours « Platine », alors que même moi, je savais, à l'âge de 7 ans, que ce n'était pas une pierre. Comme il ne me répondait pas, j'avais répété ma question plus fort. Il avait continué à lire, prenant une mine suprêmement agacée.

Arrête de poser des questions stupides.

Dès lors, je n'avais plus eu qu'une idée en tête : poser le plus possible de questions stupides. Mon père ne prenait même plus la peine de relever les yeux quand j'arrivais vers lui le doigt en l'air, la bouche pleine d'impondérables. *Qui décide de ce qu'on met dans le dictionnaire ? Pourquoi les hommes n'ont pas de seins ?* J'aurais bien demandé à ma mère, mais elle était déjà morte à l'époque, ce qui explique peut-être aussi pourquoi mes questions exaspéraient autant mon père. Tout ce que je pouvais dire ou faire ne servait qu'à une chose : lui rappeler que j'existais et elle non.

À un moment, je finis par comprendre pourquoi ils avaient choisi « Platine » : ils étaient à court de pierres.

Vues du ciel, les cours qui donnent leur nom aux Muller Courts ressemblent à des haltères. Elles consistent chacune en un double hexagone, dont quatre des côtés sont des tours d'habitation et les deux autres se prolongent en un rectangle de terrain – la tige de l'haltère – comportant une aire de jeux, un petit parking et un carré de pelouse pour prendre l'air quand le temps le permet. À elles toutes, les différentes cours contiennent également six paniers de basket, un filet de volley, un terrain de foot en asphalte, une piscine (vidée pendant l'hiver), quelques jardins mal entretenus, trois lieux de culte (une mosquée, une église, une synagogue), un pressing et deux petites épiceries. Si vous n'aviez pas de besoins extravagants, vous pouviez vous débrouiller pour n'avoir jamais à quitter la cité.

Tandis que nous traversions l'hexagone, les tours semblaient pencher vers le centre, ployant sous le poids des appareils de climatisation tapissés de fiente de pigeon. Les balcons servaient de lieux de stockage supplémentaires pour toutes sortes de meubles décrépis, restes de moquette moisis, déambulateurs à trois pattes, barbecues abandonnés en cours d'assemblage. Deux gamins vêtus de maillots de basket trop grands pour eux disputaient âprement un match à un contre un, dérivant vers un panier dont l'anneau cassé pendait obliquement.

Je le signalai à Tony.

« Je ferai un rapport », me répondit-il, sans que je puisse savoir s'il était ironique ou pas.

Le soi-disant artiste vivait dans la tour Cornaline, au onzième étage, et dans l'ascenseur je demandai à Tony ce qu'il avait fait pour essayer de prendre contact avec lui.

« Il est parti, je te dis. »

Je n'étais pas très à l'aise à l'idée de pénétrer ainsi chez un inconnu et j'en informai Tony. Il m'assura cependant que le locataire avait perdu tous ses droits en arrêtant de payer son loyer. Tony ne m'avait jamais menti par le passé et je ne l'en croyais pas capable. Pourquoi cette pensée m'aurait-elle traversé l'esprit ? Je me fiai donc à lui.

Avec le recul, j'aurais mieux fait d'être un peu plus prudent.

Devant la porte C-1156, Tony me pria d'attendre un moment pendant qu'il entrait et me dégageait le passage. La lumière du vestibule ne marchait pas et le reste de l'appartement était très encombré : il ne voulait pas que je trébuche sur quelque chose. Je l'entendis bouger à l'intérieur, je perçus un bruit sourd et un juron étouffé. Puis il émergea de l'obscurité et ouvrit la porte en grand.

« Voilà, lança-t-il en se reculant pour me laisser passer. Tu vas voir ça. »

Commençons par le terre-à-terre, le sordide. Un étroit vestibule donnant sur une pièce unique, une dizaine de mètres carrés maximum. Un parquet usé, ayant perdu tout son vernis, laissant apparaître le bois nu, desséché et fendu. Les murs piqués d'humidité et criblés de trous de punaises. Une ampoule poussiéreuse allumée. Un matelas. Un bureau de fortune : un panneau d'aggloméré couvert d'encre posé en équilibre sur des piles de parpaings. Une bibliothèque basse. Dans un coin, un évier en émail blanc moucheté d'éclats noirs et, dessous, une plaque électrique à un feu. Les stores baissés en permanence ne pouvant ou ne voulant être remontés. Un polo gris à manches courtes pendu à un cintre sur un tuyau de chauffage. Un pull gris abandonné sur le dossier d'une chaise pliante. Une paire de chaussures en cuir marron fendillées, les semelles décollées, genre ornithorynque. Une salle de bains sans porte : des toilettes, un sol carrelé en pente avec un trou d'évacuation sous un pommeau de douche fixé au plafond.

Mais tout ça, je ne le vis qu'après.

D'abord je ne vis que les cartons.

Des emballages d'huile de moteur, de ruban adhésif, d'ordinateur et d'imprimante. Des cageots de fruits. Des caisses de lait. TOMATES 100 % ITALIENNES. Des cartons alignés le long des murs, réduisant de deux tiers l'espace vital. Recouvrant le lit. Empilés en colonnes vacillantes telles des pâtisseries verticales élaborées. Sur l'évier. Dans la douche, entassés jusqu'au plafond. Des cartons partout, faisant ployer les étagères et obstruant les fenêtres. Sur le bureau, sur la chaise, sur les chaussures écrabouillées. Seules les chiottes restaient accessibles.

Et dans l'air : du papier. Cette puissante odeur à mi-chemin entre la peau humaine et l'écorce. Du papier, en état de décomposition et d'effritement, dont les particules formaient une poussière sèche qui flottait autour de moi, pénétrait dans mes poumons et me brûlait la gorge. Je me mis à tousser

« Où sont les œuvres ? » demandai-je.

Tony se faufila jusqu'à moi.

« Là », dit-il en posant la main sur le carton le plus proche.

Puis il me désigna tous les autres cartons :

« Et là, là et là. »

Incrédule, j'en ouvris un au hasard. À l'intérieur se trouvait une pile bien rangée de ce qui m'apparut d'abord comme des feuilles de papier vierges, jaunies et écornées. L'espace d'un instant, je crus que Tony se moquait de moi. Puis je ramassai la première page, la retournai, et alors tout le reste s'évanouit.

Les mots me manquent pour vous décrire ce que je vis. J'essaie quand même : une ménagerie étourdissante de formes et de visages ; des anges, des lapins, des poulets, des lutins, des papillons, des bêtes informes, des créatures mythologiques à dix têtes, des machines extravagantes avec des bouts d'organes humains, le tout tracé d'une main précise, minutieux et grouillant sur la feuille, vibrant de mouvement, dansant, courant, jaillissant, dévorant, se dévorant mutuellement, perpétrant des tortures atroces et sanglantes, un carnaval de luxure et d'émotions, toute la sauvagerie et la beauté que la vie peut offrir, mais en exagéré, délirant, intense, puéril, pervers, avec un côté BD joyeux et hystérique ; et, moi, je me sentis assailli, agressé, pris d'un furieux désir à la fois de détourner le regard et de plonger dans la page.

Cependant, le plus grand soin du détail se concentrait non pas sur ces personnages mais sur le décor qu'ils peuplaient. Une terre vivante, aux dimensions variables : une géographie tantôt plate, tantôt formidablement déchiquetée et exubérante, traversée de routes sinueuses portant des noms de vingt lettres. Les montagnes étaient des fesses, des seins et des mentons ; les fleuves se transformaient en veines charriant un liquide violacé qui nourrissait des fleurs à tête de diable ; des arbres surgissaient d'un paillis de mots réels ou inventés et d'herbes en lames de rasoir. À certains endroits, le trait était léger comme un murmure, ailleurs si noir et épais que c'était un miracle que le crayon n'ait pas transpercé le papier.

Le dessin semblait repousser les bords de la feuille et s'épancher dans l'air trouble de la pièce.

Électrisé, décontenancé, je l'examinai pendant six ou sept minutes, ce qui est long pour une feuille A4. Et, avant de pouvoir me censurer, je décidai que l'auteur de ce dessin était forcément fou. Parce que la composition avait un aspect psychotique, une sorte de fièvre hyperactive destinée à se réchauffer contre le froid glacial de la solitude.

Je tentai de replacer ce que j'avais sous les yeux dans le contexte d'autres artistes. Les seules références qui me vinrent à l'esprit sur le moment furent Robert Crumb et Jeff Koons. Mais ce dessin n'avait rien de leur kitsch et de leur ironie ; il était brut, honnête, naïf et violent. Malgré mes efforts pour le faire entrer dans un moule, pour l'apprivoiser au moyen de ma rationalité, de mon expérience et de mon savoir, j'avais pourtant l'impression qu'il allait bondir de mes mains, ricocher sur les murs et se consumer en fumée, en cendres, en oubli. Il était vivant.

« Qu'est-ce que tu en penses ? » me demanda Tony.

Je ramassai la feuille suivante. Elle était tout aussi baroque, tout aussi hypnotisante, et je lui consacrai la même attention. Puis, prenant conscience que si je m'attardais autant sur chaque dessin je n'en finirais jamais, j'en empoignai une pile et les feuilletai rapidement, réduisant en poussière une fine bande de papier le long de leur bord. Ils étaient tous époustouflants. Tous sans exception. Mon estomac se noua. L'absolue monomanie du projet me paraissait déjà dépasser l'entendement.

Je reposai la pile et réexaminai les deux premiers dessins, que je plaçai côte à côte pour les comparer. Mes yeux ne cessaient de passer de l'un à l'autre, comme ces jeux qu'on fait quand on est enfant : il y a 9000 différences, sauras-tu les repérer ? Je commençais à avoir le tournis. Peut-être à cause de la poussière.

« Tu as compris comment ça marchait ? » me demanda Tony.

Je n'avais pas compris, aussi retourna-t-il une des feuilles. Les dessins se suivaient telles les pièces d'un puzzle : les rivières et les routes circulaient d'une page à l'autre, des demi-visages retrouvaient leur moitié manquante. Tony me fit remarquer que le verso n'était pas blanc, comme je l'avais d'abord cru : sur chaque bord et au centre, à peine esquissés au crayon d'une écriture uniforme et minuscule, figuraient des numéros. Par exemple :

2016

4377 4378 4379

6740

La feuille suivante portait le numéro 4379 au centre puis, à partir du haut dans le sens des aiguilles d'une montre : 2017, 4380, 6741, 4378. Les pages se raccordaient là où le bord de l'une indiquait le centre de l'autre.

« Ils sont tous comme ça ?

— J'ai bien l'impression, dit Tony en balayant la pièce du regard. Mais je n'en ai vu qu'une infime portion.

— Il y en a combien, à ton avis ?

— Approche. Viens voir par toi-même. »

Je me glissai dans la petite pièce, me couvrant la bouche avec ma manche. J'ai inhalé un tas de substances artificielles dans ma jeunesse, mais la sensation d'avoir du papier dans les poumons était entièrement nouvelle et désagréable. Je dus déplacer des cartons pour me frayer un passage. La poussière imprimait des motifs léopard sur mon pantalon. La lumière venant du palier baissait et ma propre respiration semblait n'avoir plus aucun écho. Les 2,50 mètres entre la porte et moi avaient purement et simplement effacé New York. Habiter là, c'était comme habiter 15 kilomètres sous terre. Ou dans une grotte. Je ne vois pas de meilleure façon de le décrire. C'était effroyablement déroutant.

De très loin, j'entendis Tony prononcer mon nom.

Je m'assis sur le bord du lit – à peine 15 centimètres de matelas étaient dégagés ; où donc dormait-il ? – et inspirai une grande lampée d'air poudreux. Combien de dessins pouvait-il y avoir ? À quoi devait ressembler l'ensemble une fois reconstitué ? Je m'imaginai un interminable édredon en patchwork. Ce n'était pas possible qu'ils se raccordent tous. Ce n'était pas possible que quelqu'un ait autant de patience ni de puissance mentale. Si Tony avait vu juste, j'avais devant moi une des plus vastes œuvres d'art jamais produites par un seul individu. En tout cas, c'était certainement le plus grand dessin du monde.

La pulsation du génie, les remugles de la folie ; sublime et vertigineux ; j'en avais le souffle coupé.

Tony se faufila entre deux cartons pour venir me rejoindre. Nous suffoquions tous les deux.

« Combien de gens sont au courant ? demandai-je.

— Toi. Moi. Le syndic. Peut-être deux ou trois autres personnes à l'agence, mais elles n'ont fait que transmettre le message. Il y a très peu de gens qui l'ont vu de leurs yeux.

— Il vaut mieux que ça reste entre nous. »

Il acquiesça d'un hochement de tête. Puis il dit :

« Tu n'as pas répondu à ma question.

— Quelle question ?

— Qu'est-ce que tu en penses ? »

3

L'artiste s'appelait Victor Cracke.

ROSARIO QUINTANA, appartement C-1154 : « Je ne le voyais pas très souvent. Il entrait et sortait deux ou trois fois par jour, mais, moi, je suis au boulot, alors je ne le voyais jamais sauf quand j'étais malade ou que je devais revenir pour une raison ou une autre, par exemple pour récupérer mon fils quand son père le ramenait trop en avance. Je suis infirmière. De temps en temps je le croisais dans le couloir. Il sortait de bonne heure le matin. Ou bien, vous savez quoi, si ça se trouve, il travaillait de nuit, parce que je ne crois pas l'avoir jamais vu après 18 heures. Peut-être qu'il était taxi. »

KENNY, 7 ans, le fils de Rosario : « Il était bizarre. »

Bizarre comment ?

« Ses cheveux. »

Ils étaient de quelle couleur ?

« Noirs. (Se frotte le nez.) Et blancs. »

Gris ?

« Ouais. Mais pas partout. »

Longs ou courts ?

« Ouais. »

Quoi ? Longs ?

(Hoche la tête.)

Courts ?

(Se frotte le nez.)

Les deux ?

(Hoche la tête, fait un geste indiquant des pointes dans tous les sens.)

« Comme ça, genre. »

Comme s'il avait mis les doigts dans une prise électrique ?

(Mine perplexe.)

JASON CHARLES, appartement C-1158 : « Il parlait tout seul. Je l'entendais tout le temps, comme s'il y avait toujours du monde chez lui. »

Comment vous savez qu'il était seul ?

« Je le sais, c'est tout. Il parlait jamais à personne. Pas sympa, comme type. »

Donc vous ne lui ayez jamais vraiment parlé ?

« Ben nan ! De quoi vous voulez que je lui cause ? Du Nasdaq ? »

Qu'est-ce qu'il disait quand il parlait tout seul ?

« Il avait, genre, comme des voix différentes. »

Des voix.

« Vous voyez, quoi. Différentes sortes de voix. »

Différents accents ?

« J'sais pas. Par exemple une voix haut perchée : yiiii yiii yiii. Puis grave, genre hrmahrmahrmm. Yiii yiii yiii, hrmmhrmmhrmm... »

Donc vous ne compreniez pas ce qu'il disait.

« Non. Mais il avait l'air furax. »

Furax après quoi ?

« L'était tout le temps en train de gueuler à pleins poumons. Moi, j'appelle ça furax. »

Il criait.

« Parfois, ouais. »

Et comme travail ? Vous savez ce qu'il faisait ?

(Rire.)

Qu'est-ce qu'il y a de drôle ?

« Qui c'est qui voudrait lui donner un boulot ? Pas moi, en tout cas. »

Pourquoi ?

« Vous aimeriez, vous, avoir une espèce de cinglé en liberté dans votre restau qui flanquerait la trouille aux clients ? »

Quelqu'un m'a dit qu'il était chauffeur de taxi.

« Ben merde alors ! Tout ce que je sais, c'est que si je monte dans un taxi et que c'est lui le chauffeur, je redescends *illico*. »

ELIZABETH FORSYTHE, appartement C-1155 : « Il était adorable, c'était un homme charmant et adorable. Il me disait toujours bonjour quand je le croisais dans le couloir ou dans l'ascenseur. Et puis il m'aidait à porter mes courses. Je suis peut-être une vieille dame – pas la peine de secouer la tête, vous n'imaginez pas que je vais vous croire, quand même ? Vous ne seriez pas un peu dragueur, vous ? Bref, qu'est-ce que je disais ? Ah oui ! enfin, même si je ne suis plus toute jeune, il n'était pas tellement en état de m'aider, à son âge. Il vivait dans cet appartement depuis la nuit des temps. J'ai emménagé en 1969 et il habitait déjà là, pour vous donner une idée. Mon mari est mort en 84. Il voulait qu'on parte parce qu'il trouvait que le quartier avait changé. Mais j'avais un poste dans le lycée juste à l'angle. Prof de maths. Alors on est restés. »

Vous savez quel âge il avait ?

« Mon mari ? Il avait... ah, vous voulez dire Victor ? Bof ! Plus ou moins comme moi. (Voit le regard interrogateur.) Ça ne se fait pas de demander son âge à une dame, vous savez. (Sourire.) Attendez voir... Tiens, je me souviens du jour de l'armistice, en 45, j'avais accompagné ma sœur pour aller retrouver son fiancé qui venait de rentrer de la guerre, il était dans la marine. Elle m'a laissée toute seule en plein milieu de la rue pour qu'ils aillent se peloter ailleurs. Sally avait cinq ans de plus que moi, vous n'avez qu'à faire le calcul. Mais je n'ai jamais su exactement quel âge avait Victor. Il n'était pas du genre loquace, si vous voyez ce que je veux dire. Il lui a fallu un moment avant de s'habituer à nous. Des années, peut-être. Mais une fois que les barrières étaient tombées, on s'est rendu compte qu'il était très gentil, pas du tout comme l'impression qu'il donnait au premier abord. »

À quoi le voyiez-vous ?

« Oh, ça, vous n'aviez qu'à le regarder ! On sait des choses sur quelqu'un dès la première fois qu'on le rencontre. Il suffit d'observer ses mains, par exemple. Victor avait des mains minuscules, comme celles d'un enfant. D'ailleurs, il n'était pas tellement plus grand qu'un enfant, il devait faire seulement 5 ou 6 centimètres de plus que moi. Il n'aurait pas fait de mal à une mouche. Et il était très pieux, vous savez. »

Ah bon ?

« Ah oui ! Il allait tout le temps à l'église. Trois fois par jour. »

C'est beaucoup.

« Je sais. Trois fois par jour, pour la messe. Parfois plus ! Moi, je vais chez les méthodistes africains tous les dimanches, mais avant de connaître Victor je ne savais même pas que c'était possible d'y aller aussi souvent, qu'on vous laisserait entrer à chaque fois. C'est vrai, quoi, quand vous achetez un ticket de cinéma, il n'est valable que pour une seule séance. Avec mon mari, on aimait bien aller aux séances avec deux films d'affilée, à l'époque où ça se faisait encore. (Soupir.) Enfin bref. Qu'est-ce que je disais ? »

Sur l'église.

« Oui, l'église. Victor était très pratiquant. C'était toujours là qu'il allait, quasiment chaque fois que je le croisais. "Vous allez où, comme ça, Victor ?" "À l'église." (Rire.) Notre-Dame-de-l'Espérance, je crois que c'est à celle-là qu'il allait. Pas très loin d'ici. Il avait cette tête que font les catholiques, vous savez ? Comme quelqu'un qui va se faire gronder. »

Coupable.

« Oui, coupable, mais aussi résigné. Et apeuré. Comme s'il avait peur que son ombre lui saute au visage et le morde. Je crois que le monde était un peu trop grand pour lui. »

Il travaille ?

« Oh, ben, j'imagine que oui, mais je ne sais pas dans quoi. Il va bien ? Il lui est arrivé quelque chose ? Vu la façon dont vous en parliez avant, j'ai cru qu'il était mort, mais maintenant à vous entendre on croirait qu'il est encore là. Il est là ? Ça fait des mois que je ne l'ai pas vu. »

Ce n'est pas très clair.

« Bon, ben, si vous trouvez quelque chose, tenez-moi au courant. Parce que je l'aimais bien, Victor. »

Encore juste une question, si ça ne vous dérange pas.

« Allez-y. Vous pouvez rester tout le temps que vous voudrez, mais il faut que vous soyez parti avant

18 heures. C'est quand mes filles arrivent. On joue au Scrabble. »

Vous l'avez déjà entendu parler tout seul ?

« *Victor* ! Ça alors, sûrement pas. Qui vous a dit ça ? »

Votre voisin d'en face.

(Grimace.)

« Ça lui va bien, tiens, avec la musique qu'il nous met. Il la met tellement fort que, même moi, je peux l'entendre, pourtant je suis à moitié sourde. Je ne vous mens pas, hein. (Montre ses sonotones.) Je me suis plainte au syndic, mais ils ne font jamais rien. C'est mon mari qui avait raison, vous savez, on aurait dû déménager il y a un bout de temps. J'ai toujours espoir que les choses redeviennent comme avant. Mais bon, ça n'arrive jamais. »

PATRICK SHAUGHNESSY, syndic : « Discret. Je n'ai jamais eu aucune plainte de lui ni à son sujet. Le genre de locataire qu'on aime, même s'il était tellement discret qu'au bout d'un moment on finit par se demander comment quelqu'un peut tout garder à l'intérieur aussi longtemps. Quand j'ai vu ce qu'y avait dans l'appartement, c'est là que j'ai compris. Je me suis dit : "Ben voilà, c'était sa façon de s'exprimer." Faut le voir pour le croire, je vous jure. (Écarte les mains.) Inimaginable. »

Oui.

« Je me suis dit : "Patrick, ce que tu as sous les yeux, c'est de l'art. Tu peux pas balancer tout ça à la poubelle." Je sais quand même faire la différence, pas vrai ? Vous êtes, marchand d'art, hein, alors je vous demande : j'ai raison ou pas ? »

Vous avez raison.

« Ben voilà. Et dites donc, vous croyez que ces dessins peuvent valoir quelque chose ? »

À votre avis ?

« Je croirais bien, je croirais bien. Mais je vous demande. C'est vous l'expert. »

C'est difficile à dire comme ça.

« J'espère, en tout cas. »

Vous savez où il est allé ?

(Secoue la tête.)

« Le pauvre, il a pu aller n'importe où. Il est mort, si ça se trouve. Et vous, vous en dites quoi ? Il est mort ? »

Eh bien...

« Qu'est-ce que vous en savez, d'ailleurs ? Vous êtes pas de la police, pas vrai ? »

Non.

« D'accord. C'est à eux qu'il faudrait poser des questions si vous voulez le retrouver. »

Vous pensez qu'ils sauraient ?

« Mieux que moi, en tout cas. C'est leur boulot, non ? »

Euh...

« Vous voulez savoir ce que, *moi,* je pense ? Je pense qu'il a décidé qu'il ne se plaisait plus ici. Remarquez, on peut pas lui en vouloir. Alors il a pris ses économies et il s'est tiré en Floride. C'est là que je vais, moi aussi. Je commence à me préparer. J'ai déjà un petit pécule, et ça continue. Si c'est ça qu'il a fait, tant mieux pour lui. La belle vie. J'espère qu'il s'amuse bien. Il ne m'a jamais semblé très heureux, c'est le moins qu'on puisse dire. »

Malheureux dans quel sens ? Déprimé ? Ou coupable ? Ou...

« La plupart du temps, il regardait par terre. La tête

baissée, plié en deux, genre la misère du monde sur les épaules, voyez. J'avais l'impression qu'il aurait bien voulu se redresser mais qu'il n'aurait pas supporté ce qu'il aurait vu. Y a des gens qui disent jamais rien et c'est pas grave, parce qu'en fait ils ont rien à dire. Mais lui... Il avait beaucoup de choses à dire mais pas les mots pour. »

DAVID PHILADELPHIA, voisin du dessus : « Qui ça ? »

MARTIN NAVARRO, ex-mari de Rosario Quintana, habitant désormais huit étages plus bas : « Je peux vous dire ce dont je me souviens. Attendez, attendez, vous avez parlé à Kenny ? »

Kenny ?

« Mon fils. Vous venez de dire que vous lui avez parlé. »

Oui.

« Il était comment ? »

Il était...

« Je veux dire, il avait l'air heureux ? Je sais comment il est. C'est mon portrait craché, pas la peine de me faire un dessin. Elle n'arrête pas de répéter qu'il ressemble à son père à elle mais, croyez-moi, elle a de la merde dans les yeux. De la *merde*. Alors je sais pas ce qu'elle a pu vous dire sur votre type, là, mais vous pouvez être sûr que c'est faux. Qu'est-ce qu'elle vous a dit ? »

Qu'il était chauffeur de taxi.

« OK. Alors déjà, *déjà,* ça c'est n'importe quoi. Impossible que ce type ait pu conduire. Il y voyait même pas à 2 mètres. Il n'arrêtait pas de se cogner dans les murs. D'ailleurs, ça nous rendait dingues, parce qu'il passait son temps à faire tomber des trucs et à se cogner dans les murs à 2 heures du mat. Vous n'avez qu'à demander aux voisins d'en dessous, je suis sûr qu'ils vous en parleront. »

Il faisait quoi, alors ?

« J'en sais rien, mais pas chauffeur de taxi, en tout cas ! Quel genre de boulot peut bien faire un gars comme ça ? Peut-être qu'il était conducteur de bus. »

Vous disiez qu'il n'y voyait rien.

« Vous avez déjà pris un bus dans cette ville ? Ou alors c'était un de ces types qui vendent des bretzels dans la rue. »

Il a l'air un peu vieux pour ça.

« Ouais. Vous avez raison. J'y avais pas pensé. Quel âge il avait ? »

À votre avis ?

« Il était vieux. Quel âge vous a dit Rosario ? »

Elle n'a pas dit.

« Quoi qu'elle vous dise, vous pouvez rajouter dix ans. Ou vingt. Ou les enlever. Alors vous aurez peut-être la vérité. »

GENEVIÈVE MILES, voisine d'en dessous : « Au bruit, on aurait dit qu'il shootait dans des sacs de sable. »

Son mari, Christopher : « Ouais, c'est à peu près ça. »

Ça faisait quoi, comme bruit ?

« Ben, à votre avis ? »

Un genre de bruit sourd ?

« Ouais, un genre de bruit sourd. »

Comment faire pour exposer une œuvre de près de un hectare ? Voilà la question qui se posait à moi tandis que je commençais à découvrir l'ampleur du travail de Victor Cracke. Selon nos estimations, il y avait environ

135 000 dessins, chacun sur le même genre de papier A4 de faible brillance, bon marché et facile à trouver ; de quoi couvrir une surface de 8 420 mètres carrés. Nous n'avions pas moyen d'accrocher l'ensemble de l'œuvre, à moins que le gouvernement chinois décide de nous prêter la Grande Muraille.

Je réglai d'avance un an du loyer de l'appartement de Victor et fis venir un photographe pour consigner l'emplacement de chaque objet à l'intérieur. J'engageai aussi deux intérimaires dont l'unique tâche consistait à numéroter les cartons, répertorier leur contenu dans les grandes lignes et les descendre jusqu'à un camion. Une fois l'appartement vidé, je le fis récurer dans les moindres recoins afin d'éliminer tout résidu de cette poussière étouffante. La suite des opérations se transféra alors du Queens à Manhattan, où je me fabriquai un laboratoire de fortune dans un garde-meuble à trois rues de la galerie : tandis que les cartons étaient empilés dans un box, j'installai dans le box adjacent un bureau, des chaises, une lampe chirurgicale de forte puissance, une bâche en plastique que j'étalai par terre, des gants en coton, une loupe, un chauffage d'appoint, des projecteurs et un ordinateur. Tous les soirs, pendant la fin de l'hiver et la totalité du printemps, Ruby et moi venions nous attaquer à deux ou trois cartons, passant en revue leur contenu aussi vite que possible sans manquer de noter les dessins de qualité exceptionnelle, tout en nous creusant la cervelle pour essayer de savoir comment diable en tirer une exposition.

En théorie, nous aurions pu... je ne sais pas, les plastifier un par un. Oui, j'imagine qu'on aurait pu faire ça. On aurait pu aussi tous les disposer dans un champ de l'ouest de la Pennsylvanie ou de la vallée de l'Hudson, les fixer au sol et inviter les gens à marcher tout autour, comme une immense œuvre de land art à la Robert Smithson. Ç'aurait été une solution.

Mais rien que la logistique me donnait des maux d'estomac. Une fois recouverts de plastique, les dessins se seraient-ils alignés aussi bien ? En vous tenant au bord du cadre, auriez-vous été capable de discerner ce qui se passait en son centre, à quelque 40 mètres de là ? Y avait-il seulement un centre ? Et *quid* des reflets, du vent, du gondolage ? Comment réussir à convaincre les gens de faire le déplacement ?

En même temps, il fallait bien reconnaître que, montrés individuellement, les dessins perdaient beaucoup de leur puissance. Ce qui ne veut pas dire qu'ils en étaient moins saisissants, loin de là. Mais le fait de les séparer amoindrissait ce qui me semblait constituer un des thèmes essentiels de l'œuvre : le lien entre les choses, l'unité de tout.

Je parvins à cette conclusion après avoir sorti cinquante ou soixante feuilles d'un premier carton et les avoir étalées par terre. Aussitôt qu'elles furent assemblées, je compris la vraie nature du travail monumental de Victor Cracke : c'était une carte.

Une carte de la réalité telle qu'il la percevait. Avec des continents, des frontières, des nations, des océans, des chaînes de montagnes, le tout étiqueté de sa méticuleuse écriture. Phlenbendenum. Freddickville. Zythyrambiana E. et O. La verte forêt Qoptuag dont les doigts descendaient jusque dans la vallée du Worthe, où scintillait le dôme doré de la cathédrale Saint-Gudrais et sa chambre du Sacré-Cœur secret : DÉFENSE D'ENTRER ! prévenait-il. Des noms piqués à Tolkien ou à Aldous Huxley. En ajoutant d'autres panneaux, c'est-à-dire en prenant du recul, on découvrait d'autres planètes, d'autres soleils et galaxies. Des tunnels de vers de terre conduisaient à des zones éloignées de la carte, repérées par leurs numéros. Tel l'univers lui-même, les bords de l'œuvre paraissaient s'éloigner à toute vitesse de son centre énigmatique.

Ce n'était pas seulement une carte de l'espace, mais aussi du temps. Les lieux, les personnages et certaines scènes se répétaient d'un panneau à l'autre, bougeant au ralenti, comme une bande dessinée photocopiée en mille exemplaires et déchirée en morceaux qu'on aurait jetés en l'air. En marchant le long des dessins, en voyant ces répétitions, on devinait la frustration de ne pas réussir à représenter en temps réel la totalité du monde visible et imaginaire, les lignes sur les pages ayant toujours quelques secondes de retard tandis que Victor se pressait pour garder le rythme.

Tout cela a-t-il un sens ? Je n'en suis pas sûr. C'est l'effet des grandes œuvres d'art : elles vous coupent la chique. Et l'art de Victor était particulièrement difficile à décrire, pas seulement à cause de ses dimensions et de sa complexité mais à cause de sa bizarrerie. Tout était complètement déglingué. Répété *ad nauseam* et provoquant deux sensations déroutantes : d'un côté, une fois que vous vous étiez accoutumé à son vocabulaire visuel – les créatures, les proportions délirantes –, vous commenciez à éprouver un profond sentiment de déjà-vu, l'étrange devenant familier, de la même façon qu'un jargon se met à vous sembler normal quand tout le monde le parle autour de vous ; d'un autre côté, dès l'instant où vous arrêtiez de regarder les dessins, vous étiez assailli au contraire par une impression de jamaisvu, le familier devenant étrange, comme un mot habituel qui devient farfelu quand vous le répétez trop de fois d'affilée. Je relevais les yeux et voyais Ruby jouer avec le piercing de sa langue, je remarquais le bruit que ça faisait, les reflets de la lumière, son visage, ses genoux repliés sous elle, son ombre nettement découpée sur la paroi du box, et tout ça m'avait l'air *faux*. Ou plus exactement : le dessin était tellement massif, englobant et hypnotique qu'il avait un effet hallucinogène, déformant notre perception du monde réel jusqu'au point où j'avais parfois l'impression que Ruby et moi étions des créations de Victor ; que le dessin était la réalité et nous des personnages à l'intérieur.

J'ai peur encore une fois de ne pas me faire comprendre. Disons les choses plus simplement : nous devions nous interrompre très souvent pour sortir prendre l'air.

Tel était donc le paradoxe qui se posait à moi : comment exposer par fragments une version artistique de la théorie du Tout ?

Après moult débats et réflexions, je résolus de montrer des assemblages de dix dessins sur dix, ce qui donnait des « toiles » d'environ 2 mètres sur 3. La galerie ne pouvait en contenir plus d'une quinzaine, soit seulement 1 % de la totalité de l'œuvre. J'avais prévu d'accrocher les toiles à une certaine distance des murs, permettant aux visiteurs d'en faire le tour afin d'admirer le recto lumineux des dessins mais aussi leur verso systématique, dualité que j'avais fini par interpréter comme une lutte entre les cerveaux droit et gauche de Victor.

Il avait fait de son mieux pour créer une œuvre défiant la notion même d'exposition publique ; mais je ne suis pas du genre à me laisser décourager si facilement et je déteste échouer une fois que j'ai commencé. En bref, je me fichais pas mal des intentions de l'artiste.

Je vous avais bien dit que je m'étais mal comporté, non ? Vous étiez prévenus.

Victor ne faisait pas que dessiner. Il écrivait aussi. Certains cartons contenaient d'épais carnets reliés en faux cuir qui remontaient jusqu'à 1963, dans lesquels il avait consigné jour après jour ses observations météorologiques, les menus de ses repas et ses visites à l'église, chacune de ces catégories remplissant plusieurs volumes : des milliers et des milliers de notes, la plupart identiques d'un jour sur l'autre. Son journal alimentaire, en particulier, était d'une monotonie ahurissante.

MARDI 1er MAI 1973

petit déjeuner	*œufs brouillés*
déjeuner	*jambon, fromage et pomme*
dîner	*jambon, fromage et pomme*

MERCREDI 2 MAI 1973

petit déjeuner	*œufs brouillés*
déjeuner	*jambon, fromage et pomme*
dîner	*jambon, fromage et pomme*

Ses repas ne variaient jamais, à l'exception de Noël où il mangeait du rosbif et d'une semaine en 1967 où il avait pris des flocons d'avoine au petit déjeuner ; une expérience qui n'avait pas dû s'avérer concluante car, dès la semaine suivante, il en était revenu aux œufs brouillés, habitude consciencieusement répertoriée pendant les trente-six années suivantes.

Le journal météo, s'il changeait tous les jours (renfermant des informations sur la température, l'humidité et les conditions générales), produisait à peu près le même effet.

Ils faisaient tous deux d'épouvantables lectures, même pour les toilettes. Mais je voyais une parenté entre les journaux et les dessins, la même manie obsessionnelle et la stricte observance de la routine. On aurait pu aller jusqu'à parler d'amour ; car qu'est-ce que l'amour, sinon le désir de se répéter ?

Le journal religieux, lui, rendait l'idée d'un Dieu présent et bienveillant parfaitement absurde : si vous priiez tous les jours, trois fois par jour, voire plus, que vous notiez tous vos chapelets et vos « Je vous salue, Marie » ainsi que vos visites au confessionnal, et que pourtant *rien ne changeait* – que vos repas demeuraient invariablement les mêmes, que le temps restait gris, pluvieux ou lourd comme il l'avait toujours été –, comment pouviez-vous continuer à croire ?

Au cas où vous penseriez que je pousse l'interprétation un peu loin, permettez-moi de vous dire que je n'étais pas le seul à trouver ces journaux saisissants. C'était la partie de l'installation que Ruby préférait, bien plus que les dessins eux-mêmes, qu'elle trouvait quelque peu écrasants. À son instigation, je décidai donc d'exposer aussi les carnets dans un coin qui leur était réservé, sans explication particulière. Histoire de laisser les gens se faire leur propre opinion.

On fixa la date du vernissage au 29 juillet. En général, je programme les expositions pour une durée de quatre à six semaines. J'en avais prévu huit pour celle de Victor Cracke, avec dans l'idée de la prolonger si nécessaire. Nous n'avions fait qu'effleurer la masse de ses œuvres, mais j'étais trop impatient de les voir accrochées. J'appelai Kristjana pour lui dire que son affaire de banquise arctique devrait attendre. Elle m'insulta, me menaça, me prévint que j'aurais des nouvelles de son avocat.

Ça m'était bien égal. J'étais amoureux.

Pendant ces six mois, je sortis à peine. Marilyn passait me voir au garde-meuble après le travail, m'apportait un panino et une bouteille d'eau. Elle me disait que j'avais l'air d'un clochard. Je l'ignorais et elle finissait par partir en haussant les épaules.

Tandis que Ruby et moi suions sang et eau sur l'élaboration du catalogue raisonné, Nat tenait la galerie. Il me consultait sur les décisions importantes, mais sinon il avait carte blanche. Il aurait pu voler ce qu'il voulait, vendre des pièces à moitié prix, je ne m'en serais pas rendu compte. Apôtre solitaire, c'est un travail à plein temps.

Et le prophète, alors ?

À vrai dire – et là commence ma confession –, j'avais arrêté de le chercher. J'avais vite compris que je me porterais beaucoup mieux sans le connaître.

Je conduisis les interrogatoires retranscrits au début de ce chapitre, ainsi que quelques autres auprès de personnes qui prétendaient avoir vu Victor rôder dans les couloirs des Muller Courts. Toutes leurs histoires se révélèrent fragmentaires, anecdotiques et truffées de contradictions. Un des gardiens m'affirma que Victor était dealer. D'autres suggérèrent concierge, cuisinier, écrivain ou garde du corps.

Les tentatives de description physique s'avérèrent tout aussi oiseuses. Il était grand ; petit ; moyen. Il était maigre ; il avait un gros ventre. Il avait une cicatrice au visage ; au cou ; pas de cicatrice. La moustache ; la barbe ; la moustache et la barbe. Le fait que tout le monde ait une image de lui différente s'expliquait facilement : il n'était jamais resté assez longtemps en présence de quelqu'un pour lui laisser une impression distincte.

Il avait plutôt tendance à regarder ses pieds que droit dans vos yeux. Sur ce point, tout le monde s'accordait.

Avec l'aide de Tony, j'appris que Cracke était locataire aux Muller Courts depuis 1966 et que son appartement avait un loyer plafonné, extrêmement bas même pour un quartier aussi miteux du Queens. Jusqu'au moment de sa disparition, en septembre 2003, il n'avait jamais eu le moindre incident de paiement.

Il n'y avait pas d'autres Cracke dans l'annuaire.

Le père Lucian Buccarelli, de la paroisse Notre-Dame-de-l'Espérance, n'avait jamais entendu parler de Victor. Il me recommanda d'aller voir son collègue, le père Simcock, qui travaillait là depuis beaucoup plus longtemps.

Le père Allan Simcock ne connaissait aucun Victor Cracke. Il se demandait si j'étais dans la bonne paroisse. Je lui répondis que je pouvais me tromper. Il me fit une liste de toutes les églises du quartier – bien plus longue que je ne l'aurais cru – en m'indiquant, autant que possible, les noms des personnes à qui m'adresser.

Je ne donnai pas suite.

Je ne suis pas détective. Et je ne devais rien à Victor. Il était peut-être mort, peut-être pas, je m'en fichais pas mal. La seule chose qui m'importait, c'étaient ses œuvres, et, ça, je les avais. Par kilos.

Les gens ne se rendent pas compte de la créativité qu'il faut pour être marchand d'art. Sur le marché actuel, c'est le galeriste, et non l'artiste, qui fait le plus gros du boulot. Sans nous, il n'y aurait ni modernisme ni minimalisme, aucun de tous ces mouvements. Les plus grandes stars de l'art contemporain seraient peintres en bâtiment ou profs de dessin dans des cours du soir. Les collections des musées s'arrêteraient à la Renaissance ; les sculpteurs en seraient encore à modeler des dieux païens ; la vidéo serait le domaine exclusif de la pornographie ; le graffiti un délit mineur et non la base d'une industrie multimillionnaire. L'art, en somme, cesserait de prospérer. Et ce parce que, dans une société post-Église, post-mécénat, ce sont les marchands qui raffinent et canalisent le fuel qui fait tourner le moteur de l'art, qui l'a toujours et le fera toujours tourner : l'argent.

De nos jours, en particulier, il y a tout simplement trop d'œuvres en circulation pour qu'une personne lambda puisse faire le tri entre les bonnes et les mauvaises. C'est le travail du galeriste. Nous sommes des créateurs aussi, sauf que nous créons des marchés et que notre production englobe les artistes eux-mêmes. Les marchés, à leur tour, créent des mouvements, et les mouvements des goûts, une culture, le canon de l'acceptabilité : en bref, ce que nous appelons l'Art avec un grand A. Une œuvre d'art devient une œuvre d'art – et un artiste un artiste – dès l'instant où je vous fais sortir votre chéquier.

Ainsi Victor Cracke était-il ma définition de l'artiste idéal : il avait produit une œuvre avant de disparaître. Je n'aurais pu imaginer plus grand cadeau. Ma propre feuille blanche.

Certains d'entre vous jugeront sans doute mes actes moralement répréhensibles. Avant de me condamner, pensez à cela : il est arrivé très souvent qu'une œuvre soit livrée au public à l'insu de son créateur, et même contre son gré. Le grand art exige un public, le lui dénier, voilà ce qui est immoral. Il suffit d'avoir lu un seul poème d'Emily Dickinson pour en convenir.

Et puis on ne peut pas dire que les précédents manquaient. Prenez par exemple le cas du célèbre Wireman, le nom donné au créateur d'une série de sculptures en ferraille trouvées dans les poubelles d'une contre-allée de Philadelphie en 1982. Je les ai vues, c'est à vous donner le frisson : des milliers d'objets de récupération – cadrans de montre, poupées, boîtes de conserve – entortillés dans des tours et des tours de gros fil de fer. Personne ne connaît l'identité de l'artiste ni ses motivations. On n'est même pas sûrs que ce soit un homme. Et tandis que la question de savoir si ces objets étaient conçus dès le départ comme des œuvres d'art reste à débattre, le fait qu'ils aient été retirés des ordures semble indiquer assez clairement qu'ils n'étaient pas destinés à la consommation publique. Ce doute n'a pourtant pas empêché les galeries de vendre ces pièces à des prix exorbitants ; ni les musées des quatre coins des États-Unis et d'Europe de monter des expositions, et les critiques de commenter le caractère « chamanique » ou « totémique » des œuvres et de spéculer sur leur similarité avec les grigris des guérisseurs africains. Ça fait beaucoup de blabla, d'argent et d'agitation générés par quelque chose qui était à deux doigts de finir à la décharge sans le regard aiguisé d'un passant anonyme.

Le fait est que, en créant ces objets, le Wireman n'avait réalisé qu'une partie du travail, et je dirais même une *petite* partie. Il avait fabriqué des *choses*. Il fallait ensuite des marchands pour transformer ces choses en *art*. Une fois consacrées comme tel, il n'y a plus de retour en arrière possible : on peut détruire, mais pas dé-créer. Si le Wireman réapparaissait du jour au lendemain en réclamant ses droits à cor et à cri, je doute qu'il serait écouté.

Aussi considérais-je comme parfaitement équitable le serment que je m'étais fait mentalement, à savoir que si Victor venait un jour frapper à ma porte, je le payerais selon la répartition traditionnelle entre artiste et marchand : cinquante-cinquante. À vrai dire, je me félicitais même de ma générosité, sachant que peu de mes collègues auraient consenti à un partage aussi prodigue et indulgent.

Je vous épargnerai les détails triviaux de la préparation de l'expo. Vous n'avez pas besoin d'entendre parler de crémaillères, de rampes de spots ni de l'approvisionnement en pinot de mauvaise qualité. Mais il y a une chose que je veux vous raconter, c'est l'étrange découverte que Ruby et moi avons faite un soir tard dans le box du garde-meuble.

Nous travaillions déjà depuis quatre mois. Le chauffage d'appoint avait disparu, remplacé par une série de ventilateurs placés de façon stratégique afin de ne pas faire voler dans tous les sens les piles de papier. Pendant des semaines, nous avions cherché le panneau numéro 1, le point de départ. Les cartons avaient été mélangés dans le transport, et nous avions commencé par l'un d'entre eux qui semblait prometteur – dont la feuille du dessus portait un numéro dans les premières centaines – pour découvrir assez vite qu'elles étaient classées dans l'ordre croissant et non l'inverse.

Nous avions fini par le trouver – je vous en dirai

davantage plus tard –, mais, ce soir-là, c'était une autre feuille, dans les 1 100 et quelques, qui avait retenu l'attention de Ruby.

« Hé ! s'exclama-t-elle. Tu es dedans. »

J'interrompis mon travail et m'approchai pour voir.

Vers le haut de la page, en lettres cinglantes de 7 centimètres, était écrit :

MULLER

La pièce se vida instantanément de toute sa chaleur. Je ne saurais dire pourquoi la vue de mon nom me terrifia à ce point. L'espace d'un instant, je crus entendre la voix de Victor me hurler dessus par-delà le vrombissement des ventilateurs, me crier dessus à travers ses dessins, et il n'avait pas l'air content.

Quelque part, une porte claqua. Nous sursautâmes tous les deux, moi debout devant la table et Ruby sur sa chaise. Puis ce fut le silence, gênés que nous étions de notre propre nervosité.

« Bizarre, dit-elle.

— Oui.

— Et flippant.

— Carrément. »

Nous regardions mon nom. Il paraissait presque obscène.

« J'imagine que c'est logique », reprit-elle.

Je la dévisageai.

« Après tout, il vivait aux Muller Courts. »

J'opinai du chef.

« D'ailleurs, je suis même étonnée que tu n'apparaisses pas plus souvent », renchérit-elle.

Je m'efforçai de reprendre le travail, mais je n'arrivais pas à me concentrer avec Ruby qui faisait cliqueter son piercing contre ses dents et ce dessin qui dégageait des mauvaises ondes. Je déclarai que je m'en allais. Je dus avoir un ton paranoïaque – en tout cas je me *sentais* paranoïaque – car elle ricana et me conseilla de faire attention dans la rue.

En général, je prenais un taxi pour rentrer directement chez moi, mais ce soir-là je m'engouffrai dans un bar où je commandai une eau pétillante. Tandis que, de mon tabouret, je regardais les gens arriver petit à petit, en nage et se plaignant de la chaleur, mon malaise commença à prendre une autre forme, à s'atténuer et à se muer en détermination.

Ruby avait raison. Victor Cracke avait dessiné l'univers tel qu'il le connaissait; il était bien normal que le nom de Muller occupe une large place.

Le bar possédait un juke-box. Quelqu'un choisit une chanson de Bon Jovi et les clients se mirent à brailler le refrain en chœur. Je me levai et partis.

Après avoir indiqué mon adresse au chauffeur, je me renfonçai dans le vinyle poisseux de la banquette. Finalement, songeai-je, que mon nom figure dans le travail de Victor pouvait être interprété de façon avantageuse : je n'étais pas un intrus. Au contraire, même. J'avais tous les droits d'être là, vu que j'y étais depuis le début.

INTERLUDE : 1847

La carriole de Solomon a vu du pays et contient la terre entière. Du drap, des boutons, de la ferblanterie. Des toniques et autres spécialités pharmaceutiques. Des clous et de la colle, du papier à lettres et des pépins de pomme. Toutes sortes d'articles variés, inclassables sauf peut-être sous l'appellation de « Ce dont les gens ont besoin ». Il accomplit une forme de miracle chaque fois qu'il apparaît à l'improviste dans un village du fin fond de la Pennsylvanie, attire à lui la foule par ses cris et ses pantomimes, étale sa marchandise et défie les tentatives des habitants pour le prendre en défaut. Vous avez un marteau ? Oui, m'sieur. Des bouteilles en verre, de cette taille ? Oui, m'dame. Les gens rigolent en disant que sa carriole est un puits sans fond.

Il comprend beaucoup mieux l'anglais qu'il ne le parle et, quand il se trouve acculé dans une négociation particulièrement âpre, il recourt à l'usage de ses doigts. 7 pennies ? Non, 10. Je vous en donne 9, d'accord ? D'accord.

Tout le monde parle la langue du commerce.

C'est la même histoire lorsqu'il doit se payer une chambre, bien qu'il l'évite autant que possible, préférant dormir dehors, dans un champ ou une grange. Chaque sou économisé, c'est autant de moins à attendre avant que ses frères viennent le rejoindre. Quand Adolph sera là, ils pourront gagner deux fois plus d'argent, et avec Simon trois fois. Il a prévu de les faire venir dans cet ordre : d'abord Adolph, puis Simon et en dernier Bernard. Bernard est le deuxième de la fratrie, mais aussi le plus paresseux, et Solomon sait qu'ils réussiront bien mieux, et beaucoup plus vite, s'ils le laissent de côté pour l'instant.

Mais parfois... quand il fait très froid dehors... quand la dignité d'un toit lui manque trop... quand il ne peut endurer une nuit de plus à dormir par terre ou dans une meule de foin, avec les bestioles qui lui grimpent dessus comme un animal... Assez ! Il craque et claque tous ses revenus de la journée dans un vrai lit, pour ensuite passer le reste de la semaine à s'en vouloir. Il n'est pas comme Bernard. Lui, c'est l'aîné, il devrait savoir se tenir. Ce n'est pas pour rien que leur père l'a envoyé en premier.

La traversée l'a presque tué. Jamais il n'avait été aussi malade, et jamais il n'avait vu autant de malades autour de lui. La fièvre qui avait emporté sa mère n'était rien à côté des horreurs auxquelles il avait assisté sur le bateau, les gens engloutis sous des montagnes de leurs propres déchets, les corps suppliciés et gémissants, la puanteur moite de la déchéance physique et morale. Solomon prenait bien soin de toujours s'isoler pour manger ; contre sa nature, il refusait de se lier avec les autres passagers. Son père lui avait ordonné de se tenir à l'écart et il obéissait.

Un jour, il vit une femme perdre la raison. Seul sur le pont, il était sorti de la cale pour respirer un peu d'air frais, heureux de sentir la pluie fine sur sa peau, quand il l'aperçut qui montait l'escalier, tremblante, verdâtre, les yeux injectés de sang. Il la reconnut instantanément. La veille, elle avait perdu son fils. Quand on lui avait arraché son corps d'entre les bras, elle avait laissé échapper un son qui avait donné la chair de poule à Solomon. Cette fois, il la vit s'approcher de la proue en titubant et, sans la moindre hésitation, se jeter par-dessus bord. Il se précipita à l'endroit où elle se tenait une seconde plus tôt mais, en se penchant sur la rambarde, il ne vit que le bouillonnement de l'écume.

Les matelots arrivèrent en courant. « Elle est tombée ! » dit ou du moins tenta de dire Solomon. En fait, il prononça : « Elle est trompée. » Les matelots ne le comprirent pas, et en attendant ce type les empêchait de passer. Ils le sommèrent de redescendre dans la cale et, quand il protesta, quatre d'entre eux l'empoignèrent pour l'y emmener de force.

Lorsque le *Shining Harry* déversa enfin sa cargaison humaine dans le port de Boston, cela faisait quarante-quatre jours que Solomon était en mer : Il avait perdu 20 % de sa masse corporelle, et une douloureuse urticaire qui allait durer des mois lui rongeait le dos, rendant d'autant plus pénibles les nuits où il dormait par terre.

Il habita d'abord chez un cousin, un cordonnier avec lequel le lien de parenté était si éloigné que ni l'un ni l'autre ne pouvaient vraiment dire à quel endroit leur sang se mêlait. Dès le début, Solomon avait senti que leur arrangement ne ferait pas long feu. La femme de son cousin le détestait et voulait se débarrasser de lui. Tandis qu'il se tournait et se retournait sur l'établi qui lui servait de lit, elle faisait exprès d'arpenter la pièce au-dessus dans ses lourds sabots de bois. Elle lui donnait à manger des fruits pourris, infusait son thé avec de l'eau vaseuse et laissait rancir le pain avant de lui en couper une tranche. Il prévoyait de s'en aller dès qu'il aurait engrangé suffisamment d'argent et d'anglais, mais avant qu'il puisse en arriver là elle descendit le voir une nuit et lui montra ses seins. Tôt le lendemain matin, il fourra le peu d'affaires qu'il avait dans une besace en toile et partit à pied.

Il marcha jusqu'à Buffalo, où il arriva juste à temps pour un hiver épouvantable. Personne ne lui achetait son bric-à-brac. Dépité, il se dirigea plus au sud, d'abord dans le New Jersey puis dans le centre de la Pennsylvanie, où il rencontra d'autres gens qui parlaient sa langue. Ils devinrent ses premiers clients réguliers : des paysans qui comptaient sur lui pour se procurer certains articles particuliers qui ne méritaient pas un long trajet jusqu'à la ville, des petits luxes comme un nouveau cuir à rasoir ou une boîte de crayons. Il remplissait sa besace à craquer, mais bientôt elle ne put plus contenir assez pour satisfaire les demandes de ses clients, alors il en acheta une autre, aussi haute que lui. À mesure que son stock se diversifiait, son itinéraire et sa clientèle s'allongèrent, et, malgré son vocabulaire limité, il se révéla un excellent vendeur : toujours prompt à rire, ferme mais honnête, au courant des dernières tendances. La deuxième besace ne dura pas longtemps. Il s'acheta une carriole.

Sur le flanc, il peignit :

SOLOMON MUELLER
MARCHAND DE COULEURS

« Marchand de couleurs » lui a toujours paru impropre, car il vend beaucoup d'autres choses que des couleurs.

Mais il n'a fait que copier ce qu'il a vu écrit sur les carrioles d'autres vendeurs. Ses concurrents. Il n'est pas le seul juif à sillonner ces petites routes de campagne.

Il sait qu'il a de quoi s'estimer heureux de son sort, ayant même dépassé ses propres espérances. Lorsqu'il revêt ses tephillin, il remercie Dieu de l'avoir aidé à surmonter ces jours difficiles et le supplie de lui accorder encore son soutien. Il lui reste tellement à faire. En avril, il aura 18 ans.

Comme l'anniversaire d'Adolph approche aussi, Solomon a décidé qu'il était temps de le faire venir. À Punxsutawney il commence une lettre, qu'il poste à Altoona. L'idée d'avoir son frère auprès de lui met de la souplesse dans son pas tandis qu'il traverse les Appalaches en fredonnant, bien que sa carriole et son dos ploient sous la fatigue.

La ville de York, en Pennsylvanie, lui semble l'endroit parfait pour s'offrir une nuit dans un vrai lit. Pourtant, il sait qu'il ferait mieux d'attendre d'en avoir réellement besoin, d'attendre un soir de froid mordant ou de pluie battante plutôt qu'une douce soirée qui sent déjà les prémices du printemps. Mais à quoi bon vivre si on ne peut pas en profiter ? Jusque-là il a été prudent, peut-être même trop ; le luxe nous rappelle le but de nos efforts. Avec l'argent qu'il lui reste, il va s'en payer un avant-goût.

Plusieurs tavernes sont éclairées le long de la grand-rue, dont la chaussée est défoncée et imbibée d'urine. Il pousse sa carriole en pensant à une bière. Sa bouche se met à saliver au souvenir de l'orge germée. Il a le mal du pays. Sa sœur lui manque aussi, elle qui fait les meilleurs gâteaux du monde, moelleux et légers, des recettes que leur mère lui a transmises avant de mourir. Le régime de pain noir et de haricots secs auquel il s'astreint depuis trop longtemps lui donne envie de pleurer. Cela fait quatre mois qu'il n'a pas mangé de viande. La plus accessible – ce qui ne veut pas dire bon marché – est le porc. Et ça, il refuse d'y toucher. Il a ses limites.

Certaines des tavernes offrent aussi des chambres, et lorsqu'il pousse la porte de l'une d'entre elles pour demander s'il y a de la place, il est assailli par une bouffée d'air chaud. Ça sent le bouc, un piano rugit dans un coin. Toutes les tables sont occupées. Il est obligé de hurler sa question au tavernier, qui le comprend de travers et lui apporte un verre de bière. Solomon songe un instant à le lui rendre, mais sa soif a raison de lui. Quand le tavernier vient récupérer le verre vide et lui en proposer un autre, Solomon lui fait non et désigne le plafond. Là-haut ?

Le type secoue la tête.

« La Cuillère d'argent ! » lui crie-t-il.

Solomon écarte les mains pour dire « Je suis perdu ». Le tavernier l'accompagne jusqu'à la porte et lui indique une ruelle un peu plus loin. Solomon le remercie, détache sa carriole et se dirige vers La Cuillère d'argent.

La ruelle est sombre, elle débouche sur une autre artère importante. Les grillons stridulent. Solomon ne sent plus ses bras et ses jambes. Peut-être qu'il ferait mieux de s'arrêter là, de dormir dehors. C'est tentant. Qu'est-ce qu'il risque ? Mais alors il marche dans un tas de fumier et, ayant retrouvé sa détermination, il fait toute la rue dans un sens, puis dans l'autre en longeant le côté d'en face. Les roues de sa carriole commencent à grincer, il faudra qu'il les graisse. Il ne trouve pas. Laissant échapper un soupir, il revient en direction de la ruelle. Trois hommes s'approchent en chantant, bras dessus bras dessous.

Solomon les salue de la main.

« Bonjour, les amis ! »

D'un seul coup, ils se rabattent vers lui. Ils sentent le vomi.

« Bonjour, les amis ! » reprend l'un d'entre eux, et les deux autres éclatent de rire.

Solomon ne comprend pas la blague, mais ce serait malpoli de ne pas participer. Il rit aussi. Puis il leur demande où se trouve La Cuillère d'argent. Les hommes s'esclaffent de plus belle. L'un veut savoir d'où vient Solomon.

« D'ici.

— *Ttt'issi,* hein ? » répète le type.

Son imitation de l'accent de Solomon est grotesque, pourtant tout le monde a l'air de trouver ça désopilant. Les rires redoublent.

Quand ils ont cessé, Solomon essaie de réitérer sa demande. Mais l'homme – celui qui parle, celui qui porte un feutre et une barbe de trois jours, le plus costaud de la bande – l'interrompt à nouveau pour lui poser un tas de questions. Alors que Solomon fait de son mieux pour y répondre, il s'emmêle dans les mots, bafouille et bégaie, arrachant des hurlements de rire aux trois compères qui lui donnent de grandes tapes dans le dos, jusqu'à ce qu'un rictus narquois se dessine sur leurs lèvres.

Ce qui se passe ensuite n'est pas très clair. Ça commence par une bousculade, puis ça se transforme en bagarre. Il n'y a pas de coups mais Solomon se retrouve acculé, plaqué contre sa carriole qui chancelle tandis que l'homme lui maintient les bras et se colle à lui dans une étreinte tiède, avinée, presque intime, tout en lui sifflant aux oreilles des menaces incompréhensibles.

Comme Solomon a le malheur de se défendre, les trois hommes – mais on dirait qu'ils sont dix tant ils ont de pieds et de poings – se ruent sur lui et le rouent de coups. Ils sont trop soûls pour être méthodiques, seule raison pour laquelle il s'en sort vivant.

Lorsqu'il peut remarcher, c'est en boitant. Il songe à abandonner sa carriole et à redémarrer autre chose, une échoppe, une qu'il n'aurait pas besoin de porter sur son dos. Il pourrait retourner à Boston. Ou à Buffalo. Même s'il ne vendait rien, au moins là-bas personne n'essayait de le tuer.

Mais non. Pour commencer, ils l'ont intégralement dévalisé ; comment pourrait-il ouvrir une échoppe ? Il lui faudrait beaucoup de chance pour que ses fournisseurs acceptent de lui faire crédit ; seul un imbécile prêterait de l'argent à un étranger infirme sans aucun apport initial.

Il a une autre motivation pour ne pas laisser tomber : dans moins d'un an, Adolph arrive. Les séquelles physiques – la claudication, les cicatrices sur son visage –, il ne pourra pas les cacher. Moralement, néanmoins, Solomon ne peut pas apparaître comme un homme brisé. Adolph en mourrait de peur ou bien il reprendrait le premier bateau pour l'Allemagne. Et ça ne doit pas arriver. Pour le bien de sa famille, Solomon doit montrer que l'Amérique a encore beaucoup à offrir ; une conviction à laquelle lui-même veut désespérément croire, à laquelle il s'accroche alors même qu'elle est en train de le quitter.

Il s'efforce de prendre les choses du bon côté. Certes,

trois hommes l'ont attaqué, mais un autre l'a recueilli, nourri et soigné. Cet homme lui a fait la lecture de la Bible à voix haute et, après avoir découvert que son protégé n'était pas chrétien, il passe maintenant des heures à lui expliquer la sagesse du Sauveur. Ayant compris que c'était là le prix de sa guérison, Solomon l'écoute poliment et relève avec intérêt que le Sauveur a effectivement enduré une sacrée quantité d'épreuves. Ça n'en fait pas un dieu, mais ça le rend plutôt sympathique.

Une idée traverse l'esprit de Solomon alors qu'il est alité – dans un vrai lit ! c'est étrange comme les malheurs engendrent parfois la fortune – et qu'il écoute les récits de la vie du Sauveur : il faut qu'il fasse des progrès en anglais. Il a bien demandé La Cuillère d'argent, sauf que dans sa bouche c'est devenu « la kvillère t'archent », trahissant ses origines. S'il avait su s'exprimer correctement, il se serait sans doute tiré de ce mauvais pas. Et combien de bénéfices supplémentaires pourrait-il engranger s'il passait pour un Américain de souche ?

Tandis que son bienfaiteur lui parle du sel de la terre, Solomon conçoit un plan afin de se perfectionner.

Quatre semaines et demie plus tard, il quitte enfin son lit et rejoint clopin-clopant l'endroit le plus américain qu'il connaisse : l'enfumée et impatiente Pittsburgh, une ville pour les battants, la fine fleur de l'industrie. Souriant malgré la douleur, il fait du porte-à-porte pour vendre ses articles aux femmes qui lavent leur linge dans leur cour ; il colporte ses marchandises devant les usines et les *saloons*. Il se force à parler, considérant chaque conversation entière comme une victoire même s'il ne vend rien. Il demande de l'aide pour la prononciation ; et, parfois, il l'obtient. À la fin de la journée, il marche le long des berges, se récitant tout haut les nouveaux mots qu'il a appris ce jour-là, et continue jusqu'à ce qu'il soit trop fatigué pour avancer; alors il s'assied et installe son campement. À deux reprises, il doit s'enfuir afin de ne pas se faire arrêter pour violation de propriété privée. Bien qu'il ne porte plus ses tephillin, il prend toujours un moment pour remercier Dieu quand il est enfin en lieu sûr.

Alors que l'été arrive à ébullition, il constate ses progrès. Avec encore un peu d'efforts il aura bientôt le même accent que les hommes qui l'ont attaqué. Quand Adolph le rejoindra, ils ne pourront plus communiquer entre eux ! Cette idée amuse beaucoup Solomon.

Un matin, il repère une affiche annonçant l'arrivée prochaine d'une nouvelle entreprise théâtrale spécialisée dans les spectacles les plus dramatiques, comiques, époustouflants, etc. En temps normal, il ne gâcherait jamais son argent pour une chose pareille, mais en l'occurrence il songe aux vertus éducatives : au théâtre, les gens ne font rien d'autre que parler. Il pourra rester tranquillement assis et absorber les mots. Aussi recopie-t-il les informations indiquées sur l'affiche. La troupe des Merritt Players donne son premier spectacle le soir même, à 19 heures, au Water Street Theater.

Les Merritt Players consistent en fait en un seul type ventripotent drapé dans une cape en veloutine. À voir sa grande barbe, on dirait qu'une horde de mouffettes y a trouvé refuge et qu'elles agitent leur queue chaque fois qu'il braille ses répliques et qu'il remue ses petits doigts boudinés, à grand renfort de gesticulations emphatiques. Son pantalon pourrait contenir deux Solomon, un dans chaque jambe.

Il enchaîne des extraits de pièces de Shakespeare à toute vitesse, marquant une pause de temps en temps pour savourer une phrase particulière. Solomon a beau s'accrocher, il n'arrive pas à suivre. Qui plus est, il se rend compte que la diction de ce comédien ne correspond pas à ce qu'il entend dans la rue. En d'autres termes, ce spectacle est un échec total en tant qu'outil d'apprentissage linguistique.

Néanmoins Solomon reste assis. Il a payé sa place, il compte bien en avoir pour son argent.

Et au cours de l'heure qui suit, une chose inimaginable se produit à son insu : il tombe sous le charme de l'acteur. Cet homme a une voix capable d'arrêter un train, certes, mais il peut aussi prendre un ton captivant et candide. Même si Solomon ne comprend pas tous les mots, il entend parfaitement les émotions derrière. La douleur du comédien rappelle à Solomon sa propre douleur; leurs désirs, leurs joies et leurs peurs se confondent, lui donnant momentanément l'illusion d'avoir un ami.

Le spectacle se termine et la maigre foule des spectateurs se lève pour partir, mais Solomon reste, ne pouvant se résoudre à bouger de crainte de dissiper l'impression magique de paix, de connivence et de camaraderie dont il a si longtemps été privé – sa vie d'extrême solitude manquant terriblement d'humanité; il reste enfoncé dans son fauteuil, de sorte que le directeur du théâtre ne voit pas sa tête dépasser et ferme les portes sans plus tarder, le retenant prisonnier à l'intérieur.

Lorsque les lumières s'éteignent et que Solomon s'en aperçoit, il ne panique pas. Au pire, il passera la nuit à l'abri. Mais alors il se souvient que sa carriole est restée attachée dehors et se met à chercher une sortie, tâtonnant dans la pénombre. Toutes les issues sont verrouillées, y compris l'escalier qui mène au balcon. Décontenancé, il grimpe sur la scène, s'aventure dans les coulisses. Seul un mince rayon de lune l'aide à se repérer, pas assez pour l'empêcher de trébucher sur une pile de sacs de sable et de se cogner la tête contre un élément du décor, qui du coup bascule et manque de l'écraser. En bondissant de côté pour l'éviter, il pousse accidentellement une porte dérobée, révélant un escalier qui descend vers un couloir sombre sur lequel donnent plusieurs portes. Elles sont toutes fermées à clé sauf la dernière. Soulagé, il l'ouvre et se retrouve nez à nez avec le comédien en personne : torse nu, trempé de sueur, la barbe en bataille, crasseux, un jarret de porc en caleçon long.

« Parbleu ! s'écrie-t-il. Qui es-tu ? »

Il soulève Solomon par le colback.

« Hein, l'ami ? Toi, là ! Nom d'un chien, réponds-moi ou je te casse en deux comme une brindille ! Quoi ? Qu'est-ce que tu as dit ? Hé, parle plus fort ! Tu as perdu ta langue, ma parole ? »

L'homme le traîne, sans brutalité, jusqu'à une chaise sur laquelle il le fait asseoir en lui appuyant sur les épaules.

« Alors, parbleu ! Je t'écoute ! Comment t'appelles-tu ?

— Solomon Mueller.

— Tu as bien dit "Solomon Mueller" ?

— Oui.

— Bien, bien, parfait, Solomon Mueller ! Et dis-moi une chose, Solomon Mueller : on se connaît ? »

Solomon secoue la tête.

« Alors qu'est-ce que tu fabriques dans ma loge ? Mary Ann ! »

Une petite bonne femme grassouillette en robe vichy sort la tête d'un portant à costumes.

« Qui c'est ?

— Solomon Mueller ! déclare le comédien.

— Et c'est qui, Solomon Mueller ?

— S'il vous plaît... bredouille Solomon.

— Qui êtes-vous ? » demande Mary Ann.

Désemparé, Solomon montre du doigt la scène à l'étage au-dessus.

« Tu étais là pour le spectacle ? C'est ça ? Hein ? Je vois. Et alors ? Ça t'a plu ? »

Il saisit Solomon par les épaules et le secoue gentiment.

« Ça t'a plu ? Parle ! »

Solomon s'efforce de sourire tant bien que mal.

« Ça t'a plu ! s'exclame le comédien. Ah ! Bravo ! T'entends ça, Mary Ann ? Il a aimé le spectacle ! »

Et il se tord de rire, le ventre secoué de spasmes et les pectoraux tremblotants.

« Isaac, c'est l'heure de t'habiller. »

Ignorant Mary Ann, Isaac s'agenouille devant Solomon et prend ses mains éraflées et noueuses dans les siennes.

« Dis-moi, Solomon Mueller : tu as vraiment aimé le spectacle ? Hein ? Alors laisse-moi te poser une question : est-ce que tu ne voudrais pas m'inviter à dîner ? »

Le nom complet du comédien est Isaac Merritt Singer. Comme il l'explique à Solomon devant une plâtrée de pommes de terre et de saucisses – qu'il engloutit tout seul –, Mary Ann est sa seconde épouse. Il en a eu une première, mais faut bien que la vie continue.

« Pas vrai, Solomon ?

— Oui », répond ce dernier, qui s'empresse d'acquiescer à tout ce que dit cet individu étrange.

Isaac parle de Shakespeare, pour lequel il n'a pas assez de superlatifs.

« Le chantre d'Avon ! La perle de Stratford ! La fierté de l'Angleterre ! »

De temps en temps, Solomon s'efforce de placer un commentaire, mais Isaac n'interrompt son monologue que pour avaler une saucisse ou lever sa chope. Il a l'air ravi d'avoir de la compagnie au dîner, surtout quand Solomon lui paye une deuxième assiette et une troisième bière.

« Donc ! lance Isaac en essuyant la sauce sur sa moustache et en se frottant les mains. Dis-moi une chose, Solomon Mueller : tu n'es pas du coin, pas vrai ? »

Solomon fait non de la tête. Et puis il voit qu'Isaac attend la suite : c'est son tour de parler.

Brièvement, il raconte son enfance en Allemagne, le bateau pour l'Amérique, le succès de son affaire et la tragédie de son agression. Tout en l'écoutant, Isaac fronce les sourcils, ricane, grimace, rigole. Même quand ce n'est pas lui qui parle, il ne cesse jamais d'être en représentation, si bien que, lorsque Solomon conclut son récit, il a l'impression d'avoir composé un chef-d'œuvre, une épopée à la Homère.

Et, autant qu'il puisse en juger, il l'a fait sans accent.

« Nom d'un chien ! s'exclame Isaac Merritt Singer. Voilà une bien belle histoire ! »

Solomon sourit.

« Ça ne me dérangerait pas d'entendre cette histoire une deuxième fois. Ça ne me dérangerait pas d'entendre cette histoire *sur scène* ! J'aime bien les gens qui savent raconter les histoires. Les gens qui ont des histoires à raconter sont mes amis. Hein ? Allez, va ! »

Il avale une grande lampée de bière avant d'ajouter :

« Je suis content de t'avoir rencontré, Solomon. Je crois bien qu'on pourrait devenir bons amis, toi et moi. Qu'est-ce que t'en dis ? »

Ils deviennent bons amis.

Une amitié induite d'un côté par la solitude de Solomon, son besoin de parler, et de l'autre par le désir d'Isaac Singer de se faire offrir à dîner. Plus tard, Solomon estimera que, cet été-là, il a dépensé 25 % à 30 % de ses revenus – de l'argent qu'il ne pouvait pas se permettre de dilapider ! de la débauche ! – pour payer ses repas avec Singer. Ou pour lui prêter de quoi faire repriser ses pantalons, de quoi acheter une nouvelle babiole à l'un de ses nombreux enfants, des fleurs à Mary Ann, ou simplement sans aucune raison particulière, juste pour lui donner de l'argent, lui en faire *cadeau,* simplement parce que son ami le lui demandait.

Ce n'est pas dans l'idée de s'enrichir un jour qu'il lui rend ces services. Il le fait parce qu'il a besoin de donner quelque chose à quelqu'un, et que Singer lui permet de ne plus se sentir seul.

Pourtant sa générosité lui sera rendue au centuple. En 1851, Singer part s'installer à New York, emportant avec lui sa famille, son chariot et une partie de l'argent qu'il a emprunté à Mueller. Là-bas, il fonde une entreprise de machines à coudre baptisée la Jenny Lind Sewing Machine Company, un nom à clés : Jenny Lind est la chanteuse préférée de Singer; vu que son propre patronyme signifie justement « chanteur », c'est à la fois un jeu de mots et un clin d'œil à sa passion pour les planches.

Mais, bien qu'astucieuse, cette dénomination s'avère un tantinet alambiquée, et très vite les clients ont pris l'habitude de désigner ses machines tout simplement comme des Singer.

Il y a des tas de gens aux États-Unis qui fabriquent des machines à coudre. Lorsque celles de Singer arrivent sur le marché, quatre marques concurrentes sont déjà commercialisées. Mais les siennes sont les meilleures et, en très peu de temps, il devient l'une des plus grandes fortunes américaines, entraînant dans son sillage Solomon Mueller.

Néanmoins, on est en droit de se demander : *et si*. Et si Solomon n'avait jamais été agressé et laissé pour mort ? Et s'il était rentré en Allemagne ? Et s'il n'avait pas aimé le spectacle ? Et s'il avait refusé de payer le dîner ? Et s'il avait su à l'époque – comme il le découvrit plus tard – que Mary Ann Singer n'était pas en réalité la seconde épouse d'Isaac Merritt Singer, mais sa maîtresse ? Qu'elle serait la première d'une longue série et que les multiples tromperies de Singer finiraient par l'obliger à quitter le pays ? Jeune, Solomon Mueller avait un côté père la morale ; peut-être se serait-il désolidarisé de Singer s'il avait su la vérité. De nombreuses alternatives possibles se dressaient entre Solomon et l'incroyable réussite qui allait devenir la sienne. Y serait-il parvenu tout seul ?

Peut-être. Il était dur à la tâche et intelligent. Que faut-il de plus ?

Une des dernières choses que lui dit Isaac Merritt Singer avant de s'embarquer pour l'Europe après sa disgrâce fut :

« Tu me rappelles mon père. »

Cette conversation eut lieu des années plus tard, dans le salon de réception richement meublé d'une demeure de 30 mètres de haut. Désormais, Solomon Mueller était devenu Solomon Muller et sa petite entreprise de marchand de couleurs avait grandi et donné naissance à la manufacture Muller Brothers, fabricants de pièces de machines de qualité ; à Muller Brothers, importateurs de produits exotiques ; aux chemins de fer et mines Muller Brothers ; aux textiles Muller Brothers ; aux boulangeries Ada Muller ; à la corporation Muller Brothers pour le développement foncier ; et au crédit immobilier Muller Brothers.

« Comment ça ? lui demanda Solomon.

— Tu as toujours eu le même accent que lui, répondit Isaac Singer. Il s'appelait Reisinger, en fait. Tu ne le savais pas ? »

Solomon secoua la tête.

« La Saxe ! Il m'a parlé allemand jusqu'à mes 5 ans. Nom d'un chien ! C'est vraiment troublant, je t'assure. La première fois que je t'ai entendu, je me suis dit : "Ça alors, Singer, ce type pourrait bien être le *fantôme* de ton père !" Ha ! Comme le père de Hamlet, tu vois ? Ma parole ! Eh ben, qu'est-ce qui t'arrive, Muller, on dirait que j'ai tué et bouffé ton chien ! »

Solomon lui expliqua qu'il pensait avoir déjà perdu son accent à l'époque où ils s'étaient rencontrés.

« Mais, mon ami, tu as *toujours* le même accent que mon père !

— C'est vrai ? s'étonna Solomon, dépité.

— Bien sûr, pardi ! Chaque fois que tu ouvres la bouche, je repense à ce vieux salaud... Enfin, bref ! Ne prends pas cet air morose, Muller, ce petit accent fait largement partie de ton charme.

— Je préférerais ne pas en avoir du tout, en vrai Américain que je suis », rétorqua Solomon Muller, né Mueller.

Isaac Merritt Singer, cet homme à la libido, à la fortune, au ventre et au rire légendaires, ce rire qui résonnait comme une corne de brume, comme le chant des sirènes de l'Amérique, cet homme donna une grande tape dans le dos de son ami et lui répondit en riant :

« T'en fais pas, vieux ! Ici, on est ce qu'on dit qu'on est. »

4

Ces temps-ci, l'idée d'un « vernissage » est devenue une grande mascarade. En général, toutes les œuvres exposées ont déjà été préemptées. Je décidai de me rebiffer contre cette tendance en refusant les visites privées ou les préventes, et dès le milieu de l'été je commençai à recevoir des coups de fil inquiets de collectionneurs et de consultants, que je mettais systématiquement à l'aise en leur assurant que *personne* ne recevait de traitement de faveur. Ils seraient tous obligés de venir découvrir Victor Cracke le jour J.

Marilyn pensait que je commettais une grave erreur. Elle m'en informa lors d'un déjeuner la semaine précédant le vernissage. « Tu comptes bien les *vendre,* non ?

— Bien sûr », rétorquai-je.

Et c'était vrai. Pas tant pour l'argent que pour la légitimité : en convainquant d'autres personnes d'investir – au sens propre – dans ma vision du génie, j'entérinais publiquement mon geste créateur. Néanmoins une partie de moi aurait voulu se garder les dessins pour elle seule. Ça me serrait toujours le cœur de me séparer d'une pièce que j'aimais, mais je n'avais jamais ressenti aussi fortement l'instinct de possession qu'à l'égard de

Victor, principalement parce que je me considérais plus comme son collaborateur que son agent.

« Que je les vende maintenant ou après l'expo, de toute façon ils seront vendus, repris-je.

— Vends-les maintenant, insista Marilyn, et ils seront vendus *maintenant*. »

Les gens avaient du mal à comprendre ma relation avec Marilyn. Pour commencer, il y avait la question de l'âge : elle a vingt et un ans de plus que moi. Quoique, à la réflexion, ce ne soit peut-être pas ce qu'il y a de plus difficile à comprendre pour les femmes de la cinquantaine.

Les moins discrets de mes amis avaient pourtant tendance, en état d'ébriété, à me faire remarquer la singularité de ma situation.

Attention, scoop !

Elle pourrait être ta mère.

Pas tout à fait. Si ma mère était encore de ce monde, elle aurait quatre ans de plus que Marilyn. Mais merci quand même, merci beaucoup. La comparaison ne m'avait pas effleuré l'esprit jusqu'à ce que tu la mentionnes. Je te remercie de l'info.

En général, les mêmes amis prenaient soin d'ajouter (sans doute dans le souci de m'annoncer avec ménagement cette terrible nouvelle) : *Elle est plutôt bien pour son âge, je te l'accorde.*

Merci encore. Je ne m'en étais pas rendu compte non plus.

Marilyn est belle, et pas juste pour son âge : objectivement, c'est une belle femme et ça l'a toujours été. D'accord, elle est un peu refaite. Mais qui ne l'est pas, dans ce milieu ? Au moins n'a-t-elle pas usurpé son physique : elle a été élue reine de beauté de son lycée à

Ironton en 1969. Ce que vous voyez est le résultat d'un bon entretien et non une totale fiction.

Ville la plus au sud de l'Ohio, Ironton a légué à son enfant chérie une féroce ambition et, quand elle s'énerve, une pointe d'accent traînant du Midwest, utile à la fois pour feindre l'innocence et abattre le couperet de la condescendance sudiste. Il ne vaut mieux pas énerver Marilyn.

Aujourd'hui la moindre coupe de cheveux lui coûte autant que sa première voiture ; elle a le numéro des gens qui n'ont pas de numéro ; je soupçonne fortement les employés de chez Barneys d'appuyer sur un bouton spécial dès qu'elle met un pied dans leur magasin pour mobiliser l'intégralité de la force de vente. Mais tout New-Yorkais qui se respecte sait que la véritable mesure de la réussite individuelle est la propriété immobilière et ce que vous en faites. Marilyn a donc réussi. Dans la salle à manger de son hôtel particulier du West Village est accroché un De Kooning qui vaut dix fois ce que ses parents ont gagné à eux deux en cinquante ans de travail honnête. Son appartement de l'Upper East Side, au coin de la 5e Avenue et de la 75e Rue, a une vue magnifique sur Central Park ; et quand le soleil se couche de l'autre côté du parc, découpant en contre-jour les silhouettes des Dakota et San Remo Buildings, inondant son salon d'une douce lumière orangée, vous avez l'impression de flotter à la surface d'une étoile.

Impossible cependant d'effacer en Marilyn la fille du Midwest. Elle se lève encore à 4 heures et demie du matin pour faire sa gym.

Son ascension sociale tient de la légende. La famille de neuf enfants ; l'arrivée à New York à bord d'un bus Greyhound ; le rayon sacs à main au grand magasin

Saks ; le banquier venu acheter un cadeau d'anniversaire à sa femme et repartant en prime avec le numéro de Marilyn ; la liaison ; le divorce ; le remariage ; les galas de charité ; les conseils d'administration des plus grands musées ; la collection d'art grandissante ; Warhol, Basquiat, les night-clubs et la cocaïne ; le second divorce, fielleux comme une vendetta balkanique ; les dommages et intérêts exorbitants ; et la Marilyn Wooten Gallery, inaugurée le soir du 9 juillet 1979. J'avais 7 ans.

Bien que cette suite d'événements puisse paraître aléatoire ou fortuite, j'ai toujours pensé qu'elle avait tout planifié dès le début, pendant le trajet en Greyhound, peut-être alors qu'elle filait vers la côte Est ; peut-être même l'avait-elle noté dans un petit carnet à la Gatsby. MON PETIT PLAN PERSONNEL EN DIX ETAPES POUR ACCEDER A LA REUSSITE SOCIALE, A LA GLOIRE ET A LA FORTUNE.

Entre la vente d'œuvres d'art et celle de sacs à main, elle trouvait que les similarités l'emportaient de loin sur les différences. Et c'était une sacrée vendeuse. Sa maison dans les Hamptons, ses appartements à Rome et à Londres, elle les avait achetés avec son propre argent, au diable la pension alimentaire.

À New York, tout le monde la connaît ; elle a croisé ou piétiné un tas de gens sur son passage. Elle a traité Clement Greenberg, le plus grand critique d'art américain du XXe siècle, d'« épouvantable connard », les yeux dans les yeux. Elle a été la première à exposer Matthew Barney, qu'elle appelle encore aujourd'hui « le gosse ». Elle a su jouer sur le penchant de notre époque pour le recyclage, achetant des œuvres passées de mode et réussissant, par la simple force de sa volonté et de son charisme, à leur donner un second souffle, dont elle est toujours la première à bénéficier. Elle vend des pièces qui ne lui appartiennent pas avec l'assurance qu'elles lui appartiendront tôt ou tard, pratique qui lui a valu de se faire radier des salles de vente pendant un moment. On a annoncé sa mort à moult reprises. Mais elle resurgit toujours, phénix triomphant dans son tailleur moulant, gin-fizz à la main, pour répondre : « Pas encore, *darling,* pas encore. »

Nous nous sommes connus dans un vernissage. Je travaillais alors pour la femme qui allait par la suite me laisser sa galerie. J'évoluais dans le monde de l'art depuis quelques années et, si je connaissais évidemment Marilyn de réputation, je ne lui avais jamais parlé en personne. Je la vis me toiser derrière son verre de vin puis, bien qu'un peu pompette, foncer droit sur moi en affichant son plus beau sourire d'acquéreuse.

« Vous êtes le seul hétéro de cette pièce que je n'aie pas encore sauté ou viré. »

Un début prometteur.

Les gens aiment raconter que je l'ai « domptée », ce qui est grotesque. C'est juste qu'on s'est rencontrés au bon moment, et que notre relation s'est avérée si opportune, agréable et intellectuellement stimulante que ni l'un ni l'autre n'avions de raison d'y mettre un terme. Marilyn est un moulin à paroles, je suis un taciturne. Nous faisions notre métier de marchand chacun avec son style à soi ; bien que nous ayons tous les deux tendance à vouloir tout régenter, nous respections le territoire de l'autre, ce qui nous évitait de nous disputer. Et même si elle ne l'admettra jamais, je crois aussi que le nom de Muller l'impressionnait. Au panthéon des vieilles fortunes américaines, je ne suis peut-être pas très bien classé mais, pour Marilyn Wooten, fille d'ouvrier mécanicien, je devais être un peu l'équivalent de John Jacob Astor[1].

Le fait de n'avoir mutuellement aucune exigence de fidélité aidait aussi. C'était la règle tacite : ne rien dire, ne rien demander.

« Évidemment, dit-elle en enfournant une bouchée de son mille-feuille au poivron grillé et au chèvre frais, il fallait que tu dégotes le seul qui sache dessiner. Je croyais que tout l'intérêt de l'art brut, c'était justement que ça ne ressemblait à rien.

— Qui a dit que c'était de l'art brut ?

— Faut bien appeler ça d'une façon ou d'une autre.

— Je ne vois pas pourquoi.

— Parce que les gens aiment qu'on les prenne par la main.

— Je crois que je vais les laisser errer un peu les bras ballants.

— T'es vraiment en train de foirer ce truc, tu en es conscient ?

— Je ne le fais pas pour l'argent.

— *Je ne le fais pas pour l'argent !* »

Elle se redressa sur sa chaise en s'essuyant la bouche. Marilyn mange comme un ex-détenu : pliée en deux, dans la crainte perpétuelle qu'on vienne lui arracher son assiette, et, quand elle s'arrête, ce n'est pas avec un sentiment de satiété mais de soulagement. Huit frères et sœurs, ça vous apprend à vous protéger.

1. John Jacob Astor (1762-1848) est le premier multimillionnaire américain de l'histoire des USA, fondateur de la dynastie Astor. *(N.d.T.)*

« Tu ne te déferas jamais de ton amour pour les jolies choses, Ethan, voilà ton problème.

— Je ne vois pas en quoi c'est un problème. Et puis ils ne sont pas jolis. Tu les as vus, d'abord ?

— Je les ai vus.

— Ils ne sont pas jolis.

— On dirait des tracs que Francis Bacon aurait pu dessiner en prison... Ne m'écoute pas, chéri, c'est juste que je suis jalouse de tes marges. Tu ne finis pas ? »

Je lui donnai le reste de ma salade.

« Merci, dit-elle en s'y attaquant *illico*. J'ai entendu dire que Kristjana avait déterré la hache de guerre.

— J'ai été obligé de la planter. Je m'en veux un peu mais...

— Arrête. Je te comprends ! Elle a été chez moi pendant un temps, tu le savais ? »

Je fis non de la tête.

« C'est moi qui l'ai découverte. »

Pour le coup, je savais que ça n'était pas vrai.

« Ah bon ?

— Plus ou moins, rétorqua Marilyn en haussant les épaules. Je l'ai découverte chez Geoffrey Mann. Il ne s'occupait pas d'elle. Alors je l'ai redécouverte.

— Volée, quoi.

— Est-ce que c'est du vol quand on est d'accord pour rendre ce qu'on a volé ?

— Je lui ai proposé de reprogrammer son expo plus tard mais elle ne voulait rien entendre.

— Elle s'en remettra. Quelqu'un la repêchera, il y a toujours des volontaires. Elle m'a appelée, tu sais ?

— Ah oui ?

— Hmm. Merci, dit-elle en prenant le plat que le serveur lui apportait. Elle m'a pitché son projet. Son histoire de banquise, là. Je lui ai dit : “Très peu pour moi.” Je ne vais pas couper la clim dans ma galerie pour qu'elle puisse se toucher en parlant d'environnement. Pitié ! Fais-moi un truc que je vais pouvoir *vendre* !

— Elle peignait bien, à une époque.

— Ils commencent tous comme ça. Aux abois. Ensuite, ils ont deux ou trois critiques qui leur lèchent le cul et ils s'imaginent qu'il leur suffit de chier dans une boîte de conserve pour que ce soit génial. »

Je lui fis remarquer que Piero Manzoni avait effectivement vendu des boîtes de conserve de sa propre merde.

« À l'époque, c'était original, rétorqua-t-elle. Il y a quarante ans. Maintenant ça pue, c'est tout. »

Je voulais bien concéder à Marilyn son objection fondamentale : l'art de Victor Cracke n'entrait dans aucune catégorie claire, ce qui rendait d'autant plus cruciale ma responsabilité dans son succès. Ou son échec. Le talent et la créativité d'un galeriste résident en partie dans sa capacité à entourer une œuvre du contexte approprié. Les gens aiment pouvoir parler de leurs acquisitions à leurs amis, avoir l'air de s'y connaître. Ainsi peuvent-ils se justifier d'avoir claqué un demi-million de dollars pour un gribouillage et des bouts de ficelle.

En théorie, j'avais la partie facile : je pouvais inventer ce que je voulais. Personne ne me contredirait si j'avais envie de présenter Victor comme plongeur dans un restaurant, gymnaste professionnel ou assassin à la retraite. Mais, au bout du compte, je décidai que l'histoire la plus fascinante était qu'il n'y en ait pas du tout : Victor Cracke, une énigme. Que les visiteurs écrivent leur propre version et qu'ils comblent les blancs avec tous les espoirs, les rêves, les peurs et les désirs qu'ils voudraient. L'œuvre deviendrait ainsi un test de Rorschach géant. Tout art digne de ce nom produit plus ou moins le même effet, mais je me doutais que l'ampleur du travail de Victor, son exhaustivité hallucinatoire, donnerait lieu à un contre-transfert massif de la part des spectateurs. Ou bien à une immense perplexité.

Je passai donc la soirée du vernissage à répondre à peu près sur le même mode à toutes les questions qu'on me posait :

« Je ne sais pas. »

« On ne sait pas vraiment. »

« Très bonne question. Je ne suis pas sûr d'avoir la réponse. »

Ou encore :

« À votre avis ? »

Dans un vernissage, vous pouvez repérer les novices par l'intérêt qu'ils portent aux œuvres. Les gens du milieu ne se donnent même pas la peine d'y jeter un coup d'œil. Ils sont là pour le vin et les chips, et pour commenter les potins de la semaine : qui est *in,* qui est *out*.

« Génial, me complimenta Marilyn en vidant le fond de son gobelet en plastique.

— Merci.

— Je t'ai apporté un cadeau. Tu n'as pas remarqué ?

— Où ça ?

— Là-bas, idiot. »

Elle désigna d'un hochement de menton un grand bellâtre en costume cintré. Je la dévisageai avec surprise. Kevin Hollister était un bon ami de Marilyn, camarade de chambrée de son ex-mari au pensionnat du prestigieux lycée de Groton. Quarterback dans l'équipe de Harvard, il avait offert à son club trois titres dans le championnat de la Ivy League, ce qui lui avait permis de décrocher une bonne planque juteuse dans une banque juste en sortant de la fac, et depuis il n'avait fait que prospérer. Il vit, pourrait-on dire, assez confortablement.

Il avait récemment délaissé la vente à découvert de devises est-européennes pour s'intéresser à l'art, en bon parvenu culturel aux yeux de qui une toile ne représentait guère plus qu'un onéreux ticket d'entrée pour une soirée ultrasélecte. La façon dont des types qui ne manquent ni d'argent ni de jugeote – des hommes qui contrôlent les marchés mondiaux, qui dirigent les plus grandes entreprises, qui ont l'oreille des politiques – se transforment en crétins ahuris devant le moindre tableau ne cessera jamais de m'étonner. Ne sachant par où commencer, ils s'en remettent pour les guider au premier expert qui leur tombe sous la main, aussi tendancieux et intéressé soit-il.

Dans un aveuglement spectaculaire, Hollister avait engagé Marilyn comme consultante, en lui donnant l'équivalent d'un robinet privé sur son compte en banque. Inutile de dire qu'elle lui avait vendu uniquement des œuvres d'artistes qu'elle représentait, aboyant après quiconque osait marcher sur ses plates-bandes. Elle m'avait dit un jour : « Il ne comprendra jamais qu'une collection digne des plus grandes de ce monde est le produit d'une longue et patiente réflexion et ne peut se constituer en un coup de baguette magique, mais je suis ravie de l'assister dans ses efforts. »

Je l'avais déjà croisé une ou deux fois mais nous n'avions jamais discuté plus de quelques minutes, et jamais d'art. Le fait que Marilyn l'ait amené ce soir-là pouvait signifier deux choses : soit elle trouvait que

Victor Cracke était bon, soit elle me considérait, moi et ma galerie, comme un risque zéro pour son monopole.

« Je lui ouvre de nouveaux horizons », me dit-elle avec un clin d'œil avant d'aller prendre Hollister par le bras.

J'arpentai la galerie toute la soirée, débitant mon baratin aux éternels incontournables. Jocko Steinberger, qui avait l'air de ne pas s'être rasé depuis son propre vernissage au mois de décembre précédent, resta bloqué du début à la fin devant un seul dessin, le regard catatonique. Nous eûmes droit à une visite surprise d'Étienne Saint-Mauritz qui, avec Castelli et Emmerich, avait été l'un des premiers marchands d'art américains. Il était vieux, à présent, demi-dieu à la peau fripée poussé dans un fauteuil roulant par une femme en long manteau de fourrure et escarpins Christian Louboutin. Il trouva le travail excellent et m'en fit part.

Nat était venu avec son petit copain et ils avaient l'air de s'entendre à merveille avec un autre marchand, Glenn Steiger, ancien assistant de Ken Noland, connu pour son langage ordurier et son arsenal d'anecdotes croustillantes. En passant devant eux, je surpris des bribes de leur conversation :

« ... voulait m'acheter une toile à 48 000 dollars... en billets de 1... ça *puait* la marijuana à plein nez, putain... du pognon sale... »

Ruby, les cheveux tressés en une coiffure élaborée, s'était isolée dans le coin près des carnets. Je n'avais encore jamais rencontré son compagnon, bien qu'elle m'en ait déjà parlé à plusieurs reprises.

« Ethan, je te présente Lance DePauw.

— Enchanté, rétorquai-je. J'ai beaucoup entendu parler de vous.

— *Idem* pour moi. »

Lance avait les yeux injectés de sang et constamment en mouvement. Lui aussi sentait le pognon sale.

« C'est carrément dingue, ce truc, reprit-il.

— On était en train de regarder le journal alimentaire, indiqua Ruby. Je trouve ça réconfortant, l'idée qu'il mangeait toujours la même chose. Ma mère me préparait mes déjeuners à emporter, quand j'étais gamine, et elle me mettait toujours le même sandwich, fromage à tartiner et confiture. Ça me fait penser à ça.

— Ouais, fit Lance, ça ou la prison. »

Nous contemplâmes un moment le journal tous les trois.

« Délire », commenta Lance.

À l'autre bout de la pièce, Marilyn me faisait signe de la rejoindre. Je m'excusai et allai saluer Hollister. Sa poignée de main n'était pas l'étau viril auquel je m'attendais, mais plutôt sèche et méfiante. Je remarquai aussi qu'il avait les ongles manucurés.

« Nous étions en admiration devant ce panneau-là, dit Marilyn.

— Très bon choix, approuvai-je.

— Je me trompe ou c'est le panneau central ? Ethan ?

— Panneau numéro 1, confirmai-je en hochant la tête.

— Vraiment bizarre, médita Marilyn. Qu'est-ce que c'est, là ? Des bébés ?

— On dirait des chérubins, suggéra Hollister.

— C'est drôle que vous disiez ça, répondis-je, parce que c'est justement comme ça qu'on les a baptisés entre nous : les chérubins de Victor. »

Au centre du panneau numéro 1 se trouvait une étoile à cinq branches dont la teinte marron terne constituait une touche étonnamment sourde dans une palette plutôt criarde. Autour d'elle dansait une ronde d'enfants ailés aux visages béats qui contrastaient vivement avec le reste du décor, grouillant d'agitation et de carnage. Victor dessinait très bien, mais à l'évidence ces personnages-là lui importaient particulièrement, au point qu'il n'avait pas voulu prendre de risque : ils étaient représentés avec une précision laissant penser qu'ils avaient été décalqués plutôt que tracés à main levée.

« On dirait... commença Marilyn. Je ne sais pas, un genre de croisement entre Botticelli et Sally Mann. Ça fait un peu pédophile, tu ne trouves pas ? »

Je la dévisageai en haussant un sourcil.

Hollister se pencha pour scruter les dessins de plus près.

« Ils sont incroyablement bien conservés, quand on y pense.

— Oui.

— Vous avez vu l'endroit quand il était dans cet état ? me demanda-t-il en désignant le mur où j'avais affiché des photos agrandies de l'appartement avant le déménagement.

— C'est moi qui l'ai découvert », répondis-je.

Derrière lui, je vis Marilyn sourire.

« Kevin voudrait en savoir plus au sujet de l'artiste, dit-elle.

— Très franchement, je ne vois pas trop ce que je pourrais vous en dire de plus.

— Comment le situeriez-vous par rapport à d'autres artistes dans la mouvance de l'art brut ?

— Eh bien... hésitai-je en lançant discrètement un regard noir à Marilyn. Je ne suis pas sûr qu'il faille l'inscrire dans cette mouvance. »

Hollister blêmit, et je m'empressai d'ajouter :

« *Stricto sensu*. Je ne suis pas sûr, *stricto sensu*, qu'on puisse le comparer à aucun autre artiste, même si du coup vous avez sans doute raison de le ranger dans la catégorie art brut puisque ce qui définit en partie cet art-là est précisément l'absence de références. »

Dans son dos, Marilyn frottait son pouce et son index ensemble.

Je me mis à déblatérer un tas de lieux communs sur Jean Dubuffet, l'art brut et le mouvement anticulturel.

« En général, ça concerne des œuvres créées par des prisonniers, des enfants ou des fous, et je ne suis pas sûr que Cracke était aucun des trois, *stricto sensu*.

— Moi, je pense qu'il était les trois à la fois, rectifia Marilyn.

— Il était enfant ? s'étonna Hollister. Je croyais qu'il était vieux.

— Non, fis-je. Enfin, c'est-à-dire, oui. Non, il n'était pas enfant.

— Quel âge avait-il ?

— On ne sait pas exactement.

— Je ne veux pas dire *au sens propre*, précisa Marilyn. Mais regardez sa conception du monde, c'est incroyablement puéril, non ? Des anges qui dansent ? Vous connaissez encore des gens qui font ça ? On ne peut pas faire ce genre de chose au premier degré, c'est impossible, et, moi, je trouve ça terriblement touchant qu'il l'ait fait.

— Presque mièvre, suggéra Hollister.

— Peut-être, sauf que tout le reste n'est pas du tout comme ça. C'est même plutôt le contraire, sordide et violent. Pour moi, c'est ce qui rend l'œuvre intéressante, l'écartèlement entre deux émotions extrêmes. Je crois

– mais dis-moi si je me trompe, Ethan –, j'ai l'impression qu'il y a deux Victor Cracke : celui qui dessine des petits chiens, des gâteaux à la crème et des rondes féeriques, et celui qui dessine des décapitations, des tortures et tout ça, dit-elle en montrant un panneau rempli de scènes de batailles extrêmement crues. Qu'est-ce que tu en penses ? » me demanda-t-elle en souriant.

Je haussai les épaules

« Il essayait d'englober tout ce qu'il voyait. Il voyait aussi bien de la douceur que de la cruauté. Ce n'est pas qu'il y a deux Victor Cracke, c'est à cause du monde tel qu'il est, avec toutes ses incohérences. »

Marilyn balaya la pièce d'un grand geste de la main.

« Tu ne peux pas nier qu'il y a un aspect de démence dans son œuvre. Sa façon obsessionnelle de remplir chaque centimètre carré de papier... Et puis il n'y a qu'un fou pour dessiner pendant quarante ans et tout planquer dans des cartons. »

Je reconnus que j'avais eu la même impression au départ.

« Ah, tu vois ! Ça fait partie de sa force, bien sûr.

— Tout ce que je sais, c'est qu'il est bon.

— D'accord, d'accord, mais tu ne crois pas que tu serais un peu moins enclin à l'exposer si tu savais que c'était le travail de fin d'études d'un élève de la School of Visual Arts ?

— Un élève de la School of Visual Arts serait incapable de produire quelque chose d'aussi sincère, répliquai-je. C'est précisément la question.

— Tu parles comme Dubuffet, maintenant !

— Tant mieux. Je trouve ça rafraîchissant de ne pas avoir à réfléchir au quatrième degré.

— Imaginons une seconde que Victor soit un criminel...

— Arrête ! fis-je.

— Je dis ça comme ça, c'est une hypothèse de travail.

— Il n'y a rien qui puisse le laisser penser. C'était un solitaire. Il n'a jamais dérangé personne.

— Est-ce que ce n'est pas toujours ce qu'on dit des tueurs en série ? *Oh, il n'aurait jamais fait de mal à une mouche.* »

Je roulai des yeux.

« Enfin, bref, reprit-elle. Le concept d'art brut me semble approprié. »

Je ne croyais vraiment pas que Victor Cracke puisse être si facilement et catégoriquement étiqueté. Mais je compris à l'expression de Marilyn qu'elle essayait de me rendre service en donnant à Hollister quelque chose de concret à quoi se raccrocher. Apparemment, il avait besoin de mettre les gens dans des cases.

« Oui, on peut dire ça », concédai-je en souriant à Hollister. Pour les besoins de la discussion.

Il scruta à nouveau les dessins.

« Qu'est-ce que ça signifie ? demanda-t-il.

— À votre avis ? »

Il pinça les lèvres pendant quelques instants.

« Rien, fondamentalement », finit-il par dire.

Nous décidâmes d'en rester là.

Toute la soirée, je guettai du coin de l'œil l'arrivée de Tony Wexler. Je lui avais envoyé une invitation, volontairement adressée à son domicile plutôt qu'au bureau. Je savais pourtant qu'il ne pourrait pas venir. Comme d'habitude. Il ne pouvait pas venir si mon père avait été snobé, et je snobais systématiquement mon père, ce qui ôtait tout l'intérêt d'envoyer une invitation à Tony.

Vu son implication dans la découverte de l'artiste et de l'œuvre, je pensais au moins recevoir un coup de fil. Mais je n'avais eu aucune nouvelle. Ça me restait un peu en travers de la gorge. Même le foutu type du syndic, Shaughnessy, était là, emmitouflé dans une grosse veste sport qui n'avait pas dû voir la lumière du jour depuis un bail. Je l'avais d'abord pris pour un artiste délibérément mal habillé, dans une grossière imitation vestimentaire de la classe moyenne. Puis il me fit signe de loin et la mémoire me revint : les lunettes sales, les poignets épais. Je me demandais bien ce qu'il foutait là ou même comment il avait entendu parler de l'expo. Comme j'en touchais un mot à Nat, il me rappela que, à ma propre demande, nous avions envoyé des cartons à tous les gens que j'avais interrogés, en guise de remerciement.

J'étais sidéré.

« Je t'ai dit de faire ça ? »

Nat sourit.

« Sénilité précoce ?

— J'étais un peu dans ma bulle, ces derniers temps. Quoi qu'il en soit, je ne m'attendais sûrement pas à ce que quiconque prenne l'invitation au sérieux.

— Eh ben, lui, si.

— Je vois ça. »

Je culpabilisais un peu pour Shaughnessy, qui passa la soirée à tourner en rond autour des dessins en essayant maladroitement d'attraper des bouts de conversation au vol. Je finis par aller lui serrer la main.

« Incroyable, hein ? dit-il en me désignant les panneaux. J'avais pas raison ?

— Si.

— Je sais quand même faire la différence.

— C’est sûr.

— J’aime bien celui-là. »

Il me montra un endroit où Victor avait représenté un pont – Ruby trouvait qu’il ressemblait au pont de la 59e Rue – qui se transformait en dragon dont la langue fourchue s’envolait et dessinait dans le ciel les traînées d’un avion à réaction, lequel se jetait dans un océan qui à son tour devenait la gueule ouverte d’un poisson géant, etc. Les images avaient tendance à s’emboîter les unes dans les autres, de sorte que, chaque fois que vous pensiez avoir trouvé l’unité la plus vaste, vous découvriez, en ajoutant d’autres panneaux, une superstructure supérieure.

« Truc de dingue », dit Shaughnessy.

J’acquiesçai d’un hochement de tête.

« Vous en avez vendu ?

— Pas encore.

— Vous pensez que vous allez en vendre ?

— J’espère », répondis-je avec un coup d’œil en direction de Hollister.

Shaughnessy se passa la langue sur les lèvres.

« Hé, je voulais vous demander un truc. Vous croyez que je pourrais en avoir un ? »

L’espace d’un instant, je crus qu’il me faisait une offre.

« En avoir un ? répétai-je.

— Ouais, vous voyez, quoi.

— Vous voulez dire “acheter un dessin” ?

— Pas vraiment. »

Il se lécha de nouveau les lèvres.

« Quoi alors ?

— Comme un genre de commission. Une prime d'intermédiaire », dit-il en souriant.

Au loin, j'aperçus Marilyn et Hollister qui se dirigeaient vers la sortie en bavardant.

« Vous voulez que je vous donne un des dessins ? » demandai-je.

Il rougit brusquement.

« C'est pas comme s'ils étaient à vous.

— Excusez-moi », fis-je en le plantant sur place.

Avant de partir, Hollister me tendit sa carte en me disant de l'appeler dès lundi. Il laissa un vide dans son sillage : tout le monde s'écartait pour le regarder passer. Les gens l'avaient pisté toute la soirée, impatients de savoir s'il était encore ou non la chasse gardée de Marilyn.

Je me retournai et cherchai Shaughnessy des yeux, le repérai à l'autre bout de la pièce en train de s'enfourner frénétiquement des petits-fours. Après quoi il planqua une bouteille entière de vin sous sa veste, roula ensemble trois catalogues de l'exposition et partit sans dire au revoir.

Le seul vrai point noir de cette soirée qui jusque-là avait été très réussie arriva vers la fin, alors qu'il ne restait plus que moi, mon équipe et le noyau dur des pique-assiettes les plus acharnés. Nat, qui s'était glissé derrière le comptoir de l'accueil pour attraper des cartes postales promotionnelles, essaya bien d'intercepter Kristjana, mais elle passa devant lui comme une furie. Il courut alors me prévenir. Hélas ! c'était déjà trop tard : elle avait pris position au centre de la galerie.

Tous les regards se tournèrent vers elle. Comment voulez-vous ignorer une Islandaise maniaco-dépressive de 1,80 mètre avec une coupe en brosse militaire, du gros scotch sur la bouche et vêtue d'une...

« Je rêve ou c'est une camisole de force ? » murmura Ruby.

C'en était une. En cuir verni rouge.

« C'est un modèle de chez Gaultier », chuchota Nat.

Nous parlions tout bas car nous savions que nous venions d'être pris en otages et allions devoir assister à une performance artistique.

Cela ne dura pas longtemps. Kristjana tendit les bras au ciel, se cambra gracieusement en arrière et lentement – très, très lentement – se mit à arracher le scotch de son visage. Le crissement soyeux de la colle résonnait dans toute la galerie ; c'était douloureux à voir. D'un brusque mouvement de poignet, elle envoya virevolter le bout de scotch par terre. Puis elle se plia violemment en avant et expulsa une invraisemblable quantité de mucus au beau milieu de mon parquet, où il resta immobile, luisant comme un crapaud.

Elle pivota alors sur ses talons et sortit d'un pas énergique.

La première personne à réagir fut Lance, le copain de Ruby. Alors que tous les autres étaient encore sous le choc, il se leva de la chaise où il était assis dans un coin et s'avança tranquillement jusqu'au mollard, d'où commençaient à couler de petits filaments baveux verts. Il sortit de sa veste de survêtement une minicaméra vidéo, l'alluma, retira le cache de l'objectif et s'agenouilla pour faire un gros plan de la dernière œuvre de Kristjana.

5

L'exposition fut un succès. Je récoltai de bonnes critiques dans les revues professionnelles, en particulier dans *ArtBox,* un papier signé par un vieil ami qui n'aimait rien tant que d'aller à contre-courant et dont je m'attendais à ce qu'il m'étripe. La Collection de l'art brut, le musée créé autour de la collection personnelle de Jean Dubuffet, émit l'idée de faire venir l'expo à Lausanne. Et quelqu'un avait dû en toucher un mot au *Times* car ils m'envoyèrent un journaliste, pas de la rubrique « Arts » mais « Styles ».

J'hésitai à lui accorder une interview. Tout le monde sait que, en matière d'avant-garde, le *Times* est complètement à côté de la plaque ; quand ils parlent d'une tendance, vous pouvez être sûr que ça signifie qu'elle est déjà morte et enterrée. Je m'inquiétais en outre de la façon dont ils présenteraient les choses. Sans beaucoup forcer la vérité, je pouvais aisément passer pour un vautour se repaissant des charognes des pauvres et des exclus.

Au bout du compte, néanmoins, je fus contraint d'accepter, sans quoi je n'aurais eu aucun contrôle sur le contenu de l'article ; je n'aurais pas pu les empêcher de le publier et d'interpréter mon refus de commentaire comme un aveu tacite.

Les mêmes qualités qui font de moi un bon vendeur font aussi de moi un bon interviewé, et, lorsque le papier parut, je fus ravi de constater que j'avais réussi à convaincre le journaliste que nous étions amis. Il qualifiait l'exposition de « troublante » et « hypnotique », et avait mis en gros plan un des chérubins en première page de la rubrique. Ma photo n'était pas trop mal non plus.

À côté de la plaque ou pas, le *Times* est auréolé d'un certain prestige, en particulier aux yeux des parvenus de la culture. En quelques jours, je reçus plusieurs offres bien au-dessus de celles que j'avais eues le soir du vernissage. Sur les conseils de Marilyn, je fis mariner tout le monde en attendant de parler à Kevin Hollister, dont elle me promit qu'il me rappellerait dès son retour d'Anguilla.

Elle tint parole. Deux jours plus tard, il m'invita à déjeuner au rez-de-chaussée d'un gratte-ciel de Midtown dont il était propriétaire. Le personnel du restaurant se pressait et tournoyait autour de lui, emportant son manteau alors qu'il avait à peine fini de l'enlever, lui tirant sa chaise, déposant une serviette sur ses genoux, lui collant son cocktail préféré dans la main sans qu'il ait eu besoin de prononcer le moindre mot. Au milieu de cette frénésie, il semblait ne prêter attention à personne d'autre que moi, me demandant comment j'avais atterri dans l'art, comment j'avais rencontré Marilyn, etc. On nous avait placés dans un salon privé où le chef en personne vint nous servir un assortiment de sushis pareils à des joyaux. C'était délicieux. Hollister commanda une deuxième tournée et, de but en blanc, me proposa 170 000 dollars pour les chérubins. Je lui répondis que ça ne me paraissait pas beaucoup, surtout qu'en lui donnant un seul panneau je détruirais l'intégrité de l'œuvre, qui, à vrai dire, aurait dû normalement rester un tout. Sans ciller, il doubla son offre.

Nous nous entendîmes finalement pour 395 000. Pas de quoi défrayer la chronique mais il ne faut pas oublier que, peu de temps auparavant, ces dessins étaient à deux doigts de finir à la poubelle. Le plaisir que j'éprouvai à regarder Hollister me signer un chèque était secondaire par rapport à l'excitation démiurgique d'avoir créé quelque chose à partir de rien, d'avoir fait du fric sur du vent, une pure invention *ex nihilo*.

Sitôt le marché conclu, je détectai un changement dans l'attitude de Hollister, un brusque regain de confiance. Maintenant qu'il était le possédant, il savait comment se comporter. Les hommes de son espèce pensent que rien ne peut leur échapper, qu'il s'agisse d'un terrain immobilier, d'une œuvre d'art, d'un trait d'esprit ou d'une personne. Une fois qu'ils ont payé et que l'ordre est rétabli, ils peuvent se conduire à nouveau en maîtres de l'univers. C'est une métamorphose que je reconnaissais pour l'avoir vue à l'œuvre pendant des années chez mon père.

Je rentrai à la galerie cet après-midi-là euphorisé par cette transaction mais déprimé à l'idée de me séparer de mes dessins. *Les miens,* et je n'avais aucune honte à le dire.

Quand une exposition marche bien ou que je réalise une vente exceptionnellement juteuse, en général je renvoie mes assistants chez eux, ferme la galerie au public et invite l'artiste à venir communier avec l'objet que nous avons créé ensemble. Je suis le premier à reconnaître que c'est un rituel purement sentimental, mais jamais personne n'a refusé de s'y prêter. Quiconque serait blasé au point de ne pas éprouver un sentiment de deuil n'est pas capable, à mon avis, ni de voir l'art où il se trouve ni de comprendre sa transcendance. Et, dans ce cas, je ne veux pas être son galeriste.

En l'absence de Victor Cracke, je me tenais seul au milieu du vaste espace blanc à regarder les pages des dessins onduler faiblement. Je retirai ma chemise, m'en fis un coussin et m'allongeai par terre devant le panneau le plus proche, avec la même impression qu'un enfant qui découvre l'océan pour la première fois, submergé par son immensité et sa mélancolie.

J'aime bien organiser ma vie en sections de cinq ans, *grosso modo*. Ma mère est morte quand j'avais 5 ans, justement. Lorsque j'en ai eu 12, mon père, fatigué de m'écouter, m'expédia en pension. S'ensuivirent cinq années au cours desquelles je fus renvoyé de diverses institutions scolaires à travers le globe. Voyons si j'arrive à m'en souvenir dans le bon ordre : Connecticut, Massachusetts, Bruxelles, Floride, re-Connecticut, Berlin, Vermont et Oregon. En rentrant à New York, je savais dire « rouler un pétard » et « tailler une pipe » dans plusieurs dialectes d'anglais américain ainsi qu'en turc, en allemand, en français et en russe.

À mes 16 ans, un Tony Wexler au comble du désespoir – c'était lui, plutôt que mon père, qui s'était occupé de mes tribulations – appela ma demi-sœur Amelia en la suppliant de m'accueillir chez elle quelque temps.

Amelia et moi n'avions jamais été proches. Elle vivait à Londres depuis que sa mère et mon père avaient divorcé en 1957, ce qui vous donne aussi une idée du fossé générationnel qui nous séparait. Je la croisais en de très rares occasions. À l'enterrement de ma mère, par exemple. Certes, j'avais fait très peu d'efforts pour gagner son affection. Je considérais mes trois demi-frères et sœur non pas comme mes égaux mais plutôt comme de vagues figures semi-parentales en qui je n'avais absolument pas confiance. Mes deux demi-frères, que je voyais en revanche plusieurs fois par mois, étaient des lèche-culs de première, et, à l'époque, je n'avais aucune raison de croire qu'Amelia puisse être différente. Je m'envolai donc pour Londres avec le cœur lourd.

À la grande surprise de tout le monde – moi le premier –, je m'y plus beaucoup. L'humidité du climat s'accordait bien avec mon sentiment adolescent de désastre imminent, et l'humour anglais pince-sans-rire me convenait mieux que la niaiserie rampante de la pop culture américaine. Je réussis à ne pas me faire renvoyer du lycée et même, avec l'aide de cours particuliers, à décrocher mon bac. C'est pendant ces années que je me fis certains de mes meilleurs amis, des amis avec qui je suis encore en contact et que je revois chaque fois que je voyage pour mon travail, ce qui m'arrive plus souvent que le strict nécessaire, juste pour le plaisir de passer du temps avec eux. En un sens, j'ai l'impression que ma vraie vie est toujours là-bas.

Ce fut Amelia qui la première éveilla mon intérêt pour l'art. Son mari est membre de la Chambre des lords et, pendant qu'il passe son temps à rédiger des projets de loi pour la défense de la chasse au renard, elle passe le sien à dilapider l'argent du ménage en investissant dans une esthétique radicale. Pendant mon séjour chez elle, elle m'emmena aux vernissages et aux fêtes de la Tate Gallery ; j'étais le charmant petit frère, l'Amerloque aux cheveux en bataille et au tempérament rebelle. J'adorais la pompe, le snobisme, le mélange de passion et de mépris qui habitaient chaque conversation. Les gens prenaient ça au sérieux, ou du moins ils en avaient l'air, et, à l'époque, c'était ce qui m'importait. Après avoir vécu avec mon père et son impassibilité légendaire, ma vie londonienne me semblait une formidable aventure mélodramatique.

Amelia m'apprit à ne plus voir avec mes yeux mais avec ceux de l'artiste, à accepter une œuvre telle qu'elle se présentait, une aptitude qui me permit à la fois de comprendre l'art contemporain et de l'expliquer aux autres. Avec son aide, j'utilisai mes économies – l'argent de l'héritage de ma mère que je pus toucher à mes 18 ans – afin d'acheter ma première œuvre, un dessin de Cy Twombly que j'emportai avec moi en rentrant aux États-Unis pour poursuivre mes études à Harvard, où je logeais dans une résidence universitaire qu'avaient occupée avant moi mes demi-frères, mon père, mon grand-père et mes grands-oncles. Les gens riaient en apprenant mon nom. *Ah bon, et tu habites dans le bâtiment Muller ?*

Sans le chaperonnage d'Amelia, je repris bien vite mes vieilles habitudes. Mon quinquennat suivant consista essentiellement à boire de la vodka, sniffer de la cocaïne, m'envoyer en l'air, prendre des « vacances » forcées et me faire virer.

Vous ne pouvez pas imaginer comme il est difficile de se faire virer de Harvard. Ils sont prêts à tout pour ne pas être associés à l'odeur pestiférée de l'échec. Je finis par y arriver en me battant en plein milieu d'un cours avec un professeur que j'avais traité d'« herpès analphabète ». Une accusation éthylique, certes, mais parfaitement méritée. Et même alors, j'avais dû décocher le premier coup.

Après être venu me récupérer à Cambridge, Tony Wexler me fit asseoir et m'annonça que, si je ne trouvais pas de boulot, on me couperait les vivres.

Il était visiblement peiné d'avoir à me menacer et, même si nous savions tous les deux que les ordres ne venaient pas de lui, je le méprisais de s'en faire l'exécutant. Je dépensai mes derniers 1000 dollars pour me payer un billet d'avion à destination de Londres, où j'allai tout droit sonner à la porte d'Amelia, littéralement inflammable suite aux innombrables *gin tonic* que j'avais ingurgités pendant le vol.

Elle me recueillit sans hésiter. Jamais elle ne me demanda combien de temps j'avais l'intention de rester, ni ce qui s'était passé. Elle me nourrit, me laissa dormir, ne portant jamais aucun jugement sur moi, peut-être parce qu'elle savait que je finirais par être moi-même le plus dur de mes juges.

Avec pour seule occupation la lecture dans le jardin, je compris peu à peu quel gâchis j'avais fait de ma vie, une prise de conscience qui me rendit triste et esseulé mais surtout en colère. Je me revois encore assis sur un banc au bout de la charmille, écoutant les oiseaux dans un état de fébrilité extrême après deux jours sans drogue ni alcool. Je me levai pour aller au bahut dans lequel le mari d'Amelia rangeait ses whiskies, m'attendant évidemment à le trouver fermé à clé. Tony avait sans doute appelé pour les prévenir de vider les placards. J'en voulais d'avance à ma sœur de faire semblant de m'aimer, de ne pas valoir mieux que les autres, de n'être finalement qu'un des laquais de mon père.

Le bahut était ouvert. Pétrifié de honte, je le refermai et quittai discrètement la pièce.

Le déclic se produisit quelques jours plus tard, lorsqu'Amelia me demanda en passant ce que j'avais fait de mon Twombly, celui que nous avions acheté ensemble et que j'aimais tant.

C'est seulement alors que je me souvins de l'avoir laissé à Harvard. Mon départ avait été si précipité, si confus, si tiraillé entre les avocats et les ultimatums que j'avais oublié de le prendre. À ma connaissance, il devait toujours s'y trouver.

Je téléphonai à un ami encore sur place pour lui demander d'aller voir dans ma chambre. J'avais accroché le Twombly au-dessus de mon lit, où il attirait invariablement l'attention de tous ceux qui me rendaient visite. Les connaisseurs – uniquement des étudiants en histoire de l'art, et presque toujours des filles – avaient tendance à penser, jusqu'à ce qu'on le leur démente, que je l'avais emprunté à l'artothèque du Fogg Art Museum, où même les boursiers les plus fauchés pouvaient, moyennant 30 dollars, devenir les heureux propriétaires d'un Jasper Johns pour deux semestres. Et quand je leur disais que non, qu'en vérité le dessin m'appartenait en propre, elles avaient tendance, ces étudiantes en histoire de l'art, à coucher avec moi. J'avais bien des raisons d'aimer la spécialité que je m'étais choisie.

Bref, mon ami me rappela pour me dire qu'apparemment le Twombly, comme toutes les autres affaires que j'avais abandonnées, avait été mis aux ordures.

Ce fut un coup de poignard. Pour la première fois depuis la mort de ma mère, je pleurai. Le mari d'Amelia, désarmé face à un tel déballage de chagrin, m'évita pendant des jours. Amelia m'apportait du thé, me tenait la main, et peu à peu je me rendis compte que la véritable tragédie n'était pas la perte de ce dessin mais le fait que je sois incapable de verser des larmes pour rien d'autre qu'un bout de papier.

Depuis ce jour-là, je n'ai plus touché une goutte d'alcool. Toutes les pensées noires et l'amertume qui nourrissaient mon comportement autodestructeur ont été canalisées dans deux nouveaux domaines d'expertise : l'art et la haine de mon père. Justifiés ou pas, on a tous ses exutoires.

Grâce à Amelia, je décrochai un boulot dans une galerie de Londres, et quand je décidai de rentrer aux États-Unis elle appela son amie Leonora Waite, qui tenait une galerie au troisième étage du 567 West Twenty-fifth Street.

Leonora et moi nous entendîmes à merveille. Vigoureuse lesbienne du Bronx fumant clope sur clope, elle avait un penchant pour l'art féministe, les romans de gare et les films gore. Elle avait un rire tonitruant, donnait des fêtes mémorables et détestait Marilyn Wooten de tout son cœur, allant jusqu'à menacer de me virer lorsque je commençai à la fréquenter.

Ce qu'elle ne fit pas. À la place, elle me vendit sa galerie pour un prix dérisoire quand elle prit sa retraite après le 11 septembre. Elle mourut six mois plus tard et je changeai alors la plaque sur la façade en MULLER GALLERY. En son honneur, ma première exposition fut consacrée aux derniers travaux du collectif Lilit, une communauté d'artistes autogérée du Connecticut dont la cofondatrice, Kristjana Hallbjörnsdottir, allait bientôt devenir une de mes protégées.

Étendu sur le sol de la galerie à méditer sur la longue route singulière qui m'avait conduit jusque-là, je me sentais en paix. Victor Cracke représentait mon premier pas d'adulte dans le métier. À l'exception de Kristjana, j'avais hérité toute ma clientèle de Leonora, et dans l'esprit de beaucoup la galerie Muller n'avait pas réussi à se distinguer de sa précédente propriétaire. Or, même si j'appréciais les goûts de Leonora, je souhaitais depuis longtemps imprimer ma marque, dénicher un artiste que j'aimais et le propulser sur le devant de la scène. Victor m'avait donné cette chance et je ne l'avais pas trahi.

« Merci », lançai-je aux dessins.

Ils ondulaient comme des algues marines.

Si j'avais su ce qui était sur le point d'arriver, je me serais levé et j'aurais débranché le téléphone. Ou peut-être que je me serais précipité pour répondre. Tout dépend si vous considérez ce qui va suivre comme une bonne ou une mauvaise chose.

Quoi qu'il en soit, la suite de l'histoire commence par une sonnerie de téléphone. C'est un roman policier, je vous rappelle.

Le répondeur se mit en marche. Une petite voix fatiguée dit :

« Monsieur Muller, ici Lee McGrath. J'ai lu un article et j'aurais aimé en savoir un peu plus sur l'artiste Victor Cracke. Auriez-vous la gentillesse de me passer un coup fil ? »

Il laissait ensuite un numéro qui commençait par le préfixe de Brooklyn et du Queens.

Je rentrai chez moi ce soir-là sans l'avoir rappelé, et en arrivant au travail le lendemain matin je trouvai un deuxième message.

« Bonjour, monsieur Muller, c'est Lee McGrath. Désolé de vous déranger à nouveau. Si ça ne vous ennuie pas, je vous serais reconnaissant de bien vouloir me retourner mon appel. »

Je composai son numéro et me présentai.

« Bonjour, dit-il. Merci de me rappeler.

— C'est bien normal. Que puis-je faire pour vous ?

— Je lisais le journal et je suis tombé sur l'article au sujet de ce Victor Cracke, votre artiste, là. Une drôle d'histoire, on dirait.

— En effet.

— Oui, très intéressante. Ça vous ennuie si je vous demande comment vous l'avez rencontré ? Parce que j'aimerais en savoir un peu plus. »

Visiblement, McGrath n'avait pas lu l'article avec beaucoup d'attention : le journaliste précisait clairement que je n'avais jamais rencontré Cracke. À la fin de son papier, il avait indiqué le numéro de téléphone de la galerie avec un appel à informations.

J'expliquai tout cela à McGrath, qui rétorqua seulement : « Hmm. »

À cet instant, la plupart des gens auraient inventé une excuse pour pouvoir raccrocher. Beaucoup de marchands décident en quelques secondes de vous accorder un rendez-vous s'ils estiment que vous valez une conversation. Mais, d'après mon expérience, la patience paye. J'avais eu un jour la visite d'un couple qui n'avait l'air de rien (vêtements genre catalogue de vente par correspondance, mocassins démodés) ; ils s'étaient promenés dans la galerie une dizaine de minutes, m'avaient posé deux ou trois questions anecdotiques et étaient ressortis. Deux semaines plus tard, ils m'avaient appelé de Lincoln, dans le Nebraska, pour m'acheter sept tableaux à

120 000 dollars pièce, suivis d'un demi-million en sculptures.

Alors j'essaie d'être patient, même si ça implique de répondre à des questions redondantes et d'attendre qu'un vieillard – j'avais décidé, sans raison particulière, que McGrath était vieux – réussisse à formuler tout haut ses pensées. S'il était suffisamment intéressé pour m'appeler à propos d'une photo dans le journal, c'était peut-être un futur client potentiel.

« J'ai cru comprendre qu'il y avait beaucoup d'autres dessins, dit-il, pas seulement celui qu'ils ont reproduit dans l'article. »

Encore un détail que le journaliste avait mentionné.

« Il y en a beaucoup d'autres, oui.

— Alors pourquoi ont-ils choisi de reproduire celui-là ? »

Je lui expliquai le système de numérotation des dessins.

« Ah bon ? fit-il. C'est le panneau numéro 1 ?

— Oui.

— Vous voulez dire... J'aimerais beaucoup le voir de mes propres yeux. C'est possible ?

— Vous pouvez passer quand vous voulez. Nous sommes ouverts du mardi au samedi de 10 heures à 18 heures. Vous êtes où ? »

Il eut un petit rire qui se mua en quinte de toux.

« Je ne peux plus conduire. Je ne sors pas beaucoup de chez moi. J'espérais vous convaincre de venir me rendre visite.

— Je suis navré mais je ne pense pas que ce soit possible. Je peux vous envoyer des photos par e-mail. Mais je dois vous dire que la pièce que vous avez vue dans le journal a été vendue.

— Ah, flûte ! Dommage pour moi. Si ça ne vous ennuie pas, cependant, j'aimerais quand même en savoir un peu plus sur M. Cracke. Vous ne voudriez pas passer me voir un moment, histoire de bavarder un peu ? »

Je me mis à pianoter impatiemment sur le bureau.

« Je regrette de ne pouvoir vous aider davantage, mais...

— Il y a aussi ces... euh... »

Je l'entendis feuilleter les pages du journal. « Ces carnets, reprit-il. Les journaux intimes qu'il tenait. Ils sont vendus ?

— Pas encore. J'ai eu plusieurs offres. »

Pas complètement vrai. Certains collectionneurs avaient admiré les carnets, mais personne ne m'avait encore proposé un prix. Les gens voulaient des objets faciles à accrocher au mur, pas des recueils de textes denses et rébarbatifs.

« Vous pensez que je pourrais les voir ? demanda McGrath.

— Si vous venez à la galerie, je serai ravi de vous les montrer. Mais sans ça, j'ai bien peur de ne pas pouvoir me déplacer avec. Ils tombent déjà presque en lambeaux.

— Eh ben, c'est pas mon jour de chance, on dirait !

— Je suis vraiment désolé. Dites-moi si je peux vous être utile d'une quelque autre manière. Y a-t-il autre chose que vous souhaitiez savoir ? »

McGrath avait un côté sans prétention qui me donnait envie d'être aussi cérémonieux que possible.

« Non, je ne crois pas, monsieur Muller. Mais je vais quand même me risquer à vous demander une dernière fois si vous ne voudriez pas faire le déplacement pour venir me voir. Je vous en serais infiniment reconnaissant. Je n'habite pas très loin.

— Où ça ? demandai-je par réflexe.

— Breezy Point. Vous savez où c'est ? »

Je ne savais pas.

« À Rockaway. Vous prenez la rocade de Long Island. Vous savez comment y arriver ?

— Monsieur McGrath, je n'ai pas dit que je venais.

— Ah ! J'avais cru.

— Non, monsieur.

— Bon. Bien. Tant pis alors. »

Il y eut un silence. Je m'apprêtais à le remercier de son appel, mais il me devança :

« Vous ne voulez pas savoir de quoi il s'agit ? »

Je laissai échapper un soupir. « Allez-y.

— C'est à propos de la photo dans le journal. La photo du petit garçon. »

Je compris qu'il parlait du chérubin dans le *Times*.

« Oui, eh bien ?

— Je le connais, dit McGrath. Je sais qui c'est. Je l'ai reconnu tout de suite. Il s'appelait Eddie Cardinale. Il y a quarante ans, il a été étranglé mais on n'a jamais trouvé le coupable. »

Il fut interrompu par une autre quinte de toux.

« Je vous indique le chemin ou vous savez comment rejoindre la rocade ? »

6

Bien que faisant techniquement partie du Queens, la longue et plate péninsule de Rockaway s'étire juste sous la bedaine de Brooklyn, telle la patte cachée d'un oiseau aquatique. Pour y arriver en voiture, il faut traverser le parc Jacob-Riis, une réserve marécageuse qui tient plus de la baie de Chesapeake que de New York City. En prenant au nord-est, vous vous dirigez vers l'aéroport JFK et certains des quartiers les plus ghettoïsés de toute l'agglomération new-yorkaise, mais que vous n'auriez jamais perçus comme dangereux simplement parce qu'ils sont au bord de la mer. Comment une plage peut-elle être un coupe-gorge ? Allez à Rockaway et vous verrez.

La résidence privée de Breezy Point se tient à l'autre extrémité de la péninsule, dans tous les sens du terme. Les visages de couleur se font plus rares à mesure que vous vous enfoncez vers le sud-ouest, tout comme la circulation automobile, qui est clairsemée quand vous vous approchez du parking. C'est là qu'un taxi me déposa aux alentours de 15 heures. Juste en face de l'entrée de la résidence se trouvait un pub assez fréquenté. Le chauffeur hocha la tête d'un air évasif lorsque je lui demandai de m'attendre là ou bien de revenir me chercher une heure plus tard. Dès que je lui eus réglé la course, il déguerpit.

Je pénétrai dans un dédale de bungalows et de cabanons en bois, et aussitôt je sentis la brise qui donnait son nom à l'endroit : fraîche et salée, chargée de fines particules qu'elle soulevait sur la plage à une centaine de mètres de là. Mes mocassins se remplirent de sable tandis que j'arpentais les allées, passant devant des maisons décorées selon des thèmes nautiques, avec des bouées de sauvetage et des pancartes découpées dans de vieux morceaux de teck érodé : *le Cutty Sark* ou *Le Mayflower*. Les drapeaux irlandais abondaient.

J'appris par la suite que la plupart des propriétaires étaient des estivants qui désertaient les lieux après début septembre. Mais, en cette mi-août, ils étaient encore là en nombre : prenant l'air sous leur étroite véranda ou sur les planches du bord de mer, suant à grosses gouttes en écrasant canette après canette de Budweiser et en regardant des skateurs aux cheveux filasse foncer sur les trottoirs. La fumée de charbon épaississait l'air. Tout le monde avait l'air de se connaître, et, moi, personne ne me connaissait. Des gamins qui jouaient au basket autour d'un panier miniature fixé sur un socle rempli d'eau interrompirent leur partie et se regroupèrent pour me dévisager comme si j'avais une grosse lettre rouge cousue sur le torse. Un *P*, peut-être, pour « Pas du coin ».

Je me perdis en cherchant la maison de McGrath et finis par atterrir sur la plage près d'un monument à la mémoire des pompiers de Rockaway morts au World Trade Center. Je vidai le sable de mes chaussures.

« Perdu ? »

En me retournant, je vis une petite fille d'une dizaine

d'années vêtue d'un short en jean par-dessus son maillot de bain.

« Je cherche Lee McGrath.

— Vous voulez dire le professeur ?

— Peut-être », rétorquai-je.

Elle me fit signe de la suivre et m'entraîna à nouveau dans le labyrinthe. J'essayai de retenir le trajet mais y renonçai vite et me contentai de me laisser guider jusqu'à un cabanon précédé d'un petit jardin remarquablement entretenu, avec des pivoines, des pensées et une pelouse tondue ras façon terrain de golf, le tout digne de figurer en couverture d'un magazine de décoration. Un hamac était suspendu dans un coin de la véranda, derrière lequel une vieille enseigne Coca-Cola était posée contre la façade en bardeaux. La boîte aux lettres à l'entrée portait le nom McGrath ; au-dessous, un autocollant NYPD. Derrière une vitre était placardée une affiche décolorée représentant les Twin Towers, un aigle, le drapeau américain et l'inscription « NEVER FORGET[1] ».

Je toquai à la porte et entendis quelqu'un approcher d'un pas fatigué.

« Merci d'être venu. »

Bien que Lee McGrath ne fût pas aussi vieux que je l'avais cru au téléphone, le temps ne l'avait pas épargné. Ses mollets glabres lui donnaient un côté féminin et sa peau flasque laissait penser qu'il avait dû être bien plus gros à une époque. Il portait un peignoir en éponge bleu et des pantoufles en voie de désagrégation qui produisaient un son fantomatique alors qu'il se retournait pour rentrer en traînant les pieds.

« Débarrassez-vous. »

1. « À jamais dans nos cœurs. » *(N.d.T.)*

Des effluves d'onguents flottaient à l'intérieur de la maison et le désordre ambiant jurait avec l'harmonie du jardin. Avant de me faire asseoir à la table du salon, McGrath passa cinq bonnes minutes à dégager un espace de travail, transférant un par un jusqu'au passe-plat des gobelets en carton à moitié vides, des piles de courrier pas encore ouvert et des flacons de pilules, un processus insupportablement fastidieux à regarder. Je voulus l'aider mais il m'en dissuada d'un geste de la main, s'efforçant de me faire la conversation malgré son essoufflement.

« Vous avez trouvé facilement ? me demanda-t-il.

— Je me suis fait aider. »

McGrath gloussa discrètement.

« Je vous avais bien dit de noter le chemin. Tout le monde se paume, la première fois. C'est un quartier intéressant, mais un vrai bordel pour s'y retrouver. Ça fait vingt-deux ans que j'habite ici et je me perds encore. »

Il considéra le bout de toile cirée dégagé et le jugea suffisant.

« Café ?

— Non merci.

— Sinon j'ai du jus et de l'eau. Peut-être une bière, si vous voulez.

— Ça va, merci. »

J'avais envie de partir. La maladie me met toujours mal à l'aise. Ça fait ça, d'avoir vu votre mère dépérir.

« Parlez plus fort, si vous parlez. Avant qu'on commence, ça vous ennuierait de me donner un coup de main ? »

La pièce du fond était meublée d'un bureau branlant, d'un ordinateur, d'une petite télévision sur console à roulettes, d'un tapis élimé et de deux grandes étagères, l'une remplie de livres de poche et l'autre de classeurs numérotés. Un gros fauteuil jaune semblait avoir été occupé récemment, un roman de John Le Carré gisait retourné sur l'accoudoir. Une douzaine de photographies étaient accrochées à un mur : un McGrath plus jeune et plus costaud en uniforme de police ; McGrath serrant contre lui deux petites filles se contorsionnant pour lui échapper ; McGrath échangeant une poignée de main avec le joueur de base-ball Mickey Mantle. Plusieurs récompenses professionnelles encadrées avaient été casées en bloc sur un côté de la présentation, comme ajoutées après coup. Le mur adjacent était nu à part une photocopie en couleurs de l'avis de recherche d'Oussama Ben Laden.

Par terre se trouvait un carton aux motifs imitation bois. McGrath me le désigna. Je le soulevai – il pesait une tonne – et le portai jusqu'à la table du salon.

« C'est une copie du dossier sur le meurtre d'Eddie Cardinale », me dit-il en s'asseyant.

Il se mit à en sortir des blocs-notes, des enveloppes kraft fermées par des ficelles, des rapports de police de 5 centimètres d'épaisseur tenus par des pinces crocodile. Puis il trouva une pile de photos noir et blanc prises sur le lieu du crime et les feuilleta rapidement, mais j'eus quand même le temps d'apercevoir le carnage.

« Voilà, dit-il en faisant glisser une des photos jusqu'à moi. Ça ne vous rappelle rien ? »

Si. Tous les poils de mon corps se hérissèrent instantanément. Il ne faisait aucun doute que le gamin souriant sur le cliché était un des chérubins de Victor.

Ma stupeur dut se voir, car McGrath se laissa aller en

arrière contre le dossier de sa chaise en frottant son menton mal rasé.

« C'est bien ce que je pensais, reprit-il. Au début, j'ai cru que je débloquais. Et puis après, je me suis dit : "Hé, Lee, t'es pas gâteux à ce point ! Il te reste encore quelques neurones. Passe un coup de fil à ce type." »

Je demeurai muet.

« Vous êtes sûr que vous ne voulez pas un jus de quelque chose ? »

Je secouai la tête.

« Comme vous voudrez. Pauvre gosse, soupira-t-il en ramassant la photo d'Eddie Cardinale. Il y a des choses qui ne s'oublient pas. »

Il reposa la photo, croisa les bras et me sourit avec une intelligence qui démentait le personnage de vieux nunuche qu'il m'avait joué au téléphone.

« Vous êtes prof ? » demandai-je bêtement.

Son rire se termina en quinte de toux.

« Non, non, mais on m'appelle comme ça.

— Pourquoi ?

— Alors ça, aucune idée. Peut-être à cause de mes lunettes. J'ai des lunettes pour lire, dit-il en me montrant son crâne où elles étaient effectivement posées. J'avais pour habitude de bouquiner sur ma véranda, et à force de me voir les gamins du quartier m'ont surnommé comme ça. J'ai fait une licence au City Collège, c'est tout.

— Une licence de quoi ? »

Je préférais être celui qui posait les questions.

« Histoire américaine. Et vous ?

— Histoire de l'art, répondis-je en passant sous silence mon absence de diplôme.

— Ben, nous voilà entre historiens, alors !

— Ouaip.
— Ça va ? Vous avez l'air inquiet.
— Pas vraiment inquiet. Mais un peu surpris, oui.
— En même temps, fit-il en haussant les épaules, je ne sais pas ce que ça veut dire. Si ça se trouve, rien du tout.
— Dans ce cas pourquoi m'avoir appelé ?
— Vous ne pouvez pas savoir ce que je m'emmerde depuis que je suis à la retraite, rétorqua-t-il en souriant.
— Honnêtement, je ne vois pas très bien en quoi je peux vous aider. À part ce que je vous ai déjà dit au téléphone, je ne sais rien de ce type. »

J'ignore pourquoi j'étais tellement sur la défensive. McGrath n'avait accusé personne de quoi que ce soit, moi le dernier. Faut dire qu'on pouvait difficilement me soupçonner d'un meurtre vieux de quarante ans, à moins de croire au karma et à la réincarnation, et McGrath ne m'avait pas franchement l'air du genre mystique. (Tenez, une petite phrase à la Marlowe. Vous n'êtes pas fiers de moi ?)

« Vous devez bien en savoir un peu plus, insista-t-il. Ne me dites pas que vous ramasseriez n'importe quels dessins dans une benne à ordures pour les exposer dans votre galerie !
— C'est *grosso modo* ce qui s'est passé.
— Vous espériez qu'il lirait l'article et qu'il viendrait se présenter spontanément ?
— C'est une possibilité qui m'a effleuré l'esprit, répondis-je en haussant les épaules.
— Mais vous n'avez pas mis d'annonce dans le journal ni rien ?
— Non.
— Hmm. »

J'avais l'impression qu'il me soupçonnait d'avoir inventé de toutes pièces cette histoire d'artiste « disparu » pour m'attirer de la pub. Quelque part il avait raison. Je ne mentais pas quand je racontais aux gens que Victor avait disparu ; d'un autre côté, j'avais arrêté de le chercher.

« Si c'est vraiment le cas, conclut McGrath, peut-être que je vous fais perdre votre temps.

— Il me semble vous l'avoir dit au téléphone.

— Désolé, alors. »

Il n'avait pas l'air désolé du tout ; il avait l'air de me jauger.

« Mais puisque vous êtes là, laissez-moi vous dire quelques mots sur Eddie Cardinale. »

Edward Hosea Cardinale, né le 17 janvier 1956, demeurant au 3417 de la 74e Rue, Jackson Heights, Queens, comté du Queens, New York City, New York. École publique numéro 069 ; bon élève ; apprécié. Sur la photo de classe il ressemble au héros de la série *I Love Lucy,* Ricky Ricardo, en version prépubère : grand col pelle à tarte et cheveux bruns lissés en arrière, sourire révélant un mince espace entre ses deux incisives du haut.

Le soir du 2 août 1966, un mardi en pleine canicule, la mère d'Eddie, Isabel, prend le frais sur les marches de son perron, le chemisier tout froissé et crasseux à force de se pencher pour ramasser les jouets ou les saletés qui traînent. Elle est inquiète. Les jumeaux commencent à peine à marcher, et les garder à l'œil lui réclame une attention de tous les instants. Histoire de souffler un peu, elle a envoyé Eddie au parc avec son gant de base-ball en lui disant de revenir vers 6 heures.

Il est maintenant 8 heures et demie et il n'a pas réapparu. Elle demande à la voisine de surveiller les jumeaux et part à la recherche de son fils aîné.

Une heure plus tard, le père d'Eddie, Dennis, chef d'équipe dans une raffinerie de sucre à Brooklyn, rentre du travail et, en apprenant la disparition du gosse, sort faire une ronde à son tour. Isabel reste à la maison pour appeler les parents des copains d'Eddie. Selon les autres enfants qui étaient au parc, le match de base-ball a duré environ de 13 heures à 17 heures, après quoi tout le monde est rentré chez soi. Personne n'a vu Eddie de la journée.

Sur le coup de 10 heures du soir, les Cardinale préviennent la police. Deux agents sont envoyés à leur adresse, où ils prennent leur déposition et la description de l'enfant. Les patrouilles recherchent un garçon de 10 ans, brun, vêtu d'une chemise bleue et d'un jean, portant un gant de base-ball.

Au début, la police imagine qu'Eddie, contrarié par le temps que sa mère consacre à ses deux petits frères, a fugué pour attirer l'attention et se trouve probablement dans un rayon de moins de 1 kilomètre. Les Cardinale maintiennent catégoriquement que leur fils est bien trop mûr pour faire une chose pareille... Une conviction qui sera confirmée de la façon la plus tragique qui soit trois jours plus tard quand un des gardiens de Saint-Michael retrouvera un corps juste à l'extérieur du cimetière, près de la rocade Grand Central. L'autopsie révèle la présence de sperme sur les fesses et les cuisses, ainsi que des traces de sperme et de sang sur le jean et le slip de la victime. Une fracture de l'os hyoïde et de profonds hématomes sur le cou indiquent une mort par strangulation manuelle.

Bien que sensationnelle, l'affaire ne s'ébruite pas au-delà des journaux locaux. Un autre crime bien plus spectaculaire accapare déjà la presse nationale : la fusillade perpétrée par Charles Whitman à l'université du Texas, dans la ville d'Austin. La conscience américaine moderne possède une étendue limitée de noirceur, et pendant ces quelques semaines de l'été 1966 Whitman a occupé tout le terrain. Le meurtre d'Eddie Cardinale est classé sans suite.

« Il n'était pas le premier », indiqua McGrath.

Je ne relevai pas les yeux de la pile de photographies qu'il m'avait fait passer en parlant. Je vis Eddie ; le père et la mère d'Eddie, tous deux les joues creusées ; je vis le corps, si disgracieux dans la mort, comme un violon cassé. Selon McGrath, la chaleur avait accéléré le processus de décomposition, transformant un joli petit garçon mince en un gros tas de chair bouffie, le visage inhumain. Je songeai que ces photos étaient à mi-chemin entre du Weegee et du Diane Arbus, avant de me souvenir que je contemplais les images d'un enfant mort, et d'un *vrai* enfant mort, pas une œuvre d'art. Et puis je me souvins que Weegee et Diane Arbus aussi avaient eu sous les yeux de vrais gens. Seul le fait de ne pas connaître leurs sujets me rendait leurs photos regardables. Maintenant que je connaissais Eddie Cardinale, je trouvais difficile de le regarder.

Je vis également des pages et des pages de transcriptions : les interrogatoires des voisins, des commerçants du coin, des Cardinale, des amis d'Eddie qui étaient au parc ce jour-là. Je vis le rapport du médecin légiste et les photos qui allaient avec. Je vis un plan du Queens sur lequel était noté l'emplacement du corps et de la maison des Cardinale dans le quartier de Jackson Heights, à moins de 1,5 kilomètre l'un de l'autre. Environ à la même distance des deux se trouvait un troisième endroit qui n'était pas marqué sur la carte mais dont la proximité avec le sort funèbre d'Eddie Cardinale ne m'apparaissait que trop clairement : les Muller Courts.

Je finis par réaliser ce que venait de dire McGrath.

« Pardon ? fis-je en le dévisageant.

— Il y en a eu un autre avant lui. Personne n'avait fait le lien entre les deux meurtres jusqu'à ce qu'ils mettent un nouvel enquêteur sur l'affaire. »

Il n'eut pas besoin de me dire qu'il était l'enquêteur en question ; je le devinai à son petit air possessif. J'ai la même attitude quand je parle de mes artistes.

« À l'époque, on n'avait pas d'ordinateurs. On conservait tout sur papier, du coup c'était assez facile de passer à côté d'une corrélation, même avec beaucoup de recoupements. »

Il se remit à fouiller dans le carton et en sortit une autre mine de documents étiquetés « H. FORT ».

« Ce gosse, Henry Fort, a disparu environ un mois avant Eddie Cardinale, m'expliqua-t-il. Le 4 juillet. Ses parents faisaient une fête chez eux et il a échappé à leur surveillance. Les témoins étaient tous bourrés, personne n'a rien pu nous dire d'intéressant, à part un oncle qui prétendait avoir aperçu un Noir avec une veste en cuir. On n'a jamais retrouvé le corps.

— Victor Cracke n'était pas noir.

— Vous disiez dans l'article que vous ne saviez pas quelle tête il avait.

— Je sais qu'il était blanc, ça au moins c'est une certitude.

— D'accord, rétorqua McGrath avec un haussement d'épaules. Mais, franchement, je crois que le gars qui nous a dit ça essayait juste de se sentir utile. On n'a jamais considéré sa déposition comme une piste sérieuse. »

Il marqua une pause avant d'ajouter :

« Vous voulez voir le reste ? »

Je lui demandai combien d'autres cas il entendait par « le reste ». « Trois. »

Je pris une grande inspiration et secouai la tête. « Vous ne voulez pas ?

— Non, dis-je. Je ne veux pas. »

Il parut surpris.

« Comme vous voudrez. »

Il referma le dossier Henry Fort et le reposa dans le carton.

« Vous avez pensé à m'apporter ce dessin ? »

Devant son insistance, je lui avais apporté une photocopie couleur du panneau central, celui avec l'étoile à cinq branches et la ronde de chérubins. J'avais laissé l'original à la galerie. Mieux valait ne pas trop manipuler inutilement une pièce déjà fragile.

« J'ai oublié », mentis-je.

Si je m'imaginais protéger Victor, je me trompais : mentir ne pouvait que le rendre – et *me* rendre – encore plus suspect. Je compris aussitôt l'absurdité de ce que je venais de faire, mais comment me rattraper désormais ? En retirant ce que j'avais dit ? Avant que McGrath puisse exprimer sa déception, je lui demandai un verre d'eau.

« Dans le frigo », répondit-il.

Dans la cuisine, je restai un moment devant le réfrigérateur ouvert. Il n'y avait pas la clim dans la maison et je me laissai envelopper par une vague de fraîcheur tout en tripotant distraitement des barquettes de jambon, un bout de cheddar à moitié grignoté, un bocal de cornichons casher à l'aneth. Dans la porte, à côté d'une brique de jus d'orange et d'une carafe d'eau en plastique, j'aperçus encore d'autres médicaments, des flacons ambrés dont l'étiquette disait : « Conserver au frais. » De quoi souffrait-il ? Je décidai de prendre mon courage à deux mains et de lui poser la question.

Mais McGrath me devança et, en revenant au salon, je faillis recracher l'eau que j'avais dans la bouche en le voyant étaler sur la table les photos des trois autres victimes, alignées comme le portrait d'une équipe sportive : les victimes de Victor. L'expression me traversa l'esprit et je laissai échapper un rire étonné.

« Je... » commençai-je, mais je me rendis compte que je n'avais rien à dire.

Il n'y avait rien à dire. Rien. Chacun des enfants assassinés correspondait à un chérubin : un sans-faute.

« Tous morts étranglés, dans un rayon de 10 kilomètres les uns des autres. Si vous incluez Henry Fort, ça démarre le 4 juillet 1966. Le dernier a eu lieu à l'automne 1967. Du moins à ma connaissance. Je suis prêt à parier qu'il y en a eu d'autres avec le même *modus operandi,* plus tard ou ailleurs. Qu'est-ce que vous en pensez ?

— Pardon ? fis-je.

— Vous pensez que je devrais ratisser plus large ?

— Aucune idée.

— Mouais. Ça ne coûte rien de vous demander votre avis, pas vrai ? »

Il s'esclaffa, terminant de nouveau par une quinte de toux.

« Bon... » hésitai-je.

Je me sentais mal à l'aise, comme si McGrath était en train d'essayer de m'amadouer avant d'abattre ses cartes et de me révéler que Victor Cracke se planquait dans mon dressing.

Ce qui, bien sûr, n'était pas le cas. Je n'avais rien à me reprocher.

« J'aurais aimé pouvoir vous aider davantage, dis-je.

— Vous ne savez vraiment rien sur lui ? Les endroits qu'il fréquentait, par exemple.

— J'ai son adresse. Enfin, son *ancienne* adresse. Il avait déjà disparu depuis belle lurette quand je suis entré en scène.

— Et c'était où ? L'article parle du Queens sans donner plus de détails.

— Si, si. Aux Muller Courts.

— Ah bon ? Je deviens gaga, ma parole. »

McGrath reprit le *Times* et chaussa ses lunettes.

« En effet. Au temps pour moi ! Eh bien... dit-il en balançant le journal et en ramassant la carte du Queens. Je pense que les faits parlent d'eux-mêmes. »

Il entoura au crayon les emplacements des trois autres meurtres. Tous se répartissaient nettement autour du quartier de Cracke, le plus proche à quelque 800 mètres et le plus loin à Forest Hills.

« Le dernier, indiqua McGrath. Abie Kahn. »

Il prit la photo d'un petit garçon coiffé d'une kippa. Sans même consulter le dossier, il m'annonça la date de sa disparition : le 29 septembre 1967.

« Un vendredi après-midi. Son père était bricoleur, il est parti en avance à la synagogue pour réparer une fuite dans le bureau du rabbin avant la prière du sabbat. Abie jouait quelque part dans la maison, sa mère a fini par lui crier de se mettre en route sans quoi il allait être en retard. Les rues étaient désertes à cette heure-là : les gens étaient soit déjà à la synagogue, soit chez eux en train de préparer le dîner. Abie est parti à pied et il n'est jamais arrivé à destination. Il avait 10 ans. »

À cet instant, je commençai à me demander si McGrath savait que je lui avais menti au sujet du dessin, s'il ne misait pas sur cet étalage macabre pour me faire culpabiliser.

« C'est ma fille », lança-t-il en suivant mon regard, qui était perdu dans le vague mais se focalisa alors sur une photo encadrée au mur.

La fille en question était une brune fluette à la mine studieuse qui ne ressemblait pas vraiment à son père sinon par une certaine gravité. De l'autre côté de la porte de la cuisine était accrochée une deuxième photo, également d'une femme, aux traits plus sévères. Elle devait avoir cinq ou six ans de plus que la première.

« Mon autre fille », dit McGrath.

J'opinai du chef.

« Vous avez des enfants ? » me demanda-t-il.

Je secouai la tête.

« Vous avez le temps, commenta-t-il.

— Je ne veux pas d'enfants, rétorquai-je.

— Ah bon, très bien ! »

Le fracas de l'océan, Bruce Springsteen à la radio, des cris joyeux.

« Le taxi doit m'attendre », dis-je.

McGrath se leva. Le simple effort de quitter sa chaise le laissa hors d'haleine, les yeux luisants, le teint cireux, un sourire à la Bela Lugosi.

« Je vous raccompagne », offrit-il.

Il s'arrêta au bord de la véranda en m'expliquant que, s'il descendait les marches, je serais obligé de le porter pour remonter, ce qui serait absolument grotesque, pas vrai ?

J'en convins.

« Tenez-moi au courant si vous trouvez quelque chose, dit-il en me serrant la main.

— Bien sûr.

— Vous avez mon numéro. »

Je tâtai la poche de poitrine de ma veste, où j'avais rangé le Postit qu'il m'avait donné.

« Parfait, conclut-il. Faites attention en rentrant. »

J'étais resté plus longtemps que prévu et, si le taxi avait finalement décidé de revenir me chercher, le temps que je retrouve mon chemin jusqu'au parking il était reparti. Le pub s'était rempli d'une clientèle appâtée par la « happy hour », et je m'attirai un tas de regards intrigués en entrant pour demander à la serveuse le numéro d'une compagnie de taxi locale.

« Vous pouvez toujours essayer », me répondit-elle, mais ils n'aiment pas beaucoup travailler.

Une demi-heure plus tard, je rappelai le central pour savoir ce que foutait mon chauffeur, bordel. Comme mon interlocuteur n'avait pas l'air disposé à m'aider, je retournai dans le pub chercher le numéro d'une autre compagnie qui me fit savoir qu'elle n'avait aucune voiture disponible.

À ce stade, ça faisait déjà plus d'une heure que je poireautais, et mes possibilités s'étaient réduites au nombre de deux : marcher jusqu'au métro – à bien 8 kilomètres de là – ou appeler un ami. J'essayai d'abord Marilyn, qui ne décrocha pas ; pas plus qu'aucun autre de mes amis possédant une voiture, que je pouvais compter sur les doigts d'une main. Je finis par joindre Ruby, qui me proposa de venir me chercher et de me ramener en taxi ; mais à cette heure de pointe, rien que le trajet aller lui prendrait facilement une heure. Je lui répondis de ne pas bouger pour l'instant et retournai chez McGrath.

Cette fois-ci, je réussis à trouver mon chemin tout seul, bien qu'en me perdant un peu. Je toquai et, en entendant un bruit de pas alertes, je me demandai s'il n'avait pas joué au malade pour susciter ma compassion.

« Oui ? »

La femme qui vint m'ouvrir portait un tailleur-pantalon gris, un chemisier en coton noir et de sobres boucles d'oreilles en argent en forme de fleur de lys. Je reconnus en elle la fille cadette, bien plus jolie en vrai que sur la photo, où elle avait l'air d'une déléguée de classe. Était-elle là depuis le début ?

« Je peux vous aider ?

— Je m'appelle Ethan.

— Je peux vous aider, Ethan ?

— J'étais là tout à l'heure. Avec votre père. Mon taxi n'est pas revenu me chercher. Ça vous ennuierait de me laisser entrer deux minutes pour lui demander un... J'aurais besoin d'un numéro pour pouvoir... pour pouvoir rentrer chez moi. »

Je marquai une pause afin d'apprécier l'inanité de mes propos. Qui apparemment ne lui avait pas échappé non plus.

« J'habite à Manhattan », ajoutai-je.

Dans la maison, McGrath appela :

« Sammy ?

— C'est lui ? enchaînai-je. Dites-lui que je suis là. Ethan Muller. »

La femme me toisa rapidement.

« Attendez une seconde », dit-elle avant de me refermer la porte au nez.

Quelques instants plus tard, elle revint en souriant d'un air désolé.

« Excusez-moi. Il déteste les colporteurs. »

(Est-ce que j'avais vraiment une tête de témoin de Jéhovah ?)

« Je ne sais pas ce qui se passe avec Breezy Point, reprit-elle en s'écartant pour me laisser entrer, mais on a un mal fou à faire venir les taxis jusqu'ici. Ils pensent que c'est dans le New Jersey ou je sais pas quoi. Je m'appelle Samantha, au fait.

— Ethan.

— Il y a un chauffeur de taxi qui habite dans le quartier. »

Elle composa le numéro pour moi et me tendit le combiné.

« Merci. »

Je laissai sonner une dizaine de fois.

« Ça ne répond pas, indiquai-je.

— Sammy ! »

La voix de McGrath venait du premier étage, vacillante. On l'aurait cru à l'article de la mort.

« J'arrive, dit-elle avant d'ajouter à mon intention : Si vous pouvez attendre quelques minutes, je vais vous déposer au métro. »

Je lui répondis que c'était parfait et m'assis à la table du salon. Samantha disparut dans la cuisine. Je l'entendis vider une casserole dans l'évier. Elle revint avec un torchon dans les mains et déposa un verre d'eau devant moi avant de monter à l'étage.

Une fois seul, je me relevai pour aller dans la cuisine. Samantha n'avait pas l'air d'être un cordon-bleu. Une tignasse de spaghettis au fond d'une passoire s'égouttait dans l'évier. À côté se trouvait un pot de sauce tomate encore fermé. Affligé par la sinistre perspective de son dîner – à moins que ce fût celui de son père, ou des deux ? –, je versai la sauce dans la casserole vide et la mis à chauffer.

Là-haut, j'entendais Samantha se disputer avec McGrath. Les mots étaient indistincts, mais le ton suffisamment clair : suppliant, puis résigné. Incroyable tout ce qu'on peut comprendre d'une chanson sans en discerner les paroles. La frustration qui s'exprimait dans sa mélodie me brisa le cœur, pourtant j'ai un cœur pas facile à briser, surtout quand il s'agit de pères.

Tout en l'écoutant, la même pensée me revenait sans cesse : si j'étais elle, je serais redescendu depuis longtemps. À supposer que je me sois seulement donné la peine de monter. Je songeai à mon père à moi, qui m'envoyait des messages impérieux *via* Tony Wexler. *Ton père veut. Ton père aimerait. Ton père préférerait*. Quel cauchemar aurait été ma vie si ma famille n'avait pas les moyens de se payer des intermédiaires !

« Putain, papa ! » s'exclama Samantha à l'étage.

La sauce commençait à bouillonner. Je la remuai et baissai le feu.

Samantha redescendit une demi-heure plus tard en s'excusant.

« Il est d'une humeur de chien », lâcha-t-elle.

Puis, voyant la casserole, elle ajouta :

« Oh, vous n'auriez pas dû !

— C'est meilleur chaud.

— Il dit qu'il n'a pas faim, m'expliqua-t-elle en se frottant le front. Il est très têtu. »

J'acquiesçai.

Elle resta dans cette position un moment : se massant l'arcade sourcilière avec l'intérieur du poignet, les doigts recourbés comme un coquillage. Elle avait une très jolie bouche boudeuse, et les joues parsemées de taches de rousseur atténuées par la vie de bureau. Était-elle manager d'un centre d'expédition ? Ou bien dans l'édition ? Secrétaire de direction dans une banque d'investissement ? Je me rendis compte que ce n'était pas lui faire honneur. Sans doute avait-elle su tirer parti du dur labeur de ses parents ; elle devait plutôt donner dans le social.

Alors qu'elle retrouvait son calme, la ressemblance entre son père et elle s'affina. Ce que j'avais précédemment interprété comme de la gravité était en fait du stoïcisme. Là-haut, McGrath se mit à tousser, et le visage de Samantha demeura quasiment impassible ; à peine une crispation déterminée, à peine un plissement d'yeux et un serrement de mâchoires. C'était loin d'être la femme la plus sexy que j'aie vue mais, debout devant moi sans se soucier le moins du monde de ce que je pouvais penser de sa situation, elle avait un côté nature que je trouvais étrangement attirant. Je n'avais pas souvent l'occasion de rencontrer des grandes filles toutes simples.

« Je vais vous emmener au métro », dit-elle.

Nous marchâmes jusqu'au parking. Sa Toyota avait une plaque de la police sur le pare-brise.

« Vous êtes flic ? » demandai-je.

Elle secoua la tête.

« Procureur. »

Durant le court trajet, nous engageâmes la conversation. Elle éclata de rire lorsque je lui racontai le premier coup de fil de son père.

« Oh, mon Dieu ! soupira-t-elle. Il recommence avec ça, hein ? Eh ben, bonne chance.

— Avec ça, quoi ?

— Il m'a dit que vous l'aidiez.

— Ah bon, il vous a dit ça ?

— Apparemment vous n'êtes pas d'accord.

— J'aimerais l'aider, mais je ne peux pas. C'est ce que je me suis tué à lui expliquer.

— Il a l'air de penser que vous lui avez été d'une grande aide.

— S'il le dit. »

Elle sourit.

« Parfois, il se fait des films tout seul. »

Arrivé au métro, je la remerciai de m'avoir déposé.

« Merci d'être venu jusqu'ici, rétorqua-t-elle.

— De rien. Je n'ai vraiment pas l'impression d'avoir servi à grand-chose.

— Vous lui avez donné un truc à faire. Vous ne pouvez pas savoir à quel point c'est précieux. »

7

Ça faisait une éternité que je n'avais pas pris le métro. Enfant, je n'avais pas droit aux transports en commun ; je circulais en taxi, en voiture avec chauffeur ou, lorsque je me faisais accompagner par Tony, en Rolls-Royce Silver Wraith de 1957 conduite par un Belge mutique prénommé Thom. Je ne peux pas dire que la peur qu'inspiraient à Tony les transports publics new-yorkais était totalement infondée. Pensez à ce qu'était New York City dans les années 1980 et ensuite mettez-moi, petit BCBG maigrichon et coléreux, dans un de ces métros crasseux sans surveillance, et vous avez vraiment de quoi vous faire du mouron. Bien entendu, cette privation de liberté m'incitait d'autant plus à acheter un ticket de temps en temps, voire même, si je me sentais d'humeur particulièrement rebelle, à sauter le tourniquet. *Viva la revolución*.

Le trajet retour me prit une heure et demie, largement le temps de repenser à ma conversation avec McGrath et à ses conséquences pour moi, réflexions que je fis partager à Marilyn le lendemain soir au cours d'un dîner chez Tabla.

Sa première réaction fut de ricaner.

« Tu as pris le *métro* ?

— Ce n'était pas le point essentiel de l'histoire.

— Pauvre chéri, fit-elle en me caressant la joue. Tu as mal à tes petites fesses ? Tu veux que je te fasse un cataplasme ?

— J'avais déjà pris le métro, tu sais.

— Toi, tu ne marches pas, tu cours ! C'est trop facile.

— Tu as écouté ce que je viens de te raconter ?

— J'ai écouté.

— Et ?

— Et je ne suis pas surprise. Tu te souviendras même, *darling,* que je t'avais prévenu. Je te l'ai dit le soir du vernissage : ton artiste est un détraqué, ça se voit au plaisir qu'il prend à dépeindre la souffrance.

— Le fait qu'il a dessiné les portraits des victimes ne veut rien dire. Il a très bien pu les voir dans le journal et les recopier.

— Ils sont parus dans les journaux ?

— Je n'en sais rien. Mais, quoi qu'il en soit, l'ensemble de l'œuvre est gigantesque. Elle contient toutes sortes de choses, toutes sortes de scènes délirantes, dont beaucoup sont identifiables. On n'attribue pas à Victor l'existence du Yankee Stadium, pourtant il est dedans.

— Ah oui ?

— Soit lui, soit quelque chose qui y ressemble beaucoup.

— Donc c'est ça ta ligne de défense.

— Ce n'est pas une *défense*...

— Tu sais, j'adore l'idée que tu résolves une affaire criminelle. C'est exactement ce qu'il nous faut par ici : une bonne vieille affaire de meurtre.

— Je ne résous rien du tout.

— Personnellement, je peux faire une liste de quelques personnes que j'aimerais bien zigouiller.

— Je n'en doute pas.

— Ou que j'ai zigouillées, ajouta-t-elle avant d'avaler une grande gorgée de vin. Mais je ne crois pas que je passerais à l'acte moi-même. Je suis plutôt du genre tête pensante, tu ne trouves pas ? »

Je ne répondis pas, me contentant de tremper un bout de pain dans de l'huile d'olive jusqu'à ce qu'il se désintègre.

« Arrête de bouder, s'il te plaît, reprit Marilyn.

— Tu crois vraiment qu'il les a tués ?

— Franchement, on s'en fout.

— Pas moi.

— Mais qu'est-ce que ça peut te faire, nom d'un chien ?

— Mets-toi une seconde à ma place.

— D'accord », dit-elle.

Elle se leva et m'obligea à changer de chaise avec elle. Puis elle posa un doigt sur sa tempe.

« Hmm. Non, je m'en fous toujours, conclut-elle.

— Je suis l'agent d'un assassin.

— Est-ce que tu le savais quand tu l'as pris parmi tes artistes ?

— Non, mais...

— Est-ce que le fait de le savoir t'aurait arrêté ? »

Cette question-là me demanda un petit effort de réflexion. Même si Victor Cracke était un tueur d'enfants, il n'aurait pas été le premier artiste à avoir des choses à se reprocher, loin de là. Le plus grand représentant de l'art brut de tous les temps, Adolf Wölfli, a passé la majeure partie de sa vie en asile psychiatrique après avoir été arrêté pour plusieurs tentatives de viol, dont l'une sur une fillette de seulement 3 ans. Pris dans leur ensemble, les artistes « normaux » ne se classent pas tellement mieux sur l'échelle du citoyen modèle. Ils commettent des atrocités sur eux-mêmes et sur les autres : ils se soûlent à mort, se suicident par balle, se poignardent, détruisent leur travail, détruisent leur famille. Le Caravage a même tué un homme.

Comment s'étonner que Cracke – décrit comme complètement asocial par la plupart des personnes interrogées – ait eu une âme torturée ? N'était-ce pas justement tout l'intérêt ? Une partie de ce qui nous attire chez les artistes est leur altérité, leur refus du conformisme, leur majeur brandi au visage de la société, de sorte que c'est précisément leur a-ou immoralité qui confère à leur travail une valeur artistique et non académique. On sait que Gauguin était dégoûté par la civilisation. Il déclara aussi que l'art était plagiat ou révolution. Et personne n'a envie de passer pour un plagiaire. Les peintres sans le sou se consolent en rêvant au jour lointain où leur folie sera admirée comme génie précurseur.

Mais surtout, j'avais dissocié l'individu Victor Cracke de son œuvre. Par conséquent, peu m'importait de savoir combien de personnes il avait tuées. En m'appropriant son art, je l'avais fait mien et transformé en quelque chose de plus vaste, de plus significatif et de plus onéreux qu'il ne l'avait jamais voulu, exactement comme Warhol en élevant des boîtes de soupe en conserve au statut d'icône. Que Cracke soit physiquement l'auteur de ces dessins me semblait un détail relativement mineur. Je n'étais pas plus responsable de ses péchés qu'Andy de ceux de la société Campbell. Je me trouvais même incroyablement ringard de m'être posé une seule seconde la question de la moralité. J'entendais d'ici Jean Dubuffet se retourner dans sa tombe, sidéré, et se moquer, en français, de mes réflexes petits-bourgeois.

« Tu n'as qu'à te dire ça comme ça, reprit Marilyn. Qu'il ait ou non commis ces meurtres, cette simple éventualité accroît son aura. Trouve la bonne façon de le présenter et ça te fera un nouvel argument de vente.

— Des barreaux à la porte de la galerie

— Trop kitsch.

— Je plaisantais.

— Pas moi. Il faut que tu retrouves ton sens de l'humour, Ethan. Toute cette histoire te rend très *sérieux,* et ça ne te réussit pas.

— Qu'est-ce qu'il y a de drôle dans le viol et le meurtre ?

— Oh, non, pitié ! C'est juste une autre manière de dire “sexe et violence”, ce qui est juste une autre manière de dire “divertissement de masse”. Et puis je te rappelle que tu ne connais pas encore la vérité. Il a très bien pu voir ces images dans le journal, comme tu disais. Mène ta petite enquête, je ne sais pas ! »

Elle sourit.

« Ooooh, j'*adore* cette idée ! ajouta-t-elle. Ne t'en fais pas, ça va être marrant. »

Je me rendis à la bibliothèque publique de New York où je passai quatre heures plongé dans les microfiches. Ne sachant quel type de journal lisait Victor Cracke, je consultai le *Times* et tous les tabloïds des semaines suivant les meurtres, dont j'avais obtenu les dates auprès de McGrath.

« Des nouvelles du côté de mon dessin ? m'avait-il demandé quand je l'avais appelé.

— Quel dessin ?

— Vous aviez dit que vous m'enverriez une photocopie

— Ah oui !

Mais avant de lui envoyer quoi que ce soit, je voulais voir ce que j'arriverais à dégoter par moi-même.

Et ce que je dégotai confirma mon intuition première : les photos des cinq victimes avaient été publiées dans un canard ou un autre. La similarité entre les portraits des journaux et les chérubins me frappa. Pas juste au niveau des visages, mais des positions et des expressions. Je fis des photocopies que je rapportai à la galerie pour affiner la comparaison. Résultat : ça collait. Peut-être pas à la perfection – un poil de licence artistique ? –, mais suffisamment pour que je puisse affirmer sans crainte à Marilyn que j'avais mis la main sur les originaux.

Tu vois, y en a là-dedans, hein ? » me dit-elle.

Je lui fus reconnaissant de m'épargner la question qui en découlait naturellement ; je savais pourtant qu'elle se la posait autant que moi : pourquoi eux ?

Il y a des tas de gens qui se font assassiner à New York. Il y a des tas de photos qui atterrissent dans la presse. Au cours des deux premières semaines d'août 1966 seulement, je répertoriai trois autres meurtres. Et ce n'étaient que les affaires assez croustillantes pour intéresser les journaux. Mais ces cinq enfants-là étaient devenus littéralement le centre de l'univers de Victor, le point de départ de l'œuvre d'une vie. Pourquoi ?

Une autre question me taraudait : comment avait-il fait le lien entre les cinq ? Les articles ne se référaient pas nécessairement les uns aux autres. Le cas de Henry Fort n'était pas présenté comme un meurtre car, au moment de sa disparition, aucun corps n'avait encore été retrouvé. Pour savoir que sa mort et celle d'Eddie Cardinale étaient le fruit d'une seule personne, et que cette même personne allait par la suite tuer trois autres enfants, il aurait fallu que le lecteur soit capable de recouper les profils des victimes ainsi que les similarités de chaque affaire : le fait que les cinq garçons avaient été étranglés, par exemple. Il y avait peu de chances qu'un individu lambda feuilletant négligemment le journal le remarque, à moins d'être particulièrement observateur... ou déjà au courant de la connexion.

Les deux critères pouvaient potentiellement s'appliquer à Victor, que j'imaginais seul dans sa chambre monacale, effrayé par le monde extérieur, friand de théories du complot en tout genre, s'inventant des liens entre les garçons et lui, les garçons et le gouvernement américain... Peut-être qu'en les plaçant autour de son étoile centrale il espérait se prémunir contre ce qu'ils avaient subi : une sorte d'offrande sacrificielle à l'intention d'un tueur anonyme... se balançant, recroquevillé, pour trouver le sommeil, agrippé à ses talismans, hanté par l'idée qu'il puisse être la prochaine victime... et peu importe qu'il n'ait pas 10 ans, qu'il ne quitte jamais son appartement... peu importe... il a peur, si peur...

Tiré par les cheveux ? Absolument ! Mais j'avais terriblement envie de le croire innocent.

À présent, j'ai un autre aveu à vous faire : s'il est vrai que je voulais protéger Victor, cela avait plus à voir avec moi qu'avec lui. J'avais de la compassion pour lui, certes; je voulais préserver sa réputation, certes. Mais ma plus grande inquiétude était qu'il devienne trop réel. Tant qu'il n'était rien d'autre qu'un nom, j'étais en droit d'exercer mon pouvoir créatif sur son art, de contrôler la lecture qu'en faisaient les gens. Plus sa présence s'affirmait au contraire – plus il devenait *réel* – et plus il m'excluait. Et je n'aimais pas spécialement le Victor qui avait commencé à émerger : un gribouilleur frénétique et pervers, un fou vivant cloîtré chez lui. Le mal à l'état pur n'est pas très intéressant ; il manque de profondeur. Très franchement, ça ne collait pas avec ma vision.

Sans compter que j'appréhendais l'impact possible sur les ventes. Qui aurait envié d'acheter un dessin d'un tueur en série ?

Des tonnes de gens, s'avéra-t-il. Mon téléphone se mit à sonner non-stop. Des collectionneurs que je connaissais, d'autres seulement de nom mais que je n'avais jamais rencontrés, et toute une pléiade de types peu recommandables me laissaient des messages ou débarquaient à la galerie pour me parler de Victor Cracke. Au début, je me réjouis de ce regain d'intérêt, mais après les quelques premiers appels je me rendis compte que ces gens étaient moins intéressés par l'œuvre que par la légende sordide derrière elle. Apparemment, avoir le statut de « pervers, délinquant sexuel et meurtrier » sur votre CV rapporte plus qu'un diplôme des beaux-arts de la Rhode Island School of Design.

Est-il vrai qu'il les a violés ? voulait savoir un homme. Parce qu'il venait juste de dégager un espace qui conviendrait parfaitement au mur de sa salle à manger.

Je compris que la chose avait pris des proportions qui m'échappaient lorsque je commençai à être contacté par Hollywood. Un célèbre réalisateur de films indépendants me téléphona pour savoir si j'accepterais de lui prêter certaines pièces qu'il souhaitait utiliser comme toile de fond dans un clip vidéo.

Je finis par appeler Marilyn.

« Oh, ça va ! me dit-elle, je m'amuse juste un peu.

— J'aimerais que tu arrêtes de faire courir des rumeurs.

— C'est ce qui s'appelle créer un buzz.

— Mais qu'est-ce que tu leur as raconté ?

— Exactement ce que tu m'as raconté. Si les gens s'excitent tout seuls, ça en dit beaucoup plus sur eux que sur toi, moi ou l'œuvre en question.

— Tu es en train de me déposséder de cette histoire.

— Je ne savais pas que tu avais un copyright.

— Tu sais autant que moi l'importance de maîtriser le discours, et...

— C'est précisément ce que j'essaie de te démontrer, *darling* : il faut que tu arrêtes de vouloir maîtriser le discours. Lâche un peu de lest.

— À supposer, je dis bien *à supposer* que ce soit vrai, je n'ai pas besoin que tu fasses courir des rumeurs.

— Je te répète que je...

— Marilyn. Marilyn. Chhhh ! Arrête. Arrête de faire ça, point barre. Appelle ça comme tu veux mais arrête. »

Et je lui raccrochai au nez, bien plus en colère que je ne l'aurais cru. De l'autre bout de la pièce, Nat me jeta un regard intrigué.

« Elle a raconté à tout le monde que Victor était un pédophile », expliquai-je.

Il gloussa.

« Ça n'a vraiment rien de drôle.

— Ben si, quand même », rétorqua Ruby.

Je levai les mains au ciel et retournai à mon ordinateur.

Environ une semaine après ma rencontre avec McGrath, je ne lui avais toujours pas envoyé la photocopie du dessin. Chaque fois qu'il appelait, je m'arrangeais pour que Nat ou Ruby fassent barrage. « Désolé, M. Muller n'est pas disponible pour l'instant. Je peux prendre un message ? D'accord. Nous avons déjà votre numéro, je suis sûr qu'il vous rappellera dès qu'il aura un moment. Merci. » Je n'étais pas très à l'aise de le rembarrer ainsi ; je ne voulais pas donner l'impression d'avoir peur. Ce n'était d'ailleurs pas le cas. Que les choses soient bien claires : McGrath ne me faisait pas peur du tout. Il était vieux, retraité, et c'était après Victor qu'il en avait, pas après moi. À ses yeux, je n'étais rien d'autre qu'une source d'informations. Et vu que je n'avais rien à me reprocher, enfin pas vraiment, j'aurais très bien pu décider de jouer le jeu.

Mais ce n'était pas parce qu'il ne m'avait pas menacé que je devais me plier en quatre pour lui rendre service. Je me disais que, s'il voulait consulter le dessin, il pouvait très bien se déplacer jusqu'à la galerie, comme tout le monde.

Tout ça changea lorsque j'ouvris mon courrier cet après-midi-là. Pêle-mêle au milieu des factures et des cartes postales se trouvait une simple enveloppe blanche portant le cachet de New York, adressée à E. Muller, Galerie Muller, troisième étage, 567 West Twenty-fifth Street, New York, NY 10001.

Je l'ouvris. Elle contenait une lettre sur laquelle était inscrit cinq cents fois le mot :

ARRÊTE

Je reconnus l'écriture – des petites pattes de mouche uniformes et tremblantes – comme si c'était la mienne. C'est vrai qu'il n'y avait pas besoin d'être Sherlock

Holmes pour remarquer que la même écriture était affichée dans toute la galerie, criant le nom de fleuves, de routes, de nations et de monuments ; des milliers d'exemples qui confirmaient que Victor Cracke m'avait écrit.

INTERLUDE : 1918

Et Solomon Mueller renaquit sous le nom de Solomon Muller.

Et Solomon Muller engendra des filles qui épousèrent toutes de grosses fortunes.

Et son frère Bernard, paresseux comme toujours, se maria sur le tard et n'eut jamais d'enfants. Ses principaux centres d'intérêt – les courses, les fêtes et le tabac – l'occupèrent jusqu'à sa mort à l'âge vénérable de 91 ans, ayant survécu le dernier à ses trois frères travailleurs.

Et le troisième, Adolph, engendra deux garçons, Morris et Arthur, dont aucun ne s'avéra financièrement compétent. Au début, Solomon se montra indulgent. « Ils apprendront de leurs erreurs », disait-il à Adolph. Mais il fut vite évident que la seule leçon qu'ils avaient retenue de leurs erreurs était qu'ils pouvaient en commettre sans être sanctionnés. Adolph se fit des cheveux blancs à force d'essayer de leur trouver un travail digne de leur nom et qui ne mît pas en danger pour autant la fortune familiale.

Et le benjamin, Simon, engendra Walter, qui devint comme un fils pour Solomon et qui hérita de la couronne lorsque ses cousins révélèrent leur impéritie.

Walter avait un côté vieux continent, une élégance et une finesse d'esprit conformes aux nobles origines européennes dont les Muller se vantaient désormais.

Le fait que Solomon fût arrivé en Amérique sans le sou, qu'il eut dû mendier sa mise initiale, qu'il eut poussé une carriole sur 15 000 kilomètres, tout cela avait été éradiqué de l'histoire familiale. Ils tombèrent collectivement d'accord pour décider que, contrairement aux idées reçues, les Muller descendaient d'une lignée royale. Ils engagèrent un généalogiste entre les mains duquel leurs ancêtres juifs indigents (Hayyim, Avrohom, Yonason) devinrent des aristocrates allemands (Heinrich, Alfred, Johann). Des armoiries fleurirent sur le papier à en-tête de la compagnie. On adhéra à des Églises, on fonda des clubs. Des prêts que Solomon avait consentis à la cause de l'Union arrivèrent à échéance, donnant lieu à des dîners à la Maison Blanche, à la signature de lucratifs contrats publics et à l'adoption de motions par le Sénat visant à nommer les Muller citoyens d'honneur des États-Unis d'Amérique.

Isaac Singer avait dit juste : on devient ce qu'on prétend être.

Et Walter, fait de la même pâte que son oncle, engendra Louis.

Et Louis engendra la consternation lorsqu'il fut découvert en train de se faire faire une fellation par un commis de cuisine. Où était le problème avec les soubrettes ? Bernard les avait trouvées parfaitement à son goût. Où était le problème avec les filles, les débutantes qui se battaient pour ce jeune et beau millionnaire, se pâmant entre deux quadrilles, rivalisant pour voir laquelle arriverait à rester le plus longtemps en sa présence, l'ayant élu par consensus tacite meilleur parti de

Manhattan, si ce n'est de toute la côte Est, où était le problème dans tout ça ? Où était le problème avec les filles ? Les filles d'associés afin de renforcer les liens, les filles de concurrents afin d'en forger de nouveaux, les filles de dignitaires étrangers, d'hommes politiques locaux, de sénateurs, les filles de la mère patrie : où était le problème là-dedans ? Où était le problème de se trouver une femme jolie, polie, convenable, aux hanches robustes, une femme qui lui donnerait un héritier ? Où était le problème, hein ? Hein ? *Où est le problème avec les femmes, à la fin ?*

Louis se maria.

Début de soirée, le 23 avril 1918. Louis arpente les couloirs de sa maison sur la 5e Avenue, un cadeau de ses parents à l'occasion de son mariage deux ans plus tôt. Le jour où Bertha et lui ont emménagé, sa mère lui a dit : « Vous nous remplirez toutes les pièces », et depuis il n'a eu droit qu'à des reproches de leur part. À croire qu'ils sont à l'article de la mort, tant ils ont hâte d'avoir des petits-enfants.

Remplir toutes les pièces. Quelle idée grotesque. Il lui faudrait un harem pour cela. Il lui faudrait être Gengis Khan. Cinq étages majestueux de bois, de marbre, de verre, d'or et de pierres précieuses dans le pur style gothique français, pleins d'arêtes, de flèches et de courants d'air : la maison de la 5e ne sera jamais remplie. Chaque année, ils brûlent des tonnes de charbon rien que pour la chauffer et la rendre à peu près habitable.

Avec toute cette pierre, les cris résonnent comme dans le ventre de l'enfer.

Bertha déteste la maison. Elle a dit à Louis qu'elle préférerait vivre dans un mausolée. Il doute que ce soit vrai, bien que le caveau familial soit en effet de très bon goût et contienne sans doute moins de choses cassantes. La propriété immobilière ne l'intéresse pas le moins du monde, surtout qu'on a tendance à aller de déception en déception : un tuyau percé, un parquet qui gondole. Ce genre de petits désastres ne gênerait sûrement pas les morts. Qu'ils viennent donc vivre sur la 5ᵉ s'ils voulaient; Bertha et lui iraient s'installer à Salem Hills !

Heureusement qu'il part au travail dans la journée. Bertha, qui reste seule, a dû engager du personnel pour ne pas devenir folle. Les jours normaux, on compte vingt-sept employés à temps plein chez M. et Mme Louis Muller, chacun ayant été personnellement trié sur le volet par la maîtresse de maison. Pour ceux qui ne connaissent pas les inclinations naturelles de Louis, les critères de Bertha peuvent paraître incompréhensibles : elle ne choisit que des hommes ou des femmes suffisamment âgés pour ne plus avoir aucun charme.

Elle a obtenu ce qu'elle voulait. Elle l'obtient toujours.

Le 23 avril 1918, le personnel de jour a été congédié de bonne heure, et ceux qui résident sur place ont reçu l'ordre de prendre leur soirée, laissant la maison plongée dans un silence comme Louis n'en a plus entendu depuis leur première et terrible nuit en tête à tête, un silence qui transforme le tic-tac de l'horloge en autant de coups de hache. Et qui amplifie aussi son angoisse, car ce n'est qu'entre deux hurlements que le silence règne. Une fine pluie de printemps s'est mise à tomber, brouillant la vue depuis le deuxième étage où Louis patiente en attendant le suivant.

Le voilà.

Quelle puissance sonore ! Louis admire l'énergie de sa femme. Il se dit qu'elle est finalement la meilleure compagne qu'il ait pu espérer trouver. Elle ne gaspille ni son temps, ni son argent, ni ses mots. Dès qu'elle est tombée enceinte, elle a cessé d'exiger qu'il vienne la rejoindre dans sa chambre le soir ; elle lui a même jeté un os sous la forme d'un nouveau second de cuisine. Elle a atteint son objectif : « Un seul enfant, lui a-t-elle toujours répété. On se satisfera de ce que ce sera. »

Mais il comprend déjà que même un seul enfant va engendrer bien des changements. Tous les ans depuis qu'il est petit, Louis est allé – d'abord avec ses parents, puis avec son épouse – prendre les eaux à Bad Pappelheim. Lorsqu'il s'est plaint à sa mère que Bertha avait annulé leur séjour de l'été suivant et qu'elle lui demandait à la place de les accompagner, elle et leur futur enfant, à la maison de Bar Harbor, dans le Maine, il attendait un minimum de soutien de sa part.

Au lieu de quoi elle s'est rangée du côté de Bertha.

« Évidemment ! Elle n'est pas en état de voyager. Nous allons tous rester ensemble et passer nos vacances dans le Maine, l'idée plaira beaucoup à ton père. »

De *gros* changements en perspective, des changements sismiques.

De nouveau les cris. Louis déchiquette la têtière délicate qu'il triturait machinalement. Il la laisse tomber à terre et se remet à faire les cent pas dans la pièce en se massant les lobes des oreilles, un tic qu'il a dans les moments de crise.

Il devrait pourtant être reconnaissant. Sa honte aurait pu être bien plus grande. Personne n'a levé la main sur lui, personne n'a haussé le ton. Ils se sont contentés de l'emmener dans une pièce et de lui présenter une jeune fille aux cheveux châtains ondulés avec un grain de beauté sous l'œil gauche. Jolie, il le savait, comme sont censées l'être les filles. Elle avait un sourire endormi, on aurait dit qu'elle se prélassait dans un bain chaud, et elle n'avait pas l'air très au courant de la marche à suivre. De la comédie, découvrit-il plus tard : nul n'était plus attentif en société, ne prenait mentalement de notes plus précises que Bertha.

Ils ont cela en commun, la lutte pour ménager les apparences. Lui doit incarner l'homme Muller, et elle une femme normale, alors qu'en fait elle serait capable de diriger la compagnie d'une seule main.

La compagnie. Au moins n'a-t-il pas déçu son père sur ce plan-là. Ils ont des styles différents, son père et lui, mais ils font du bon travail ensemble. Vers la cinquantaine, Walter est devenu une sorte de gros richard, son idée fixe d'anéantir le syndicalisme frisant la pathologie. À plusieurs reprises, Roosevelt et lui ont eu des mots.

« Je n'ai jamais aimé cet homme, disait-il. Il me fait penser à un enfant qui aurait besoin d'une bonne fessée. »

Louis, de son côté, préfère la conciliation. Le plus souvent, vous arrivez mieux à vos fins en faisant croire aux autres qu'ils arrivent aux leurs.

Les cris se font de plus en plus rapprochés. Un bon signe ? Ou un mauvais ? Est-ce bientôt terminé ? L'accouchement est une chose qui le laisse perplexe. La grossesse aussi. Il n'a quasiment pas vu sa femme de toute cette période : il partait au travail le matin avant qu'elle soit levée et rentrait le soir pour constater qu'elle était déjà couchée. Chaque fois qu'il la croisait, elle semblait avoir doublé de volume, si énorme sur la fin qu'elle ne ressemblait plus à un être humain mais à un œuf sur pattes.

Mon Dieu, mais écoutez-moi ça !

C'est normal qu'elle crie comme ça ? Il fait les cent pas à nouveau. Il ne l'aime peut-être pas de la façon dont les gens croient, mais personne ne peut entendre de tels hurlements sans éprouver une certaine empathie. Le médecin l'a séquestrée au troisième étage, avec trois infirmières et deux des femmes de chambre en qui elle a le plus confiance ; deux femmes qui n'ont aucun lien de parenté et qui pourtant paraissent strictement identiques aux yeux de Louis. Il ne s'adresse jamais à elles directement car il est incapable de se souvenir de leur prénom. Delia et... Delilah. Comme si elles ne se ressemblaient pas assez comme ça ! Trop de noms à retenir, de manière générale. Pourquoi la vie est-elle si compliquée ? Il y a souvent des jours où il n'a envie de parler à personne, mais simplement de se remettre au lit et de se rendormir.

Les cris durent encore une heure et, soudain, juste au moment où Louis commence à s'habituer au bruit – et aussi à regretter qu'ils n'aient même pas retenu le chef cuisinier, car sa faim est en train de devenir *intolérable* –, un silence de plomb s'abat sur la maison.

Son cœur se fige. Une pensée folle : elle est morte. Bertha est morte et il est à nouveau célibataire. Le mieux et le pire qui pourraient lui arriver. Il sera libre, délicieusement libre... mais seulement jusqu'à ce qu'ils l'obligent à se remarier. Et ils ne manqueront pas de le faire aussi vite que possible. Ils lui trouveront une petite fleur innocente qui aura dix ans de moins que lui et qui ne saura rien de son passé ; une fille qui le croira accablé de chagrin ; qui voudra s'occuper de lui, le consoler ; qui s'efforcera de chasser le fantôme de Bertha en venant se glisser dans son lit tous les soirs que Dieu fait. Tous les soirs ! Oh, Seigneur

Il a mal à la poitrine. Il devra produire un autre héritier. Il aimerait qu'elle crie encore une fois, juste pour lui montrer qu'elle est vivante. Crie, bon Dieu ! Crie et je saurai que tu as eu ton enfant. Il n'aime peut-être pas Bertha, mais il pourrait tomber sur pire. Et même, et même... il a une certaine affection pour elle. Si elle mourait, il se retrouverait coincé dans cette grande maison, tout seul, incapable de donner des ordres. C'est Bertha qui dirige le navire. Elle connaît le nom et le salaire de chacun des employés. C'est parce qu'ils la craignent qu'ils ne s'enfuient pas avec l'argenterie. Louis la tient en haute estime. Elle est la force motrice. Peut-être même qu'il l'aime un peu, comme on aime un ami de longue date. Il ne veut pas qu'elle meure, quand bien même des images de liberté tourbillonnent dans sa tête. Le stress de toutes ces émotions contradictoires lui fait accélérer le pas, et l'énorme blason en bronze surmontant la cheminée lui adresse un clin d'œil malveillant à chacun de ses passages. Crie, allez, crie !

Incapable d'endurer ça plus longtemps, il grimpe l'escalier quatre à quatre et fait irruption dans la suite réquisitionnée. Après le salon se trouve une chambre à coucher qu'ils ont entièrement tapissée d'épaisses bâches de caoutchouc et de toile. Il les a vus l'aménager quelques semaines plus tôt et il s'est demandé ce qui pouvait bien exiger de telles précautions. Est-ce que le bébé provoquait une *explosion* en sortant ?

La porte de la chambre est fermée à clé mais il les entend murmurer à l'intérieur. Louis martèle le battant en bois.

« Hé ho ! Hé ho ! Qu'est-ce qui se passe ? »

Les murmures se taisent.

De l'autre côté, le médecin dit :

« Monsieur Muller ?

— Qu'est-ce qui se passe avec ma femme ? »

Le médecin répond quelque chose que Louis ne distingue pas.

« Bertha ? »

Louis en a assez. Il secoue la poignée de toutes ses forces et brusquement la porte s'ouvre ; une infirmière lui fonce dessus et l'entraîne à l'écart. Il essaie de voir par-dessus son épaule mais une deuxième infirmière a déjà refermé la porte.

« J'exige de savoir ce qui se passe là-dedans.

— Venez par ici, monsieur, je vous prie.

— Vous m'entendez ? Dites-moi ce... »

L'infirmière l'agrippe par le bras et le tire jusque dans le couloir.

« Mais qu'est-ce que vous *faites* ?

— Monsieur, il vaut mieux pour la mère et l'enfant que vous me suiviez.

— Je... je refuse... bredouille-t-il en se débattant. Qu'est-ce que c'était que tous ces hurlements ? Répondez-moi ou je vous mets à la porte.

— La naissance s'est déroulée normalement, monsieur.

— Alors pourquoi ces hurlements ?

— C'est normal, monsieur.

— Alors pourquoi ça s'est *arrêté* comme ça ? Où est Bertha ?

— Elle se repose, monsieur. Elle a eu un vertige.

— Comment ça, un vertige ?

— Un accouchement peut être assez éprouvant, monsieur. » Elle n'y met aucun ton particulier mais Louis a la nette impression qu'elle se moque de lui.

« Je veux la voir, dit-il.

— S'il vous plaît, monsieur, pourquoi ne retournez-vous pas attendre en bas, et quand le médecin pensera qu'il est possible de...

— Ça suffit ! C'est ma femme, c'est ma maison, et j'ai bien l'intention d'aller où je l'entends. »

Il se dirige à nouveau vers la chambre, mais l'infirmière lui barre le passage.

« Il vaudrait mieux la laisser se reposer, monsieur.

— J'ai entendu votre position. Maintenant poussez-vous !

— Je peux demander au médecin de venir vous parler, si vous le souhaitez.

— Immédiatement ! »

Elle incline la tête et fait demi-tour, abandonnant Louis au milieu du couloir.

Cinq minutes plus tard, le docteur apparaît. Il a fait de son mieux pour se nettoyer, mais Louis est cependant horrifié de voir des éclaboussures de sang sur son col.

« Toutes mes félicitations, monsieur Muller. Vous avez une fille. »

Une fille ? Inacceptable. Il lui faut un fils. Il a envie de dire au médecin de réessayer.

« Où est Bertha ?

— Elle se repose.

— Je dois lui parler.

— Votre femme vient de traverser une terrible épreuve, répond le médecin, les mains tremblantes. Il vaut mieux la laisser se reposer.

— Il lui est arrivé quelque chose ?

— Pas du tout, monsieur. Comme je vous l'ai dit, elle est fatiguée, mais à part ça elle va bien. »

Louis n'est pas dupe. Il sait que quelque chose ne va pas. Il répète sa question, et le médecin le rassure à nouveau. Mais ces mains qui tremblent... Une nouvelle idée lui traverse l'esprit.

« Il y a un problème avec le bébé ? »

Le médecin ouvre la bouche mais Louis l'interrompt.

« Je veux le voir. Maintenant. Montrez-le-moi. »

Le médecin hésite et finit par dire :

« Suivez-moi. »

Tandis qu'ils traversent le salon, Louis pense à ce qu'il adviendra si le bébé meurt. Ils devront recommencer. Mais est-ce qu'ils n'y seront pas contraints de toute façon ? Une fille ne fera pas l'affaire. Si le bébé meurt, il sera surtout triste pour Bertha, pour qui tout le processus – de la conception à l'accouchement – a été un projet entrepris quasiment en solitaire. Après avoir déployé tant d'espoir et de désir, elle sera inconsolable jusqu'à ce qu'elle ait enfin un vrai enfant vivant à son sein. Il le lui doit bien. Il se promet que, si le bébé meurt, il fera contre mauvaise fortune bon cœur et la fécondera de nouveau le plus vite possible.

Le médecin est en train de parler mais Louis n'a pas fait attention.

« ... des choses qui arrivent », dit-il.

De quoi veut-il parler, « des choses » ? Les enfants mort-nés ne sont pas si rares. Louis le sait bien ; sa mère en a eu un avant lui. Allez, crache le morceau, a-t-il envie de répondre au médecin. Sois un homme.

Une deuxième chambre donne sur le salon. La bonne – nom d'un chien, Louis est bien incapable de savoir laquelle – a un petit paquet posé sur les genoux et son rocking-chair produit un grincement rassurant. Un éclat de chair rose, un cri bref, il est vivant.

Louis ne s'attendait pas à ressentir de la joie. Il ne s'était pas préparé. Sans même avoir vu le visage de l'enfant, il sait qu'il va l'aimer, et que cet amour-là sera différent de toutes ses amours précédentes, qui tournaient toujours autour de son propre plaisir. Ce qu'il éprouve à présent est un immense instinct de protection.

Le médecin prend le paquet à la bonne. Louis se retient pour ne pas lui sauter dessus et lui arracher le bébé. Sa fille. Il ne veut pas la laisser entre ces mains tremblantes.

Le médecin lui pose le paquet au creux du bras en lui montrant comment soutenir sa tête. Son visage est encore dissimulé par un pli du lange.

« Je ne la vois pas », dit-il.

Visiblement mal à l'aise, le médecin écarte le tissu.

« Vous devez comprendre, s'excuse-t-il. Nous n'avons pas de moyens de prédiction. »

Louis regarde sa fille et reste interloqué. On dirait qu'ils lui ont donné un bébé chinois. Bertha lui a-t-elle été infidèle ? Il ne saisit pas. Sa fille a une toute petite bouche, dont la langue dépasse mollement ; et ses yeux... ils sont étroits et bridés, les iris mouchetés de blanc. Le médecin parle de déficience mentale et de thérapies diverses et variées, des mots que Louis entend sans les comprendre.

« Comme je vous disais, nous ne savons pas bien pourquoi de telles choses se produisent car la science n'a pas les moyens de les prévoir, en tout cas à l'heure actuelle, et malheureusement je ne peux pas vous proposer de traitement fiable à 100 %. Il y a eu très peu de réussites jusqu'à présent, bien que les recherches dans ce domaine soient... »

Louis ne comprend rien à tout ce baratin, ne comprend pas le terme de « mongolisme », ne comprend pas pourquoi la bonne s'est mise à pleurer sans bruit. Il comprend seulement qu'il a une nouvelle tache à sa réputation et que certaines choses ne peuvent pas demeurer cachées, même en Amérique.

8

Aussitôt après avoir ouvert la lettre, je téléphonai à McGrath.

« Vous vous rappelez comment venir ici ? » me rétorqua-t-il.

Cette fois-ci, je m'organisai un peu à l'avance et louai une voiture avec chauffeur pour toute la journée du lendemain. Il me fallut presque l'après-midi entier afin de décrocher et d'emballer les journaux intimes, que je décidai d'emporter avec les photocopies des chérubins et des coupures de journaux que j'avais dénichées. Je ne voyais pas quoi d'autre pourrait nous être utile, à part la lettre elle-même que j'avais placée dans un grand sachet congélation en pensant que McGrath dégainerait promptement un kit de relevé d'empreintes et entrerait les informations recueillies dans une base de données qui nous livrerait *illico* la localisation et la biographie de Cracke.

En réalité, ça le fit bien rigoler. Il posa sur la table le sachet contenant la lettre et examina son message lapidaire : « ARRÊTE. » Au bout d'un moment, il dit :

« Je ne sais pas pourquoi je me fatigue à le lire en entier, je pense que j'ai compris le concept.

— Qu'est-ce que je fais ?

— C'est-à-dire ?
— Avec ça.
— Vous pouvez toujours l'apporter à la police.
— Vous *êtes* de la police.
— J'étais. Enfin. Vous pouvez l'apporter à la police si vous voulez. Je peux même leur passer un coup de fil avant. Mais je vais vous faire gagner du temps : ils ne pourront rien en tirer. Vous ne savez pas qui est ce type, vous n'êtes pas vraiment sûr que ce soit lui qui l'ait écrite, et, même si vous aviez la réponse à ces deux questions, il n'a rien fait d'illégal. N'importe qui a le droit d'envoyer une lettre, ajouta-t-il en souriant. C'est dans la Constitution.
— Alors qu'est-ce que je fiche ici ?
— À vous de me le dire.
— Vous m'avez fait comprendre que vous aviez quelque chose à me proposer.
— Ah bon ?
— Vous m'avez demandé si je me rappelais comment venir ici.
— C'est vrai », reconnut-il.
J'attendis un moment.
« Et donc ? finis-je par dire.
— Et... Et maintenant que vous êtes là, je suis aussi perplexe que vous. »
Nous nous repenchâmes tous les deux sur la feuille.

ARRÊTE ARRÊTE ARRÊTE

Cette tendance à la répétition qui m'avait jusque-là fasciné me semblait à présent abjecte ; là où j'avais vu de la passion, je voyais désormais de la malveillance. Art ou menace ? La lettre de Victor Cracke aurait très bien pu finir sur un mur de ma galerie. Et si j'avais eu envie, j'aurais sans doute pu la fourguer à Kevin Hollister pour une jolie somme.

« À votre place, je la garderais, reprit McGrath. Au cas où les choses dégénèrent, il vaut mieux que vous l'ayez sous la main pour pouvoir la montrer aux flics.

— Et puis on ne sait jamais ce qu'elle pourra valoir un jour », ajoutai-je.

McGrath sourit.

« Et ce dessin, alors ? » demanda-t-il.

Je lui remis la photocopie des chérubins. Pendant qu'il l'examinait, je remarquai que le nombre de flacons de médicaments sur la table du salon semblait avoir doublé en l'espace d'une semaine. McGrath aussi avait changé : il avait maigri et sa peau avait pris un aspect cireux inquiétant. J'arrivais à déchiffrer la composition de certains flacons mais, ne connaissant rien à la médecine, je ne pouvais en tirer aucune conclusion si ce n'est qu'il avait l'air de beaucoup souffrir.

« Voilà Henry Fort, dit-il en effleurant délicatement les chérubins. Et là, Elton LaRae.

— Je sais, répondis-je avant de sortir les photocopies des microfiches et de les lui montrer. C'est là qu'il les a trouvés. »

Je me gardai de lui confier mes doutes au sujet de cette théorie, mais McGrath ne perdit pas une seconde pour souligner qu'il ne voyait pas comment Cracke aurait pu faire le lien entre Henry Fort et les autres.

« Je n'en sais rien, concédai-je.

— On peut aussi se demander pourquoi il a choisi de dessiner ces gens-là en particulier parmi tous ceux qui ont leur photo dans le journal.

— Oui, j'y ai pensé. Il ne faut pas oublier qu'il a dessiné littéralement des milliers et des milliers de visages. Il y a peut-être des tas d'autres « vrais gens » disséminés dans son travail. La présence de ces enfants prouve seulement qu'il était méthodique.

— Mais il s'agit du panneau numéro 1, insista McGrath. Ça veut dire qu'ils étaient importants.

— Ça, c'est subjectif, rétorquai-je.

— Qui a dit que j'étais objectif ? »

Cette discussion me paraissait quelque peu étrange : moi, le marchand d'art, exigeant que toute la vérité soit faite ; lui, le policier, prétendant avoir des capacités critiques assez aiguisées pour pouvoir extrapoler sur les intentions de l'artiste. Curieux aussi qu'il eut anticipé certaines de mes questions. Je devinais une forme étrange de synergie mentale, et je crois que lui aussi, car nous restâmes silencieux un moment à contempler le dessin.

« En tout cas, dit-il enfin, c'était un dessinateur de talent. »

J'acquiesçai.

Il posa le doigt sur un autre des chérubins.

« Alex Jendrzejewski. 10 ans. Sa mère l'envoie à l'épicerie du coin juste avant dîner pour faire deux ou trois courses. On retrouve une bouteille de lait cassée au coin de Newtown Road et de la 44e Rue. Il avait neigé cet après-midi-là, alors on a pu relever des traces de pneus ainsi qu'une empreinte de chaussure. Pas de témoin. »

McGrath se gratta la tête avant de poursuivre :

« C'était fin janvier 1967, cette fois les journaux ont repris l'histoire et l'ont montée en épingle. « Vos enfants sont-ils en sécurité ? », ce genre de blabla. Il a dû avoir peur, parce qu'après il n'a plus rien fait pendant un bon moment. Ou peut-être qu'il n'était pas du genre à sortir par temps froid.

— Il y a moins d'enfants dans les rues l'hiver.

— C'est vrai. Ça peut être ça aussi. Abie Kahn, continua McGrath en me désignant un autre chérubin. Je vous ai déjà parlé de lui. C'est le cinquième.

— Pas de témoin.

— C'est ce que je croyais. Mais j'ai relu le dossier et je me suis rendu compte qu'on avait interrogé quelqu'un, une figure du quartier, une de ces bonnes femmes qui passent leur journée assises sur leur perron. Elle se souvenait d'avoir vu passer une voiture bizarre.

— C'est tout ? »

McGrath fit oui de la tête.

« Elle nous a dit qu'elle connaissait sur le bout des doigts les véhicules de tout le monde. Elle avait même l'air de s'en faire une fierté. Et cette voiture-là n'était pas du quartier. »

Victor avait-il une voiture ? Je ne le pensais pas, et je le fis savoir à McGrath.

« En soi, ça ne veut rien dire. Il a pu en voler une.

— Je ne le vois pas en train de fracturer une voiture.

— Vous ne le voyez pas du tout. Vous ne savez rien de lui. Vous le voyez en train de faire ça ? » lança-t-il en balayant les chérubins d'un geste de la main.

Je ne répondis pas. Je savais déjà une partie de ce que McGrath me racontait des victimes ; j'avais lu les articles des journaux. La différence fondamentale entre le fait de lire les détails dans la presse et de les entendre directement de lui était le dévouement quasi paternel qui transpirait dans ses propos.

« Ce gosse, LaRae... j'ai vraiment eu de la peine pour lui. J'ai eu de la peine pour tous, mais celui-là... Il était du genre solitaire, il avait l'habitude de faire de grandes balades tout seul. Je ne crois pas qu'il ait eu beaucoup d'amis. On voit à sa façon de sourire qu'il n'aimait pas trop qu'on le prenne en photo. C'est le plus vieux du groupe, 12 ans, mais il était petit pour son âge. Il avait la vie dure à l'école à cause de sa taille, et aussi parce qu'il était élevé par une mère célibataire. Et noire. Vous imaginez les railleries que ce pauvre gosse a dû endurer. Et sa mère, bon Dieu ! ça m'a brisé le cœur. Son mari, un Blanc, s'était tiré en la laissant seule avec le gamin. Et voilà qu'il se fait tuer. Ma parole ! On aurait dit que je lui avais arraché le cœur à mains nues. »

Silence.

« Vous voulez un pétard ? » me proposa-t-il.

Je le dévisageai.

« Parce que, moi, je vais m'en rouler un. »

Non sans peine, il se leva et se traîna jusqu'à la cuisine. Je l'entendis ouvrir un tiroir et me tordis le cou pour voir ce qu'il fabriquait. J'ai assisté à des milliers de roulages de joints dans ma vie, mais jamais par un policier, et jamais avec une telle diligence. Lorsqu'il eut fini, il referma le sachet et revint dans le salon.

« Ça marche beaucoup mieux que tout ce qu'ils me donnent », dit-il, le visage illuminé d'un sourire.

Je lui posai alors une question complètement idiote.

« Vous avez une prescription ? »

Il rit en recrachant de petites volutes de fumée.

« On n'est pas en Californie, vieux ! »

D'après l'affiche du 11 septembre à sa fenêtre et l'avis de recherche de Ben Laden, je supposais que McGrath n'était pas spécialement de gauche. Je lui demandai son appartenance politique.

« Libertaire, me dit-il. Ma fille, ça la rend dingue !

— Pourquoi, elle est... ?

— La personne au plus grand cœur que je connaisse. »

Il tira sur le joint et poursuivit d'une voix étouffée :

« Mais ça ne l'empêche pas de coffrer des types à la pelle. Son copain n'arrêtait pas de se foutre de sa gueule à cause de ça. »

Je n'aurais pas dû être aussi déçu d'apprendre que Samantha avait quelqu'un dans sa vie. J'avais parlé avec elle... quoi ? vingt minutes à tout casser ? Je ne pus résister à l'envie de tendre la main pour emprunter le pétard à McGrath. Il me regarda en aspirer une taffe.

« C'est un délit puni par la loi », dit-il.

Je fis mine de m'apprêter à jeter le joint mais il me le reprit d'un geste vif.

« Je suis mourant, se justifia-t-il. Et vous, c'est quoi votre excuse ? »

Après ça, nous nous occupâmes des journaux intimes. Tout en les sortant, je précisai que, à moins que la météo ou les habitudes alimentaires de Cracke aient un rapport avec l'affaire, je n'en voyais pas l'utilité. McGrath était d'accord, mais il voulait quand même regarder ce qu'il y avait à la date des meurtres.

Henry Fort avait disparu le 4 juillet 1966. Le carnet météo de ce jour-là disait :

ensoleillé *maximales 34 °C humidité 90 %*

« Ça doit être ça, oui, approuva McGrath. Le Queens en juillet. » Les jours suivants se révélèrent tout aussi inintéressants.

ensoleillé	*maximales 33 °C*	*humidité 78 %*
ensoleillé	*maximales 36 °C*	*humidité 82 %*
partiellement nuageux	*maximales 29 °C*	*humidité 90 %*

« Les chiffres sont justes ? demandai-je.

— Qu'est-ce que vous voulez que j'en sache ? »

Il feuilleta le reste du carnet avant d'ajouter :

« Je ne vois pas trop où ça peut nous mener, et vous ? »

Je secouai la tête.

« Et celui avec les menus ? »

LUNDI 4 JUILLET 1966

petit déjeuner	*œufs brouillés*
déjeuner jambon,	*fromage et pomme*
dîner jambon,	*fromage et pomme*

MARDI 5 JUILLET 1966

petit déjeuner	*œufs brouillés*
déjeuner	*jambon, fromage et pomme*
dîner	*jambon, fromage et pomme*

« On perd notre temps, dis-je.

— Sans doute. Voyons pour Eddie Cardinale. »

MERCREDI 3 AOÛT 1966

petit déjeuner	*œufs brouillés*
déjeuner	*jambon, fromage et pomme*
dîner	*jambon, fromage et pomme*

« Vous savez ce que j'aimerais vraiment comprendre ? lança McGrath. Comment ce type pouvait bouffer la même chose jour après jour ? Pour moi, c'est ça le vrai mystère. »

DIMANCHE 22 JANVIER 1967

petit déjeuner *œufs brouillés*
déjeuner *jambon, fromage et pomme*
dîner *jambon, fromage et pomme*

« C'est bon maintenant, vous êtes content ? fis-je.

— J'y crois pas, putain ! »

LUNDI 23 JANVIER 1967

petit déjeuner *flocons d'avoine*
déjeuner *jambon, fromage et pomme*
dîner *jambon, fromage et pomme*

McGrath se tourna vers moi.

« C'est le lendemain de la disparition d'Alex Jendrzejewski. »

Je relus l'entrée du journal à cette date.

petit déjeuner *flocons d'avoine*

« Ouais, marmonnai-je. Et alors ?

— Alors, c'est un changement.

— Des flocons d'avoine ? Qu'est-ce que ça peut foutre ? Qu'est-ce qu'on s'en fout qu'il bouffe des flocons d'avoine ? »

Dans un coin de mon cerveau, je notai que le registre s'était nettement relâché depuis notre petite pause pétard. « C'est un changement, ça veut dire quelque chose.

— Une variante, quoi. »

McGrath me demanda de sortir le dossier Jendrzejewski du carton. À l'intérieur, je trouvai la photo qui m'était déjà familière : cheveux courts ébouriffés, dents bien alignées, tête ronde comme un ballon, nez retroussé. Le petit Alex, s'il avait grandi, serait sans doute devenu assez vilain, mais le destin l'avait immortalisé sous les traits d'un adorable garçonnet.

« On a interrogé la mère, reprit McGrath en tournant les pages du dossier. Je m'en souviens. Elle avait envoyé le gosse faire des courses. Je me souviens de cette bouteille de lait.

— Vous disiez que vous aviez relevé une trace de chaussure.

— Oui, mais difficile de savoir si c'est notre homme. C'était un coin assez passant.

— Dans ce cas, comment a-t-il pu attraper le môme sans être vu ?

— Peut-être qu'il l'a attiré dans sa voiture. Il a pu lui proposer de le déposer chez lui. Il faisait un froid de canard, ce soir-là. Regardez dans le carnet météo, vous verrez. »

Je m'exécutai. Victor avait noté de la neige en soirée.

« Où c'est, nom de Dieu ? grommela-t-il en continuant à fouiller dans le dossier.

— Vous cherchez quoi ?

— Je cher... Ah, voilà ! Écoutez ça, c'est la mère qui parle : "J'ai envoyé Alex à l'épicerie." Inspecteur Gordan : "À quelle heure ?" Pamela Jendrzejewski : "Vers 5 heures. J'avais besoin de deux ou trois choses."

— C'est qui, l'inspecteur Gordan ?

— Mon ancien coéquipier », répondit McGrath sans relever les yeux.

Il remuait les lèvres en silence tout en parcourant la déposition.

« Mm, mm, mm, allez. Je suis prêt à jurer qu'elle nous a parlé de... »

Il s'interrompit.

« De quoi ? le relançai-je.

— C'est pas là-dedans. »

Il saisit un deuxième document et laissa échapper une exclamation de triomphe.

« Voilà ! »

J'approchai ma chaise pour mieux voir. C'était la transcription d'un interrogatoire mené par les inspecteurs L. McGrath et J. Gordan, service de police de la ville de New York, 114e circonscription, 25 janvier 1967. La personne interrogée était Charles Petronakis, patron de la petite épicerie où la mère d'Alex l'avait envoyé faire des courses.

Insp. McGrath : Vous vous souvenez d'avoir vu l'enfant ?

Charles Petronakis : Je l'ai vu, oui.

M : À quelle heure l'avez-vous vu ?

P : Il devait être 5 heures et quart, par là.

M : Y avait-il quelqu'un d'autre avec lui ?

P : Non.

Insp. Gordan : Y avait-il quelqu'un d'autre que vous dans le magasin à ce moment-là ?

P : Non.

G : Avez-vous remarqué quoi que ce soit d'anormal, ou bien chez le garçon ou bien devant le magasin ?

P : Je ne crois pas, non. Il faisait très froid ce jour-là, je n'ai pas eu beaucoup de clients. Le gosse était le premier de l'après-midi. Je m'apprêtais à fermer quand il est entré. Il voulait du lait, des flocons d'avoine et du sucre. Je lui ai dit que je pourrais l'aider à porter ses courses jusqu'à chez lui s'il attendait quelques minutes que je ferme. Il m'a répondu qu'il ne pouvait pas attendre, qu'il fallait qu'il y aille sinon sa mère le gronderait. Et il est parti.

Je m'arrêtai de lire et regardai McGrath qui ramassa un crayon et entoura les mots « flocons d'avoine ».

9

Je n'ai aucun souvenir de mon père du temps de mon enfance. Sans doute parce qu'il était très peu à la maison. Il travaillait (c'est toujours le cas, autant que je sache) incroyablement dur, parfois jusqu'à dix-huit heures par jour, et, même si je n'étais pas là pour assister à la faillite de ses trois premiers mariages, je crois pouvoir deviner que son habitude de rester dormir au bureau n'avait pas dû aider. Que j'aie même réussi à être conçu reste en quelque sorte un mystère à mes yeux. La grosse différence d'âge entre mes frères et moi m'a souvent conduit à penser que j'étais un accident ; et, en tout cas pour lui, un accident malheureux.

Pour sa défense – une expression que je n'ai pas coutume d'employer, alors vous pouvez être sûr que ce qui va suivre est vrai –, il faut dire qu'il était parvenu à redorer le blason des Muller à lui seul après avoir hérité d'une entreprise plombée par de multiples aberrations. Il dégraissa avant que le dégraissage ait été inventé. Et il liquida ou revendit d'archaïques branches d'activité dont il n'avait que faire : une boulangerie à New Haven, une filature à Secaucus. Le langage qu'il comprenait, c'était l'immobilier, aussi se concentra-t-il là-dessus, transformant ainsi une vieille fortune déjà relativement solide en une nouvelle montagne d'argent tout frais.

C'est uniquement grâce à ma mère que je ne suis pas devenu plus pourri gâté que je ne suis. Malgré le luxe extravagant dans lequel nous vivions et les dizaines de personnes qui furent à mon service dès l'instant de ma venue au monde, elle fit de son mieux pour s'assurer que je ne considère jamais la richesse comme une dispense de savoir-vivre. Il est difficile d'être à la fois riche et vraiment humaniste. C'était son cas. Elle croyait à la valeur intrinsèque de chaque individu et plaçait ce principe à la racine de toutes ses actions. Les enfants ont des radars à pipeau excessivement sensibles, c'est pourquoi ses leçons m'ont laissé une forte impression. Si mon père m'avait servi le même genre de sermons, je n'aurais pas été dupe une seconde : il ne manifestait que très rarement sa gratitude auprès du personnel, et, quand il le faisait, c'était toujours d'un ton cassant. Ma mère, au contraire, n'était jamais condescendante envers les gens qu'elle employait ; elle ne faisait pas semblant non plus d'être leur amie, ce qui est tout aussi insultant dans un autre genre. Elle disait systématiquement bonjour, au revoir, s'il vous plaît, merci ; elle pressait le pas quand on lui tenait la porte. Il lui arrivait aussi de tenir la porte aux autres. Je la vis une fois s'arrêter pour aider à pousser un taxi coincé dans une congère.

Je n'ai jamais bien compris comment elle avait pu supporter – et encore moins aimer – mon père, qui était capable d'une telle indifférence aux malheurs d'autrui. Je peux seulement espérer et supposer qu'il n'était pas le même homme avant son veuvage. Soit ça, soit elle voyait en lui quelque chose qui échappait au reste d'entre nous. À moins encore qu'elle n'ait eu le goût des défis.

Les premiers souvenirs de mon père remontent donc à la mort de ma mère, et le plus vif d'entre tous est aussi le plus ancien. C'était le matin de l'enterrement et j'étais en train de m'habiller, ou plutôt de résister aux tentatives de la nurse pour m'habiller. J'eus la mauvaise idée de piquer une colère. J'aurais pourtant dû sentir la torpeur ambiante, deviner que j'avais un fardeau à supporter. Rétrospectivement, je me dis que j'étais sans doute assez désorienté : cela faisait des jours que les gens se comportaient de façon nerveuse autour de moi, comme si j'étais précisément la source de leur chagrin. Je n'étais pas d'humeur à me montrer en public ; je n'avais envie de voir personne, et encore moins qu'on me force à mettre un costume et une cravate.

La cérémonie devait commencer à 9 heures, et à 8 heures et demie je n'étais encore vêtu qu'à moitié. Dès que la nurse parvenait à coincer ma chemise dans mon pantalon, je la ressortais pendant qu'elle s'occupait de ma cravate. Et quand elle entreprenait de la recoincer, je me mettais à la déboutonner depuis le haut. Elle était au bord des larmes lorsque Tony Wexler vint me chercher pour qu'on descende. Il me trouva en train de retirer mon pantalon et s'interposa pour reprendre la situation en main. Alors qu'il m'agrippait par le bras, je lui donnai un violent coup dans l'œil.

En temps normal, Tony était un modèle de patience (il allait avoir à supporter bien pire dans les années à venir). Mais ce matin-là, il abdiqua. Il aurait pu élever la voix ou me donner une gifle ; il avait ce genre d'autorité sur moi. Il aurait pu dire à la nurse de me maintenir en place. Au lieu de quoi, il prit une mesure bien plus radicale : il alla prévenir mon père.

C'était un vendredi. Ma mère était morte le mardi

d'avant, après trois jours de coma. Durant ces trois jours, je n'avais pas eu le droit de la voir, chose que je n'ai jamais pardonnée à mon père. Je crois que, bêtement, il pensait ainsi me protéger, mais encore maintenant le simple fait d'y repenser me hérisse. Vu que j'étais *persona non grata* dans la chambre d'hôpital et que mon père s'y était enfermé pour la regarder partir à petit feu, nous ne nous étions pas beaucoup vus pendant une semaine, tous les deux ; c'est la nurse ou Tony qui s'étaient occupés de moi. Ce moment allait donc être notre première réunion de famille, une famille désormais réduite à deux personnes. Bien que trop jeune pour en comprendre la symbolique, je me doutais que la conversation qui s'annonçait serait un bon avant-goût de la vie sans ma mère.

Il entra dans la pièce sans dire un mot. C'est son style. Mon père est grand, comme moi ; et, comme son propre père, il a le dos très légèrement voûté. Il avait, à l'époque, la cinquantaine passée mais des cheveux encore bruns et épais, à l'image de ceux de sa mère. Ce jour-là, il portait un costume noir, une chemise blanche et une cravate grise ; pourtant la première chose que je vis fut le bout de ses chaussures. J'étais allongé par terre, refusant de me lever, et ces deux torpilles vernies s'approchaient de moi.

Je roulai sur moi-même et enfouis mon visage dans le tapis. Il y eut un long silence. L'espace d'un instant, je crus qu'il était reparti. Mais alors j'ouvris les yeux et je me rendis compte qu'il était toujours planté devant moi à me regarder, même si à présent il avait à la main ma cravate prénouée, comme s'il s'agissait d'une laisse et que j'étais un petit chiot têtu.

« Si tu ne veux pas t'habiller, dit-il, tu iras comme ça.

— D'accord », rétorquai-je.

Et aussitôt je me retrouvai traîné dans le couloir jusqu'à l'ascenseur, hurlant et gigotant de toutes mes forces. La nurse me tenait par un bras, une femme de chambre par l'autre ; mon père marchait deux mètres devant nous sans jamais se retourner. Comme vous pouvez l'imaginer, la maison était particulièrement silencieuse ce matin-là, si bien que cette colère résonnait de façon encore plus terrifiante et stridente que d'habitude. Alors que nous entrions tous les quatre dans l'ascenseur, je vis mon père tressaillir, ce qui ne fit que m'encourager davantage ; peut-être que, si je criais suffisamment longtemps, ils finiraient par me lâcher. Nous descendîmes jusqu'au rez-de-chaussée, où les portes s'ouvrirent sur un spectacle qui me réduisit instantanément au silence : une vingtaine de visages – des femmes en larmes, des hommes rougeauds et grimaçants –, tous tournés vers moi tandis que je me débattais contre mes ravisseurs. L'ensemble du personnel s'était rassemblé, en habit de deuil, pour nous présenter ses condoléances.

À cet instant, je pris conscience de ce que j'étais en train de faire, de ce qui se passait, de la tenue dans laquelle j'étais, et de l'humiliation que je m'apprêtais à vivre si je ne m'habillais pas correctement. Je me mis à supplier mon père de me laisser remonter dans ma chambre. Il ne dit rien, se contenta de sortir de l'ascenseur et de s'avancer d'un pas raide entre les deux rangs d'employés, à nouveau deux mètres devant moi tandis que la nurse et la femme de chambre appliquaient ses consignes en me traînant, à demi nu, sous les fourches Caudines de tous ces regards horrifiés, jusqu'au perron où nous attendait une limousine. Tony me donna mon pantalon dans la voiture.

Le problème avec les affaires en souffrance, m'expliqua McGrath, c'était qu'elles ne tuaient personne. Elles ne balançaient pas des avions dans des tours. Elles ne diffusaient pas de gaz toxique dans le métro, ne se faisaient pas exploser au milieu de Central Park et ne tiraient pas dans la foule sur un marché. Les priorités locales et nationales étant ce qu'elles étaient, c'était devenu de plus en plus dur pour les policiers qui enquêtaient sur ce type d'affaires de trouver le temps, l'argent et le soutien de la hiérarchie dont ils avaient besoin.

McGrath avait travaillé dans cette brigade pendant les huit dernières années de sa carrière et était toujours en contact avec ses anciens collègues.

« Un groupe solide, me dit-il. De A à Z. C'est des types dévoués et ils n'aiment pas baisser les bras. Mais ce n'est pas eux qui décident. Le monde a changé. »

« Changé » voulait dire que les vieilles affaires de meurtre non résolues devaient faire la queue et attendre leur tour ; et que, pendant que la queue s'allongeait, le nombre d'inspecteurs travaillant dessus diminuait à mesure que les plus brillants d'entre eux étaient réaffectés à la lutte antiterroriste ou se lassaient et démissionnaient. Ça voulait dire aussi que des milliers de cartons de pièces à conviction – assez semblables à celui que McGrath avait dans son salon et dans lequel nous allions rester plongés plusieurs semaines à venir – n'avaient pas été rouverts depuis des décennies, même si, entre-temps, l'ADN qu'ils renfermaient pouvait valoir de l'or.

« Juste avant que je parte, reprit-il, on a eu une bourse du ministère de la Justice. 500 000 dollars à utiliser pour éplucher les stocks d'ADN. Eh ben, vous savez quoi, je crois qu'ils n'ont même pas encore réussi à dépenser tout ce fric. Il y a des tonnes de trucs qui croupissent là à attendre que quelqu'un se baisse pour les ramasser. Ils n'ont pas la main-d'œuvre. Chaque fois que vous avez besoin de quelque chose, il faut vous trimballer jusqu'aux archives, l'envoyer au labo, remplir toute la paperasse... Comment voulez-vous que douze mecs se coltinent ça pour tous les crimes non résolus de la ville de New York ? Sans compter qu'on a un tas de gens au cul, le FBI qui nous harcèle avec la sécurité du port, la presse qui s'excite sur les faits divers de la semaine. Alors avec ça, essayez un peu d'aller voir votre chef en lui disant : « Hé, vous savez quoi, j'ai un truc vieux de trente ans sur lequel je crois *éventuellement* pouvoir essayer de mettre un nom. Le coupable est probablement mort, mais ça pourrait apaiser la famille, non ? » Même pas en rêve. »

Depuis sa retraite, McGrath s'occupait en ressassant les vieilles affaires qui continuaient de l'obséder. Ses anciens collègues étaient bien contents d'avoir un cerveau expérimenté à disposition pour les soulager d'une petite partie de leur fardeau. La plupart du temps, disait-il, ce qui permettait de résoudre une affaire en souffrance était le simple passage du temps, à mesure que les témoins qui avaient eu peur de parler sortaient de l'ombre. Cela n'était pas sans inconvénients, à savoir que les gens oubliaient ce qu'ils avaient vu ou mouraient avant d'avoir pris la peine de le révéler. Pour les meurtres du Queens, cependant, il n'y avait eu *personne*, consentant ou pas, à qui parler. Aucune rumeur, aucun ivrogne se faisant mousser dans un bar. Ça semblait foutu. Mais McGrath s'était jadis juré de persévérer jusqu'au dernier souffle.

« Qu'est-ce que j'ai de mieux à foutre ? me demanda-t-il. Regarder *Dr. Phil* à la télé ? »

Ayant pris l'habitude de tenir la galerie pendant que je travaillais sur les dessins, Nat ne demandait qu'à reprendre les rênes, si bien que, pendant quelques semaines, mes journées se déroulèrent ainsi : une voiture venait me chercher vers 15 heures ; je montais à bord et endurais le chaos pour rejoindre le tunnel Brooklyn-Battery ; par la vitre arrière, je regardais disparaître la silhouette de Manhattan, défiler la rocade grise, j'écoutais les mouettes tournoyer au-dessus du parc Jacob-Riis. Nous nous garions devant l'entrée de Breezy Point pile quand le patron du pub sortait le tableau blanc sur lequel était inscrite la liste des cocktails du soir. À 16 h 30, j'étais assis avec McGrath dans son salon et nous commencions à parler de l'affaire. Je passais une bonne partie de l'après-midi à l'attendre pendant qu'il était aux toilettes.

La plupart des fois, je restais jusqu'à ce que Samantha arrive. C'était même le bruit de ses pas sur le perron qui me donnait le signal du départ. Il y avait toujours un moment où elle devait poser ses sacs de courses et ses affaires de travail pour chercher ses clés, qui apparemment ne se trouvaient jamais à l'endroit où elle les avait rangées. Le temps qu'elle réussisse à les localiser, je lui avais déjà ouvert la porte, et, pendant qu'elle ramassait son barda, nous échangions brièvement quelques banalités. Elle semblait à la fois étonnée et reconnaissante de ma présence, me demandant d'un air détaché si nous avions avancé. Non, lui répondais-je invariablement. Elle haussait les épaules et me recommandait de ne pas baisser les bras. En fait, elle voulait dire : « Ne le laissez pas seul. » Si j'essayais de l'aider avec ses sacs, elle me chassait d'un revers de la main, disparaissant à l'intérieur de la maison plongée dans la pénombre d'où McGrath me criait : « Mercredi, même heure ! »

Je justifiais mes absences à la galerie en me disant que je devais protéger mon artiste. Je voulais garder un œil sur McGrath pour que, le jour où il découvrirait quelque chose sur Victor Cracke, j'en sois le premier informé et puisse adopter l'attitude adéquate. Quant à lui, j'imagine que ses motivations étaient du même ordre. En me mêlant à son enquête, il pouvait m'empêcher d'interférer ou, en tout cas, être en meilleure posture si je le faisais. Sans compter que, très diminué physiquement et *grosso modo* seul, il lui fallait une paire de jambes, et j'étais la première personne qui lui était tombée sous la main.

J'avais cependant une autre raison d'aller à Breezy Point : les rares moments que je passais là-bas avec sa fille.

En voilà un bon poncif de roman policier, non ? L'idylle instantanée. Mais celle-ci requiert une petite explication, car, en général, je ne suis pas du genre cœur d'artichaut. Et puis en plus, j'avais déjà Marilyn. Comme je l'ai mentionné plus haut, nous acceptions l'un de l'autre une certaine quantité d'activités extrascolaires. En tout cas, moi : elle avait une libido à faire pâlir n'importe quel homme et nous passions beaucoup trop de soirées dans nos appartements respectifs pour que je puisse croire qu'elle n'avait jamais ramené chez elle un des serveurs qu'elle embauchait pour ses vernissages. De mon côté, je ne batifolais pas tant que ça. Ayant brûlé la vie par les deux bouts entre 15 et 24 ans, arrivé à 30, je me rendis compte de la chance que j'avais eue de n'avoir jamais rien récolté de plus grave que quelques insultes bien choisies ou qu'un verre de Champagne tarif étudiant à la figure. Je n'avais eu que deux ou trois aventures au cours des cinq dernières années. Vous pouvez mettre ça sur le compte de l'âge, mais le fait est que j'avais encore tous mes cheveux, que je faisais encore la même taille de pantalon et que j'allais courir quatre fois par semaine. Je ne m'étais pas ramolli, j'avais simplement appris que le vieux dicton sur la quantité et la qualité s'appliquait aussi au sexe. Le sexe sans aucune forme de défi m'ennuyait. Ce qui expliquait en grande partie pourquoi j'étais resté avec Marilyn si longtemps : elle ne manquait jamais de me tenir en état d'alerte, et elle pouvait être dix femmes à la fois dans une même journée.

Certes, j'avais moins en commun avec Samantha qu'avec les femmes que je croisais quotidiennement à la galerie, dont la plupart rêvaient d'être des Marilyn bis. Et il n'y avait en apparence rien de plus dans nos brèves rencontres sur le pas de la porte que deux personnes s'échangeant quelques politesses, deux passagers assis côte à côte dans l'avion. Ni paroles prophétiques ni regards insistants, en tout cas pas que je me souvienne. J'aurais dû mieux faire attention.

McGrath et moi commençâmes par passer des coups de fil à droite, à gauche. La majorité des gens cités dans les dossiers étaient soit introuvables, soit morts – les parents des victimes, l'épicier qui avait vendu ses flocons d'avoine à Alex Jendrzejewski, la femme sur son perron à Forest Hills qui avait vu la voiture bizarre –, révélant la très forte probabilité que le tueur soit mort lui aussi.

Ce qui limitait l'enquête aux preuves écrites et matérielles, ces dernières étant conservées aux archives de la police du Queens. Afin de s'en faire autoriser l'accès, McGrath appela un ami, un inspecteur du nom de Richard Soto, qui lui répondit que s'il avait envie d'aller à la pêche, grand bien lui fasse.

Toutes les victimes avaient été retrouvées en extérieur, rendant d'autant plus difficile le travail de la police scientifique. Elles avaient été tuées quelque part et transportées ailleurs, ou bien abandonnées aux ravages du temps. Dans un cas comme dans l'autre, il ne restait pas grand-chose qui puisse servir de preuve, et encore moins qui puisse de façon fiable être attribué au tueur. Il y a des tas de cochonneries qui traînent un peu partout à New York, et apparemment c'était déjà comme ça dans les années 1960. (« C'était pire, précisa McGrath. Pour ça, on peut remercier Giuliani. »)

Parmi les éléments conservés se trouvaient un mégot de cigarette, la bouteille de lait cassée, le moulage de la trace de pas. Il y avait une empreinte digitale partielle à peine lisible prélevée sur un gobelet de café qui lui-même avait mystérieusement disparu entre-temps. Le tout repartit au labo pour de nouvelles analyses et de nouvelles recherches d'emprcintes. Le plus important était un jean d'enfant couvert d'une croûte de sang et de sperme. Il fut également renvoyé au labo, et je fus tenté de croire que l'affaire serait bientôt résolue. Mais McGrath m'enjoignit d'être patient. Au plus tôt, nous pouvions espérer des résultats en décembre.

« Ils n'ont pas encore terminé l'identification des restes du 11 septembre. Et puis tout ce qu'ils pourront nous donner ne nous sera d'aucune utilité sans quelque chose à quoi le comparer, quelque chose dont nous sommes sûrs qu'il lui appartenait. Il faut que quelqu'un retourne à l'appartement.

— Il n'y a plus rien là-bas, rétorquai-je. J'ai tout fait nettoyer. »

McGrath eut un sourire las.

« Pourquoi donc ?

— Parce que c'était une porcherie. Chaque fois que j'y allais, j'avais des quintes de toux.

— Où sont tous les dessins ?

— Dans un garde-meuble. »

McGrath se mit à me poser des questions : y avait-il quoi que ce soit susceptible de receler des traces d'ADN ? Une brosse à dents ? Une brosse à cheveux ?

« Une paire de chaussures, dis-je. Un pull. Je n'en sais rien, peut-être que je suis passé à côté de quelque chose.

— Vous croyez ?

— Ça m'étonnerait. On a tout pointé.

— Merde. Bon, tant pis. Ça ne coûte rien de vérifier. Vous êtes libre lundi à l'heure du déjeuner ? »

En principe, j'avais un rendez-vous pour montrer les dessins à un client, un magnat indien de la métallurgie qui faisait escale à New York avant de se rendre à la foire de Miami. Nous nous étions rencontrés à la dernière Biennale de Venise, et depuis j'avais entretenu les braises d'une correspondance. C'était là ma première occasion de conclure. Si j'essayais de reporter, j'avais de grandes chances de le perdre ; il était notoirement volage et impatient.

J'aurais très bien pu proposer un autre jour ; McGrath n'avait pas l'air de tenir spécialement au lundi.

« Je suis libre, dis-je en sentant aussitôt l'adrénaline de la transgression. »

Ce fut, je crois, le premier signe indiquant que ma vie avait commencé à changer.

« Parfait, acquiesça McGrath. Quelqu'un vous attendra là-bas. Pas moi, mais, ça, je pense que vous l'aviez compris tout seul.

— Vous ne sortez jamais ?

— Les bons jours, j'ai suffisamment de force pour aller pisser dans le jardin, dit-il en ricanant. Mais ça va, c'est tenable. J'ai le câble. Je commande tous mes livres par Internet. J'ai Sammy. Y a pire. »

Il me passa le joint avant d'ajouter :

« Non, c'est pas vrai, je déconne. J'ai l'impression d'être en prison. »

Je tirai sur le joint sans rien dire.

« Tous les matins, le vent arrive ici chargé de l'odeur du sel. La plage est belle, si j'ai bonne mémoire.

— En effet. »

Il hocha la tête et tendit la main pour récupérer le pétard. « Bon, allez. On a du pain sur la planche. »

Le lundi en question, j'attendais devant l'entrée des Muller Courts, pile à l'endroit où Tony m'avait attendu neuf mois auparavant. Je n'étais pas revenu depuis juillet et, tout en guettant l'arrivée de l'équipe de McGrath, je me sentais un peu coupable, comme si j'étais sur le point d'organiser une mégafête dans une crypte. Je m'étais efforcé de séparer les œuvres accrochées aux murs de ma galerie de la vraie personne qui vivait dans un vrai immeuble. J'avais fait de Cracke un fantôme. Et voilà que maintenant je venais chercher le contraire : un morceau de son corps, littéralement. La métaphore la plus appropriée était celle du pilleur de tombe.

Qui McGrath allait-il donc m'envoyer ? Comme il

n'avait rien précisé, je cherchais des yeux une grosse fourgonnette de police remplie de types en Kevlar.

À la place arriva une petite Toyota bleue.

« Ne faites pas cette tête, me lança Samantha. Qui d'autre aurait accepté de renoncer à sa pause-déjeuner, à votre avis ? C'est vraiment parce que je suis une bonne poire que je suis ici. »

Elle avait l'air de bonne humeur, en tout cas de meilleure humeur que lorsque je la voyais à Breezy Point. Si c'était le fait de rentrer chez son père qui la déprimait, je ne pouvais pas lui en vouloir.

Elle ouvrit un paquet de crackers au beurre de cacahuète et m'en offrit un.

« Nourrissants et succulents, me dit-elle.

— Je passe mon tour.

— C'est mon alimentation de base.

— Dans ce cas, je ne veux surtout pas vous ôter le pain de la bouche.

— Je dois avoir 2 grammes de beurre de cacahuète par litre de sang... Il ne vous a pas prévenu que ce serait moi qui viendrais ?

— Non.

— Elle est bien bonne ! Et vous vous attendiez à quoi ? Un type en blouse blanche ?

— Je pensais plutôt à un commando d'élite.

— On a besoin d'un commando d'élite ?

— J'espère que non. Je n'avais pas compris que les relevés d'ADN faisaient partie de votre boulot.

— Rien de tout ça ne fait partie de mon boulot. C'est juste une façon d'occuper mon père.

— Vous ne pensez pas qu'il tient une piste ?

— Fondée sur quoi ? La théorie des flocons d'avoine ?

— Ça et tout le reste.

— Autant que je sache, il n'y a pas tellement de reste. C'est intéressant, certes, mais je n'ai jamais entendu quelqu'un aller en prison à cause de ce qu'il avait mangé au petit déjeuner. De toute façon, vous ne savez pas où est passé le type, pas vrai ?

— Non.

— Voilà. Alors je préférerais gaspiller mon temps à rechercher des gens que je sais coupables et sur qui je peux mettre la main.

— Vous devez bien savoir comment retrouver quelqu'un, vous passez votre vie à ça, non ?

— Pas vraiment. C'est le rôle de la police. Et puis les gens qui commettent des crimes sont idiots. La plupart du temps, ils sont exactement là où on les cherche : dans la cave de leur mère, en train de se bourrer la gueule en se touchant.

— Alors qu'est-ce que vous faites ici ?

— L'amour filial. Mais pour répondre à votre question, non, je ne fais pas de relevés d'ADN. J'ai une amie qui va nous rejoindre pour ça. Maintenant je lui dois trois services. »

Avant que je puisse lui demander quels étaient les deux premiers, elle se tourna afin de saluer une petite femme à la peau mate qui arrivait au bout de la rue. Elle avait les cheveux bruns frisés, des lèvres pourpres et portait une veste en cuir moulante. Après avoir posé son sac sur le trottoir, elle se hissa sur la pointe des pieds pour faire la bise à Samantha.

« Salut, beauté ! »

Puis elle me tendit la main, révélant le tatouage d'une rose sanguinolente sur l'intérieur de son poignet.

« Annie Lundley.

— Ethan Muller.

— Enchantée. Ça fait trois », ajouta-t-elle en agitant son index sous le nez de Samantha.

Cette dernière acquiesça d'un hochement de tête.

« Allons-y », dit-elle.

« Et moi qui croyais que j'avais un petit appartement ! »

Depuis le pas de la porte, Annie balayait la pièce des yeux. Elle avait enfilé des gants en latex et couvert ses cheveux d'un filet.

« Vous n'avez pas laissé grand-chose en nettoyant, on dirait.

— Pas vraiment. Je suis un peu maniaque.

— Combien de personnes sont entrées ici ?

— Beaucoup.

— On va devoir faire une liste et procéder par élimination. » Elle consulta sa montre et ajouta en soupirant. « Je crois que vous pouvez revenir dans quatre ou cinq heures. »

Samantha et moi sortîmes dans le couloir afin de laisser le champ libre à Annie.

« Vous n'êtes pas obligée de rester, dis-je.

— C'est drôle, j'allais vous dire exactement la même chose.

— Vous ne devez pas retourner travailler ?

— À un moment ou un autre, si. Le fonctionnariat n'est pas aussi strict que vous pourriez le croire.

— Je n'ai jamais cru qu'il était strict du tout.

— Eh ben, vous n'avez pas tort. Tout le monde est encore en pause-déjeuner, à l'heure qu'il est. Les gars de mon bureau font tout ce qu'ils peuvent pour en foutre le moins possible. Vous ne pouvez pas savoir combien de trucs pornos ils m'envoient par heure

— C'est bien de faire ce que vous faites, dis-je. Pour votre père.

— Merci, répondit-elle en esquissant un sourire, mais sur un ton impliquant que je n'avais aucun droit de juger son comportement. J'ai un peu de mal à m'en souvenir quand il m'appelle au débotté pour m'annoncer que je dois aller quelque part lundi à midi pile. Il peut être assez autoritaire. On dirait qu'il a des œillères. Pas que sur ce thème-là, d'ailleurs, c'est comme ça pour tout.

— Il ne se rend sûrement pas compte que ça vous dérange. »

Je me trouvais hypocrite de défendre McGrath : qui mieux que moi pouvait compatir avec quelqu'un subissant les exigences grotesques d'un père ? Mais les choses que font vos parents pour vous exaspérer peuvent sembler pathétiques et compréhensibles chez les parents des autres.

« Oh que si, il s'en rend compte ! Bien sûr. Il sait très bien que ça m'emmerde. Et c'est précisément pour ça qu'il me le demande. Je suis la seule susceptible d'accepter. Si vous ne me croyez pas, demandez à ma mère. Je suis sûre qu'elle sera ravie de vous faire partager ses récits de guerre. »

Je n'avais jamais posé de questions sur Mme McGrath Quelque chose me disait qu'elle vivait loin d'ici.

Samantha s'adossa au mur.

« Alors comme ça, vous êtes marchand d'art. Ça doit être marrant.

— Il y a des bons moments.

— Plus glamour que mon boulot, en tout cas.

— Détrompez-vous. Ça consiste essentiellement à envoyer des mails et à passer des coups de fil.

— Vous voulez qu'on échange pour la journée ? Je vous laisse interroger les victimes de viol.

— Ça ne donne pas très envie, finalement.

— C'est horrible à dire, mais on s'habitue assez vite. » Son portable sonna.

« Excusez-moi », dit-elle en s'éloignant dans le couloir pour répondre.

Son mec, probablement. Je tentai de laisser traîner une oreille, mais je n'entendais rien ; il aurait fallu que je la suive. Elle resta au téléphone un bon quart d'heure. Au bout d'un moment, je finis par entrouvrir la porte de l'appartement et y glisser la tête. Je vis Annie accroupie près d'une plinthe en train de la balayer. lentement du faisceau de sa torche.

« Vous êtes *vraiment* maniaque », me dit-elle.

Samantha apparut derrière moi.

« Alors, ça donne quoi ?

— Des cheveux, mais je ne pense pas que ce soit ceux de votre homme.

— Pourquoi ?

— Il avait une teinture rose ?

— Ça doit être Ruby, indiquai-je. Mon assistante.

— Sincèrement, répliqua Annie, je vais continuer à chercher, mais je ne crois pas pouvoir trouver grand-chose. C'est quoi, l'autre endroit dont vous m'avez parlé ?

— Le garde-meuble ?

— Ouais. Il y a quoi, là-bas ?

— 150 000 feuilles de papier, dis-je. Et une paire de vieilles godasses.

— Formidable, lâcha Annie. J'ai hâte de voir ça. »

Deux jours plus tard, j'avais à nouveau rendez-vous avec McGrath, mais lorsque je frappai à la porte, personne ne répondit. Je tambourinai de plus belle et finis par essayer la poignée. La porte était ouverte. J'entrai en appelant son nom. De la salle de bains me parvint un faible « Une seconde ». Je m'assis à la table du salon et attendis. Encore et encore. Au bout d'un moment, je me relevai et allai toquer à la salle de bains. J'entendis un haut-le-cœur. Je voulus ouvrir, mais c'était fermé à clé.

« Lee ? Ça va ?

— Ouais. »

Un deuxième haut-le-cœur

« Lee ?

— Deux minutes, putain ! »

Il avait une voix d'outre-tombe ; et quand il ouvrit enfin la porte et que je vis sa tête, ainsi que le sang qu'il n'avait pas complètement réussi à nettoyer sur la cuvette des toilettes, je ne pus m'empêcher de m'exclamer.

« Oh, merde ! »

Il me passa devant en traînant les pieds.

« Venez m'aider pour le carton.

— Il faut que vous alliez à l'hôpital. »

Il ne répondit rien et disparut dans la pièce du fond. Je le suivis.

« Lee ? Vous m'entendez ?

— Vous allez me filer un coup de main ou vous voulez que je porte ça tout seul ?

— Il faut que vous alliez voir un médecin. »

Il laissa échapper un ricanement.

« Vous avez vraiment une sale gueule, insistai-je.

— Merci, vous aussi.

— Vous devriez aller à l'hôpital.

— Vous m'accompagnez en voiture ?

— D'accord.

— Vous n'êtes pas censé dire oui, vous êtes censé arrêter de parlementer avec moi.

— Je dis oui.

— Le type qui me suit, il faut prendre rendez-vous pour le voir, vous ne pouvez pas vous pointer comme ça.

— Dans ce cas, j'appelle une ambulance.

— Nom de Dieu ! soupira-t-il d'un ton peiné. Prenez ce carton et... »

Il fut interrompu par une quinte de toux. Quand il retira sa main de devant sa bouche, elle était couverte de sang.

Je décrochai le téléphone sur le bureau et réussis à taper les deux premiers chiffres des urgences avant que McGrath ne me rejoigne en boitillant et ne m'arrache le combiné. Il était étonnamment fort pour quelqu'un dans son état, et il avait aussi l'avantage de savoir que je ne lui opposerais pas de résistance, de peur de lui faire mal. Il débrancha l'appareil et le fourra dans la poche de son peignoir. Puis il me désigna le carton.

Je ne bougeai pas, hésitant à sortir mon téléphone portable. Il me l'aurait sans doute confisqué aussi ou bien l'aurait balancé par la fenêtre. Je décidai de lui laisser quelques minutes pour se calmer avant d'ouvrir la bouche. Je pris donc le carton et le portai jusqu'à la table du salon.

« Asseyez-vous », dit-il.

Je m'assis. En silence, nous commençâmes à étaler nos documents de travail. Son nez coulait, je lui tendis un mouchoir qu'il utilisa et jeta par terre avec le plus grand mépris – envers moi ou sa maladie, je n'aurais su le dire.

« J'ai appelé Rich Soto pour lui toucher un mot du petit service que je voulais lui demander », annonça McGrath.

Le petit service en question consistait à déterrer toutes les anciennes affaires possédant un *modus operandi* similaire. McGrath était persuadé que l'assassin du Queens avait d'autres meurtres à son actif et qu'en repérer un pourrait nous fournir plus d'informations. Un suspect, peut-être ; ou quelqu'un déjà en taule pour autre chose.

« Et ?

— Il est en train de collecter les dossiers. Il m'a dit deux semaines, mais je n'y compte pas trop.

— D'accord. »

Alors il ferma les yeux, et je pus constater à quel point notre petite bagarre l'avait épuisé.

« Lee. »

Je posai une main sur son bras ; il était chaud et frêle.

« Peut-être qu'on ne devrait pas travailler aujourd'hui. »

Il hocha la tête.

« Vous voulez vous allonger ? »

Nouveau hochement. Je l'aidai à marcher jusqu'à la pièce du fond et à s'installer dans son fauteuil.

« Je vous allume la télé ? »

Il secoua la tête.

« Un verre d'eau ? »

Non.

« Vous êtes sûr que ça va aller ? »

Oui.

« Vous avez ce qu'il faut pour dîner ? Samantha va venir ?

— Demain.

— Et ce soir ? Lee, insistai-je en tapant du pied. Qu'est-ce que vous allez manger pour dîner ?

— Rien à battre, du dîner, ronchonna-t-il.

— Vous voulez un joint ? »

Oui.

Je repartis à la cuisine, trouvai sa cachette et ses feuilles. Ça faisait un bail que je n'avais pas roulé moi-même et je semai des brins de tabac partout. Après les avoir ramassés avec une éponge, j'attrapai un briquet et apportai à McGrath son médicament.

« Merci. »

Il tâtonna autour de lui en quête d'un cendrier que quelqu'un avait déplacé à l'autre bout de la pièce. J'allai le lui chercher et le regardai fumer.

« Toujours pas faim ? » demandai-je.

Il éclata de rire, tel un ballon se vidant de son air.

« Je vais appeler Samantha et lui dire de passer vous voir.

— Non », fit-il.

Je ne répondis rien. J'attendis que ses paupières se ferment et que sa respiration change, puis je m'éclipsai dans le salon pour passer le coup de fil. Je décrivis la situation à Samantha.

« J'arrive », dit-elle.

En retournant dans le bureau, je trouvai McGrath avec un maigre sourire aux lèvres.

« Vous êtes vraiment un emmerdeur, vous savez.

— Qu'est-ce que vous voulez que je fasse ?

— Rentrer chez vous.

— Pas question.

— Allez vous faire foutre, alors », marmonna-t-il.

Je m'assis par terre à ses pieds et attendis.

Samantha risquait de mettre un moment pour arriver du travail et j'hésitais à appeler les urgences entretemps. Mais je me ravisai. McGrath avait l'air d'aller un peu mieux ; il ne toussait plus, et je savais que se réveiller à l'arrière d'une ambulance aurait été l'atteinte ultime à sa dignité. Il avait envie de rester où il était, de prendre ses décisions lui-même. Je choisis de respecter ça.

Le temps que Samantha arrive, McGrath dormait d'un sommeil de plomb : il ronflait et soufflait comme un vieillard. Elle m'adressa un sourire fatigué et me fit merci en remuant les lèvres en silence. Je lui répondis d'un hochement de tête et m'apprêtai à partir. En pivotant, j'entendis McGrath dire :

« On travaillera la semaine prochaine. »

Samantha et moi échangeâmes un regard.

« La semaine prochaine, je vais à Miami, répliquai-je. Je vous l'avais dit, non ? »

McGrath acquiesça mollement.

« Bon voyage.

— Je serai bientôt de retour, ajoutai-je. On pourra finir. »

10

La première exposition des œuvres de Victor Cracke s'achevait le lendemain. Son décrochage me mit d'une humeur de chien, même si dans un coin de ma tête je songeai avec soulagement que Victor n'avait plus rien à me reprocher, désormais. Il voulait que j'arrête et c'est ce que j'avais fait. J'avais aussi beaucoup moins de raisons de me lever le matin.

Trois jours avant mon départ pour Miami, j'organisai le transfert du panneau de Kevin Hollister jusqu'à chez lui, à une heure et demie de route de Manhattan, dans un secteur huppé du comté de Suffolk qui semblait tout entier lui appartenir, comme si les petites touches bucoliques à l'horizon – un bureau de poste au toit en bardeaux, quelques fermes pittoresques décrépies, des prairies gris et bleu où erraient les taches pourpres du bétail – avaient été placées là par son architecte paysagiste afin de recréer une atmosphère authentique. J'avais décidé d'accompagner le transport afin de superviser l'installation du tableau et de serrer la pogne à Hollister, qui au téléphone avait l'air heureux comme un roi de récupérer sa récente acquisition.

À sa demande, j'avais loué une voiture blindée. Je trouvais ça un peu excessif, jusqu'à ce que Marilyn m'explique que je n'allais pas seulement livrer la toile de Cracke mais aussi plusieurs dizaines de pièces que Hollister lui avait achetées.

« Il y en a pour combien, en tout ? demandai-je.

— 11 millions, me répondit-elle. Plus ou moins. »

Ma vente ne me paraissait plus aussi spectaculaire, tout à coup.

« Tu n'as jamais vu sa maison, n'est-ce pas ?

— Non.

— Eh ben, *darling*, tu vas en prendre plein les yeux !

— Tu ne viens pas ?

— Non, je vais vous laisser sympathiser entre hommes. »

Vu l'endroit dans lequel j'ai grandi, il m'en fallait beaucoup pour être impressionné par une maison, et la monstruosité néoclassique qui se dressait devant nous, tandis que nous passions la sécurité (contrôle d'identité, détecteur d'explosifs) et franchissions l'imposante grille en fer forgé, ne parvint pas tellement à réchauffer mon sang bleuâtre. Elle était grande mais parfaitement vulgaire, un genre de temple nouveau riche sans doute rempli de statues hideuses et de tentures grandiloquentes. Je m'étonnais que Marilyn ne m'ait pas prévenu.

« Oh, putain ! » lâcha le chauffeur de la voiture blindée.

Il contemplait bouche bée un bâtiment tout en longueur, apparemment le garage, devant lequel un groupe d'hommes astiquaient avec amour une Mini Mayfair et une Ferrari. Le garage possédait huit autres portes, on aurait dit un décor de jeu télévisé.

Au bout d'une allée de 400 mètres se tenaient un majordome et deux types en salopette rouge. Je sortis de la voiture et attendis que le majordome donne les consignes au chauffeur, après quoi je le suivis sur les marches du perron, qui me paraissaient bien plus fines et profondes que nécessaire, m'obligeant à marcher penché en avant. Ça me rappelait un peu les palais des rois moghols dont les portes étaient volontairement trop basses afin de forcer tous les visiteurs à courber la tête en entrant.

« Je m'appelle Matthew, annonça le majordome avec un épouvantable accent californien. Kevin vous attend. »

Contrairement à ce que je craignais, il n'y avait rien de laid à l'intérieur. À vrai dire, il n'y avait même rien du tout : le hall d'entrée était vide, ses murs blancs immaculés comme ceux d'une galerie d'art, éclairés d'une lumière froide. Les plafonds démesurément hauts et les tabatières créaient une sensation vertigineuse de verticalité. J'avais l'impression d'être prisonnier du rêve d'un artiste minimaliste : le paradis selon Donald Judd.

« Vous voulez une San Pellegrino ? » demanda Matthew.

J'étais toujours en train d'admirer le plafond. Cet endroit ne semblait pas fait pour être habité.

« Vous nous excuserez, on est en train de refaire la décoration. De temps en temps, Kevin a envie d'un changement de ton.

— J'appellerais plutôt ça une refonte intégrale.

— On a une décoratrice à demeure. Kevin aime bien la mettre à profit. Vous voulez une San Pe ou pas ?

— Non, merci.

— Par ici, je vous prie. »

Il me guida le long d'un immense couloir vide.

« Où est sa collection d'art ?

— Dans le musée, pour la plupart. On n'a pas encore

eu le temps de finir cette aile-ci de la maison, mais on y arrive. Comme dit Kevin, c'est un "*work in progress*". »

Je trouvais curieux de laisser les premières pièces d'une maison inachevées. Ne voulait-on pas plutôt faire bonne impression aux visiteurs ? Sans doute Hollister n'avait-il pas beaucoup de gens à impressionner.

Nous prîmes un ascenseur (vide), parcourûmes un autre couloir (vide), tournâmes encore plusieurs fois dans plusieurs autres couloirs (vides), arrivant finalement devant une porte massive. Le majordome appuya sur un interphone.

« Ethan Muller est là. »

La porte cliqua et Matthew me la tint ouverte.

« Je reviens tout de suite avec votre boisson », dit-il, disparaissant avant que je puisse lui rétorquer que je n'en voulais aucune.

Le bureau de Hollister était la première pièce de la maison qui ne ressemblait pas à un asile psychiatrique, même si je ne peux pas dire qu'il fût follement chaleureux. Pour commencer, il n'y avait pas de fenêtres. Et puis il y avait l'aménagement, que je pourrais décrire comme une réinterprétation ultramoderne du pavillon de chasse anglais traditionnel. Des canapés bas et des fauteuils façon Eames étaient répartis çà et là. La déco comprenait un globe en métal suffisamment grand pour attiser la cupidité des méchants de James Bond, cinq tapis noirs identiques en peau d'ours et une tête d'élan en résine. Les murs, tapissés de cuir noir piqué de clous en bronze, absorbaient presque toute la lumière, rendant cette pièce déjà très vaste, sombre et masculine encore plus démesurée, ténébreuse et homo-érotique. Le bureau sur lequel travaillait Hollister – un bloc de verre fumé craquelé, éclairé par des spots halogènes – était de loin l'objet le plus lumineux, projetant un halo surnaturel autour de son utilisateur et lui conférant un petit air de magicien d'Oz.

Terminant une conversation téléphonique dans son casque-micro, Hollister me fit signe de m'asseoir.

Je m'exécutai. Comme dans le reste de la maison, il n'y avait pas d'œuvres d'art aux murs... à moins de considérer la pièce elle-même comme une œuvre à part entière, ce qui, à mon avis, se défendait.

« Non, conclut-il avant d'ôter son casque et de lever les yeux vers moi. Tout est arrivé entier ?

— Je pense.

— Parfait. Je leur ai dit de nous attendre avant d'accrocher quoi que ce soit. J'aimerais avoir votre avis, si ça ne vous ennuie pas.

— Mais pas du tout. »

Son ordinateur émit un petit bip. Il jeta un coup d'œil à l'écran et toucha un endroit sur la surface de son bureau. Je ne voyais rien qui ressemblât à un bouton, pourtant derrière moi la porte s'ouvrit et le majordome réapparut avec un plateau de rafraîchissements qu'il posa sur un guéridon avant de se retirer sans un mot.

Nous nous mîmes à parler de la maison, dont la construction avait duré trois ans. Le style originel était celui « de mon ex-femme ; tout en récup vintage chic. Quand on s'est séparés, j'ai décidé de faire peau neuve. J'ai engagé une décoratrice, une fille *formidable,* extrêmement créative et intelligente. On a déjà exploré plusieurs pistes. Au début, c'était entièrement Arts & Crafts, ensuite on a essayé le style Art nouveau. Mais rien ne convenait vraiment, alors on repart maintenant sur la version 3.0 ».

J'aurais pu lui suggérer de se trouver une décoratrice

un peu moins *formidable* – ce que j'interprétai surtout comme « bien gaulée » – et un peu plus prévoyante. Mais je me contentai de dire :

« Dans quelle direction vous comptez aller ?

— J'aimerais quelque chose d'un peu plus intimiste. »

J'acquiesçai en silence.

« Vous ne pensez pas que ce soit possible, c'est ça ?

— Tout est possible. »

Hollister laissa échapper un gloussement.

« Marilyn vous a recommandé d'approuver tout ce que je dirais ?

— Exactement. Mais c'est vrai qu'avec suffisamment d'argent tout est possible.

— Elle vous a parlé de mon secret ?

— Je ne crois pas, non. »

Il sourit, effleura un autre endroit sur son bureau, et un ronronnement mécanique se mit à faire vibrer la pièce. Lentement, les panneaux en cuir des parois commencèrent à pivoter, révélant au verso des toiles vierges. J'en dénombrai vingt.

« Je lui ai demandé une liste des plus grands tableaux du monde, m'expliqua-t-il. Le *Full Fathom Five* de Pollock ira là. La *Vue de Delft*, ici, poursuivit-il en me désignant la toile d'à côté, beaucoup plus petite. Là, *La Nuit étoilée*. »

Et il fit ainsi le tour de la pièce, citant pour chaque panneau une œuvre majeure correspondant à une toile de coton apprêtée à peu près de la bonne dimension.

Je me demandai comment il comptait acquérir *La Persistance de la mémoire*, sans parler des *Demoiselles d'Avignon*, de *La Ronde de nuit* ou de *La Joconde*.

« Marilyn m'a conseillé un excellent copiste. »

Il me parla alors d'un Argentin vivant à Toronto, surtout connu pour avoir été arrêté – mais jamais condamné – après avoir produit des faux Rembrandt.

Je trouvais pour le moins douteuse l'idée de mettre tous ces tableaux en concurrence directe. Mais Hollister semblait sincèrement emballé. Se décrivant lui-même comme un « grand cogiteur », il me vanta avec enthousiasme le talent de Marilyn pour faire fi du jargon et donner une image claire de ce qui comptait ou pas en matière artistique. Elle lui avait fourni une sorte de grille de lecture chiffrée permettant d'estimer le prix de n'importe quelle œuvre, et c'était avec cette échelle en tête qu'il avait décidé de me faire une offre pour le dessin de Cracke.

« Pour être honnête, ajouta-t-il, j'étais prêt à monter jusqu'à 450. »

Il toucha à nouveau la surface de son bureau et les panneaux pivotèrent lentement jusqu'à reprendre leur position initiale.

Sauf un : la dernière demeure prévue pour *L'Enterrement du comte d'Orgaz,* qui se bloqua après un quart de tour. Hollister alla taper dessus mais rien n'y faisait ; aussi se résolut-il, rouge de honte, à caresser une nouvelle fois son bureau pour appeler Matthew. Le majordome accourut à toute vitesse et, en voyant la catastrophe, ressortit de la pièce en trombe, téléphone portable à la main. Alors que Hollister et moi quittions le bureau et retournions vers l'ascenseur, j'entendis un accent californien résonner à plein volume dans le couloir.

Le musée privé de Kevin Hollister se dressait sur le point le plus élevé de sa propriété. La structure, un dôme en verre bosselé recouvert d'un treillis de tuyaux métalliques, faisait penser à une balle de golf géante semi-enterrée. Je pouvais à peine imaginer le coût de revient : les fondations seules devaient aller chercher dans les huit chiffres si l'on considérait qu'il avait fallu araser le sommet de la colline. Ajoutez à cela un architecte si éminent que Hollister refusa même de prononcer son nom (« C'était une faveur, il ne veut pas qu'on sache qu'il fait des résidences particulières ») et du verre blindé pour tout le revêtement extérieur, et vous commencerez à entrevoir une nouvelle dimension de l'argent.

La voiture était garée devant le quai de chargement, où nous attendaient les types en salopette rouge. Comme le majordome, ils appelaient Hollister par son prénom.

Un scan rétinien plus tard, nous pénétrâmes sous le dôme, et, en levant la tête, je vis une série de balcons concentriques culminant sept étages plus haut par un gigantesque mobile de Calder. Quel que soit l'architecte du lieu, il avait pompé le musée Guggenheim de New York au point où je me demandai si ça n'était pas le désir exprès de Hollister : il voulait des copies des plus beaux tableaux du monde, pourquoi ne pas répliquer les plus grands bâtiments aussi ? Je compris le verre comme une référence à Ieoh Ming Pei, et j'étais certain qu'en cherchant bien j'en aurais trouvé d'autres.

Un genre de gentleman-farmer verdâtre en costume bien taillé vint à notre rencontre. Hollister fit les présentations : Brian Offenbach, directeur du musée ; ce que j'interprétai en gros comme un accrocheur de tableaux amélioré. Sur le ton d'un discours bien rodé, Offenbach m'expliqua la logique derrière l'agencement du musée : les œuvres n'étaient présentées par ordre ni chronologique ni Thématique, mais Tonal, avec les pièces les plus sombres au rez-de-chaussée et les plus lumineuses en haut. Les termes « sombre » ou « lumineuse » pouvaient faire référence à la couleur dominante de l'œuvre, mais souvent il s'agissait plutôt de la réaction émotionnelle qu'elle provoquait ou de la sensation de gravité qu'elle conférait. Ainsi le Calder, malgré son immensité – 5 tonnes d'acier peint –, occupait-il le point culminant, à cause de l'impression de légèreté qui s'en dégageait. Hollister avait conçu ce plan lui-même et il en était très fier. À mesure qu'on montait dans les étages, on transcendait le règne matériel et on se trouvait aspiré vers une compréhension du bla bla bla bla bla.

Je me méfie toujours des systèmes binaires – sombre et clair, bien et mal, mâle et femelle –, et cette organisation me paraissait totalement contre-productive : une volonté d'amoindrir l'irrationalité anarchique de l'art qui au bout du compte n'était pas créatrice d'ordre mais de confusion.

« C'est formidable », dis-je.

Ils avaient déjà commencé à transporter les nouvelles acquisitions jusqu'au deuxième étage, et en sortant de l'ascenseur nous tombâmes sur un tourbillon de cartons d'emballage et de caisses éventrées. Hollister était constamment obligé de hausser la voix pour couvrir le hurlement des perceuses.

« Je me suis longuement demandé si la pièce de Cracke AVAIT SA PLACE ICI AVEC LE RESTE DE LA... de la collection. C'est-à-dire qu'elle est si dé... SI DÉRANGEANTE QUE JE ME DEMANDE S'IL NE VAUDRAIT PAS MIEUX LA METTRE dans une aile à part. Réservée à l'art brut. Je pourrais faire ajouter des salles. VERS LE FOND. ÇA AURAIT UNE RÉSONANCE SYMBOLIQUE TRÈS FORTE, NON ?, DE LAISSER l'art brut ségrégué dans son propre espace. QU'EST-CE QUE VOUS EN DITES ? »

Je fis un signe de tête en guise d'approbation.

« Mais, réflexion faite, le... TOUT L'INTÉRÊT DE COLLECTIONNER DE L'ART BRUT, SI J'AI BIEN COMPRIS... MARILYN M'A DONNÉ D'EXCELLENTS livres à lire là-dessus. Vous avez lu... »

Et il me cita un tas d'obscures monographies. Le seul nom que je reconnus fut celui de Roger Cardinal, le critique britannique qui avait traduit en anglais l'expression « art brut » inventée par Dubuffet.

« Tout l'intérêt est de RÉÉVALUER LES CRITÈRES TRADITIONNELS DE LA CULTURE OCCIDENTALE ET de mettre en lumière le talent de personnes non contaminées par la SOCIÉTÉ. N'EST-CE PAS ? ».

Le dessin de Cracke revêtait une valeur particulière pour Hollister car c'était la première œuvre qu'il avait achetée de son propre chef et non sur les conseils de Marilyn ; il faisait une affaire personnelle de lui trouver une place. Offenbach suggérait des possibilités, toutes rejetées une par une : « Il sera noyé », « Il détonnera », « Trop stérile », « Pas bien encadré ». C'était comme si, à elle seule, cette œuvre avait mis en lumière toutes les failles du concept.

En dernier ressort, nous revînmes dans le hall d'accueil. Ce fut mon idée de demander aux deux ouvriers de tenir la toile en hauteur aussitôt à gauche de l'entrée. Ainsi, les chérubins seraient la première chose que vous verriez.

« Parfait », déclara Hollister.

« Parfait » voulait dire encore une demi-heure de discussion sur la hauteur, le centrage et l'éclairage. Il ne fallait pas que ce soit trop symétrique, ça n'irait pas avec l'étrangeté de l'œuvre. Mais si vous trichiez en la décalant vers la gauche, ça créait un vide disgracieux ; vers la droite, et le bord du dessin commençait à dépasser dans le coin...

Quand ils eurent fini, nous fîmes tous quelques pas en arrière pour admirer le résultat.

« Qu'est-ce que c'est ? demanda Offenbach en s'approchant de la toile. On dirait une étoile.

— Je pense que c'en est une, confirmai-je.

— Hmm, fit-il. C'est une référence ?

— À votre avis ?

— À mon avis... hésita-t-il. À mon avis, c'est magnifique. Et c'est ça qui compte. »

La montée en puissance des foires artistiques au cours des trois dernières décennies a révolutionné le marché contemporain. Une quantité d'affaires se concluent désormais en l'espace de quelques semaines frénétiques dans l'année : l'Armory Show de New York, les campus tentaculaires de la Tefaf de Maastricht et de l'Art Basel de Bâle. De mon temps, je réalisais un tiers de mes ventes dans les foires, mais certaines galeries moins fréquentées peuvent atteindre jusqu'à 50 % ou 60 % de leur volume annuel.

Pour les collectionneurs, les foires procurent une certaine motivation. Quand vous devez vous taper une par une toutes les galeries de Chelsea, qui peut vous en vouloir de vous lasser et d'abandonner au bout d'une heure ou deux ? Mais quand chaque marchand présente ses vingt meilleures pièces et qu'ils sont des centaines alignés sous une seule tente bien rangée et climatisée – et que vous pouvez vous arrêter à la cafète pour prendre un muffin ou un confit de canard –, alors vous n'avez vraiment aucune excuse pour ne pas vous bouger les fesses.

La foire de Miami pour laquelle je m'embarquai en ce mardi après-midi était la ramification d'une foire européenne et, en quelques années, alors que les prix de l'art flambaient, elle avait connu une incroyable transformation, passant de l'antenne régionale qu'elle était à une grand-messe à elle toute seule : tapis rouges et Hummer cabriolets ; rappeurs bling-bling en manteau d'hermine leur arrivant aux pieds ; Anglais bourrus, Suédois mielleux et Japonais à lunettes fluo ; fashionistas, riches héritières, happenings, fêtes et afters ; fricotage, crépitement des flashes et grésillement électrisé des nombreuses coucheries en perspective. Il y avait de la recherche dans les coiffures.

Et puis il y avait l'art. De l'art à la pelle, et nul pour la plupart. Un tapis persan dont les motifs reproduisaient des images d'Abou Ghraib. Des photos de tasses et de soucoupes fracassées par des balles. De sobres portraits de Britney Spears et, avec l'aimable autorisation de Damien Hirst, des panneaux de mouches plastifiées. Au centre de la tente principale se dressait une installation de Rory z intitulée *Foutre ou Après-Shampoing secret brillance et volume aux extraits d'hibiscus ?,* dont le titre disait à peu près tout : une rangée de boîtes sur le couvercle desquelles figurait la photo couleur d'un objet – un crayon, par exemple, ou une peluche Kermit la grenouille – éclaboussé d'un liquide nacré provenant soit d'un flacon du produit susnommé, soit des glandes reproductives de Rory z en personne. Les visiteurs pouvaient étudier la photo et essayer de deviner la vérité avant d'ouvrir la boîte et de lire la réponse inscrite sur une petite plaque dorée.

Une autre œuvre sur laquelle je m'attardai était une installation vidéo de Sergio Antonelli qui s'était filmé en train d'entrer dans un café Starbucks du centre-ville, de commander un triple espresso, de le boire, de retourner faire la queue, d'en commander un autre, de le boire, de retourner faire la queue, etc. (apparemment il n'avait jamais besoin d'aller pisser, à moins que ces parties-là aient été coupées au montage). Au bout du compte, il avait consommé assez de caféine pour faire – ou simuler – un infarctus du myocarde. J'aurais du mal à vous décrire le cirque que provoquait son malaise au milieu des autres clients. Un homme avait carrément trébuché sur lui en emportant son plateau. Le dernier plan montrait Antonelli aux urgences en train de se faire réanimer par un médecin en blouse verte. L'installation était baptisée *Deathbucks*[1].

Mais la plupart du temps, je ne regardais même pas les œuvres. Pour quelqu'un comme moi, le plus amusant consistait à retrouver des collègues que je n'avais pas vus depuis la foire précédente. Marilyn avait alimenté la moulinette à rumeurs, et le stand de ma galerie recevait un flot continu de badauds qui venaient coller leur nez aux dessins en demandant si c'était vrai que, s'il avait réellement. Le bruit de la vente Hollister s'était répandu – sans doute aussi grâce à Marilyn –, et, avant la fin de la semaine, j'avais tout écoulé. Ruby avait surnommé notre stand la « Cracke-house », et nous les « dealers de Cracke ». Coupable ou non, Victor était une poule aux œufs d'or.

Nat calcula que, si j'arrivais à vendre toute la collection aux prix que j'avais pratiqués jusque-là, j'empo-

1. Jeu de mots avec Starbucks, *death* signifiant « mort ». *(N.d.T.)*

cherais près de 300 millions de dollars. Ça n'arriverait jamais, bien sûr ; si je pouvais demander autant, c'était précisément parce que la majorité des dessins était encore dans des cartons. Après la fin de l'exposition, j'avais transporté tout ce qui restait dans un garde-meuble sécurisé à l'autre bout de la ville et envisagé de commencer à assembler de nouveaux panneaux. Juste quelques-uns, histoire d'éclabousser le marché sans l'inonder.

Le succès de Cracke déteignit également sur mes autres artistes. Je vendis des Ardath Kaplan, des Alyson Alvarez, le dernier Jocko Steinberger. Je reçus une demande d'exclusivité pour les nouveaux Oshima quand ils seraient prêts. Je parvins même à me débarrasser d'une vieille toile de Kristjana que j'avais fini par croire invendable. Je voulus lui faire partager cette bonne nouvelle mais elle ne répondait pas à mes coups de fil.

Je rentrai à New York épuisé et avec un besoin urgent de passer au pressing. Je décidai de laisser la galerie fermée un jour de plus et de rester chez moi afin de me vider la tête. Puis j'appelai McGrath pour voir s'il avait avancé depuis notre dernier rendez-vous.

Il ne répondit pas, ni ce jour-là ni les deux suivants. Lorsque enfin quelqu'un décrocha, le mercredi après-midi, j'avais commencé à me faire du souci.

La voix au bout du fil était celle d'une femme que je ne connaissais pas.

« Qui est à l'appareil ?

— Ethan Muller. »

Une main couvrit le combiné. J'entendis des mots étouffés. La femme me reprit.

« Ne quittez pas. »

Un instant plus tard, une autre voix féminine me répondit, tellement sèche et éraillée que je ne compris pas tout de suite qu'il s'agissait de Samantha.

« Il est mort », dit-elle.

Je lui rétorquai que je sautais dans un taxi.

« Non, non, attendez. Ne venez pas, s'il vous plaît. La maison... C'est la folie, pour l'instant. »

Quelqu'un cria son nom.

« Une seconde, lança-t-elle avant d'ajouter : Les obsèques ont lieu vendredi. Je ne peux pas vous parler maintenant, je suis désolée.

— Qu'est-ce qui s'est passé ? » demandai-je, mais elle avait déjà raccroché.

11

A posteriori, j'étais bien content qu'elle n'ait pas entendu ma question, que j'avais posée par réflexe et qui n'appelait pas de réponse. Je n'avais pas besoin qu'elle me dise ce qui s'était passé ; je savais ce qui s'était passé. Je l'avais vu arriver sous mes yeux depuis un mois et demi.

Comme elle ne m'avait pas précisé l'adresse de la cérémonie, j'employai le reste de ma journée à démarcher les églises une par une en demandant timidement des renseignements sur les obsèques d'un certain Lee McGrath. Je finis par trouver le bon endroit, une église dans le quartier de Maspeth, et louai une voiture pour le vendredi.

J'avais toujours entendu dire que les funérailles de policiers étaient de grandes et pompeuses affaires, mais peut-être n'est-ce le cas que lorsqu'un flic tombe dans l'exercice de ses fonctions. À celles de McGrath, il y avait un certain nombre d'uniformes, mais en apparence aucun haut gradé, et en tout cas personne du bureau du maire.

La messe commença. Il y eut des prières, des chants. Ne sachant ce qu'il fallait faire – les Muller n'ont pas la fibre religieuse –, je restai en retrait près de l'entrée, les mains dans le dos, m'efforçant de voir ce qui se passait devant, là où Samantha avait la tête posée sur l'épaule d'une femme ; sans doute sa mère.

Parole du Seigneur.
Nous rendons grâce à Dieu.

Le frère de McGrath prononça une oraison funèbre, ainsi que la sœur aînée de Samantha, dont j'avais oublié le nom. McGrath me l'avait-il dit ? Je ne savais plus. Nous avions passé ensemble des moments d'une étrange intimité, pourtant presque tout chez lui demeurait un mystère pour moi. Je croyais avoir une idée de qui il était – un sens de l'humour empreint d'ironie, un désir assoiffé de justice –, mais que pouvais-je bien savoir en réalité ? Je balayai la marée de têtes devant moi en essayant de mettre des noms sur les gens : son ancien coéquipier ? Le fameux Richard Soto ? Je repérai en tout cas Annie Lundley et, soulagé de reconnaître un visage familier, je faillis lui faire coucou de la main.

« Je doute que quiconque ici puisse penser à lui autrement qu'en policier. C'est ce qu'il était, c'est ce qu'il a toujours été, et il le faisait bien. Je me rappelle quand j'étais petite et qu'il m'emmenait faire un tour en voiture. Il mettait la sirène juste pour quelques secondes et les gens nous regardaient passer. Et je me rappelle que je me disais : "C'est mon papa. Ils regardent mon papa." J'étais tellement fière de lui. Papa, je suis fière de toi. On l'est tous, et on sait combien tu t'es investi dans ta vie, combien tu t'impliquais auprès des gens que tu aidais. Tu n'as jamais cessé d'être l'homme dont j'étais fière. »

L'eucharistie. Le vin, l'hostie.

Entre vos mains, Père des miséricordes, nous confions notre frère Leland Thomas McGrath.

Six costauds pour porter le cercueil.

Le cortège fut court, seulement quelques pâtés de maisons. Je le suivis à pied, au rythme de la morne file de 4 × 4 et de Lincoln Town Car. L'air était frais, la lumière dure, comme si le soleil avait éteint ses phares en signe de deuil.

Pendant l'enterrement, je ne quittai pas Samantha des yeux. Elle se tenait à l'écart; elle n'était plus aux côtés de sa mère, qui à la place était au bras d'un homme affublé d'une moustache à la gauloise. Il portait un blazer bleu clair qui détonnait au milieu d'un océan de noir, et je perçus très nettement des ondes d'antipathie à son égard venant de Samantha. Sa sœur ne semblait pas lui porter autant d'animosité, elle lui prit même la main à un moment.

Je passai en revue mentalement plusieurs explications possibles, ne retenant pour finir que la plus évidente : cet homme était le deuxième mari de la mère. Manifestement, l'échec du mariage de leurs parents avait plus affecté Samantha que sa sœur. Peut-être l'aînée avait-elle déjà quitté le toit familial, laissant la cadette assister à l'agonie du ménage.

Seigneur, entendez nos prières.

La cérémonie se termina et les gens se dispersèrent par groupes de deux ou trois. Je m'avançai vers Samantha pour lui présenter mes condoléances mais fis demi-tour en la voyant se disputer tout bas avec sa mère, leurs têtes tendues vers l'avant et leurs mains agitées. La mère et la fille avaient en commun la même bouche légèrement insolente, les mêmes hanches saillantes. L'ex-Mme McGrath arborait un bronzage maladif, celui de quelqu'un qui passe trop de temps sous les lampes à UV ; en comparaison, le teint blafard de Samantha était celui de quelqu'un qui essayait désespérément de ne pas ressembler à sa mère.

« Vous voulez partager un taxi ? »

Derrière moi se tenait Annie.

« Il y a une petite réception à la maison », ajouta-t-elle.

Je lui répondis qu'on pouvait plutôt partager ma voiture de location.

« Sans frais ! précisai-je.

— J'espère bien ! »

Je profitai du trajet pour lui soutirer quelques informations sur la dynamique de la famille McGrath. La plupart des conclusions auxquelles j'étais parvenu tout seul étaient justes : la femme bronzée aux UV était effectivement l'ex-épouse de Lee, et l'homme à la moustache son second mari. Il y avait cependant une subtilité : M. Moustache était également l'ancien coéquipier de McGrath.

Je fouillai ma mémoire pour retrouver le nom qui figurait sur la transcription de l'interrogatoire.

« Gordan ? tentai-je.

— Je crois qu'il s'appelle Jerry, répondit Annie.

— C'est ça. *J. Gordan*. Jerry.

— Si vous le dites.

— Ça doit être un peu tendu, non ?

— Vous croyez ?

— Et moi qui pensais être l'intrus.

— Oh non, vous êtes loin du compte !

— C'est quoi, l'histoire ?

— Pas très difficile à comprendre. McGrath est un malade de boulot. Sa femme se sent seule. Envoyez le générique. Enfin, c'est vrai qu'elle a quand même tapé là où ça fait mal. »

Une phrase du discours de la sœur de Samantha me revint en mémoire : *Je doute que quiconque ici puisse pensez à lui autrement qu'en policier*. Au départ, j'avais pris cette remarque pour un compliment. À présent, je l'entendais plus comme un reproche. Que Samantha ait décidé de faire carrière dans la justice me semblait une façon de prendre parti pour son père. Alors pourquoi n'avait-elle pas prononcé un discours d'adieu, défendu son point de vue ?

« Vous êtes proches, toutes les deux ? demandai-je à Annie.

— Très. »

Elles s'étaient rencontrées dans un congrès de la police scientifique, lors d'une séance de formation commune pour policiers et représentants du ministère public.

« On s'est tout de suite bien entendues. Comme des sœurs

— Et sa sœur... comment elle s'appelle, déjà ?

— Julie. Elle vit en Caroline du Nord.

— Un-hun. Merci de m'avoir donné les dessous de l'histoire, en tout cas.

— Vous êtes intéressé ?

— Intéressé comment ?

— Par elle. »

J'éclatai de rire.

« J'ai déjà une petite amie.

— Dommage. Elle aurait bien besoin de quelqu'un comme vous.

— Comme moi dans quel sens ?

— Riche, dit-elle en riant.

— Qu'est-ce qui vous fait penser que je suis riche ?

— Vos chaussures.

— Mes *chaussures* ? »

Toujours en riant, elle haussa les épaules.

« Et puis de toute façon je croyais qu'elle avait un copain », ajoutai-je.

Annie me regarda bizarrement.

« Ils ont rompu ? risquai-je.

— Il était pompier, lâcha-t-elle.

— Ah ! »

Et la conversation s'arrêta là. Elle comme moi nous rappelâmes soudain d'où nous arrivions et où nous nous rendions. Annie se tourna légèrement vers la vitre pour regarder le paysage. J'en fis autant. Le trajet me parut interminable.

Des plateaux de fruits coupés et de sandwichs ramollis avaient remplacé les flacons de médicaments sur la table du salon. Samantha avait disparu de la circulation ; je ne voyais pas non plus sa sœur ni sa mère. La plupart des convives s'étaient regroupés autour du bar et, après qu'Annie et moi nous fûmes égaillés dans différentes directions, je fus abordé par un type trapu à la tignasse grise et frisée. Il me serra la main et se présenta comme Richard Soto.

« Ah, c'est vous la nouvelle marotte de Lee ? rétorqua-t-il lorsque je lui dis mon nom.

— Si vous voulez, oui.

— Alors je vous dois un verre, déclara-t-il en m'entraînant vers une desserte couverte de bouteilles.

— Pourquoi ?

— Pour m'avoir débarrassé de ce dingo. Avant de vous rencontrer, il m'appelait pour m'emmerder toutes les cinq minutes. Whisky, annonça-t-il en me tendant un verre que je pris poliment. Vous lui avez vraiment fait beaucoup de bien. Vous êtes un brave type. Allez, cul sec ! »

Tandis qu'il engloutissait son whisky, je vidai discrètement le mien sur le tapis. Après quoi, je levai mon verre en grimaçant.

« Le prochain descendra tout seul, dit-il en redébouchant la bouteille.

— Et maintenant, qu'est-ce qui va se passer ? demandai-je.

— Comment ça ?

— Avec l'enquête. Merci. »

Il but à nouveau d'un trait et je réitérai mon manège.

« C'est de la bonne came, commenta-t-il.

— C'est vous qui allez la reprendre ? »

Soto me dévisagea d'un air absent.

« De quoi ?

— L'enquête.

— Ben quoi, l'enquête ?

— Vous allez la reprendre ? Il y a encore beaucoup de boulot. J'ai dit à Annie que je lui fournirais une liste de toutes les personnes ayant pénétré dans l'appartement, mais j'ai du mal à joindre le syndic de l'immeuble, il a l'air d'être parti en vacances. Je pensais y faire un saut la semaine prochaine. Je dois aussi amener Annie au garde-meuble, parce que quand les résultats reviendront du labo... »

Tout en parlant, je vis le regard de Soto glisser par-dessus mon épaule en direction d'un groupe de policiers qui plaisantaient bruyamment en portant des toasts. Une lueur mauvaise s'alluma dans son œil et il me dit :

« Excusez-moi une seconde. »

Je le suivis et me mêlai au groupe. Jerry Gordan monopolisait la parole. À travers son épaisse moustache, je distinguai ce qui l'avait sans doute conduit à la laisser pousser au départ : un gros grain de beauté au-dessus de la lèvre supérieure. Rougeaud et transpirant, il parlait du bon vieux temps avec son copain Lee McGrath. Les autres flics s'échangeaient des petits sourires narquois.

« Hé, Jerry, toi et Lee, vous étiez vachement proches, non ?

— Comme les deux doigts de la main.

— Tous pour un et une pour tous, pas vrai, Jerry ? »

Cette réplique déclencha quelques ricanements, mais Gordan ne sembla pas relever.

« C'était un mec bien, dit-il d'une voix pâteuse.

— Hé, Jerry, est-ce qu'il était honnête ? demanda Soto.

— Arrête, tu le sais très bien.

— Je veux te l'entendre dire : Lee McGrath était un homme honnête.

— Le type le plus honnête de tout le comté du Queens : Lee McGrath.

— Tu le jures ?

— Sur la tête de ma mère.

— Suffisamment honnête pour vous deux, hein, Jerry ?

— Oh que oui !

— Tu m'étonnes. Et partageur, aussi, pas vrai ? Un type généreux, hein ? »

Gordan eut un petit rire méprisant

« N'est-ce pas, Jerry ? insista Soto. Il partageait tout ce qu'il avait. Chacun sa part. Oui ou non ? »

Nouveaux ricanements.

Je n'aimais pas beaucoup le ton de cette conversation, aussi me détachai-je du groupe et me frayai-je un chemin parmi les autres convives. Je voulais aller voir le carton consacré à l'enquête, m'assurer qu'il était toujours là et me trouver une raison d'être venu.

La pièce du fond était fermée à clé. Je ne toquai pas, mais mes tentatives pour tourner la poignée finirent par faire apparaître dans l'entrebâillement une Samantha aux yeux rougis.

« Ah ! dit-elle en s'essuyant le visage. Je ne savais pas que vous étiez là. »

Elle me barrait l'accès de la pièce, mais j'aperçus derrière elle sa sœur affalée dans le fauteuil jaune, une serviette humide posée sur le front.

« Je suis venu avec Annie », répondis-je.

J'avais dit ça en guise d'explication, mais elle le prit comme une façon de lui demander de sortir de sa cachette.

« C'est gentil. C'est vraiment gentil à vous deux. J'arrive dans une minute.

— Vous n'êtes pas obligée.

— Si/si, j'arrive. Attendez-moi. Ne partez pas avant que je vienne.

— D'accord.

— Promis ?

— Promis.

— D'accord. J'en ai pour une minute », dit-elle avant de refermer la porte.

J'attendis dans un coin, mâchouillant du céleri et

saluant de la tête des gens que je ne connaissais pas. Je voulais simplement présenter mes condoléances à Samantha et rentrer chez moi, mais au bout de quarante minutes elle n'était toujours pas ressortie et je me rapprochai du groupe de policiers, désormais tous cramoisis et volubiles. Ils n'avaient même pas remarqué mon absence, s'adressant à moi comme si j'étais resté avec eux tout du long, m'absorbant dans leur cercle et me tendant des verres que je vidais en douce dans une plante avoisinante. Une fois assurée sa mort imminente par empoisonnement, je m'éclipsai dans la cuisine où je tombai sur une armada de femmes munies de gants en caoutchouc qui s'efforçaient de tenir le rythme face à l'avalanche de verres sales.

Je finis par renoncer. En quittant la maison, je fis un détour par la plage.

Samantha se tenait pieds nus devant le monument aux morts du 11 septembre. Ses escarpins gisaient sur le flanc à la frontière entre le béton et le sable. Je gardai mes distances, regardant le vent faire des serpentins dans ses cheveux, luttant contre l'envie soudaine de venir l'enlacer par-derrière. Penchée sur le côté, une main sur la hanche, elle paraissait chétive, comme McGrath à la fin de sa vie, et bizarrement je craignis qu'elle ne fût à son tour en train de mourir. Le vent redoubla. Elle tressaillit.

Alors que je m'apprêtais à repartir, elle me vit et me salua de la main. Je fis mine de retirer mes chaussures et elle m'y encouragea d'un hochement de tête. Après que je l'eus rejointe, nous contemplâmes tous les deux le monument.

« Je suis désolée de m'être sauvée, dit-elle. Je voulais vraiment vous dire bonjour. Vraiment.

— Ça ne fait rien.

— Je n'ai pas la force de retourner à la maison tout de suite.

— Rien ne vous y oblige. »

Une bourrasque de vent se leva à nouveau et elle frissonna. Je lui donnai mon manteau.

« Merci. Vous vous êtes fait de nouveaux amis ? s'enquit-elle.

— Ouais, on va tous sortir faire la fête ensemble dès qu'on en aura fini avec ce pensum. »

Elle eut un sourire triste.

Un temps.

« Je suis tellement *fatiguée,* reprit-elle en me regardant. Vous voyez ce que je veux dire ?

— Après l'enterrement de ma mère, j'ai dormi pendant une semaine. Les gens ont pensé que j'étais malade, ils m'ont emmené à l'hôpital.

— Je ne savais pas que vous aviez perdu votre mère. Vous aviez quel âge ?

— 5 ans.

— Je peux vous demander de quoi elle est morte ?

— Cancer du sein.

— Ça a dû être terrible.

— Vous trouvez ça réconfortant ?

— Un peu, oui.

— D'accord.

— Pourquoi, ça vous embête ?

— Pas du tout.

— Tant mieux, fit-elle, mais elle ne posa plus de question.

— Vous êtes peut-être narcoleptique », suggérai-je.

Elle me sourit.

Un temps. La mer tirait des salves d'écume pétaradantes.

« Ils sont restés toute la nuit à le veiller, dit-elle. Les flics. Ils ont fait la fête, comme si c'était son anniv. Je sais bien que ça partait d'un bon sentiment, mais, eux, ils peuvent retourner bosser demain, c'est moi qui vais devoir gérer la suite à partir d'aujourd'hui. »

Elle me montra un nom sur le monument.

« Je le connaissais, déclara-t-elle.

— Je sais. »

Elle me dévisagea.

« Annie m'en a parlé, dis-je.

— Ah bon ? Elle n'aurait pas dû.

— Je suis désolé.

— Ce n'est pas votre faute.

— Je suis désolé quand même.

— Qu'est-ce que vous voulez ? C'est comme ça. »

Je ne dis rien.

« C'est lui, là.

— Ian ? »

Elle acquiesça, s'essuya le visage, laissa échapper un rire bref.

« C'est un peu con, non ? Je commençais à peine à surmonter ça... et maintenant *ça*. Attendez, c'est une blague ou quoi ? »

Elle rit à nouveau. Je lui passai un bras autour des épaules et elle se laissa aller contre moi. Nous restâmes ainsi jusqu'à ce que le vent devienne intenable et que nos pieds soient engourdis.

Le peu de gens qui restaient avaient leur manteau sur le dos. Jerry Gordan était parti, tout comme la sœur de Samantha. Cette dernière me demanda de monter l'attendre à l'étage, mais avant que j'en aie le temps sa mère émergea de la cuisine, une tasse dans une main et un torchon dans l'autre.

« Où t'étais passée ? lança-t-elle à sa fille.

— J'avais besoin de prendre l'air.

— Et, moi, j'avais besoin de toi. Julie a dû emmener Jerry aux... »

Elle s'interrompit en me voyant. Elle regarda Samantha, me regarda et affecta un sourire épouvantable.

« Bonjour. Vous êtes... ?

— Ethan Muller. J'étais un ami de M. McGrath. »

Elle ricana.

« *Monsieur* McGrath ?

— Maman !

— Je n'ai jamais entendu personne l'appeler comme ça.

— Maman.

— Qu'est-ce qu'il y a, chérie ? Quel est le problème ? »

Samantha fixait un point sur le sol, les poings serrés.

« Ça devait lui faire plaisir que vous l'appeliez comme ça, me dit la mère. Ça devait *l'emballer*. Le *respect* ! »

Au début, elle m'avait paru simplement en colère, mais à présent je me rendais compte qu'elle était très soûle. La tasse manquait constamment de lui échapper des mains, elle ne la rattrapait qu'au dernier moment.

« Qu'est-ce qui s'est passé avec Jerry ? demanda Samantha.

— Ta sœur a dû l'emmener aux urgences. Ne fais pas cette tête, il va bien. Il a juste besoin de quelques points de suture.

— Qu'est-ce qui s'est passé ?

— Un de ces connards de copains de ton père... »

Elle s'interrompit à nouveau et me toisa comme pour évaluer si ce qu'elle s'apprêtait à dire risquait d'écorcher mes tendres oreilles.

« Oh, et puis après tout, on est entre amis, pas vrai ? »

Je hochai prudemment la tête.

« Richard l'a frappé, poursuivit-elle. Il lui a balancé son poing dans la gueule au milieu d'une conversation.

— Oh, mon Dieu !

— Je les ai tous foutus dehors, cette bande de dégénérés. Ils lui ont ouvert la lèvre. J'avais besoin de toi. T'étais où ?

— Je t'ai dit, je suis sortie faire un tour. »

Sa mère la regarda fixement le temps d'enregistrer l'information. Puis elle se tourna soudain vers moi avec un grand sourire.

« Et vous, vous sortez d'où ?

— Je suis marchand d'art.

— Dis donc, dis donc ! Je ne savais pas que Lee s'intéressait à l'art. Pardon : *Monsieur* McGrath.

— Je l'aidais à réexaminer une ancienne affaire. »

Pour la mère de Samantha, ce fut le déclic : elle éclata de rire.

« Ben voyons ! fit-elle. Quelle affaire ça pourrait bien être ?

— Maman.

— C'est juste une *question,* Samantha.

— Pourquoi vous ne montez pas m'attendre là-haut ? me suggéra Samantha.

— En fait, je crois que je vais rentrer chez...

— Oh, Lee ! Jusqu'au bout, hein. C'est pas vrai, quelle blague !

— Je peux te parler une seconde, maman ? »

Samantha attira brusquement sa mère dans la cuisine. J'hésitai un instant et finis par monter sans bruit.

Pendant tout le temps que j'avais passé chez McGrath, je n'avais jamais vu l'étage de la maison et, arrivé en haut des marches, je me trouvai face à deux possibilités : une chambre jaune et marron portant encore les traces de la maladie – une canne, un seau pour vomir ; l'autre chambre avait des lettres en bois collées sur la porte :

CH BRE
DE JULIE
ET SAM

À l'intérieur, il y avait un lit superposé avec deux couettes assorties, boulochées et sentant la poussière. Les montants étaient décorés d'autocollants de petites filles. Par terre gisait un sac de sport orné du logo du bureau du procureur du Queens dont dépassaient quelques vêtements emportés à la hâte, un déodorant, une basket.

J'entendais des hurlements au rez-de-chaussée.

Je regardai les livres posés sur le bureau. *Un raccourci dans le temps. L'Attrape-cœurs. Dieu, tu es là ? C'est moi Margaret*. Julie avait des « amies pour la vie », à en croire le cadre photo. Le dossard en papier de Samantha pour le marathon de New York 1998 était punaisé à un tableau en liège.

Les hurlements redoublèrent. Une porte claqua.

Quelques minutes plus tard, Samantha entra dans la chambre et referma derrière elle.

« Quelle grosse conne. »

Elle resta un moment le visage enfoui dans les mains.

Lorsqu'elle releva la tête, son expression était calme et déterminée. Elle fixa un point imaginaire sur le mur d'en face tout en déboutonnant son chemisier, qu'elle retira et laissa tomber par terre.

« Vous voulez bien m'aider ? » demanda-t-elle en me présentant son dos.

« Tu préfères que je me mette sur le lit du haut ?

— Non, ça va.

— Je ne crois pas qu'ils soient faits pour les gens de ta taille.

— Sans doute pas.

— Tu mesures combien, d'ailleurs ?

— 1,90 mètre.

— Tu ne dois pas être bien, je vais monter.

— Non, reste.

— Tu es sûr ?

— Oui.

— Bon, d'accord. Ça tombe bien, parce que je n'ai pas envie de monter là-haut. C'est celui de Julie. »

Un temps. Je devinai son sourire.

« Alors, ça fait quel effet de profiter d'une femme vulnérable ?

— Fabuleux.

— Ce n'est pas vraiment mon genre.

— Le chagrin nous fait faire des choses étranges.

— Au pieu.

— Oui.

— Non : au pieu. Tu n'as jamais joué à ce jeu ?

— Quel jeu ?

— Le jeu de l'horoscope chinois.

— Ça ne me dit rien.

— Tu lis ton horoscope sur l'emballage des biscuits

chinois et ensuite tu rajoutes « au pieu ». Tu n'as jamais fait ça ?

— J'ai l'impression que tu essaies de me dire que je parle comme un horoscope.

— En tout cas, tu viens de le faire.

— Quand ça ?

— Quand tu as dit : « Le chagrin nous fait faire des choses étranges. »

— C'est la vérité.

— D'accord, mais c'est quand même débile de dire des phrases comme ça. »

Mon premier instinct aurait été de me vexer, mais alors je vis la façon dont elle me souriait et je ne pus m'empêcher d'en faire autant. Pendant des années, Marilyn m'avait répété de me détendre. J'imaginais son agacement si elle avait su qu'il suffisait de me faire une tête rigolote.

« Vos numéros porte-bonheur sont le 5, le 9, le 15, le 22 et le 30, dis-je.

— Au pieu.

— Au pieu. Je ne me rappelle même pas la dernière fois que j'ai lu un horoscope.

— Au bureau, on commande du chinois deux fois par semaine. C'est dégueulasse mais c'est quand même mieux que les crackers au beurre de cacahuète.

— Je pourrais peut-être t'inviter à déjeuner, un de ces quatre.

— Oui, ça pourrait être sympa.

— Ben d'accord, alors.

— D'accord. »

Un temps.

« Non, mais vraiment, reprit-elle. Ce n'est pas du tout dans mes habitudes.

— J'ai bien compris.

— Je ne sais pas ce qui s'est passé. Qu'est-ce qui s'est passé ? me demanda-t-elle en se tournant sur le coude.

— J'en sais rien, répondis-je, et elle éclata de rire. Quoi ?

— Tu aurais dû voir ta tête !

— Quoi ?

— Tu étais genre : « Oh, merde, maintenant elle croit que je suis son petit copain. Qu'est-ce que j'ai fait, putain ? » »

Elle se laissa retomber sur le dos en riant.

« C'est pas ce que je me disais.

— D'accord.

— Vraiment pas.

— D'accord, je te crois. C'est juste que tu faisais une tête bizarre.

— Si tu le dis », concédai-je en souriant.

Elle finit de rire et s'essuya les yeux.

« Je me sens beaucoup mieux maintenant.

— Tant mieux. »

Elle hocha la tête puis me fixa d'un air sévère.

« Je n'ai pas vraiment envie de réfléchir à ça pour l'instant. Tout ce que je veux, c'est arrêter de pleurer. »

Je dodelinai de la tête.

« Très bien, approuva-t-elle. Je suis contente qu'on ait évacué la question. »

Je dodelinai de nouveau, pas très sûr de comprendre de quelle question elle parlait.

« Tu avais l'air de bien t'entendre avec mon père.

— Je l'aimais bien. Il me faisait penser à mon père, mais en moins salopard.

— Ça pouvait être un salopard aussi.

— Je n'en doute pas.

— C'est quoi le problème avec ton père ?

— Pas mal de choses.

— Tu ne veux pas me le dire ?

— Non.

— D'accord, fit-elle, avant d'ajouter : Je sais qui c'est. »

Je la dévisageai.

« Je t'ai googlisé. Tu traînais avec mon père, je voulais vérifier que tu n'étais pas un de ces types qui arnaquent les vieilles personnes.

— D'après ce que j'ai vu de lui, Lee McGrath n'était pas trop du genre à se faire arnaquer.

— On n'est jamais trop prudent.

— C'est vrai. Donc tu sais qui je suis.

— J'en sais un petit bout. Assez pour ne pas avoir peur que tu essaies de piquer la retraite de mon père. »

J'éclatai de rire.

« Si tu crois que je suis aussi riche que mon père, tu te fourres le doigt dans l'œil.

— Et merde

— Quoi ?

— Ben, je sais pas, j'espérais recevoir par la poste un cadeau du lendemain. Une rivière de diamants ou un truc comme ça.

— Je peux t'offrir une litho.

— Voilà, j'ai même pas droit à un original.

— Seulement pour les clients de marque.

— Va te faire foutre, lâcha-t-elle.

— Dis donc, ta mère ne t'a pas interdit de dire des gros mots ?

— Tu parles, c'est elle qui me les a tous appris. »

Elle marqua une pause avant d'ajouter.

« Je regrette de l'avoir traitée de grosse conne. C'est pas vrai. On est tous un peu sur les nerfs, en ce moment.

— C'est compréhensible.

— Elle était fâchée que je t'aie amené ici.

— Je peux lui présenter mes excuses, si tu veux.

— Tu plaisantes ? Il n'en est pas question.

— Si ça peut aider, ça ne me dérange pas.

— Ce n'est pas après toi qu'elle en a. C'est après moi. Et, tu sais, en fait, ce n'est même pas après moi. Elle ne boit jamais. C'est là première fois de ma vie que je la vois dans cet état. Elle ne supportait pas que mon père boive.

— Je ne savais pas qu'il buvait

— Tu ne l'as connu qu'à la toute fin. Il fumait, aussi. On ne se chope pas un cancer de l'œsophage à 61 ans à moins d'y avoir mis beaucoup du sien. »

Je m'abstins de tout commentaire.

« Je ne les comprendrai jamais, reprit-elle. Elle était amoureuse de lui. Je ne crois pas qu'elle ait jamais cessé de l'être. Tu sais ce qu'elle a dit, un jour ? C'est Julie qui me l'a raconté. Ma mère était allée lui rendre visite à Wilmington. Elles étaient en voiture, et ma mère lui sort : « Mis à part que c'est un crétin fini, Jerry est plutôt un bon mari. » »

Elle remua un peu. Je sentis qu'elle souriait contre mon bras.

« Tu le crois, toi ? me lança-t-elle.

— Sans problème.

— Ça pourrait m'énerver, mais, au fond, je suis d'accord avec elle.

— Tu ne t'entends pas avec Jerry ?

— On n'a strictement rien à se dire.

— C'est ce que j'ai cru comprendre.

— Ça aussi, c'est Annie qui te l'a dit ? demanda-t-elle en souriant.

— Non, je m'en suis aperçu tout seul. Mais elle m'avait parlé de ta mère et de Jerry, oui.

— Elle t'a vraiment bien rancardé, dis donc. »

Elle se tourna sur le côté et nos visages se touchèrent presque. Je lui écartai une mèche de cheveux des yeux.

« Il y a encore des choses que tu ne sais pas ? murmura-t-elle.

— Des tas », répondis-je avant de me remettre à l'embrasser.

12

Et puis il ne se passa plus rien.

L'espace d'une semaine, ma vie redevint aussi calme qu'elle l'avait toujours été. Un calme pré-Victor Cracke. À la galerie, nous commencions l'accrochage d'une nouvelle exposition. Les coups de fil hystériques s'étaient taris ; après un gros salon, tout le monde a besoin de temps pour récupérer, pour s'assurer d'être toujours solvable et de toujours s'intéresser à l'art. J'avais des déjeuners et des dîners avec des clients et des amis. Une semaine totalement ordinaire, totalement vide, et, tandis que je la traversais en traînant les pieds, l'absence laissée par McGrath se mit à me peser de façon inattendue. Je me surprenais à décrocher le téléphone pour l'appeler et à me retrouver planté là comme un idiot, le combiné à la main, avec l'angoisse de savoir qui poursuivrait l'enquête, à présent.

La réponse, bien sûr, c'était : personne. Le mystère Victor Cracke allait rester exactement en l'état.

Je fus bien obligé de me demander si c'était une si mauvaise chose que ça. L'expo avait eu lieu, les ventes s'étaient conclues, les chèques étaient encaissés. Je n'avais rien à gagner à poser d'autres questions. Il est vrai que nous sommes, à dessein ou par hasard, une espèce curieuse, et que l'ignorance crisse à l'intérieur de nous comme le sable à l'intérieur d'une huître. Mais je m'étais entraîné depuis belle lurette à accepter et à aimer l'ambiguïté. Pourquoi aurais-je dû me préoccuper de cinq enfants morts depuis quarante ans alors que tous les jours je lisais des articles sur des meurtres, des guerres et l'injustice globalisée sans éprouver le besoin d'agir ? Toute obligation que je ressentais à l'égard de McGrath était pure invention de ma part. Je ne le connaissais pas depuis assez longtemps pour culpabiliser de ne pas exaucer ses derniers désirs. Le sentiment de vide qui m'envahit était donc aussi surprenant qu'accablant.

Comme je l'ai déjà dit, mes motivations pour aider McGrath étaient parfaitement égoïstes. Je me le répétais chaque fois que je montais dans un taxi pour me rendre à Breezy Point. Depuis sa disparition, cependant, je devais bien admettre que cette vieille canaille me manquait sacrément. En retournant travailler, je me rendis compte à quel point il incarnait l'exact opposé de tous les gens à qui j'avais affaire en temps normal. Un homme sans prétention, qui ne craignait pas d'avouer ses lacunes ni de tendre la main quand il avait besoin de quelque chose. Il n'avait jamais essayé de donner le change, même alors qu'il était en pleine déliquescence ; et dans sa fragilité physique je discernais une profonde honnêteté, qui parfois confinait à la beauté. Il était devenu dans mon esprit une œuvre d'art vivante, un Giacometti humain : raboté par la maladie jusqu'à ce qu'il ne reste pratiquement plus de lui que sa quintessence pure, avec un éclat intérieur qui filtrait par les fissures.

Et je commençai à me demander si McGrath lui-même n'avait pas été motivé par autre chose. Pourquoi m'avait-il fait confiance dès le départ ? Il devait forcément penser que j'avais tout intérêt à prouver l'innocence de Victor (s'il avait su la vérité – que sa cote avait triplé à la suite des rumeurs –, il aurait pu au contraire me soupçonner de pencher pour sa culpabilité). En mettant si longtemps à lui apporter une photocopie des dessins, j'avais largement fait la preuve de ma mauvaise volonté. Après quoi, quand j'avais flippé au téléphone et débarqué avec la lettre anonyme, je n'avais pas dû lui paraître suffisamment rationnel et pondéré pour lui être d'aucune utilité. J'allais nécessairement soit lui cacher des choses, soit les exagérer.

Peut-être, comme Samantha l'avait insinué, étais-je tout simplement la seule personne disposée à l'aider.

Ou peut-être aussi qu'il m'aimait bien.

Dans tous les cas, l'idée que cette affaire retournerait au bas d'une pile et ne serait jamais résolue me déprimait profondément. J'ai déjà expliqué que je détestais les échecs. Vous trouverez peut-être ça amusant maintenant que vous en savez plus sur moi et sur l'échec magistral que furent mes années de jeunesse. Mais voilà, j'ai toujours pris très au sérieux mon autoavilissement. Une fois que je m'étais mis en tête de devenir un raté, je me battais pour être le *meilleur* raté à la ronde : un prince de la débauche. C'est un instinct qui fait partie de mon caractère, un cadeau de mes ancêtres au même titre que ma confiance en moi démesurée – l'un étant probablement la conséquence de l'autre, même si je ne sais pas dans quel ordre –, et, maintenant que j'avais rouvert le dossier, je ne voulais pas m'avouer vaincu.

Le plus simple, pour commencer, eût été d'appeler Samantha. Mais je ne pouvais pas vraiment me le permettre. Le fait qu'elle ne m'avait pas donné signe de vie depuis notre nuit ensemble me paraissait indiquer qu'elle la regrettait. J'étais mal placé pour le lui reprocher, mais ça ne m'empêchait pas de penser à elle. Ç'avait été une des parties de jambes en l'air les plus incommodes de mon existence – avec le lit qui menaçait de s'écrouler d'une seconde à l'autre et les draps qui s'entortillaient dans les coins –, et du même coup les plus grisantes.

Du jour au lendemain, ma vie était redevenue normale, et la moindre corvée me terrassait. Le téléphone pesait une tonne dans ma main ; un client qui passait la porte me donnait déjà une migraine. Mon esprit s'égarait constamment et j'étais incapable de rester concentré plus de quelques minutes d'affilée, encore moins de soutenir une conversation brillante.

« *Ethan*. »

Marilyn reposa ses couverts, chez elle un geste d'une rare gravité. Elle me parlait d'un truc que quelqu'un avait fait à quelqu'un d'autre à Miami, est-ce que je me rendais compte du *culot* ?

« Tu pourrais au moins faire semblant de m'écouter.

— Excuse-moi.

— Tu es où, là ? Tu es malade ?

— Non. Je repensais à McGrath », ajoutai-je après un temps.

Vous noterez que je ne mentais pas ; j'avais juste omis de préciser *quel* McGrath.

« Qui ça ? Ah, ton flic ? »

Après chacune des trois ou quatre – ou peut-être que je me trompe, peut-être que c'était cinq ou six – incartades que je m'étais autorisées depuis que nous étions ensemble, je ne m'étais jamais vanté auprès d'elle. Mais je n'avais jamais menti non plus.

Ton flic.

Cette fois, je mentis. Je mentis par un hochement de tête.

« Oui, reprit-elle. C'est triste, très triste. Tu es trop triste pour finir ton assiette ? »

Ça me prit par surprise : un accès de haine envers elle. À maintes reprises par le passé elle m'avait agacé, mais, cette fois, c'était différent et je fus contraint de m'excuser.

Je me réfugiai aux toilettes, m'aspergeai le visage et me donnai deux ou trois petites claques. Sois attentif. Le minimum de courtoisie. Je décidai de me sortir de la tête la famille McGrath et d'être aimable. Et plus tard, pas ce soir mais dans quelques jours – et sans donner de détails –, je laisserais entendre à Marilyn que j'avais eu une aventure. Je n'avais pas besoin de lui dire avec qui. Elle le prendrait bien. Je m'ôterais un poids de la conscience. Je m'en remettrais, elle aussi. Après m'être séché les mains, je revins à la table. Marilyn avait réglé l'addition et disparu.

Un coup de fil de Tony Wexler – encore un coup de fil – sonna la fin de ma semaine de tranquillité.

« Ton père voudrait te voir. Avant de dire non...

— Non. »

Tony soupira.

« Je peux parler, s'il te plaît ?

— Tu peux essayer.

— Il veut t'acheter des tableaux. »

Alors ça, c'était nouveau. Mon père possédait des quantités de toiles, mais ses goûts le portaient plutôt vers les marines et les coupes de fruits. Pour être honnête, je n'avais pas remis les pieds à la maison depuis des années, et, entre-temps, il avait peut-être réuni une collection majeure d'art contemporain ; si ça se trouve, il avait engagé Julian Schnabel pour dessiner son papier peint et Richard Serra sa vaisselle. Mais j'avais la nette impression que Tony devait faire des efforts pour garder son sérieux.

« Tu peux rire, lui dis-je. Je te donne la permission. Je ne dirai rien.

— C'est une proposition 100 % sincère.

— Et moi qui croyais que tu étais à court de prétextes. Bien joué !

— Ce n'est pas un prétexte. Il veut que tu viennes à la maison. Tu n'as qu'à le considérer, pour l'occasion, comme un simple client.

— Si c'est un simple client, il n'a qu'à passer à la galerie comme tout le monde.

— Tu sais aussi bien que moi que tous tes clients ne se déplacent pas jusqu'à la galerie.

— J'apporte des œuvres à domicile uniquement aux clients avec qui j'ai déjà des liens personnels. »

Tony laissa échapper un gloussement fatigué.

« Touché !

— S'il veut acheter des tableaux, repris-je, je serai ravi de le mettre en contact avec quelqu'un qui lui conviendra mieux. Qu'est-ce qui l'intéresse ?

— Les dessins de Cracke. »

Cela me prit au dépourvu et il me fallut un moment pour répondre :

« Eh bien, dans ce cas, il n'a pas de chance.

— Écoute, pourquoi tu ne passerais pas à la maison ce soir ?

— Je t'ai déjà d...

— Tu n'es pas obligé de le voir. Tu peux traiter directement avec moi.

— Je ne te crois pas.

— Passe, c'est tout. Si tu n'es pas content, tu peux toujours repartir. Ou alors... oublie la maison. Je veux bien te retrouver à l'endroit de ton choix. Tu peux même envoyer quelqu'un en éclaireur pour t'assurer que je suis venu seul. Comme dans les films d'espionnage. Tu choisis le lieu, tu dictes tes conditions.

— Viens à la galerie.

— Je préférerais vraiment que ça reste privé.

— Tu m'as dit de choisir le lieu, j'ai choisi le lieu. »

Il commença une phrase qu'il interrompit plusieurs fois de suite, et ses hésitations confirmèrent mes suspicions selon lesquelles le plan consistait à me faire venir à lui, et non l'inverse. Soit il essayait de m'attirer dans la même pièce que mon père, soit il avait reçu comme consigne de bien me faire comprendre qui travaillait pour qui dans cette transaction.

« C'est complètement puéril, finit-il par dire.

— Ce qui est puéril, c'est de m'appeler en exigeant que je conduise mes affaires selon des règles fixées par quelqu'un d'autre.

— Il est sérieux. C'est une proposition sérieuse. Sérieuse et déterminée.

— Combien ?

— Pardon ?

— Combien il en veut ? Je ne fais pas de déplacements à domicile sauf pour mes clients les plus sérieux et déterminés, alors voyons à quel point il est sérieux et déterminé. Combien de dessins veut-il acheter ?

— Tous. »

Je laissai échapper un soupir.

« Écoute, Tony, je ne sais pas ce que tu cherches à faire, mais je n'ai pas de temps à perdre avec ça.

— Attends une seconde, attends. Je la joue franc-jeu avec toi. Il les veut tous. Et ceux que tu as déjà vendus aussi. Tu en as déjà vendu, non ?

— Tony, bon sang !

— Réponds-moi. Tu en as vendu combien ?

— Quelques-uns.

— Allez, dis-le-moi, vas-y.

— Une douzaine.

— Exactement une douzaine ?

— Plus ou moins.

— C'est-à-dire ? Plus ? Ou moins ?

— Ils sont déjà vendus. On ne peut pas les reprendre.

— Tu les as vendus à quel prix ? »

Je le lui dis. Il y eut un bref silence.

« Alors là, tu as fait fort !

— Ouais. Maintenant, tu peux toujours faire une nouvelle offre, mais ça m'étonnerait que les gens aient envie de s'en séparer si vite, à moins que tu y mettes le prix.

— Ça, on s'en occupera plus tard. Combien tu veux pour tous les autres ?

— Tu les as eus entre les mains. Tu aurais pu les garder sans débourser un centime. Et maintenant tu veux me les racheter ? Excuse-moi, mais c'est du grand n'importe quoi.

— Avant, il ne les voulait pas. Maintenant, si.

— C'est un achat coup de tête ?

— Si tu veux, oui.

— Mon cul. Mon père n'a jamais rien fait de sa vie sur un coup de tête. C'est un salopard calculateur et je regrette vraiment qu'il t'ait mêlé à ça. Laisse-moi te poser une question, Tony : comment tu fais pour travailler pour lui ? Ça ne te dérange pas ? Ça ne te rend pas cinglé de devoir travailler pour ce connard tous les jours ?

— Il y a des choses que tu ne sais pas sur ton père.

— Je n'en doute pas. C'est la vie. Merci d'avoir appelé. »

Aussitôt après avoir raccroché, je m'en voulus de lui avoir parlé comme ça. C'était Tony qui m'avait fait découvrir Victor Cracke, après tout ; et il supportait mon ingratitude depuis bien trop longtemps déjà. Je fus pris d'une brusque envie de le rappeler et d'accepter un rendez-vous – ni à la galerie ni à la maison, mais dans un musée ou un restaurant –, envie que je refoulai sur-le-champ et que je continuai à refouler toute la journée, si bien qu'au moment de rentrer chez moi j'étais carrément indigné par toute cette histoire.

Mais pour qui se prenait mon père, bordel ? La décision de me confier les dessins était évidemment venue de lui, pas de Tony ; ce dernier ne faisait que son boulot de capo. Typique de mon père. Tellement typique. Passer un accord, puis en changer les termes. Offrir un cadeau qui se muait ensuite en obligation. Je n'avais aucune raison de me sentir coupable d'avoir rembarré Tony, aucune raison ; en tout cas pas plus que toutes les autres fois où je m'étais dérobé aux tentatives détournées de mon père pour m'attirer dans ses filets. Je ne leur devais rien. Les œuvres de Victor Cracke étaient arrivées jusqu'à moi comme sorties de nulle part, comme si je les avais trouvées dans une poubelle. C'est moi qui avais fait le boulot. Tout seul.

J'avais presque réussi à m'en convaincre quand, deux jours plus tard, je reçus une autre lettre par la poste.

Comme la précédente, elle était rédigée de la main nette et uniforme de Victor sur une feuille A4 blanche. Comme la précédente, elle était porteuse d'un message simple, répété sur toute la surface de la page : JE TE PRÉVIENS.

13

Il me fut beaucoup plus difficile que prévu de joindre Samantha par téléphone.

Le numéro fixe qu'elle m'avait donné sonnait inexorablement dans le vide, et son portable était toujours sur messagerie. Je lui laissai deux messages l'après-midi même après avoir reçu la deuxième lettre de Victor, et deux autres le lendemain. Craignant de devenir un peu envahissant, j'attendis péniblement vingt-quatre heures avant de l'appeler à son bureau. Elle parut étonnée de m'entendre, et pas spécialement contente. Je lui dis que j'essayais de la joindre depuis plusieurs jours et j'attendis qu'elle me fournisse une explication. Comme ça ne venait pas, je déclarai de but en blanc :

« Il faut que je te voie.

— Je ne suis pas sûre que ce soit une bonne idée. »

Elle semblait distante, et je me rendis compte qu'elle m'avait mal compris.

« Ce n'est pas ce que tu crois. J'ai reçu une autre lettre.

— Une autre lettre ?

— De Victor Cracke. »

Voyant qu'elle ne réagissait pas, je précisai :

« L'artiste, tu sais ?

— Ah ! Je ne savais pas qu'il y en avait eu une première.

— Ton père ne t'en avait pas parlé ?

— Non. Tu n'as qu'à le contacter, alors. »

Je crus d'abord qu'elle parlait de son père et qu'elle faisait de l'humour noir.

« Il n'y a pas d'adresse au dos. Tu es sûre que ton père ne t'avait rien dit ?

— Sûre et certaine.

— C'est bizarre.

— Pourquoi ?

— Parce que j'aurais pensé qu'il avait envie de te tenir au courant des développements de l'affaire.

— Ce n'était pas mon truc. C'était votre truc à vous.

— Quoi qu'il en soit, j'aimerais vraiment te montrer cette lettre. Je peux venir te chercher et...

— Attends, dit-elle.

— Quoi ?

— Je ne crois pas que ce soit une bonne idée.

— Pourquoi ?

— Parce que je... je ne crois pas, c'est tout.

— Ça n'a rien à voir avec ça.

— J'ai compris. Mais je n'ai quand même pas envie qu'on se voie.

— Pourquoi ?

— Parce que je n'ai pas *envie*.

— Samantha...

— S'il te plaît. Je ne veux plus qu'on en parle, OK ? Je crois que c'est mieux pour nous deux qu'on oublie tout ça et qu'on reprenne notre vie comme avant.

— Mais je te jure qu'il ne s'agit pas de ça ! »

Et puis de toute façon, qu'est-ce qu'elle entendait par « oublier tout ça » ? Même si cela ne se reproduisait jamais, on ne pouvait pas réécrire la réalité. J'avais apprécié cette nuit avec elle, et je croyais qu'elle aussi. J'en avais nourri mes fantasmes pendant deux semaines, me repassant le film dans la tête. Sur le moment elle m'avait paru satisfaite, mais à présent je me demandais si, dans mon enthousiasme, quelque chose ne m'avait pas échappé, une distraction dans son visage que j'aurais interprétée comme de l'extase. Et ensuite, allongée là, en proie à un mélange de fatigue, d'assouvissement, de gêne, sans doute aussi de solitude, avait-elle ressenti autre chose, quelque chose d'indicible ? Elle n'avait pas eu l'air pressée de me mettre dehors. Est-ce qu'on s'était regardés dans les yeux en se rhabillant ? Non, mais ça n'a rien d'inhabituel. Je l'avais embrassée pour lui dire au revoir et ç'avait été un joli baiser. Un baiser qui s'attarde. Elle n'avait rien dit qui aurait pu m'indiquer qu'elle comptait me rayer de sa vie.

« Si tu essaies de trouver une façon de... reprit-elle.

— De quoi ?

— De me revoir, eh bien, c'est...

— Tu rigoles ? Ça n'a absolument rien à...

— Ce n'est pas comme ça que...

— Mais tu m'écoutes ou pas ? »

Je l'imaginais penchée sur son bureau, le front posé dans une main, la moue boudeuse. L'autre main tripotant un stylo. Cherchant désespérément des raisons de m'éconduire. Regrettant ses écarts avec moi. Voilà que je commençais à devenir *collant*...

« Je te faxe une copie de la lettre, décrétai-je. Comme ça, tu verras par toi-même.

— Très bien. »

Dix minutes plus tard, elle me rappela.

« D'accord, dit-elle.

— Merci.

— Mais je pense toujours que je ne suis pas la bonne personne à appeler.

— Alors dis-moi qui appeler.

— Les flics.

— Ton père me disait qu'ils ne pourraient rien faire.

— Ils pourront plus que moi, en tout cas. Je ne suis même pas sur ta circonscription.

— Quelle solution il me reste, alors ?

— Je...

— Tu es la seule autre personne qui est au courant de l'affaire. On a encore les analyses ADN à récupérer, il reste des interrogatoires à éplucher...

— Holà, holà, holà ! Je n'ai rien à voir là-dedans, moi.

— Il a bien dû te parler de cette affaire.

— Comme ça, en passant, mais...

— Alors tu es mouillée, que tu le veuilles ou non. Ne me dis pas que tu te fiches que cette enquête soit bouclée ou pas.

— Je m'en fiche.

— Je ne te crois pas.

— Tu peux croire ce que tu veux.

— Il aurait voulu que...

— Ah non, pitié, ne commence pas avec ça !

— Je suis mouillé. Tu es mouillée. C'était peut-être son enquête, mais maintenant il n'est plus là alors c'est la nôtre et j'ai besoin de ton aide.

— Je ne *peux* pas », rétorqua-t-elle avant de fondre en larmes.

Je me rendis compte alors que je lui avais... peut-être pas crié dessus, mais en tout cas parlé avec une grande virulence. Je lui présentai mes excuses mais elle ne voulait rien savoir.

« Tu ne comprends vraiment rien à rien, dit-elle. Je ne veux *plus* entendre parler de tout ça.

— Je suis sincèrement désolé...

— Tais-toi. Je me fous de cette enquête, OK ? Je me fous de cette enquête, de ta lettre et de tout le reste. Je veux qu'on me laisse tranquille. Tu comprends ou pas ?

— Je...

— Dis-moi juste que tu as compris, je ne veux rien entendre de plus.

— J'ai compris, mais...

— *Je ne veux pas le savoir !* C'est clair ? Je vais raccrocher et on en restera là.

— Attends... »

Elle n'était plus là. Je restai avec le téléphone à la main jusqu'à ce qu'il se mette à couiner.

Je finis par appeler les flics. La personne qui me répondit n'avait pas l'air de comprendre ce que je disais, aussi me rendis-je au commissariat de la 20e Rue Ouest en prenant avec moi la nouvelle lettre et une photocopie de la première (l'original se trouvait encore au laboratoire de la police scientifique). À cause des travaux dans le hall, le policier à l'accueil avait beaucoup de mal à m'entendre ; il m'envoya dans une autre pièce avec un de ses collègues, à l'écart du raffut.

« Mouais », fit l'agent lorsque je lui eus expliqué toute l'histoire.

Il avait l'air perplexe.

« Donc vous en avez déjà parlé à un collègue du Queens ? me demanda-t-il.

— Pas exactement. Il était retraité. Et ensuite il est mort.

— Ah ! »

Il ramassa les deux lettres, une dans chaque main, comme pour les comparer.

« On a essayé de retrouver... commençai-je. Écoutez, ne le prenez pas mal, mais il n'y a pas quelqu'un d'autre qui pourrait me recevoir ? »

Il me jeta un regard en coin. Puis il examina de nouveau les deux lettres.

« Attendez une minute. »

Pendant son absence, j'observai à travers une vitre blindée une femme flic interroger un gamin morveux. Derrière elle était accroché un étendard qui félicitait le commissariat de la 10e circonscription pour une nouvelle baisse record de la criminalité ce trimestre. Sur un tableau d'affichage étaient punaisés une page de statistiques et, à côté, un poster des Twin Towers.

L'agent revint. Son nom, comme son badge l'indiquait, était Vozzo.

« J'ai fait des photocopies, déclara-t-il en me rendant les lettres. C'est bien qu'on les ait au cas où leur auteur fasse quelque chose qui soit passible de poursuites. Mais bon, c'est sûrement juste une mauvaise blague, à votre place je ne m'en ferais pas trop.

— C'est tout ?

Malheureusement, je ne peux rien faire d'autre.

— Moi, ça ne m'a pas l'air d'une blague.

— Je n'en doute pas, et j'aimerais pouvoir vous aider. Mais, de notre point de vue, je ne peux pas faire grand-chose à partir de ça.

— Et il n'y a personne d'autre...

— Pas pour l'instant. »

Les statistiques de la délinquance en baisse et le poster du 11 septembre me racontaient une histoire, la suite de celle commencée par McGrath : les attentats du World Trade Center avaient changé la façon dont New York gérait désormais la criminalité. Deux petites lettres de menace, une affaire de meurtre insoluble... qu'est-ce que ça pouvait foutre ?

« Il y a autre chose que je puisse faire pour vous ?

— Non, merci.

— Très bien. Si vous avez besoin de quoi que ce soit, voilà ma carte. Vous n'avez qu'à m'appeler. En attendant, je garde ça précieusement », dit-il en brandissant les photocopies.

Je doutais qu'il les garderait plus loin que la première poubelle venue, mais je le remerciai à nouveau et retournai à la galerie.

Agacé de m'être cassé les dents deux fois de suite, je décidai d'en revenir aux seules preuves concrètes que j'avais à ma disposition : les dessins. Ruby et moi étions loin de les avoir tous passés en revue, et ceux que nous avions vus avaient seulement eu droit à un rapide examen. Quelque part dans cette gigantesque carte, j'espérais trouver la route qui me mènerait à Victor Cracke.

Après avoir fermé la galerie, je pris un taxi pour le garde-meuble. Je signai le registre et montai en ascenseur jusqu'au cinquième étage, où je longeai plusieurs couloirs suréclairés par des tubes au néon. Mosley's était le plus grand entrepôt d'art de New York ; dans n'importe quel box pouvaient se cacher un Klimt, un Brancusi, un John Singer Sargent. Moi, dans mon box à 5760 dollars par mois équipé d'un régulateur de température, d'humidité, de rayonnement UV, de vibrations et de qualité de l'air, je n'avais que des Victor Cracke. Trente cartons de Victor Cracke ; l'incarnation de dix mois d'investissement affectif et professionnel.

Il y avait une salle de consultation à chaque étage mais je n'avais pas l'intention de rester enfermé toute la soirée dans une cellule étouffante ; j'avais déjà donné. Je choisis donc un carton au hasard, le fis rouler sur un diable jusqu'à la réception, signai le registre de sortie et le portai sous le bras tant bien que mal jusqu'à trouver un taxi dans la rue.

J'habite dans le quartier de TriBeCa. Je ne crois pas l'avoir déjà mentionné. Mon appartement possède une arrière-cour privative dans laquelle le propriétaire précédent avait fait pousser un petit jardin pittoresque qui a miraculeusement survécu à toutes mes tentatives d'homicide par négligence ; je n'ai pas tellement la main verte. Le reste me ressemble plus : des œuvres que j'ai mises de côté, soit en pensant qu'elles se vendraient mieux plus tard, soit parce que je voulais les garder pour moi. J'ai pas mal de meubles Art déco, et un voisin alcoolique qui dépose un énorme sac en plastique cliquetant de bouteilles vides dans la poubelle de l'immeuble tous les dimanches soir. J'aime ma maison et le quartier que je me suis choisi. Ce n'est pas très loin de la galerie, mais assez quand même pour ne pas avoir l'impression de vivre au milieu de la faune arty ; assez près de chez Marilyn pour que je puisse y aller en quelques minutes, mais pas au point de pouvoir débarquer l'un chez l'autre à l'improviste. Au coin de ma rue se trouve un minuscule bar à sushis où je dîne deux fois par semaine. C'est là que je me rendis en sortant du garde-meuble.

La serveuse m'accueillit en m'appelant par mon

prénom. En général, je m'installe au bar, mais ce soir-là je lui demandai une table.

« Pour moi et mon copain, précisai-je en lui montrant le carton.

— Ahhh ! » fit-elle.

Et, comme je lui en donnais la permission d'un hochement de tête, elle l'ouvrit pour jeter un coup d'œil à l'intérieur. Je voulus savoir ce qu'elle en pensait. Elle réfléchit un instant en se mordillant la lèvre.

« Vertigineux », finit-elle par dire.

En effet.

Je commandai un menu et un pichet de saké, que je posai devant le carton.

« Tchin ! lançai-je. À la tienne, salopard. »

Avant que je parte, la serveuse me demanda si je voulais bien montrer les dessins à son patron. J'acceptai. Bientôt, tous les employés s'étaient agglutinés autour de moi, poussant des oh ! et des ah ! pour exprimer leur approbation... ou désapprobation, je n'aurais su dire. Quoi qu'il en soit, ils avaient l'air fascinés. Je leur expliquai comment les dessins s'assemblaient, suscitant encore davantage d'admiration. Leur réaction m'enchanta, et, en revoyant l'œuvre à travers leurs yeux, je me rappelai pourquoi elle m'avait tant attiré au début. Elle était incroyablement riche, incroyablement complexe. À condition de bien chercher, je finirais par trouver un indice. Il y en avait forcément un. Forcément.

Il faisait frisquet ce soir-là, le mois d'octobre se durcissait. C'était une nuit sans lune et la plupart des réverbères étaient grillés ou masqués par les échafaudages qui poussent dans mon quartier comme des champignons. À un moment, je trébuchai et faillis lâcher le carton. 200 mètres à pied peuvent paraître une éternité quand vous portez un costard, un manteau de grand couturier et 20 kilos de papier. Mais, à ce stade, je ne pouvais même plus me payer le luxe de prendre un taxi, mon immeuble se trouvait au bout de la rue.

Je posai le carton sur le trottoir et m'étirai le dos un instant. Il était 11 heures et demie, j'étais fatigué. Je ne pensais pas avoir la force de m'atteler à la tâche en arrivant ; je me lèverais plus tôt le lendemain et travaillerais jusqu'à ce que je trouve quelque chose ou que Samantha change d'avis.

À New York, on ne fait jamais attention aux autres. Ils sont là, tout le temps, mais on ne les voit pas. Qui fait attention aux gens dans la rue ? Mon quartier n'est pas dangereux le soir. C'est la raison pour laquelle je ne me retournai pas pour voir qui marchait à quelques pas derrière moi. À vrai dire, je ne crois même pas que j'avais senti la présence de quelqu'un avant d'être frappé à la tête par un objet extrêmement dur et lourd et de perdre aussitôt connaissance.

Interlude : 1931

Les vendredis soir, mère lit pendant que père écoute la radio. David ne fait pas de bruit. Assis sur le tapis, il joue dans sa tête, il a des tas de jeux auxquels il aime jouer. Ou bien il s'invente des histoires. Celles qu'il préfère mettent en scène un grand pilote explorateur du nom de Roger Dollar. Roger Dollar s'attire constamment des ennuis, mais, au bout du compte, il s'en sort toujours parce qu'il est malin et qu'il a une valise pleine de trucs et astuces. Parfois David joue au petit train, mais alors il oublie de rester sage, et, tôt ou tard, mère lui dit de se tenir tranquille. Si tu veux faire du bruit, tu n'as qu'à aller dans ta chambre.

David n'aime pas jouer dans sa chambre. Il déteste sa chambre ; elle lui fait peur. Elle est haute de plafond, humide et sombre. Toute la maison est haute de plafond, humide et sombre. Quand il est né, sa mère a repeint la pièce en bleu layette. Mais toutes les couleurs se ressemblent, dans le noir, et aucune ne peut empêcher la commode de se transformer en monstre terrifiant. David se protège en remontant sa couverture jusque sous son menton, tremblant de froid. Mais la commode montre les dents et ouvre la gueule pour le dévorer. David crie. La gouvernante accourt. Quand elle voit qu'il n'a rien, qu'il a juste fait un cauchemar, elle le gronde en le traitant de poule mouillée. Est-ce qu'il a l'intention de grandir et de devenir fort ou est-ce qu'il veut rester une poule mouillée toute sa vie ? Non, il veut grandir. Alors pourquoi se comporte-t-il comme une poule mouillée ? Pourquoi n'est-il pas courageux ? Pourquoi ne ferme-t-il pas les yeux et ne dort-il pas ? La gouvernante s'appelle Delia, et elle aussi a l'air d'un monstre avec ses joues couperosées, ses doigts décharnés et son bonnet de nuit posé sur la tête comme une cervelle qui déborderait d'un crâne fendu. Elle lui hurle dessus tout le temps. Elle lui hurle dessus quand il est en retard et quand il est en avance. Elle lui hurle dessus quand il mange trop et quand il ne mange pas. Elle fait des gâteaux mais refuse de lui en donner une part, elle les laisse sous des cloches en cristal jusqu'à ce qu'ils rancissent et se désagrègent. Alors elle les jette et en fait de nouveaux. David ne comprend pas. À quoi bon faire un gâteau si on ne le mange pas ? À quoi d'autre sert un gâteau ? Un jour, il a essayé d'en prendre un bout et elle l'a fouetté. À présent, il considère l'assiette à gâteaux comme un piège et fait un large détour pour l'éviter chaque fois qu'il passe devant.

Les nuits où il crie, elle le gronde et parfois le fouette si elle est de mauvaise humeur ; ensuite elle le laisse là, dans son lit, au milieu des monstres. Il s'efforce d'être courageux, il s'efforce de trouver le sommeil. Roger Dollar ne crierait pas, lui, alors il n'y a aucune raison de crier, il ne devrait pas être une telle poule mouillée. Mais, chaque fois qu'il rouvre les yeux, il en voit de nouveaux : la commode, d'accord, et aussi le miroir, le valet en bois, les poteaux sculptés aux quatre coins de son lit. Son porte-chapeau, si joyeux à la lumière du jour, grouille de serpents qui sifflent, crachent et rampent sur son matelas pour se diriger vers la seule partie visible de son corps : ses yeux. Ils vont le mordre, lui mordre les yeux, onduler sur son visage et, du coup, il ne pourra plus crier; ils vont lui manger la langue, il aurait mieux fait de crier tant qu'il le pouvait encore...

Pourtant il apprend à ne pas crier. Il retient la leçon. À la maison, tu dois te taire et ne rien dire. C'est la règle.

Les vendredis soir (père appelle ça les « soirées famille »), David reste assis sur le tapis et joue dans sa tête, parce que, même si mère ne le gronde pas souvent, ses règles sont les mêmes que celles de Delia, et appliquées avec encore plus de vigueur. De temps en temps, il se demande si elles ne sont pas sœurs, en fait, sa mère et Delia, tant elles se ressemblent dans leur comportement. David a remarqué que Delia s'adresse parfois à père sur le même ton que mère : avec insolence. C'est la seule employée autorisée à faire ça, et elle le fait avec la bénédiction de mère. David, lui, n'a certainement pas le droit d'être insolent. On l'a prévenu. Comment se fait-il que Delia puisse être insolente avec père, que mère puisse être insolente avec père, que père puisse être insolent avec tout le monde mais que David ne puisse être insolent avec personne ? Il ne comprend pas. Quand il est insolent, il se fait fouetter. Est-ce que Delia se fait fouetter quand elle est insolente ? Et mère ? Cela arrive-t-il quand il a le dos tourné ? Il y a beaucoup de choses qu'il ne comprend pas. David aura bientôt 6 ans. Peut-être qu'alors lui aussi aura le droit d'être insolent. Peut-être que c'est ça, devenir grand.

Les actualités radiophoniques ne parlent que de « la crise ». Au même titre que les gâteaux non mangés de Delia et les règles de l'insolence, la crise est une autre chose que David aimerait comprendre. Père parle de se serrer la ceinture et mère lui rétorque qu'ils doivent quand même pouvoir vivre comme des êtres humains. David ne voit pas le rapport : si vous resserrez votre ceinture, qu'est-ce qui vous empêche de vivre comme un être humain, à part que vous êtes plus comprimé dans votre pantalon ? Est-ce qu'on pourrait vivre comme des êtres humains avec des pantalons qui tombent ? Bien sûr que non. David se range du côté de père, sans hésitation.

La crise a toujours existé. Pourtant ses parents parlent d'« avant ». Avant, on avait plus de personnel à la maison. Avant, on s'arrangeait. Delia aussi parle d'avant. Avant, elle avait un ami, et maintenant elle n'a plus personne à qui parler. David voit bien que Delia se sent seule. Pourquoi ? Il y a des tas de gens autour d'elle. Il y a mère, père, le cuisinier, le chauffeur, le majordome, l'homme qui vient prendre les photos, le docteur avec sa sacoche en cuir gras et plein d'autres gens encore, tout le temps. La maison n'est jamais vide. Alors pourquoi Delia a-t-elle l'air si seule ? Et si elle se sent seule à ce point, pourquoi est-elle aussi méchante ? David se rend bien compte que plus de gens lui souriraient si elle souriait aussi. Ça, il le comprend. Peut-être qu'elle sait plein de choses qu'il ne sait pas, mais sur ce point-là, en tout cas, il a l'impression d'être plus malin qu'elle.

La crise, d'après ce que David a compris, a quelque chose à voir avec le mauvais temps. C'est ce que dit père : il va falloir laisser passer l'orage. Ou avec les chevaux : on va devoir s'accrocher pour rester en selle. Peut-être – et là David s'avance un peu – cela a-t-il à voir avec les bateaux, un bateau qui prend l'eau. Il aimerait mieux comprendre, parce que ces histoires d'orages, de chevaux et de bateaux qui coulent ont un profond impact sur l'humeur de ses parents, en particulier celle de père. Parfois, ce dernier rentre du travail dans un état épouvantable, jetant une ombre noire sur toute la maisonnée. Les dîners se déroulent en silence, aucun bruit à part le grincement des couverts. Éventuellement, père se met à commenter les nouvelles, mais alors mère lui rétorque : « Pas à table » ou bien « Louis, s'il vous plaît », et père se tait.

Les vendredis soir – les soirées famille –, père se retire dans un coin à côté de la grosse radio, il allume la lampe avec le joli abat-jour en verre couleur jade et reste assis les jambes croisées, les mains jointes ou se rongeant les ongles, une manie que Delia trouve répugnante. Ou encore il tire tout doucement sur le lobe de ses oreilles, comme s'il essayait de les allonger tels des bonbons au caramel. Il disparaît presque dans les coussins de son fauteuil, et parfois David s'arrête de jouer dans sa tête pour l'observer : sa bouche moustachue, ses joues creusées et ses yeux comme deux billes prêtes à transpercer le plancher. Il tripote sans arrêt sa cravate sans jamais la défaire. Il a des souliers vernis noirs et, si David s'approche suffisamment, il peut voir son reflet déformé dans leur bout rond et brillant.

Mère lit des livres. Ils portent des titres comme *La Rose de Killearney* ou *La Femme du chef anglais*. Un jour, David a essayé de regarder à l'intérieur mais il n'a rien compris. Pas parce qu'il ne sait pas lire ; il a appris à lire avec son précepteur. Pour s'entraîner, il choisit des livres d'images. Parfois, une fois que Delia a jeté le journal – elle en fait la lecture à haute voix au chef cuisinier, qui vient d'Italie et dont l'accent donne l'impression qu'il chante à longueur de journée –, il va le récupérer dans la poubelle et s'enferme avec dans le placard. Comme père, le journal ne semble avoir qu'un seul sujet de préoccupation : la crise.

Les vendredis soir, David se tient à la fenêtre et regarde passer dans la rue les hommes et les femmes emmitouflés dans leurs écharpes et leurs chapeaux. Avant, les voitures klaxonnaient, jusqu'à ce que le bruit rende mère folle, qu'elle ne puisse plus le supporter une seconde de plus et qu'elle fasse venir des ouvriers pour poser une deuxième rangée de fenêtres, avec des vitres aussi épaisses que les doigts de David. Désormais, le spectacle de la rue n'émet plus aucun son. David n'en a cure. Il peut imiter les voix et les bruits dans sa tête, où il garde déjà tellement de choses.

Ne reste pas là, David.

Il retourne à sa place sur le tapis, s'allonge et observe le plafond, avec les peintures d'anges que père a mises là. Les anges jouent de la trompette et il y a des fleurs qui en sortent. Des trompettes, pas des anges. Ce serait rigolo si des fleurs sortaient des anges. Mais là, qui sortent des trompettes, ça fait juste idiot. David ne dit rien parce que père a l'air de beaucoup aimer ces peintures.

Ce vendredi soir en particulier, il est occupé à tirer Roger Dollar d'une situation extrêmement délicate. Roger s'est fait kidnapper par des bandits sans foi ni loi qui veulent lui voler son or. Il se sert d'une rame pour les repousser et, au moment où les bandits dégainent leur revolver, David entend quelqu'un descendre l'escalier. Il est surpris. Personne n'a le droit d'entrer dans le salon pendant les soirées famille ; tout contrevenant sera probablement fouetté, pire que s'il avait été insolent.

David se tourne vers père et mère. Ni l'un ni l'autre ne semblent avoir rien remarqué.

Il se demande s'il a imaginé les bruits de pas. David a une puissante imagination, si puissante qu'il lui arrive de s'y perdre. Au lieu de réviser ses leçons – de math, d'allemand ou de musique –, il peut se laisser distraire par le doux chant d'un cardinal – deux cris lents suivis d'une série de trilles rapprochés – ou par la façon dont une fissure dans le plâtre remonte le long du mur telle une rivière qui coulerait vers le haut. À partir de simples observations de ce genre, il est alors capable de s'inventer un tas d'histoires compliquées : explorations dans la jungle, batailles entre tribus sauvages composées d'hommes aux dents pointues et aux corps couverts de dessins – il les a vus dans le magazine *Incroyable mais vrai !* David sait qu'il est facilement distrait. Lorsqu'il revient à la réalité, c'est généralement par un tunnel de hurlements au bout duquel se tient Delia, grinçant des dents et se faisant craquer les phalanges.

Mais non, il n'a pas imaginé les bruits de pas. Ils approchent par salves de quatre ou cinq, comme si la personne apprenait à marcher.

Est-ce qu'il devrait se lever ? Il pourrait faire semblant d'aller aux toilettes et, au passage, conseiller à cet imprudent de rebrousser chemin. C'est la soirée famille, n'entrez surtout pas !

Oui, mais si l'inconnu était dangereux ? Un monstre, ou même pire. Si David devait au contraire rester pour protéger père et mère ? Et s'il ne pouvait en sauver qu'un des deux, lequel choisirait-il ? La réponse ne se fait pas attendre : père. Il est plus chétif, et David l'aime mieux. Mère, avec sa poitrine protubérante et son énorme bouée de jupons, saurait sans doute se défendre toute seule. Et si elle n'y parvenait pas, ce ne serait pas très grave.

À présent, la voilà qui pose son livre.

« Louis. »

Père s'est assoupi, il bat des paupières.

« Louis. »

Père se réveille.

« Qu'y a-t-il, mère ?

— Il y a quelqu'un dans le couloir.

— Qui donc ?

— J'ai entendu du bruit.

— D'accord, répond père en hochant la tête d'un air endormi.

— Eh bien ! Allez voir ce que c'est ! »

Père prend une grande inspiration et s'extirpe de son fauteuil. Ses jambes ressemblent à des pattes d'araignée, frêles, longues, noueuses, et, bien qu'il paraisse petit dans son fauteuil, quand il se lève il a toujours une stature impressionnante.

« Tu as entendu quelque chose ? » demande-t-il à David.

David répond par l'affirmative.

Père réajuste le col de sa chemise.

« Allons voir ça », déclare-t-il en bâillant.

Mais avant qu'il en ait eu le temps, la porte s'ouvre avec un cri perçant. Père fait un bond en arrière, mère porte la main à sa poitrine et David cligne furieusement des yeux en s'efforçant de garder le silence. Entre dans la pièce une fille qu'il n'a jamais vue jusque-là. Elle est vêtue d'une chemise de nuit blanche, si fine que le tissu est transparent. Elle a l'air bizarre : elle a de tout petits seins, un ventre rebondi et des bras poilus. Elle est petite. Elle a le visage aplati, on dirait un crapaud. Sa langue sort de sa bouche comme si elle venait de manger quelque chose de pourri. Elle a les cheveux lisses et retenus en arrière par un ruban jaune. Ses yeux bridés balaient la pièce dans tous les sens, passant du mur au fauteuil puis à mère et à père. Ensuite, elle regarde David et il semble qu'elle esquisse un sourire. Lui ne lui sourit pas ; il a peur et voudrait se cacher.

Mère jaillit de sa méridienne.

« Bertha... » commence père.

Mère traverse le salon en trois enjambées ; elle saisit la fille par le poignet et l'entraîne hors de leur vue. David les entend remonter l'escalier.

« Ça va ? » lui demande père.

Pourquoi ça n'irait pas ? Il ne lui est rien arrivé. David acquiesce d'un hochement de tête.

Père caresse le plastron de sa chemise, lisse sa cravate. Il se touche la moustache, comme si cette agitation pouvait l'avoir emmêlée. Il cherche ses lunettes – elles sont dans sa poche de poitrine, comme toujours –, mais, au lieu de les chausser, il les remet dans sa poche.

« Tu es sûr que ça va ?

— Oui, père.

— Bien. Bien. Bien, dit-il en lissant à nouveau sa cravate. Mon Dieu, Seigneur ! »

Mon Dieu, Seigneur, quoi ? On dirait que père veut commencer à réciter une prière, mais il s'arrête là.

« L'émission de variétés de M. Lester Schimming vous est présentée par Mealtime ; Mealtime, les repas en poudre qui... »

Père éteint la radio. Il se recroqueville dans son fauteuil, redevenant tout petit. Il est pâle, il respire fort et se masse les lobes des oreilles. David voudrait aller vers lui et lui poser une main sur le front, comme le fait sa mère quand il est malade. Il voudrait lui apporter un verre d'eau, ou de ce liquide pourpre à l'odeur âcre que père boit avant d'aller se coucher. Mais David sait se tenir tranquille. Il reste à sa place. Il ne dit rien.

Un peu plus tard, mère revient. Elle a les lèvres pincées. Elle ne regarde ni David ni père mais reprend son livre et retourne à sa méridienne. Elle s'allonge et se met à tourner les pages comme si elle n'avait jamais été interrompue. Père la dévisage avec une expression terrible, mais elle se racle la gorge bruyamment et il détourne le regard.

Désormais, David a un mystère.

Plus d'un. Tellement de mystères qu'il parvient à peine à se contenir, et, quand il reste éveillé cette nuit-là, ce n'est pas de peur mais d'excitation. Il n'a plus qu'à jouer les explorateurs, comme Roger Dollar. Il va élaborer un plan. Il va – comme dit le détective de l'émission de radio – trouver le fin mot de l'histoire.

Il commence par établir une liste de questions.

Qui est cette fille ?
Pourquoi a-t-elle l'air bizarre ?
Comment est-elle entrée dans la maison ?
Quel âge a-t-elle ?
Où est-elle maintenant ?
Pourquoi mère a-t-elle réagi comme ça ?
Pourquoi père a-t-il réagi comme ça ?
Pourquoi mère était-elle en colère contre père ?
Pourquoi ont-ils tous les deux ignoré David le reste de la soirée ? (À vrai dire, cette question n'appelle pas de réponse : ils l'ignorent toujours.)

Les questions tournoient dans sa tête tels des hiboux lui criant *où, où, où, qui qui qui, quoi quoi quoi*.

Il y a une chose dont il est sûr : il ne peut pas interroger mère ou père. Il est certain que le simple fait de poser la question lui vaudra le fouet. Pareil avec Delia. Il doit trouver les réponses par lui-même. Et en restant très prudent, car il a l'intuition que mère ne tolérera pas la moindre espièglerie.

Il commence par rassembler des informations. Le lendemain soir, au dîner, David observe ses parents, en quête de signes inhabituels. Ils mangent une soupe d'orge, du rôti de bœuf et ces minuscules pâtes en forme d'oreille que prépare le cuisinier. Père boit son breuvage pourpre plus tôt que d'ordinaire. Quand il en réclame un deuxième, mère lui lance un regard noir et il se contente d'un demi-verre. À part ça, tout se déroule normalement.

Du moins jusqu'à la fin du repas. Car alors, au lieu de se séparer comme ils le font d'habitude – père dans son bureau et mère dans son atelier de couture –, ils se lèvent tous les deux et sortent par la même porte, celle qui mène à l'aile est de la maison. David aimerait bien les suivre mais Delia arrive pour l'accompagner au bain.

Après quoi, il va directement au lit. Quand Delia lui propose de lui lire une histoire, il répond : « Non merci. » Il a hâte qu'elle parte, et, lorsqu'elle le fait, il compte jusqu'à 50 puis ressort sans bruit de sous sa couverture et se tient immobile en chaussettes, tremblant de froid, peaufinant sa stratégie.

La maison possède trois étages en plus du rez-de-chaussée. Tout comme sa chambre, l'atelier de couture de mère se trouve au deuxième étage. Le bureau de père au troisième. David se dit qu'il y a peu de chances pour qu'ils se rejoignent dans l'un ou dans l'autre : puisqu'ils ont changé leurs habitudes, ils ont sans doute choisi un endroit neutre. Mais lequel ?

Au rez-de-chaussée se trouve un grand vestibule où les invités prennent les cocktails. Il y a aussi des tas de pièces décorées de tableaux aux murs, dont une qui réunit tous les portraits de famille : son grand-père et son arrière-grand-père, mais aussi des grands-oncles, des arrière-grands-oncles, des hommes ayant vécu presque un siècle plus tôt, une durée inconcevable. Il y a là Solomon Muller, qui sourit avec bienveillance. À côté de lui, ses frères : Adolph et son nez crochu, Simon et ses verrues, Bernard et ses grosses touffes de cheveux des deux côtés du crâne. Papa Walter, qui a l'air d'avoir mangé trop épicé. David sait que le portrait de père est en cours de réalisation. Père lui a montré où il irait une fois terminé. Et le tien ira là. Et celui de ton fils, ici. David voit les emplacements vides comme des fenêtres sur l'avenir.

Le premier étage n'est pas vraiment un lieu où se retrouver : à part la salle à manger et la cuisine, il est principalement occupé par la salle de bal, dont les volets restent clos et qui est plongée dans l'obscurité toute l'année, sauf le soir où mère donne son bal d'automne. Alors les portes s'ouvrent en grand et les plumeaux voltigent. On déhousse et on répartit les piles de chaises, on dresse les tables, on sort les nappes en lin, on astique et on dispose l'argenterie. L'orchestre arrive et la pièce se remplit du bruissement des soies colorées. L'année passée, David a eu le droit d'y assister pour la première fois. Tout le monde est venu lui faire des courbettes. Il a dansé la valse avec mère. On lui a donné du vin ; il s'est endormi et s'est réveillé le lendemain matin dans son lit. Il est à peu près sûr que ses parents ne se sont pas donné rendez-vous là.

Au deuxième étage, il y a sa chambre, l'atelier de

couture de mère et beaucoup de chambres d'amis. C'est d'ailleurs ce que la sienne était au départ : une chambre d'amis dont ils ont fait une pièce spécialement pour lui. Tu seras toujours un ami qui aura sa place ici, dit père. David ne sait pas trop ce que ça signifie. C'est aussi à cet étage qu'il y a la bibliothèque, le salon de musique, la pièce ronde, le salon de radio (où ils passent les soirées famille) et bien d'autres pièces pleines d'objets fragiles dont il n'a pas encore compris la fonction. Mais toutes paraissent trop petites et trop ordinaires pour accueillir un événement que David perçoit comme exceptionnel.

Le troisième et dernier étage abrite les appartements privés de ses parents. C'est un royaume rarement visité et regorgeant de questions sans réponse. David décide de commencer par là.

Ce n'est pas une opération facile. Il ne peut pas prendre l'ascenseur. Trop bruyant. Il ne peut pas prendre l'escalier est car les domestiques l'utilisent pour monter et descendre et, s'ils le voient, ils le renverront aussitôt au lit. L'escalier sud se situe à côté de la chambre de Delia – elle aussi occupe une chambre d'amis, contrairement au reste des employés qui logent au sous-sol. Elle laisse sa porte ouverte toute la nuit pour que David puisse l'appeler en sonnant sa cloche s'il a besoin de quelque chose. Et puis comme ça, elle peut aussi l'entendre crier quand il voit des monstres. À tous les coups, elle le repérera s'il passe devant. Il s'enroule dans sa couverture pour réfléchir.

Parfois, Delia reçoit des visiteurs dans sa chambre. David les entend rire et sent l'odeur de la fumée qui plane dans le couloir. Il pourrait attendre leur arrivée en espérant alors réussir à passer inaperçu.

Non. Si ça se trouve, elle n'aura pas de visiteurs ce soir et, même dans le cas contraire, qui sait à quelle heure ils viendront ? Il a déjà perdu beaucoup trop de temps. Il lui faut songer à un autre stratagème.

Au bout du couloir, il y a des toilettes adjacentes à la chambre de Delia. Quand on tire sur la chaîne, ça fait un bruit énorme, assez pour couvrir un sprint de là à l'escalier. Mais, problème : David a ses propres toilettes. En utiliser d'autres risque d'éveiller les soupçons de Delia. Que ferait Roger Dollar à sa place ?

Comme d'habitude, la porte de Delia est entrouverte. Il toque. Elle répond « entrez » d'un ton guilleret. Quand elle voit que c'est lui, elle fronce les sourcils et lui demande ce qu'il a.

« J'ai besoin d'aller aux toilettes.

— Eh bien, vas-y, rétorque-t-elle.

— Il n'y a pas de papier. »

Elle écrase sa cigarette, repose son livre et laisse échapper un soupir.

« Tu n'as qu'à utiliser les miennes », dit-elle en lui désignant le couloir derrière lui

Il la remercie et lui souhaite bonne nuit. Elle ne répond pas.

Il referme la porte en sortant. Pas complètement ; ça paraîtrait suspect.

David va aux toilettes. Ce n'est pas difficile de faire pipi sur commande. Il forme une boule avec du papier qu'il jette dans la cuvette. Puis il prend une grande inspiration et tire sur la chaîne, provoquant un bruyant torrent d'eau qui lui offre huit secondes de liberté. Il fonce.

Il court sans s'arrêter jusqu'à avoir atteint le palier du troisième étage. Alors il avance dans le couloir sur la pointe des pieds et il arrive devant deux grandes doubles portes en bois, chacune portant les armoiries sculptées de la famille, séparées par 8 mètres de papier peint satiné : l'entrée respective des appartements privés de ses parents.

Derrière une des portes, il entend la voix de son père.

David colle son oreille au battant mais il ne distingue pas la teneur de la conversation. La porte est trop épaisse. Il faut qu'il passe de l'autre côté. Mais comment ? Il se souvient que les deux appartements sont reliés par un corridor intérieur. S'il arrive à pénétrer dans l'un des deux, il pourra se cacher dans ce corridor et écouter. Ce plan ne réussira que s'il choisit le bon côté du premier coup. Sinon il tombera nez à nez avec ses parents et il sera dans un sacré pétrin. Il colle son oreille contre l'autre porte sculptée. Les voix lui semblent plus fortes – mais toujours incompréhensibles –, il en déduit donc qu'il a plus de chances en entrant par les appartements de mère.

Son cœur se met à battre la chamade tandis qu'il pose la main sur la poignée.

La porte est verrouillée de l'intérieur.

Que faire ? David observe le couloir en quête d'une autre solution, et il en trouve une aussitôt : un placard. Il vérifie qu'il tient dedans. Puis il retourne devant la porte de sa mère et appuie sur la sonnette.

Les voix se taisent. Des pas s'approchent. David file dans le placard et s'enferme à l'intérieur. Il attend dans le noir.

« Bon sang ! entend-il son père dire. J'ai donné – le claquement d'un verrou – des consignes – le grincement d'une porte – pour qu'on ne soit pas... »

Silence.

La porte se referme.

David relâche sa respiration. Il compte jusqu'à 50, ressort du placard et s'avance jusqu'à la double porte, priant pour que son père ait oublié de la reverrouiller.

C'est le cas.

David s'engouffre à l'intérieur, traversant l'immense tapis persan à pas furtifs. Depuis le corridor lui parvient par bribes la voix de son père. Les appartements de ses parents sont gigantesques, composés de nombreuses pièces : une chambre à coucher, une salle de bains, un salon, des salles de réception, le bureau de père... et chacune de ces pièces est dix fois plus grande que la chambre de David. Mère a dans sa suite son propre gramophone et sa radio, encastrés dans un même meuble entièrement marqueté en loupe de noyer. David sait ce qu'est la loupe de noyer car il a un coffre à jouets fait de cette matière. Quand Delia lui a dit comment ça s'appelait, il lui a demandé pourquoi les noyés avaient besoin d'une loupe, et Delia s'est moquée de lui. Dans les appartements de mère se trouvent aussi un piano à queue et un petit clavecin peint, pourtant elle ne joue ni de l'un ni de l'autre. Sur une table sculptée sont posés une trentaine d'œufs en verre colorés. Il sait à quoi ils servent : à se rafraîchir les mains. Il en ramasse un et c'est vrai que ça l'aide à soulager ses paumes moites. Il s'avance pieds nus dans le corridor et se laisse guider par les voix jusqu'au seuil du salon de père. Il se met à quatre pattes pour essayer d'apercevoir quelque chose par l'interstice sous la porte. Il ne peut pas voir le visage de mère car elle est cachée derrière un grand vase. Tout ce qu'il parvient à distinguer d'elle est un bras immobile. Père fait les cent pas dans la pièce en agitant les mains dans tous les sens. David n'a jamais entendu des voix comme celles-là : des murmures rageurs, des murmures qui seraient des cris s'ils étaient un tout petit peu plus forts.

« ... pour toujours, dit père

— Je le sais très bien.

— Alors qu'est-ce que vous proposez ? Donnez-moi une meilleure idée et je le ferai.

— Vous savez ce que j'en pense.

— Non. Non ! *À part* ça. Je vous l'ai déjà dit, je n'accepterai jamais ça. Jamais, vous m'entendez, jamais. Est-ce que je me fais bien comprendre ?

— Je n'ai pas d'autres suggestions. Je ne sais plus à quel saint me vouer.

— Et moi donc ! Vous vous imaginez que c'est plus facile pour moi que pour vous ?

— Pas du tout. Sincèrement, je crois même que tout ça a été *mille fois* plus difficile pour vous. Vous êtes beaucoup plus sentimental. »

Père prononce alors un mot que David ne connaît pas.

« Louis. S'il vous plaît.

— Vous ne faites rien pour m'aider.

— Que voudriez-vous que je fasse ? – *M'aider !* »

Père s'immobilise tout d'un coup et regarde dans la direction où doit se trouver le visage de mère. Il paraît à bout de nerfs. Il pointe un doigt vers le plafond.

« Vous ne ressentez donc rien ?

— Cessez de crier.

— Ne me dites pas que vous ne ressentez rien.

— Je n'aurai pas cette conversation avec vous tant que vous êtes dans cet état.

— Répondez-moi.

— Pas si vous continuez à...

— Écoutez, Bertha. Levez les yeux. Regardez ! Vous

ne sentez rien ? Dites-moi que si. Je ne peux pas croire que quelqu'un ait si peu de cœur, pas même vous, pour prétendre pouvoir vivre dans cette maison sans être écrasé par ce poids. »

Silence.

« Répondez-moi ! »

Silence.

« Vous n'avez pas le droit de rester là sans rien dire. »

Silence.

« Répondez-moi, nom d'une pipe ! »

Silence.

« Vous ne pouvez pas vous comporter comme ça. Pas après tout ce que je vous ai donné. Je vous ai donné tout ce que vous m'avez demandé, j'ai été tout ce que vous exigiez...

— Pas tout, Louis. Pas exactement, non. »

Silence d'un genre différent : empli de terreur.

Père renverse une table. Des plats en céramique, une boîte à cigares en bois et des figurines en cristal volent à travers la pièce dans un fracas épouvantable. Le dessus de table en verre se brise. Mère crie. Dans le corridor, David se recroqueville, prêt à bondir. D'un autre endroit de la pièce lui parvient un autre fracas plus petit, et, lorsque le bruit se tasse enfin, il perçoit des sanglots, deux rythmes différents sur deux registres différents.

Il passe en revue les indices dont il dispose. Il lui faut plusieurs jours car il doit attendre d'aller au parc avec Delia pour confirmer son intuition. Alors qu'ils reviennent de promenade, David compte les fenêtres et découvre qu'il s'est trompé. La maison ne fait pas trois étages mais quatre.

Comment cela a pu lui échapper jusqu'à présent, il l'ignore. Mais la maison est grande et il s'est souvent fait gronder parce qu'il pénétrait en territoire défendu. Une aile entière lui demeure interdite et David, généralement perdu dans ses pensées, enclin à de longues périodes de rêvasseries immobiles, n'a jamais été du genre à désobéir, pas avec la menace du fouet.

Cette fois, pourtant, s'il veut avoir le fin mot de l'histoire, il va devoir transgresser les règles.

L'accès à l'aile du fond se fait par la cuisine, une pièce pleine de vapeur et de périls. Il ne s'est jamais aventuré plus loin que l'évier. Quatre jours plus tard, alors qu'il est censé réviser ses leçons d'allemand dans sa chambre, il descend en cachette. Le cuisinier est en train de pétrir de la pâte. David se redresse de tout son long, prend une mine assurée et passe devant lui. Le cuisinier ne relève même pas les yeux.

Après avoir franchi une porte battante, il arrive dans l'arrière-cuisine, où un tas de viande crue gît sur une immense table balafrée. Avec son odeur nauséabonde de gras et de chair, ses murs éclaboussés, ses flaques de sang autour des pieds de la table, cette pièce exerce sur lui une curieuse attraction morbide, et David doit se forcer à continuer, à ne pas s'arrêter pour examiner les lourds ustensiles menaçants pendus aux parois, le ciment maculé de sang...

Il débouche dans un couloir à damier noir et blanc. Il essaie plusieurs portes avant de trouver celle qu'il cherche : un local abritant l'ascenseur de service.

Il monte dedans. Contrairement à l'ascenseur principal, celui-ci possède un bouton pour le quatrième étage.

Alors que la cabine s'élève, David se préoccupe soudain de savoir sur qui il risque de tomber une fois là-haut. Si la fille s'y trouve bel et bien, que va-t-il faire ? Et s'il y a d'autres gens avec elle, un garde par exemple ? Ou un chien de garde ! Son cœur s'affole. Trop tard pour se poser des questions. La cabine s'immobilise dans un sursaut et la porte s'ouvre.

Encore un couloir. Ici la moquette est usée et mal fixée, elle se décolle le long des murs. Au bout du couloir se trouvent trois portes, toutes fermées.

Le vent siffle et David lève les yeux vers une lucarne. Le ciel est couvert, il va sans doute pleuvoir.

Il avance jusqu'au bout du couloir et tend l'oreille. Rien.

Il toque tout doucement à chacune des trois portes. Rien.

Il en essaie une. C'est un placard rempli de draps et de serviettes.

La suivante s'ouvre en grand et une odeur de camphre lui saute au visage. Il réprime une quinte de toux et pénètre à l'intérieur.

La chambre est inoccupée. Il y a un petit lit, soigneusement fait, et en face du lit une armoire peinte en blanc et décorée de chevaux et autres animaux, un joli paysage paisible. Il l'ouvre d'un coup et bondit aussitôt en arrière, prêt à combattre une bête féroce.

Des cintres vides ondulent mollement.

Déçu, David essaie la troisième porte et trouve une salle de bains, également déserte.

Il revient dans la chambre et s'approche de la fenêtre. De là, il a une vue magnifique sur Central Park, peut-être la meilleure vue de la maison. Les arbres verts et soyeux tremblent sous le ciel ardoise. Les oiseaux tournoient en cercles au-dessus du Réservoir. Il aimerait sortir la tête pour en voir plus mais la fenêtre est clouée.

Il s'efforce de recouper ses différentes découvertes, d'organiser tous les indices qu'il possède, mais ça ne donne rien. Peut-être qu'il comprendra quand il sera plus grand. Ou peut-être qu'il se trompe : il n'y a jamais eu de fille, il a imaginé toute cette histoire. Ce ne serait pas la première fois qu'il grefferait accidentellement un de ses fantasmes sur un souvenir réel. Il a pu aussi mal interpréter la dispute entre ses parents. Il ne comprend pas, et il sait qu'il ne comprend pas, ce qui rend son ignorance deux fois plus frustrante.

Découragé, il pivote pour rebrousser chemin. L'espace d'un instant, il espère que quelque chose aura changé. Mais la pièce est toujours aussi vide, le lit toujours aussi muet, le plancher aussi poussiéreux.

C'est alors qu'il aperçoit un objet qui lui avait échappé. Sous le lit, contre le mur, presque invisible ; il s'agenouille, tend le bras, l'attrape et le récupère. C'est une chaussure de fille.

14

Lorsque je repris connaissance dans un lit à l'hôpital Saint-Vincent, mes premiers mots furent :

« Où sont les dessins ? »

Marilyn leva les yeux de son magazine.

« Ah, parfait ! dit-elle. Tu es réveillé. »

Elle sortit dans le couloir et revint avec une infirmière qui entreprit de me soumettre à une batterie d'examens, me fourrant ses doigts et divers instruments dans le nez et la gorge.

« Marilyn. »

En fait, ça donnait plutôt quelque chose comme « Mayawa ».

« Oui, *darling*.

— Où sont les dessins ?

— Qu'est-ce qu'il dit ?

— Où sont les dessins ? Les dessins. Où sont les dessins ?

— Je ne comprends rien à ce qu'il dit, et vous ?

— Dessins. Dessins.

— Vous ne pouvez pas lui donner un truc pour qu'il arrête d'aboyer ? »

Un peu plus tard, j'émergeai à nouveau.

« Marilyn. Marilyn. »

Elle écarta le rideau qui entourait mon lit, un sourire las aux lèvres.

« Re-bonjour. Tu as fait une bonne sieste ?

— Où sont les dessins ?

— Les dessins ?

— Les Victor Cracke. »

J'avais mal aux yeux, mal à la tête.

« Tu sais, le médecin a dit que tu risquais d'être un peu dans les vapes.

— Les dessins, Marilyn.

— Tu veux reprendre un antidouleur ? »

Je laissai échapper un grognement.

« J'imagine que ça veut dire oui. »

Je vous épargnerai les détails de mon réveil en me contentant d'indiquer que j'avais une migraine épouvantable, que l'agitation régnant dans la salle des urgences ne faisait que l'aggraver et que je fus soulagé lorsque l'on me jugea suffisamment remis pour quitter l'hôpital. Hélas ! Marilyn ne voulait pas me laisser rentrer chez moi et, grâce à son argent ou à ses réseaux, elle m'obtint une chambre privée à l'étage des patients longue durée. Je pouvais, m'assura-t-elle, y rester aussi longtemps que prendrait ma convalescence.

On me transféra donc à l'étage en fauteuil roulant.

« On dirait Étienne, commenta Marilyn.

— Je suis là depuis combien de temps ?

— Environ seize heures. Tu sais, tu n'es vraiment pas marrant quand tu es inconscient. »

Je percevais sous son sarcasme une réelle terreur. J'étais groggy et mal fichu, mais pas au point de ne pas me demander comment elle avait atterri là

« Ton voisin était sorti promener son chien et, en rentrant, il t'a trouvé sur le trottoir devant chez toi. Il a appelé une ambulance et la galerie. Ruby m'a prévenue ce matin. Et me voilà. Au fait, elle va essayer de repasser dans la soirée.

— De *re*-passer ?

— Elle est venue tout à l'heure. Tu ne t'en souviens pas ? – Non.

— Nat et elle, tous les deux. Ils t'avaient apporté une boîte d'éclairs au chocolat que les infirmières ont confisqués, j'imagine pour leur propre consommation.

— Merci », lui répondis-je.

Je remerciai également l'interne qui poussait mon fauteuil. Puis je me rendormis.

Après ça, je me rappelle assez nettement avoir reçu la visite de deux policiers. Je leur racontai tout ce dont je parvins à me souvenir, depuis le moment où j'avais quitté la galerie jusqu'à celui où j'avais posé le carton sur le trottoir. Ils avaient l'air déçus que je ne puisse leur donner la moindre description de mon agresseur ; en revanche, le récit de mon dîner chez Sushi Gaki sembla les intéresser au plus haut point. Même dans mon état de semi-confusion, l'idée qu'un employé du restaurant ait pu m'agresser pour un carton de dessins me paraissait complètement farfelue. J'essayai de les en convaincre, mais ils revenaient sans cesse sur le fait que j'avais « montré ces trucs à tout le monde ».

« Ce n'était pas pour me faire de la pub, précisai-je. C'est la serveuse qui a demandé à les voir.

— Elle sait ce que vous faites dans la vie ?

— Je n'en sais rien. Je ne crois pas, non. J'en ai peut-être parlé à un moment ou un autre. Mais elle doit peser 40 kilos, sans déconner !

— On ne dit pas que c'est forcément elle. »

Ils continuèrent leur interrogatoire dans ce sens jusqu'à ce que ma migraine m'oblige à fermer les yeux. Lorsque je les rouvris, les policiers étaient partis et Marilyn revenue. Elle m'avait apporté des éclairs pour remplacer ceux piqués par le personnel soignant.

« Tu ne me mérites pas, déclara-t-elle.

— Tu as raison. Marilyn ?

— Oui, *darling*.

— Je sens un truc sur mon visage. »

Elle sortit son poudrier et orienta le miroir dans ma direction.

Je fus atterré.

« C'est rien du tout, me rassura-t-elle

— Ça n'a pas l'air de rien du tout.

— Juste un gros pansement. Tu n'auras même pas de cicatrice

— J'ai perdu une dent ?

— Deux.

— Comment j'ai fait pour ne pas m'en rendre compte avant ? m'étonnai-je en passant ma langue sur les trous.

— Ils t'ont filé pas mal de sédatifs. J'en ai pris quelques-uns moi aussi », ajouta-t-elle en tapotant son sac à main.

Ruby arriva.

« Désolée de ne pas avoir pu passer plus tôt, j'ai eu une journée de folie. On sera prêts, ne t'en fais pas.

— Prêts pour quoi ? demandai-je.

— Tu as un vernissage ce soir, m'informa Marilyn.

— Ah bon ? De qui ?

— Alyson.

— Merde ! »

Je laissai échapper un soupir.

« Elle te passe le bonjour, enchaîna Ruby. Elle viendra te voir demain.

— Dis-lui de ne pas venir. Je ne veux voir personne. Merde !

— Ça va aller. On s'est occupés de tout, affirma Ruby.

— Je t'octroie une augmentation, lui rétorquai-je. Et à Nat aussi.

— C'est le moment de négocier une couverture maladie, lui souffla Marilyn.

— Ils ont déjà une couverture maladie.

— Alors un jet de fonction.

— En fait, répliqua Ruby, on aurait bien besoin d'un nouveau minibar. L'ancien fait un bruit pas possible.

— Depuis quand ?

— Quelques semaines.

— Je n'avais pas remarqué »

Ruby eut un haussement d'épaules, dont le sens était relativement clair. Bien sûr que je n'avais pas remarqué : je ne mettais quasiment plus les pieds à la galerie.

« Allez-y, lui dis-je. Achetez tout ce qu'il vous faut. Et passe-moi un coup de fil après le vernissage.

— Merci. »

Une fois qu'elle fut partie, je confiai à Marilyn : « J'espère qu'ils s'en tirent.

— Ils se débrouillent très bien. D'ailleurs, d'après ce que j'en vois, ton absence ne fait que prouver à quel point tu ne sers à rien. »

Une grave commotion cérébrale combinée à la prise d'analgésiques à volonté n'est pas terrible pour la notion du temps. Je crois que c'est le matin du troisième jour que je me réveillai et constatai que Marilyn, assise dans le fauteuil en vinyle pourpre en train de lire le tabloïd *Us Weekly,* n'était plus Marilyn mais Samantha.

Je trouvai la blague assez minable de la part de mon inconscient, à qui je dis :

« Arrête tes conneries. »

Samantha/Marilyn releva les yeux. Elle posa son magazine et s'approcha de moi.

« Salut », lança-t-elle.

Sa main tiède me donna froid par contraste. Je frissonnai.

« Ça va ? demanda-t-elle.

— Arrête tes conneries...

— Je vais chercher l'infirmière.

— C'est ça, Marilyn ! Va chercher l'infirmière ! »

Du coup, je m'attendais à ce que l'infirmière aussi ait le visage de Samantha. Mais elle était noire.

« Très drôle, dis-je.

— De quoi il parle ? s'enquit Samantha/Marilyn.

— Aucune idée. »

C'est alors que Marilyn arriva en personne, avec à la main deux gobelets de café pris au distributeur. En voyant l'infirmière me prendre la tension, elle s'inquiéta.

« Qu'est-ce qui se passe ?

— Il m'a appelée par votre prénom.

— Ah ! fit Marilyn/Marilyn. C'est quand même mieux que s'il m'avait appelée par le vôtre. »

Je me rendormis.

Une heure plus tard, je me réveillai avec les idées beaucoup plus claires. Marilyn et Samantha étaient encore là toutes les deux, engagées dans une discussion animée qui, Dieu merci, n'avait rien à voir avec moi ;

Marilyn alimentait sa légende de self-made-woman en lui racontant l'époque où elle était sans le sou et volait des fruits à la réception du Plaza Hotel. Je laissai échapper un gémissement et elles se tournèrent vers moi. Puis elles se levèrent et vinrent se placer de part et d'autre de mon lit.

« Tu as fait une bonne sieste ? demanda Marilyn.

— Oui, je me sens beaucoup plus réveillé.

— Je vais te dire pourquoi. Je trouvais que tu avais l'air un peu ensuqué, et puis tu t'es mis à appeler tout le monde « Marilyn », alors on est allées chercher le médecin et il a diminué le débit de ta perfusion. C'est mieux ?

— Oui, merci.

— Je dois reconnaître que j'étais assez flattée que ce soit *moi* que tu voies partout. »

Je souris faiblement.

« Samantha était en train de me parler de votre enquête, reprit Marilyn. Il y a beaucoup plus de choses que ce que tu m'avais dit. Tous ces petits détails croustillants. Les flocons d'avoine ?

— C'est juste une hypothèse, répondis-je.

— Bon, je vais vous laisser jouer aux Sherlock Holmes. Moi, je rentre. J'ai besoin d'une douche. Ravie de vous avoir rencontrée. Occupez-vous bien de lui. »

Samantha rapprocha une chaise de mon lit.

« Tu ne m'avais pas dit que tu avais une copine.

— Notre relation ne fonctionne pas vraiment comme ça, rétorquai-je.

— Ah bon ? Et elle fonctionne comment, alors ? Sincèrement.

— Ça ne la dérangerait pas si elle l'apprenait. Je peux le lui dire tout de suite, si tu veux. Va la rattraper avant qu'elle monte dans l'ascenseur et ramène-la. »

Samantha roula des yeux.

« De quoi vous avez parlé, toutes les deux ?

— De fringues, essentiellement.

— Ça, elle a de quoi en parler pendant des heures.

— C'est ce que j'ai cru comprendre.

— Et c'est tout ? insistai-je. De fringues ?

— Je ne lui ai rien dit, si c'est ça qui t'intéresse. Tu n'es pas étonné de me voir ?

— Un peu.

— Y a de quoi. Moi-même, je suis assez étonnée d'être là. Tu sors quand ?

— Bientôt, j'espère. Peut-être demain ou vendredi.

— Très bien. En attendant, je vais finir de recueillir des échantillons d'ADN auprès de toutes les personnes ayant pénétré dans l'appartement. J'ai retrouvé la liste que tu avais faite. J'ai aussi appelé le labo. On aura des résultats d'ici trois semaines sur le sperme et les taches de sang. Tu penses à autre chose ?

— Les autres affaires.

— Quelles autres affaires ?

— Ton père voulait reprendre les dossiers de vieilles affaires pour voir s'il n'y en avait pas qui colleraient avec le profil. C'est l'inspecteur Soto qui était censé s'en charger.

— D'accord. Je vais lui passer un coup de fil. Toi, tu te reposes, et on se reparle quand tu sors. »

Elle se leva avant d'ajouter :

« Tu sais, tu m'as vraiment fait culpabiliser à mort pour mon père

— Je suis désolé.

— Trop tard, rétorqua-t-elle en haussant les épaules.

— Désolé quand même.

— Pas autant que moi », dit-elle.

15

Je sortis de l'hôpital le lendemain. Marilyn m'envoya une limousine en donnant pour consigne au chauffeur de me ramener chez elle. C'est vrai que je n'avais pas l'intention de rentrer chez moi. L'individu qui m'avait agressé devait connaître mes habitudes ; soit il m'avait suivi depuis le garde-meuble, soit il m'attendait au coin de mon immeuble. Dans les deux cas, il était sans doute plus prudent de faire profil bas pendant quelques jours.

Mais ma prudence n'était rien à côté de celle de Marilyn. À l'arrière de la limousine se trouvait un garde du corps, une espèce de colosse samoan en survêt Rocawear. Il se présenta sous le nom d'Isaac. Sa main engloutit la mienne. Il était à mon service jusqu'à nouvel ordre. À mes yeux, on allait un peu trop loin, mais je n'allais pas parlementer avec un homme de sa carrure.

Comme on peut s'y attendre, la maison de Marilyn est du meilleur goût ; elle est aussi étonnamment agréable à vivre bien qu'adaptée sur mesure à ses caprices. Marilyn possède deux cuisines, une vraie au rez-de-chaussée et une plus petite à l'étage près de sa chambre afin qu'elle puisse se préparer des gaufres, des œufs, un steak ou ce qui lui passe par la tête à 3 heures du matin. Vous avez sans doute vu des images de sa rue ; elle a servi de décor à de nombreuses séries télé. Un alignement de hautes maisonnettes élancées des plus pittoresques, typiques du West Village, chacune avec un patio à l'arrière et des grappes de touristes du Midwest qui se prennent en photo à l'avant. Le bus qui fait le circuit *Sex and the City* s'arrête deux immeubles plus loin pour permettre aux passagers de se recueillir à l'endroit où, paraît-il, Carrie et Aidan se sont disputés dans la saison 4.

Isaac, habitué à repousser les paparazzi, n'eut aucun mal à se frayer un chemin dans la cohue.

La femme de ménage nous ouvrit. Marilyn lui avait demandé de me préparer une chambre au rez-de-chaussée pour que je n'aie pas à monter l'escalier. Sur le lit étaient étalés trois costumes neufs portant encore l'étiquette du grand magasin Barneys. Elle avait aussi disposé un plateau de biscuits aux épices et une petite lanterne de Halloween en plastique orange avec un mot glissé à l'intérieur. Je le dépliai. Il y avait écrit : « Bouh ! »

Je passai à la salle de bains et, pour la première fois depuis des jours, je pus enfin me regarder attentivement dans une glace. Ils avaient changé le pansement sur mon visage à plusieurs reprises, diminuant progressivement sa taille jusqu'à ce que je n'aie plus que quelques sparadraps me recouvrant la joue et la tempe gauches. J'en décollai un et vis une mince surface de croûte, comme si quelqu'un m'avait attaqué à l'épluche-légumes. Les dents que j'avais perdues étaient aussi du côté gauche. Le choc de voir ces deux trous dans ma mâchoire me fit éclater de rire. On aurait dit que je descendais tout juste de mes Appalaches natales.

Je trouvai un flacon d'ibuprofène et en sortis quatre. Dans la poche de ma veste, j'avais une ordonnance pour de l'OxyContin, que j'avais l'intention de me procurer et de distribuer autour de moi soit à Marilyn, soit comme petits cadeaux d'appoint. Je voulus aller grignoter quelque chose à la cuisine du rez-de-chaussée et tombai sur Isaac assis sur une chaise pliante devant la porte de ma chambre, bloquant entièrement le couloir par sa simple présence.

« Je crois vraiment que ça va aller, dis-je.

— C'est précisément ce qu'ils cherchent à vous faire croire. »

Il m'accompagna donc à la cuisine. J'avalai mes pilules. Dès la première bouchée de mon sandwich à la dinde, je n'eus plus d'appétit, si bien que j'offris le reste à Isaac qui l'accepta bien volontiers, jetant le pain avant de manger la viande, la laitue et les tomates.

« Pas de glucides, m'expliqua-t-il.

— D'accord. »

Je n'avais qu'une envie : dormir. Après trois jours passés précisément à ça, c'est l'effet que ça vous fait. Je me fis un café et appelai Marilyn au travail.

« Tu as trouvé tout ce qu'il te fallait ?

— Oui. Merci.

— Et le type que je t'ai envoyé, il est comment ? »

À l'autre bout de la cuisine, Isaac se servait un bol de céréales. Tant pis pour son régime, apparemment.

« Magnifique, répondis-je.

— C'est Greta qui me l'a conseillé. Il a travaillé pour Whitney Houston. Et ne me dis pas que tu n'en as pas besoin, je sens que tu l'avais sur le bout de la langue.

— Pas du tout. J'allais justement te remercier.

— Y a pas de mal.

— Non, vraiment... Je te suis très reconnaissant de...

— Chhh ! » fit-elle avant de raccrocher.

Je composai ensuite le numéro de la galerie. Ce fut Nat qui me répondit. Je lui demandai comment s'était passé le vernissage.

« Fabuleusement bien. Alyson était aux anges. »

Comme moi, Nat a fait Harvard, mais il a eu son diplôme avec les félicitations après une thèse sur l'iconographie ambi-sexuée dans la tapisserie de la Renaissance. Il a un merveilleux accent de Boston, sec et narquois, qui lui donne un peu l'air d'un Kennedy gay.

Il finit de me raconter le vernissage en concluant par.

« Et on a commandé un nouveau minibar. Ah oui ! et tu as reçu une lettre en provenance du bureau du procureur du Queens. Tu veux que je l'ouvre ?

— S'il te plaît, oui.

— Ne quitte pas. »

Il posa le combiné et revint un instant plus tard.

« Y a un genre de petit coton-tige et une fiole. On dirait une espèce de... qu'est-ce que c'est que ce truc ?

— Un test de paternité, lança Ruby dans le fond.

— C'est un test de paternité, approuva Nat. Tu as fécondé le procureur du Queens ?

— Pas encore. Envoie-le-moi par coursier, tu veux bien ?

— *Si, señor,* dit Nat avant d'ajouter à l'intention de Ruby : Dis donc, tu as l'air de drôlement t'y connaître en machins de paternité. T'es *encore* en cloque ou quoi ?

— Va te faire ! » lui rétorqua-t-elle.

Je souris.

« Écoutez, repris-je, je me fais du souci pour vous deux. La personne qui m'a attaqué est encore dans la nature et je n'ai pas envie qu'il vous arrive quelque chose.

— Ça vaaaaaa !

— Je serais plus rassuré si vous ne traîniez pas autour de la galerie. Fermez pour quelques semaines et prenez des vacances. Payées !

— Mais on vient juste d'ouvrir. Alyson va péter un câble. Et je la comprendrais.

— Alors gardez l'œil, en tout cas. Sérieusement. Faites ça pour moi.

— Ça va aller, Ethan. Ruby est super-bonne en kung-fu. Dis-lui, Ruby.

— *Ki-yai !* »

Je laissai un message à Samantha qui me rappela dans l'heure, sur un ton 100 % professionnel.

« Tu as reçu le test ?

— Oui. Merci. Je vais le faire aujourd'hui.

— Parfait. J'ai besoin que tu réfléchisses, Ethan : est-ce qu'il y a autre chose sur lequel on pourrait éventuellement retrouver une trace de l'ADN de Cracke ?

— Peut-être », dis-je.

En voyant l'infirmière changer mon pansement à l'hôpital, j'avais remarqué que la couleur du sang sur la gaze ressemblait étrangement à celle de l'étoile à cinq branches au centre des chérubins, une théorie qui m'était apparue de plus en plus géniale à mesure qu'ils continuaient à me gaver de calmants. Elle me paraissait un peu moins géniale à la sobre lumière du jour mais, vu notre absence de pistes viables, je ne voyais pas ce que ça coûtait d'envisager cette hypothèse.

« Même si c'est du sang, rétorqua Samantha, ce n'est peut-être pas le sien.

— C'est vrai.

— Mais ça ne mange pas de pain. On peut toujours tenter.

— Sauf qu'attends, attends. C'est là où le bât blesse. Je n'ai plus le dessin.

— Comment ça ?

— Je l'ai vendu.

— Tu plaisantes ? »

Je lui racontai Hollister.

« Est-ce qu'il y a d'autres dessins similaires ?

— Je ne sais pas. Je ne crois pas, non. On peut tous les passer en revue mais ça va nous prendre un moment. Laisse-moi d'abord voir ce que je peux faire pour celui-là. »

Je n'avais aucun doute que Hollister m'appréciât suffisamment pour me réinviter chez lui. Mais il faudrait qu'il m'apprécie drôlement plus pour me permettre de découper des petits morceaux dans ses tableaux. Ce qui ne me laissait qu'une seule solution : si je voulais vraiment ce dessin, j'allais devoir le lui racheter.

Je déteste racheter des œuvres. Certains marchands vous garantissent que, si la cote d'un artiste s'effondre, ils vous le rachèteront au prix de vente, permettant ainsi à l'acheteur de faire une opération blanche. Pas moi. Je trouve que ça infantilise le client. L'intérêt de devenir collectionneur est en partie d'affiner sa propre sensibilité esthétique, et ça ne marche que lorsqu'on prend des risques.

Sans compter que, bien évidemment, je rechignais à débourser une somme exorbitante pour découvrir au bout du compte que la tache de sang n'en était pas une ou, en tout cas, pas une qui puisse nous fournir des indications. Mes tergiversations s'avérèrent purement théoriques ; lorsque je téléphonai à Hollister le lendemain matin, sa secrétaire me fit savoir qu'il n'était pas disponible.

Le lundi et le mardi, je restai traîner chez Marilyn, avec Isaac qui me collait aux fesses comme si j'avais échangé mon ombre avec celle d'un sumo. Quand je dus aller chez le dentiste faire remplacer mes dents manquantes, il insista pour que je choisisse l'or plutôt que la porcelaine.

« Tous les caïds prennent l'or. »

Le mercredi, la police m'envoya deux types à domicile. Ce n'étaient pas les mêmes – autant que je m'en souvienne, c'est-à-dire pas beaucoup –, mais des inspecteurs de la brigade de répression du banditisme spécialisés dans les vols d'œuvres d'art. Je les perçus tout de suite comme un duo assez étrange. Phil Trueg était tout en ventre ; sa cravate criarde à l'effigie des Grateful Dead ressortait telle une crête iroquoise abdominale. Il avait un fort accent de Brooklyn et une tendance à rire de ses propres blagues, qu'il enchaînait à la mitraillette. Son coéquipier, lui, avait dix ans de moins, il était tendu, bronzé et timide ; sa tenue était aussi discrète que lui, ton sur ton kaki. Il s'appelait Andrade, bien que Trueg m'invitât à l'appeler Benny, une recommandation que je décidai d'ignorer.

Andrade et Trueg pensaient que la motivation première de mon agresseur était les dessins ; la preuve, il ne m'avait pas piqué mon portefeuille. Je n'avais pas non plus été « frappé plus que nécessaire », ajouta Trueg (ce à quoi je rétorquai que c'était déjà bien suffisant d'après moi). Le voleur était très certainement un initié, quelqu'un qui avait des relations dans le monde de l'art ou bien qui travaillait pour un commanditaire qui en avait ; sinon on ne voyait pas comment il aurait pu me connaître ni comment il comptait revendre les dessins. Les deux inspecteurs me posèrent toute une série de questions J'éludai celles concernant ma clientèle ; je n'avais pas envie que la police aille enquiquiner des gens qui étaient évidemment innocents et qui prendraient fort mal ce viol de leur vie privée. Je leur montrai les lettres de menace que j'avais reçues de Victor Cracke et leur racontai en détail mes efforts pour le retrouver, mes rendez-vous avec McGrath, ma visite au commissariat

Andrade examina les lettres de près.

« Vous êtes sûr qu'elles sont de lui ?

— C'est la même écriture que sur les dessins.

— Qu'est-ce qu'il veut que vous arrêtiez ? demanda Trueg.

— Je n'en ai aucune idée. J'imagine qu'il n'était pas content de l'exposition. Mais, dans ce cas, je ne comprends pas pourquoi il serait toujours en colère ; ça fait presque un mois qu'on l'a démontée.

— Peut-être qu'il veut récupérer ses dessins », suggéra Andrade.

Je ne savais que répondre à ça.

« Il n'y a personne d'autre qui pourrait avoir des griefs contre vous ? »

Le seul nom qui me vint à l'esprit – et je le leur livrai avec une certaine réticence – était celui de Kristjana Hallbjörnsdottir.

« Épelez, s'il vous plaît. »

Leur plan était d'attendre et de voir où les dessins commenceraient à refaire surface. Vu que j'avais probablement en ma possession la totalité des œuvres de Cracke – moins quelques-unes –, toutes celles qui arriveraient sur le marché seraient par définition volées.

Cette stratégie était loin d'être sans faille. Il pouvait très bien y avoir d'autres Cracke en circulation sans que je sois au courant, ou le voleur pouvait ne jamais vendre son butin. Mais, sans témoin oculaire, nous n'avions pas tellement d'autres pistes. Et comme je ne serais pas en mesure de reconnaître mon agresseur, une inculpation risquait d'être difficile, sinon impossible, sans lien tangible – à savoir les dessins eux-mêmes – entre le crime et son auteur.

Le départ des policiers me laissa dans un état d'épuisement total.

Durant les premiers jours de ma convalescence, Marilyn se comporta comme une mère étouffante. Elle m'appelait toutes les demi-heures pour avoir de mes nouvelles, me réveillant souvent en pleine sieste. Elle envoyait ses assistants m'apporter des livres sur lesquels j'étais incapable de me concentrer. Le soir, elle achetait à manger en rentrant ou bien me cuisinait quelque chose – du poulet, des hamburgers, n'importe quoi pourvu que ce soient des protéines – qu'elle me forçait à avaler en me disant que j'avais trop maigri et que je commençais à ressembler à Iggy Pop. Je crois qu'elle essayait de me remonter le moral, mais son flot continu de sarcasmes finit par me taper sur les nerfs. Sa peur de me perdre le disputait sans cesse à sa peur de paraître sentimentale, si bien que, chaque fois qu'elle avait l'impression de verser dans le mélo, elle faisait un pas en arrière et exigeait de moi une chose impossible, ce qui lui conférait une attitude à la fois mielleuse et cruelle, comme le jour où elle me rapporta un plateau de sushis mais m'ordonna de sortir du lit pour les manger.

« Il faut bouger, me dit-elle.

— Je ne suis pas invalide, Marilyn.

— Tes jambes vont finir par s'atrophier.

— Je suis fatigué

— C'est le premier signe. Il faut que tu te lèves et que tu marches. »

Je lui rétorquai qu'elle aurait fait un médecin épouvantable.

« Dieu merci, je suis une affreuse marchande d'art ! »

Bizarrement, elle insista aussi pour qu'on fasse l'amour. Je lui répondis que j'avais une migraine.

« Tu ne crois quand même pas que je vais avaler ça ?

— J'ai une blessure à la tête, je te rappelle.

— Tu n'as rien d'autre à faire que de rester allongé. Comme d'habitude, d'ailleurs.

— Marilyn. »

Je dus physiquement l'arracher de mon cou.

« Marilyn, arrête. »

Elle se redressa, le visage enflammé, et sortit de la pièce.

Plus elle me faisait des coups comme ça, plus je repensais à Samantha. Je sais à quel point c'est cliché de fuir les personnes qui vous aiment, et tout aussi cliché de vouloir ce que vous ne pouvez pas avoir, mais pour moi ces réactions étaient parfaitement inédites. Je n'avais jamais eu envie de fuir Marilyn. Pourquoi l'aurais-je fait ? Elle me laissait toute la latitude dont un homme peut rêver. Seules ses récentes démonstrations d'affection m'avaient oppressé. Et je n'avais jamais non plus désiré une femme inaccessible, principalement parce qu'aucune femme n'avait jamais été inaccessible pour moi, en tout cas pas vraiment.

Kevin Hollister me rappela de la station de sports d'hiver de Vail, où il profitait des premières chutes de neige très en avance sur la saison.

« 45 centimètres de poudreuse fraîche. On ne peut pas rêver mieux. C'est le paradis ! »

Il avait l'air essoufflé.

« Je vous envoie un avion, reprit-il. Vous serez sur les pistes à midi. »

Même si j'aimais beaucoup le ski, je ne pouvais pas encore me lever brusquement sans avoir l'impression de recevoir une balle en plein visage. Je lui répondis que je n'étais pas très en forme.

« L'année prochaine, alors. Je vais fêter mon anniversaire au chalet. Mon ex-femme a fait installer une cuisine qui peut servir deux cents couverts. Il y a douze fours et je ne suis même pas foutu de me faire un œuf au plat. C'est Machin qui sera aux fourneaux (Machin étant le nom d'un chef célébrissime). Vous en serez. »

Je l'entendais souffler comme un bœuf à présent, et je percevais un léger frottement, comme du Velcro.

« Vous êtes en train de skier, là ?

— Avec des amis, oui.

— J'espère que vous avez un kit mains libres.

— Mon blouson a un micro intégré. »

Je me demandais qui était avec lui. Son architecte d'intérieur, sans doute, ou bien une « amie » très spéciale de vingt ans de moins que lui. En tout cas, c'est ce que mon père aurait fait.

Je lui dis que notre conversation pouvait attendre son retour à New York.

« Je vais être en voyage jusqu'à après le nouvel an. Il vaut mieux qu'on discute maintenant.

— C'est à propos du dessin.

— Le dessin ?

— Le Cracke.

— Ah, oui ! fit-il en reniflant. C'est drôle, vous êtes

la deuxième personne cette semaine à me parler de ce tableau.

— Ah bon ?

— Oui. J'ai eu une longue conversation à ce sujet il y a quelques jours à peine.

— Avec qui ? demandai-je, mais il ne m'entendait plus.

— Allô ? Ethan ?

— Oui, oui.

— Ethan. Vous êtes là ?

— Je suis là. Est-ce que vous...

— Ethan ? Allô ? Merde. Allô ? Fait chier, ce truc de merde. »

Et il raccrocha.

« Il faut que je m'achète un nouveau système, me dit-il lorsqu'il me rappela. Ce truc déconne tout le temps. Vous disiez ?

— Je voulais vous demander quelque chose à propos du dessin.

— Oui, quoi ?

— Je voulais savoir si vous accepteriez de me le revendre.

— Pourquoi ? rétorqua-t-il d'une voix brusquement glaciale. On vous a fait une meilleure offre ?

— Non, non, pas du tout. C'est juste que je culpabilise un peu d'avoir découpé l'œuvre en morceaux comme je l'ai fait. Le panneau que vous avez est quand même le centre, après tout, et je pense qu'il vaut mieux préserver l'intégrité de l'ensemble.

— Ça ne vous a pas posé de problème de la découper jusque-là.

— C'est vrai. Mais maintenant que j'ai eu le temps d'y réfléchir à froid, j'ai changé d'avis.

— Juste par curiosité, combien vous m'en offrez ? »

Je lui annonçai le prix d'achat majoré de 10 %.

« Ce qui n'est pas un mauvais rendement, en un mois, ajoutai-je.

— J'ai connu des tas de mois meilleurs que ça, rétorqua-t-il.

— Plus 15, alors.

— Vous avez l'air sacrement motivé. Et même si j'avais très envie de voir où ça nous mène, malheureusement pour vous je suis un homme de parole. La pièce est déjà réservée.

— Pardon ?

— Je l'ai vendue. »

J'étais estomaqué.

« Allô ? dit-il. Vous êtes toujours là ?

— Je suis là.

— Vous m'avez entendu ?

— Oui, oui... Qui est l'acheteur ?

— Je n'ai pas le droit de vous le dire.

— Kevin.

— Je suis désolé, vraiment. Vous me connaissez, j'adorerais pouvoir vous le dire. Mais l'acheteur a beaucoup insisté pour garder l'anonymat. »

Il parlait comme un marchand d'art plus vrai que nature ; Marilyn avait engendré un monstre.

« Vous en avez tiré combien ? » m'enquis-je en pensant essuyer un nouveau refus.

Mais il me donne une somme absolument faramineuse.

« Et vous savez le plus dingue ? ajouta-t-il. C'était leur premier prix. J'aurais pu en demander beaucoup plus mais je me suis dit : "Pas la peine d'être trop gourmand." Enfin bon, je me suis quand même démerdé comme un chef, non ? »

Vous pourriez penser que, pour quelqu'un comme Hollister, vendre une œuvre d'art – même en faisant une très grosse marge – n'aurait rien d'excitant, surtout si vous compariez la somme en jeu à la valeur totale de son patrimoine. Le bénéfice qu'il avait fait sur ce dessin, aussi ahurissant qu'il me paraisse, ne lui payerait sans doute qu'une partie de sa facture d'électricité. Pourtant, il avait le ton jubilant d'un gamin content de lui ; j'avais presque l'impression de l'entendre se frotter les mains. Si les riches deviennent riches, c'est précisément parce qu'ils ne perdent jamais ce goût de la mise à mort.

Je voulus savoir s'il avait déjà livré la pièce.

« Lundi. »

Je faillis lui demander si je pouvais venir l'admirer une dernière fois. Mais pour quoi faire ? La piquer et partir en courant ? Je n'irais pas très loin avec ma blessure à la tête et une toile de 6 mètres carrés composée de cent feuilles de papier en décomposition. Et puis en plus, je savais déjà qui était l'acheteur. Très peu de gens ont les moyens d'investir une telle somme sur un artiste quasiment inconnu, et encore moins une raison de le faire.

Encore un peu sous le choc, je le félicitai de sa vente.

« Merci, dit-il. L'invitation tient toujours si vous voulez me rejoindre. »

Je lui souhaitai un bon séjour et appelai aussitôt Tony Wexler.

16

« Qu'est-ce que tu veux que je te dise ? Il a eu le coup de foudre. »

Nous étions convenus de nous retrouver dans un restaurant de grillades dans l'est de Manhattan. La première partie de notre conversation consista en un dialogue entre Tony qui s'indignait de mes blessures (« Pourquoi tu ne m'as pas appelé ? Que t'a dit la police ? Je n'aime pas ça, Ethan. Ton père voudrait être au courant quand il t'arrive des choses comme ça. Et s'il t'arrivait pire ? Qu'est-ce qu'il faudrait pour que tu nous passes un coup de fil ? Il faudrait que tu perdes un bras ? Que tu te fasses écraser ? Parce que si c'est ça que tu attends, tu ne seras plus en état de nous appeler ») et moi qui essayais de l'amadouer (« D'accord, Tony. La prochaine fois je t'appellerai, Tony. Non, moi aussi, j'espère qu'il n'y aura pas de prochaine fois »).

Puis, jetant un coup d'œil en direction d'Isaac qui était assis trois tables plus loin, il me demanda :

« Mais où as-tu dégoté *ça* ? »

Je passai à la contre-attaque, lui reprochant d'agir derrière mon dos.

Il ricana.

« Jusqu'à preuve du contraire, on vit dans une économie de marché, que je sache. On voulait quelque chose, on a proposé le bon prix, tout le monde était d'accord, on l'a acheté. Je ne suis pas sûr que tu devrais t'en plaindre. On a considérablement fait monter la cote de ton artiste.

— Ce n'est pas la question.

— Quelle est la question, alors ?

— Ce dessin fait partie d'une œuvre dans son ensemble, il faut restaurer cet ensemble.

— Dans ce cas, pourquoi l'avoir vendu au départ ?

— J'ai fait une erreur. Je vous le rachète, dis-je en m'efforçant de desserrer les dents pour esquisser un sourire. Je vous en offre... Ne secoue pas la tête, tu n'as pas encore entendu mon prix.

— J'ai l'impression d'avoir déjà eu cette conversation avec toi, mais dans l'autre sens.

— Je te donne le prix que tu as payé à Hollister, plus un bonus de 100 000. »

Il prit une mine offensée.

« Je t'en prie ! Enfin, de toute façon, ça n'a pas d'importance : il ne voudra pas vendre.

— Tu ne le lui as même pas demandé.

— Je n'ai pas besoin. Si vraiment ça t'embête de séparer l'œuvre en plusieurs morceaux... C'est ça qui te tracasse ? C'est une question de principe ?

— ... Oui.

— Alors j'ai une excellente solution à te proposer. »

Je le dévisageai.

« Vends-nous le reste.

— Tony.

— Vends-nous le reste. Tu restaureras l'intégrité de l'œuvre. »

Il s'interrompit pour boire une gorgée d'eau.

« C'est bien ça l'idée, non ? reprit-il. Tu veux que tous les dessins restent ensemble. Très bien. Vends-nous le reste et tu pourras dormir sur tes deux oreilles.

— J'y crois pas.

— Qu'est-ce qu'il y a de si difficile à croire ?

— Pourquoi tu fais ça ?

— Qu'est-ce que je fais ?

— Tu sais très bien ce que tu fais.

— Dis-moi.

— Tu essaies de me niquer.

— Inutile d'employer ce genre de vocabulaire.

— Non, sérieusement, Tony, qu'est-ce que tu veux que je te réponde ? « Merci, quelle superproposition » ?

— Par exemple, oui. *C'est* une superproposition.

— C'est une proposition de merde. Je ne veux pas vous vendre le reste des dessins, je veux en *récupérer* un. C'est beaucoup plus raisonnable que de vous vendre tous les autres.

— Si je peux me permettre, le résultat est le même.

— Non, pas du tout.

— Quelle est la différence ?

— C'est vous qui les aurez, pas moi.

— Tu es marchand d'art, non ? Ce n'est pas ton métier de vendre de l'art aux gens ?

— Je ne te parle pas de la vente en soi. Tu as déjà essayé de m'acheter ces dessins et je t'ai déjà dit non.

— Dans ce cas, j'ai bien peur que nous soyons dans une impasse »

Le tintement des couverts s'amplifiait à mesure que la salle se remplissait, et je commençais à avoir mal à la tête. Je jetai un coup d'œil à Isaac, le nez plongé dans son chateaubriand. Je devais avoir l'air perturbé car il croisa mon regard et m'interrogea à distance : pouce vers le haut ou vers le bas ? Je lui répondis en levant le pouce et il se concentra à nouveau sur son assiette. Sous les yeux attentifs et réprobateurs de Tony, j'avalai quatre ibuprofènes, en plus des quatre que j'avais déjà pris avant le déjeuner.

« Ça va ? me demanda-t-il.

— Oui, dis-je en me frottant les yeux. Écoute, ce n'est pas simplement pour restaurer l'intégrité de l'œuvre que je veux vous racheter ce dessin. Il y a autre chose. »

Il attendit la suite.

« Ce serait trop compliqué à t'expliquer. »

Il me regarda en haussant un sourcil.

« Je t'assure. »

Il patienta de nouveau.

« Bon, d'accord », concédai-je en soupirant.

Je lui racontai l'histoire des meurtres. Il m'écouta en hochant la tête avec componction, et quand j'eus terminé il dit :

« Je sais.

— Pardon ?

— J'ai déjà entendu tout ça. »

Pour être honnête, je n'étais pas tellement surpris. Comme je l'ai déjà dit, Tony en sait plus qu'il ne le montre sur le monde de l'art. Il se tient au courant, et je n'avais aucun doute qu'il avait bien fait ses devoirs avant d'approcher Hollister. Il devait savoir exactement quel prix proposer afin de s'épargner les désagréments d'un âpre marchandage.

« Alors pourquoi tu m'as laissé tout répéter ? demandai-je

— Je connaissais les rumeurs. Je ne savais pas pour quelle raison tu avais besoin de récupérer le dessin. »

Il se carra dans son fauteuil, les lèvres pincées.

— Si j'ai bien compris, tu veux en découper un morceau, reprit-il.

— Un petit, j'espère. »

Il esquissa un demi-sourire.

« Et ta belle idée de restaurer l'intégrité de l'œuvre, alors ?

— Je le ferai réparer ensuite.

— Et tu penses... Quoi ? Qu'avec ça tu arriveras à le faire coffrer ?

— Je n'en ai aucune idée. Peut-être, peut-être pas.

— À mon humble avis, même si tu fais analyser un échantillon du dessin et qu'il s'avère que c'est bien du sang, tu te retrouves toujours avec le même problème.

— À savoir ?

— À savoir que tu ignores d'où il provient. Ça peut être celui de Victor, mais aussi de n'importe qui. »

La même objection que celle de Samantha.

« Si vraiment il est coupable de ce dont tu l'accuses, reprit Tony, je ne vois pas en quoi ce serait si sorcier pour lui de conserver un encrier avec du sang à l'intérieur. Donc récupérer ce dessin ne t'aidera pas beaucoup.

— Tu serais gentil de me laisser en juger par moi-même, rétorquai-je.

— Ben non, justement. Au cas où tu l'aurais oublié, ce dessin nous appartient.

— Est-ce qu'on pourrait ne pas en faire une affaire de territoire ?

— Alors là, c'est la meilleure ! C'est toi qui dictes tes exigences, en l'occurrence. C'est toi qui cries au droit moral. Et tu prétends que j'en fais une affaire de territoire ? Tu ne trouves pas ça un peu fort de café ?

— Pourquoi je n'aurais pas le droit moral sur ces dessins ? C'est moi qui les ai découverts.

— Ah oui ? fit-il en souriant. Pourtant, si je me souviens bien, j'ai dû te supplier pour que...

— Une fois que je les ai vus...

— C'est ça, *une fois* que tu les as vus. Si quelqu'un a un droit quelconque, c'est ton père. Le terrain lui appartient, le contenu de l'appartement aussi. On t'a fait une fleur.

— Je n'ai pas envie de me battre avec toi là-dessus.

— Je ne vois pas sur quoi tu pourrais te battre.

— Tu as raison. OK, Tony ? Tu as raison. Je m'en contrefous. Ce que je veux, c'est trouver un accord. Alors trouvons-en un. Je t'offre le double de ce que tu as donné à Hollister. »

Il secoua la tête.

« Tu n'as pas compris que...

— Le triple. »

C'était beaucoup trop d'argent pour moi, mais ça m'était égal.

« Laisse tomber », répondit Tony.

Peut-être savait-il que je n'avais pas les moyens de débourser une telle somme.

« Combien tu veux, alors ? Dis un chiffre.

— Ce n'est pas une question d'argent. Tu as tes principes, nous avons les nôtres. Nous n'allons pas te vendre une œuvre d'art pour que tu puisses la détruire.

— Tu vas arrêter de me casser les couilles, oui ?

— Si tu continues à parler comme ça, je ne t'offre pas le dessert.

— Je n'ai pas l'intention de *détruire* quoi que ce soit, Tony.

— Ah bon ? Comment tu appelles ça, alors ?

— C'est très courant de prélever des échantillons de toile pour les analyser.

— Pas en plein milieu du tableau. Et pas sur une œuvre contemporaine. C'est pas le suaire de Turin, nom de Dieu ! Et puis qu'est-ce que ça peut te foutre, de toute façon ?

— C'est important, Tony. Beaucoup plus important qu'un dessin.

— Écoute-toi parler ! dit-il en sortant son portefeuille et en posant 200 dollars sur la table. On dirait que c'est quelqu'un d'autre qui parle à ta place, tu sais ça ?

— Attends une seconde.

— Voilà pour le déjeuner.

— C'est tout ? Tu ne vas même pas lui poser la question ?

— Je n'ai pas besoin, répondit-il en se levant. Je connais ses priorités. »

Je téléphonai à Samantha.

« C'est une situation assez délicate, dis-je. Je suis désolé.

— Il doit bien y avoir un autre dessin avec du sang dessus.

— Et tu ne pourrais pas... je ne sais pas, faire une saisie ?

— Je ne pense pas réussir à convaincre qui que ce soit que nous avons une raison impérieuse de confisquer ce dessin à ton père. Tony n'a pas tort : le sang n'en est peut-être pas, ce n'est peut-être pas le bon ; si ça se trouve, il ne nous apprendra rien. Si on commence à demander la permission de découper une œuvre d'art qui vaut plusieurs millions de dollars...

— Elle ne vaut pas tant que ça.

— C'est toi qui le dis.

— Je te le garantis, il l'a payée beaucoup trop cher. Il n'en tirerait jamais autant sur le marché.

— Je suis à peu près certaine que ton père pourrait dégoter un autre expert prêt à témoigner qu'elle vaut plus. Et je suis sûre aussi qu'il a une armée de bons avocats qui n'ont rien à faire de leur temps. Tout ce que je dis, c'est que si tu peux me trouver un autre dessin, ça nous simplifierait drôlement la vie.

— La dernière fois que j'ai essayé de sortir un carton du garde-meuble, je me suis fait agresser.

— Eh ben, ça t'apprendra à faire plus attention. »

Elle marqua une pause.

« Excuse-moi, reprit-elle, c'était un peu méchant.

— Y a pas de mal.

— Écoute, on n'a qu'à examiner les dessins ensemble. Qu'est-ce que tu en dis ?

— D'accord. »

Silence.

« Comment va ta tête ? me demanda-t-elle sur un ton beaucoup plus tendre.

— Ça s'améliore de jour en jour. Mais ça irait beaucoup mieux si je tenais le coupable.

— Je suis désolée de te décevoir, mais tu ferais bien de ne pas trop y compter.

— Y a vraiment si peu de chances que ça ? insistai-je en caressant du bout des doigts les pansements sur mon visage.

— Sans témoin ni signalement ? Oui, vraiment. »

Je trouvai ça infiniment déprimant.

« Voyons-nous dans quelques jours, lança-t-elle. On pourra commencer par passer en revue les éléments que vous aviez déjà listés, mon père et toi. »

Je lui suggérai de dîner ensemble.

« Je pensais plutôt te dire de venir à mon bureau. Tu as renvoyé ton prélèvement ADN ?

— Oui.

— Je vais passer un coup de fil pour savoir où en sont les autres.

— D'accord.

— Et, Ethan ?

— Oui ?

— Ne me propose plus de dîner ensemble. »

17

Le bureau du procureur de la circonscription du Queens comprend plusieurs locaux répartis dans divers bâtiments à l'intérieur et autour du palais de justice de Kew Gardens. Le service enquêtes occupe quelques étages d'un immeuble rutilant sur Queens Boulevard. De jeunes hommes et jeunes femmes bien habillés allaient et venaient sur le trottoir avec à la main des barquettes de salade, des pizzas en train de refroidir ou des nouilles chinoises à emporter. La circulation faisait rage sur les Union Turnpike et Van Wyck Avenues, toutes deux bordées de givre noirci. En sortant de la voiture, Isaac et moi faillîmes être renversés par une bourrasque.

Ou plutôt, *je* faillis être renversé. Isaac avait l'air de ne rien remarquer. Il portait une chemise hawaïenne sous une veste en jean dans laquelle on aurait pu couper suffisamment de pantalons pour habiller tout un ranch. Il retint l'attention des flics qui faisaient les plantons devant le bâtiment et qui interrompirent leur papotage pour pointer leurs pouces gantés en direction du géant en train de monter les marches.

Nous pénétrâmes dans le hall d'accueil où nous attendait Samantha En voyant Isaac, elle haussa les sourcils d'un air perplexe.

« Euh... bonjour, fit-elle.

— Salut », rétorqua-t-il.

Puis il me donna une petite tape sur le bras, ou plutôt un bon vieux gnon, rapporté à l'échelle du commun des mortels.

« C'est bon si je vous attends dans la voiture ? me demanda-t-il. J'aime pas trop les flics. »

Je lui répondis que je l'appellerais quand j'aurais fini. Samantha le regarda sortir de son pas lourd.

« Ouahou ! » fit-elle.

Il fallait un passe magnétique et un code pour utiliser l'ascenseur. Nous déboulâmes au quatrième étage en plein milieu d'une bruyante pause-déjeuner : trois hommes et deux femmes dont la conversation semblait avoir pour leitmotiv les mots « putain », « bordel » et « putain de bordel ». Samantha me présenta comme un ami, ce que je trouvai plutôt généreux de sa part.

« Hé, salut, dirent-ils en chœur.

— Qu'est-ce qui se passe ? demanda Samantha à une des filles.

— Mantell s'est fait forcer sa bagnole.

— Juste devant l'immeuble, putain, précisa un des types, un brun qui portait une grosse montre en or.

— Ils lui ont pris son GPS.

— Tu m'étonnes, putain, ils allaient pas se gêner ! Il est 10 heures du mat, y a quinze flics au mètre carré, y a ce putain de chinetoque sur le trottoir d'en face avec une *baie vitrée panoramique,* bordel ! Et personne n'a rien vu ? »

Il secoua la tête d'un air dégoûté avant de poursuivre :

« C'est quoi, ce bordel, putain ? Le flic que je suis allé voir me fait : “Vous connaissez quelqu'un qui pourrait avoir une raison de vous en vouloir particulièrement ?" Et moi, je suis là : "Non, non, juste les trois cents mecs que j'ai foutu en taule." »

Éclat de rire généralisé.

« L'apocalypse est pour bientôt, je vous le dis.

— L'apocalypse, mon pote, c'est déjà du passé.

— Ils t'ont piqué ton badge ?

— Pourquoi tu veux qu'ils me piquent mon badge ? Si j'étais eux, je n'aurais aucune envie de me faire passer pour nous. On n'est même pas foutus d'empêcher un casse en plein jour devant le QG des forces de l'ordre du district, bordel ! Alors non, ils n'ont pas pris mon putain de badge. Mais tu sais ce que Shana m'a dit, en revanche ? J'y croyais pas, putain. Tu sais ce qu'elle m'a dit ?

— Quoi ?

— Je lui raconte ce qui s'est passé et elle me sort : "Qui t'a fait ça ?" »

Il y eut un instant de flottement. Puis tout le monde éclata de rire.

« Nan !

— Elle t'a dit ça ?

— J'te jure.

— Qui peut sortir un truc pareil ?

— Ben, elle.

— Elle a vraiment deux neurones, putain.

— Hé, Shana !

— Ouais, répondit une voix qui venait d'un bureau un peu plus loin.

— T'as vraiment deux neurones !

— Je t'emmerde. »

Samantha me fit traverser tout l'étage. Pour l'essentiel, on aurait dit des bureaux comme n'importe lesquels : des cloisons en préfabriqué gris, des tables poussées dans les coins, une photocopieuse prête à rendre l'âme, des tableaux d'affichage, des armoires de classement couvertes de magnets, des photos de famille punaisées partout où il restait de la place. N'importe quels bureaux, à part les affiches contre la violence conjugale ; ou le flic au crâne rasé et au gros revolver en train de taper à deux doigts sur un ordinateur préhistorique ; ou encore les morceaux de voiture – le capot, deux portes et un pneu – plantés au milieu du couloir (« pièces à conviction », m'expliqua Samantha). Elle saluait et était saluée par tout le monde au passage.

« Comment se fait-il qu'ils soient tous aussi jeunes ? demandai-je.

— On les a recrutés chez *Les Experts*. »

Son bureau à elle avait une porte en verre qu'elle referma pour étouffer les injures et les éclats de rire.

« Il s'est vraiment fait forcer sa voiture devant l'immeuble ?

— Ce ne serait pas la première fois.

— C'est dingue.

— C'est le Queens. »

Elle se mit à fouiller sur son bureau, remuant des imprimés, des sorties papier d'e-mails, des dossiers et des enveloppes encore cachetées. Sur l'appui de la fenêtre étaient posés trois mugs, un portant le logo du bureau du procureur, un autre celui de l'université Fordham et le troisième celui de la faculté de droit de l'université de New York ; un ours en peluche élimé en uniforme de pompier ; une photo de son père, une autre de sa sœur et elle en maillot de bain sur la plage. Un nœud gordien en bronze pendait au bout d'une ficelle accrochée à une étagère couverte de livres juridiques.

L'économiseur d'écran de son ordinateur faisait apparaître et disparaître de façon hypnotique des images aléatoires de paysages verdoyants.

« L'Irlande, indiqua-t-elle en suivant mon regard.

— C'est de là que vient ta famille ?

— Du comté de Kerry. Enfin, la branche paternelle. Ma mère est italienne. Je n'ai jamais été ni en Irlande ni en Italie, mais si je commence à mettre de côté ce qu'il me reste de mon salaire à la fin de chaque mois, je devrais pouvoir me payer un voyage en Europe quand j'aurai 75 ans. »

Elle trouva enfin ce qu'elle cherchait : les clés de son placard. Elle ouvrit un tiroir rempli de CD et de paperasse. Je jetai un œil à l'intérieur mais elle le referma aussitôt.

« C'est pas ça.

— Des lettres d'amour ? suggérai-je.

— Des transcriptions d'écoutes téléphoniques. »

Du tiroir d'en dessous, elle sortit un carton qui m'était familier, même s'il avait l'air plus volumineux que la dernière fois que je l'avais vu. Tandis qu'elle en extrayait des dossiers qu'elle déposait au fur et à mesure sur son bureau, je me rendis compte qu'elle avait contribué à son expansion.

« Voilà ce que Richard Soto a pu trouver. »

Elle me tendit une liste d'anciennes affaires criminelles : quinze pages de noms, de dates, de lieux, accompagnés d'une brève description et de l'identité des coupables arrêtés quand il y en avait. Je la parcourus en vitesse et je m'apprêtais à lui poser une question lorsque, en relevant les yeux, je la vis contempler la photo de son père, un kleenex chiffonné a la main.

« Il me manque tellement », soupira-t-elle.

Je faillis rétorquer : « À moi aussi. » Mais je me retins. Posant une main sur la pile de dossiers, je me contentai de dire : « Si on s'occupait plutôt de ça ? »

Au cours des six semaines suivantes, nous nous parlâmes fréquemment soit *de visu*, soit par téléphone. Nous nous retrouvions pendant sa pause-déjeuner au chinois du coin ; Isaac s'installait trois tables plus loin et se mettait à engloutir des quantités vertigineuses de riz sauté au porc. Nous lui donnions les desserts de nos menus.

Nous avions décidé de tout reprendre de zéro, établissant la chronologie des meurtres pour tenter d'y repérer un schéma récurrent. Nous fîmes réanalyser le moulage de la trace de pas, et l'on nous dit que son auteur faisait vraisemblablement plus de 1,80 mètre. Samantha me demanda combien mesurait Victor, et je dus lui avouer que, même si une des personnes interrogées me l'avait décrit comme petit, en vérité, je ne savais pas. Maintenant que j'y repense, c'est d'ailleurs à cela que nous passions la majeure partie de notre temps, du moins au début : à lister tout ce que nous ne *savions pas*.

« Il a fait des études ?

— Je ne sais pas.

— Il avait de la famille ?

— Je ne sais pas.

— Qu'est-ce que tu sais, exactement ?

— Je ne sais pas.

— Tu t'es vraiment donné du mal pour le retrouver ?

— Pas vraiment, reconnus-je.

— Eh bien, dans ce cas, c'est l'occasion de te rattraper. »

Nous reprîmes là où j'en étais resté : à appeler les

églises une par une, cette fois avec plus de succès. Par pure chance ou à force de zèle, nous finîmes par tomber sur un certain père Verlaine, à l'église du Bon-Pasteur dans le quartier d'Astoria, qui nous donna le premier signe indiquant que Victor avait bel et bien existé et n'était pas seulement un personnage imaginaire. Nous nous rendîmes au presbytère pour rencontrer le prêtre. Il était en train de finir des mots croisés et nous reçut avec enthousiasme.

« Bien sûr que je connaissais Victor ! Il faisait plus d'heures de présence que moi. Mais ça doit faire un an ou deux que je ne le vois plus. Il lui est arrivé quelque chose ?

— Nous voulons justement nous assurer qu'il va bien. Personne n'a de ses nouvelles depuis un moment.

— Je ne peux pas l'imaginer faire du mal à une mouche, reprit le religieux. On pouvait difficilement avoir la conscience plus propre que lui, à l'exception peut-être du Saint-Père en personne. »

Je lui demandai ce qu'il entendait par là.

« Chaque fois que j'ouvrais la vitre du confessionnal, je le trouvais de l'autre côté.

— Qu'avait-il à confesser ? »

Le prêtre fit claquer sa langue.

« Ce sont des choses qui doivent rester entre un homme et Dieu. Mais je peux vous dire qu'il avait beaucoup moins de raisons d'être là que la plupart des gens, y compris ceux qui ne viennent jamais à confesse. Je lui ai conseillé une ou deux fois d'être plus indulgent avec lui-même parce que, sinon, il risquait de pécher par excès de scrupules. »

Il sourit avant d'ajouter :

« Le seul résultat, c'est que je le trouvais ici le lendemain pour se confesser de cette faute !

— Vous n'auriez pas une photo de lui, par hasard ?

— Non.

— Pourriez-vous nous le décrire ? demanda Samantha.

— Alors, voyons... Il était petit, à peine plus de 1,60 mètre, et plutôt maigre. Parfois il se laissait pousser la moustache. Il portait toujours le même manteau, quel que soit le temps. Ce manteau n'était pas de la première fraîcheur, d'ailleurs. Vous êtes sans doute trop jeune pour vous souvenir de... Quel âge avez-vous ?

— 28 ans, répondit Samantha.

— Oui, vous êtes clairement trop jeune, mais je peux quand même vous dire qu'il ressemblait un peu à Howard Hughes.

— Il était en bonne santé ?

— Il n'avait pas l'air, non. Il toussait beaucoup. Je savais toujours quand il était là parce que je l'entendais cracher ses poumons dans le fond.

— Vous semblait-il avoir des problèmes psychologiques ? » m'enquis-je.

Le prêtre hésita.

« Je crains de ne pas pouvoir vous en dire tellement plus. Ma fonction me l'interdit. »

Une fois dans la voiture, Samantha me confia :

« C'est un début.

Il dit qu'il était petit. Est-ce que ça ne l'innocente pas ?

— Pas vraiment. L'analyse des empreintes n'est pas une science exacte. Une photo nous serait plus utile, on pourrait interroger les habitants du quartier. Et cette toux persistante ? Il était peut-être suivi à ce sujet.

— Il m'a plutôt l'air de ne jamais avoir été suivi, justement.

— Mais s'il l'était, alors il doit y avoir un dossier médical quelque part. D'après ce que tu m'as raconté de lui et l'image que je commence à m'en faire, les gens dans son genre, ils passent à travers les mailles du filet. Ils n'ont pas de médecin traitant. Ils attendent plutôt la dernière minute pour aller aux urgences.

— Dans ce cas, on n'a qu'à appeler le service des urgences du coin.

— Je m'en occupe. Tu serais surpris de voir à quel point c'est la croix et la bannière pour se procurer le dossier médical de quelqu'un, dans l'État de New York. Sinon, il avait un boulot ?

— Pas que je sache.

— Il fallait bien qu'il vive. Il payait son loyer ?

— Le gérant de l'immeuble m'a dit qu'il réglait toujours en liquide. Son appartement était à loyer plafonné depuis les années 1960. Il payait 100 dollars par mois. »

Elle émit un sifflement admiratif, et, l'espace d'un instant, elle n'était plus le bras de la justice mais juste une New-Yorkaise lambda envieuse de la bonne affaire immobilière d'un autre.

« Enfin, reprit-elle, c'est quand même 100 dollars qu'il devait trouver tous les mois. Peut-être qu'il faisait la manche.

— C'est possible, mais en quoi ça nous aide ? Il n'y a pas un syndicat professionnel des mendiants à qui téléphoner.

— Tu sais quoi, sinon... » commença-t-elle en se détournant de moi pour laisser son regard errer vers le ciel.

J'avais parfois l'impression que, lorsque nous discutions ensemble, elle ne faisait attention à moi que le temps de se mettre à réfléchir par elle-même. En cela, elle différait de son père, qui s'intéressait – ou semblait s'intéresser – sincèrement à mon opinion. Je dois en tout cas reconnaître que Samantha était honnête ; dès le début, elle n'avait jamais prétendu qu'elle faisait ça pour quelqu'un d'autre que lui. Certainement pas pour moi.

« Le papier, poursuivit-elle. Il devait en acheter des tonnes. On peut donc penser qu'il était en bons termes avec la personne qui le lui vendait. Et sa nourriture. Pourquoi tu ne t'attaques pas à ça ? Moi, je vais continuer à traquer les témoins potentiels des anciennes affaires et voir ce que je peux trouver de ce côté-là. Tiens. J'ai rassemblé les photos d'identité des personnes impliquées dans les affaires en question et je t'ai fait des photocopies, histoire que tu puisses les montrer aux gens que tu rencontres. Ne t'inquiète pas. On va trouver une piste.

— Tu crois ?

— Sincèrement ? Non. »

Je retournai aux Muller Courts et commençai par l'une des deux épiceries de la résidence Après avoir reluqué Isaac pendant un certain temps, les vendeurs me confirmèrent le portrait que je leur fis de Victor. Ils voyaient qui c'était – « un type bizarre » –, mais, à part une préférence pour une certaine marque de pain de mie et le jambon Oscar Mayer, ils ne purent me fournir aucune information sur lui. Quand je leur demandai s'ils vendaient du papier, ils me tendirent un bloc avec des feuilles lignées vert clair.

« Et du blanc ? insistai-je. Du simple papier blanc.

— On n'en a pas. »

Repensant à son journal intime culinaire, je voulus savoir quelle sorte de pommes il achetait.

« Il n'achetait pas de pommes.

— Mais si, il devait acheter des pommes.

— Tu l'as déjà vu acheter des pommes, toi ?

— Je ne l'ai jamais vu acheter des pommes.

— Non, il n'achetait pas de pommes. »

Dans un effort de coopération, un des vendeurs crut se souvenir qu'il achetait plutôt des poires.

« Et du fromage ? suggérai-je.

— Non, pas de fromage.

— Il n'achetait pas de fromage ?

— Pas de fromage. »

Je me rendis à la deuxième épicerie. Cette fois, je demandai à Isaac de m'attendre dehors, ce qu'il accepta volontiers à condition de pouvoir traverser la rue vite fait pour se prendre un sandwich aux boulettes. Je lui donnai 10 dollars et il fila comme un gamin.

La fille derrière la caisse, une jolie Latino qui portait des lunettes en plastique rouges, reposa sa revue de poésie en me voyant arriver. Elle aussi reconnut Victor d'après ma description.

« Je l'appelais toujours "monsieur", me dit-elle.

— Pourquoi ?

— C'était le genre de personne que vous appelez "monsieur".

— Il venait tous les combien ?

— Deux fois par semaine, en tout cas les jours où j'étais là. Mais je ne travaille pas le vendredi et le samedi. »

Je lui demandai ce qu'il achetait généralement.

Elle alla fouiller dans le frigo à laitages et en revint avec un paquet d'emmental en tranches bon marché.

« La même chose à chaque fois, commenta-t-elle. Un jour, je crois que je lui ai dit : “Monsieur, vous ne voulez pas essayer autre chose ?”

— Qu’est-ce qu’il a répondu ?

— Rien. Il ne disait jamais rien.

— Vous ne vous souvenez pas de l’avoir entendu parler de...

— Il ne disait jamais *rien*. »

Elle était tout aussi catégorique sur le fait qu’il n’avait jamais acheté ni de pommes ni de papier.

« On ne vend pas de papier, précisa-t-elle. Il y a une papeterie Staples sur Queens Boulevard. »

Dix mois plus tôt, j’aurais rejeté l’idée que la vie de Victor puisse s’étendre au-delà des limites de la résidence Muller ; qu’il puisse aller n’importe où sans que mon imagination ne l’y ait autorisé. Et voilà que désormais je me retrouvais à lui obéir. Je passai plusieurs après-midi glaciaux de novembre à faire la tournée des primeurs du coin, explorant le quartier en cercles concentriques de plus en plus larges : sur un rayon d’un pâté de maisons, puis de deux, trois... jusqu’à ce que j’atteigne le terre-plein triangulaire de Junction Boulevard et tombe sur un petit stand de fruits tenu par un sikh d’une cinquantaine d’années.

« Ah, oui ! s’exclama-t-il. Mon copain. »

Le marchand, un certain Jogindar, me montra un filet de granny-smith. Puis il me raconta que Victor et lui bavardaient plusieurs minutes tous les jours.

« De la météo, précisa-t-il. Toujours de la météo.

— À quand remonte la dernière fois que vous l’avez vu ?

— Oh, ça fait un moment ! Un an et demi, peut-être. Il va bien ?

— Je ne sais pas. C'est justement pour ça que je le cherche. Il vous avait l'air en bonne santé ?

— Il toussait énormément. Je lui ai conseillé d'aller à l'hôpital.

— Il vous a écouté ?

— J'espère, dit-il avec un haussement d'épaules.

— Est-ce qu'il était parfois accompagné ?

— Non, jamais.

— Et avez-vous remarqué quelque chose d'étrange dans sa façon de se comporter ? »

Jogindar sourit. Sans me répondre, il balaya d'un grand geste le monde qui nous entourait : les petits vieux affalés sur les bancs publics qui faisaient des nuages de buée en respirant ; le Queens Boulevard, avec ses files de voitures au ralenti et ses enchevêtrements de lignes électriques agitées par le vent. Toute l'effervescence tonitruante de la métropole, les marchés exotiques, les magasins Tout à 1 dollar, les bureaux de transfert d'argent, les prêteurs sur gages, les salons de manucure, les centres de dialyse, et un perruquier qui achetait les cheveux au kilo. Jogindar désigna aussi Isaac qui se tenait à 3 mètres de là ; une vieille dame qui traversait le carrefour sans se soucier du feu rouge et du concert de klaxons qu'elle déclenchait, continuant à progresser en traînant les pieds jusqu'à avoir atteint l'autre rive. Après quoi, tout le monde redémarra.

Je comprenais ce qu'il voulait dire. Il disait : tout ça, c'est de la folie.

Il souffla dans ses mains pour les réchauffer.

« Quand il a arrêté de venir, je me suis dit que c'était un signe.

— Un signe de quoi ?

— Je ne sais pas. Mais après toutes ces années, il

était devenu une présence rassurante pour moi. Maintenant, je songe à changer de boulot.

— Vous le connaissiez depuis combien de temps ?

— Depuis que je suis arrivé ici. Dix-huit ans. C'est comme une amitié, non ? » fit-il en souriant.

Pour le geste, j'achetai un filet des pommes préférées de Victor. Sur le chemin du retour vers Manhattan, j'en croquai une. Elle était exceptionnellement acide.

Le directeur du magasin Staples ne voyait absolument pas de quoi je voulais parler. Pas plus qu'aucun de ses employés, dont la plupart semblaient d'ailleurs avoir commencé à travailler là pas plus tard que le matin même. Ils me proposèrent néanmoins de me vendre du papier.

Quand je revis Samantha et que nous en discutâmes, elle me fit remarquer la tendance routinière de Victor.

« Regarde le portrait que nous avons de lui jusque-là : il achète son pain à un endroit, son fromage à un autre, ses pommes à un troisième. Et il a fait ça tous les jours pendant Dieu sait combien d'années. Depuis quand ce Staples est là ? Cinq ans ? Ça ne lui ressemble pas. Ce n'est pas là qu'il irait chercher quelque chose d'aussi important que son papier. »

Je passai des coups de fil à droite, à gauche jusqu'à trouver la plus vieille papeterie du quartier, à quelque 800 mètres à l'ouest de la résidence Muller, ouverte du mardi au jeudi de 11 heures à 15 heures et demie. Je dus quitter la galerie particulièrement tôt – plus tôt que je ne le faisais dernièrement, ce qui était déjà au-delà des limites du raisonnable – pour arriver à temps.

La première impression que me fit cette boutique était qu'elle aurait bien pu être tenue par Victor lui-même tant elle était encombrée de bazar en tout genre. En entrant, je fus assailli par la même odeur ligneuse que dans son appartement, mais mille fois plus puissante. C'était à se demander comment les clients pouvaient faire leurs achats sans tourner de l'œil.

Mais surtout, j'avais assez de mal à croire que ce magasin puisse avoir des clients tout court. De l'extérieur, il avait l'air fermé, la vitrine entièrement tapissée d'affiches racornies, l'enseigne lumineuse éteinte. Je me plantai devant le comptoir et sonnai la cloche deux ou trois fois.

« Ça vient, ça vient. Ça *vieeeeent.* »

Un vieil homme apparut, les joues mouchetées de sauce tomate. Il s'arrêta brièvement pour me dévisager, plus longuement pour dévisager Isaac, après quoi, fronçant les sourcils, il attrapa la clochette sur le comptoir et la rangea dans un tiroir.

« C'est pas un jouet », dit-il.

Si je ne m'étais pas raisonné, j'aurais pu le prendre pour Victor Cracke en personne. Moustachu, échevelé, il collait assez bien à l'image que je m'en étais faite. Tout comme le désordre ambiant... et l'odeur...

Une folle pensée me traversa l'esprit : *c'était* Victor.

Je devais l'observer avec un peu trop d'insistance car il eut un petit rire sarcastique et s'exclama :

« Dites, j'ai pas interrompu mon gueuleton pour que vous puissiez vous rincer l'œil. Vous voulez quoi ?

— Je cherche quelqu'un, répondis-je.

— Ah ouais ? Qui ça ? »

Je lui montrai les différentes photos d'identité.

« Sales tronches, commenta-t-il en les passant en revue.

— Ça vous ennuie si je vous demande votre nom ? risquai-je.

— Si ça m'ennuie ? Sûr que ça m'ennuie !

— Vous pourriez me le dire quand même ?

— Leonard.

— Moi, c'est Ethan.

— Z'êtes flic, Ethan ?

— Je travaille pour le bureau du procureur, déclarai-je, ce qui n'était pas complètement faux.

Et toi, le gros lard ? lança-t-il à Isaac, qui demeura impassible derrière ses lunettes noires. C'est quoi, son problème ? Il a bouffé sa langue ?

— Il est plutôt du genre taciturne, expliquai-je.

— Moi, il m'a surtout l'air du genre gros lard. Qu'est-ce que vous lui filez à manger, des moutons entiers ? Je connais pas ces connards », dit-il en me rendant les photos.

Je ne pouvais me résoudre à lui parler directement de Victor, terrorisé que j'étais à l'idée que ce *soit* Victor et que mes questions le fassent déguerpir par la porte de derrière. À force de tourner autour du pot, mes formulations devinrent de plus en plus alambiquées, jusqu'à ce que, lorgnant les pansements sur mon visage, il finisse par dire à Isaac :

« Ça doit être vous, le cerveau de l'opération.

— Je cherche un certain Victor Cracke », lâchai-je alors, m'attendant à le voir d'une seconde à l'autre appuyer sur un bouton et disparaître par une trappe dans le plancher.

Mais il se contenta de hocher la tête.

« Ah ouais ? fit-il.

— Vous le connaissez ?

— Sûr, que je le connais. Vous voulez dire le type avec la... »

Il dessina une boucle au-dessus de ses lèvres, signifiant « moustache », ce qui était bizarre vu qu'il en avait une pour de vrai.

« C'était un de vos clients ?

— Ouais.

— Il venait tous les combien ?

— Je dirais deux ou trois fois par mois. Il achetait seulement du papier. Mais ça fait un bail que je l'ai pas vu.

— Vous pouvez me montrer quelle sorte de papier il vous achetait ? »

Il me regarda comme si j'étais cinglé. Puis il haussa les épaules et me guida jusqu'à une minuscule réserve : des rayonnages métalliques ployant sous le poids de cartons de stylos, crayons, albums photo. Sur une table pliante étaient posés un micro-ondes et, devant, un bol en plastique où des fusilli flottaient dans une sauce marinara aqueuse. Une fourchette gisait sur une pile de bandes dessinées.

Leonard attrapa un carton sur l'étagère la plus basse et le traîna jusqu'au milieu de la pièce, courbé en deux, soufflant comme un bœuf, révélant une déchirure sur les fesses de son pantalon. Il sortit un cutter de sa ceinture et fendit le scotch qui fermait l'emballage. À l'intérieur se trouvait une boîte de papier blanc standard, un peu moins jaune que les dessins mais – dans la mesure où du papier blanc standard peut être identifié avec certitude – assez approchant.

« Il était client ici depuis quand ? m'enquis-je.

— Mon père a ouvert juste après la guerre et il est mort en 63, le même jour où Kennedy s'est fait exploser la cervelle. Je pense que Victor a dû commencer à venir dans ces eaux-là.

— Quel genre de relation aviez-vous avec lui ?

— Je lui vendais du papier.

— Il ne vous a jamais parlé de sa vie privée ? »

Leonard me dévisagea.

« Je... lui... vendais... du *papier.* »

Convaincu de m'avoir démontré l'ineptie de ma question, il me tourna le dos pour reprendre son déjeuner.

« Excusez-moi... bredouillai-je.

— Z'êtes encore là ?

— Je me demandais juste si vous n'aviez jamais rien remarqué d'étrange chez Victor. »

Il laissa échapper un soupir et pivota brusquement sur sa chaise.

« OK, vous voulez une histoire, je vais vous raconter une histoire. Un jour, j'ai joué aux dames avec lui.

— Pardon ? fis-je.

— Aux dames. Vous savez ce que c'est, nan ?

— Oui.

— Ben, j'ai joué contre lui. Il s'est ramené ici avec un petit damier, il l'a installé et on a joué ensemble. Il m'a battu à plates coutures. Il voulait taire la revanche mais j'avais pas envie de me prendre deux raclées de suite dans la même journée. Je lui ai proposé un combat de boxe mais il est parti. Fin de l'histoire. »

Il y avait dans cette anecdote quelque chose qui me fendait le cœur, car je me représentais Victor – quelle image je m'en faisais en imagination, je ne saurais vous dire ; sans doute que je voyais plutôt son esprit, flou et translucide – en train d'errer dans le quartier, son damier sous le bras, cherchant désespérément un adversaire.

« Z'êtes content, maintenant ? me lança Leonard.

— Est-ce qu'il avait une carte de crédit ?

— Je prends pas les cartes de crédit. Chèque ou espèces.

— D'accord. Est-ce qu'il avait un chéquier, alors ?

— Espèces.

— Il ne vous achetait jamais rien d'autre ?

— Si. Des stylos et des feutres. Des crayons. Mais vous êtes qui, putain, la Gestapo de la papeterie ?

— Je suis inquiet pour sa sécurité

— Et en quoi vos questions sur une boîte de stylos vont aider à sa sécurité, bordel ? »

Découragé, je le remerciai de son temps et lui tendis ma carte en lui demandant de m'appeler s'il revoyait Victor.

« Sûr », répliqua-t-il.

En sortant, je me retournai et le vis déchirer la carte en confettis.

18

Comme Samantha travaillait pendant la journée, je menais la majeure partie des recherches de terrain tout seul. En disant cela, je laisse entendre que, moi, je ne travaillais pas pendant la journée, ce qui, de fait, était de plus en plus vrai. À la galerie, je me sentais coincé et nerveux, et je n'arrêtais pas de m'inventer des prétextes pour sortir. Même les jours où je n'avais aucune raison d'aller dans le Queens, je n'avais pas envie de rester à Chelsea. Je faisais de longues promenades en ruminant sur Victor Cracke, l'art en général, ma relation avec Marilyn ; je me voyais en détective privé, parlant de moi mentalement à la troisième personne : *Il entra dans le café et commanda un crème. Saxo en fond sonore.* Ces rêveries complaisantes, ces crises d'insatisfaction ne m'étaient que trop familières ; je les avais en moyenne tous les cinq ans

La mission de Samantha consistait à éplucher la liste des anciennes affaires établie par Richard Soto. Très vite, elle conclut que la plupart ne nous concernaient pas – les victimes étaient soit de sexe féminin, soit plus âgées et avaient été assassinées sans trace de violence sexuelle –, mais elle remonta chaque piste jusqu'au bout au cas où. En l'écoutant, je commençais à comprendre que le caractère le plus marquant du travail de police était son aspect rébarbatif ; pendant tout novembre et décembre, il y eut des tas de journées désœuvrées, des tas d'impasses, des tas de conversations qui ne menaient nulle part. Nous avancions à l'aveuglette, amalgamant des intuitions pour bâtir des hypothèses que nous écartions aussitôt, au petit bonheur la chance – mais surtout la malchance.

La semaine de Thanksgiving, nous décidâmes de nous retrouver le soir au garde-meuble. Samantha venait à Manhattan en métro après son travail, nous choisissions un carton au hasard qu'Isaac nous aidait à transporter jusqu'à la salle de consultation, et nous passions trois ou quatre heures à feuilleter les pages à la recherche de taches de sang. Le processus était plus rapide que la fois précédente, car désormais je regardais les dessins avec un seul critère en tête et non pour évaluer la qualité de l'œuvre. Pourtant, j'avais du mal à rester concentré plus de trente ou quarante minutes d'affilée. Mes migraines, bien que moins fréquentes, se faisaient quand même sentir périodiquement. Dans ces moments, j'observais furtivement Samantha au travail : ses doigts délicats frôlant la surface de la feuille, la jolie moue qu'elle formait avec ses lèvres, tout son corps transpirant la concentration.

« Je n'arrive pas à savoir si c'était un malade ou un génie, dit-elle.

— L'un n'empêche pas l'autre. »

Je lui parlai des coups de téléphone que j'avais reçus après les rumeurs répandues par Marilyn.

« Ça ne me surprend pas du tout, à vrai dire, rétorqua-t-elle. C'est comme ces femmes qui envoient des lettres d'amour aux tueurs en série. »

Elle reposa le dessin qu'elle était en train d'examiner avant de me demander :

« Ça te dérangerait s'il était coupable ?

— Je ne sais pas. J'y ai pensé. »

Je lui sortis mon petit topo sur les forfaits commis par les artistes, en concluant par :

« Le Caravage a même tué un homme.

— Au pieu », dit-elle en riant.

Huit semaines, ça ne paraît peut-être pas très long, mais, quand vous les passez essentiellement à parler ou à rester en tête à tête avec la même personne – nous avions plus ou moins appris à faire abstraction d'Isaac –, souvent engagé dans une activité extraordinairement monotone, votre perception du temps commence à se distordre, sans doute un peu comme en prison. Malgré nos efforts pour rester concentrés, nous ne pouvions parler uniquement de l'enquête. Je ne saurais vous dire exactement quand les premiers signes de dégel se manifestèrent, mais il eut lieu, et nous nous risquâmes à quelques plaisanteries ; nous discutions de tout et de rien, de choses futiles ou importantes, ou de choses dont j'avais oublié l'importance.

« La vache ! s'exclama-t-elle en apprenant que je m'étais fait virer de Harvard. Je n'aurais jamais pensé.

— Pourquoi ?

— Parce que tu as l'air tellement...

— Chiant ?

— J'allais dire normal, mais ça marche aussi.

— C'est une façade.

— Bien entendu. Moi aussi, j'ai eu ma période rebelle, tu sais ?

— Ah bon ?

— Oh oui ! J'étais grunge. Je portais des jeans troués et je jouais de la guitare. »

J'éclatai de rire.

« Ne te moque pas, dit-elle d'un air grave. J'écrivais mes propres chansons.

— Tu avais un groupe ?

— Ah non ! J'étais exclusivement une artiste solo.

— Je ne savais pas qu'on pouvait jouer du grunge en solo.

— Je ne qualifierais pas ma musique personnelle de grunge. Disons que j'étais surtout inspirée par le grunge en terme de mode de vie. Mais ce que je chantais ressemblait plutôt aux Indigo Girls. Un jour, j'ai une amie... »

Elle se mit à pouffer.

« C'est super triste, en fait, reprit-elle.

— Je vois ça.

— Je t'assure, mais... poursuivit-elle entre deux gloussements. Excuse-moi. Hmm. J'avais une amie en première qui devait se faire avorter...

— Ah oui, c'est hilarant !

— Arrête ! C'était triste, c'était vraiment triste. C'est pas ça qui est drôle. Ce qui est drôle, c'est que j'ai écrit une chanson là-dessus et qu'elle s'appelait... »

Elle fut prise d'un fou rire.

« Je ne peux pas, souffla-t-elle.

— Trop tard.

— Non. Désolée. Je ne peux pas.

— *L'Intervention* ? suggérai-je.

— Pire.

— *La Décision* ?

— Je ne te le dirai pas. Mais je peux te dire qu'il y

avait un passage où je comparais le corps d'une femme à un champ de fleurs.

— Je trouve ça très poétique.

— Moi aussi, à l'époque.

— Même si, comme l'a dit Dali, le premier homme à avoir comparé les joues d'une femme à une rose était clairement un poète, mais le premier à le répéter était sans doute un idiot.

— Au pieu.

— Au pieu. En tout cas, j'ai l'impression que tes parents s'en sont bien tirés.

— Le temps que j'arrive en âge de me rebeller, ils étaient trop occupés à imploser pour s'en rendre compte. Ça m'a vachement énervée.

— Tu n'as pas écrit de chanson là-dessus ?

— Sur leur divorce ? Non. Mais j'avais assez envie d'écrire un poème.

— *La Séparation* ?

— Je l'aurais intitulé *Un couple de connards.* »

Je souris.

« Je faisais des photos, aussi, renchérit-elle. Merde, mais qu'est-ce qui m'est arrivé ? J'étais super créative, avant.

— Il n'est jamais trop tard. »

Elle devint brusquement silencieuse.

« Quoi ? fis-je

— Ce que tu viens de dire. Ian me le disait souvent. »

Je ne répondis rien.

« Il me disait ça quand je me plaignais de mon boulot. Je sais bien que c'est une formule assez bateau, mais je me souviens qu'il l'employait beaucoup. Peut-être parce que je me plaignais beaucoup de mon boulot.

— Je suis désolé, dis-je.

— C'est pas grave. Maintenant j'arrive à penser à lui sans faire de crise de nerfs. C'est déjà un progrès. »

J'acquiesçai.

« Maintenant, quand je pense à lui, c'est tiède, ça ne brûle plus. Tu vois ? Comme si c'était un très bon ami. C'était le cas, d'ailleurs. Mais je ne vais pas t'embêter avec ça.

— Ça ne m'embête pas, si tu as envie d'en parler. »

Elle sourit et secoua la tête.

« On a du pain sur la planche...

— Il était comment ? » demandai-je.

Elle hésita avant de me répondre.

« Il s'entendait très bien avec mon père. Je crois même que mon père l'a plus mal vécu que moi. Je m'attendais plus ou moins à ce qu'il lui arrive un truc, un jour ou l'autre. Ça faisait partie de son boulot. Mais je ne m'attendais pas à ça, bien sûr. Personne ne pouvait s'y attendre. Enfin bref, voilà, lança-t-elle en s'essuyant les yeux. Maintenant, je remonte la pente. »

Elle me décocha un grand sourire avant d'ajouter :

« Tu n'étais qu'une étape passagère sur ma route vers la guérison.

— À votre service, m'dame ! »

Elle se remit à tourner les pages. Je l'observai quelques instants. Au bout d'un moment, elle se rendit compte que je la regardais et s'interrompit.

« Quoi ?

— Je ne sais pas pourquoi tu n'es pas contente de ton boulot. Je trouve ça mille fois plus intéressant que le mien.

— Je ne te crois pas.

— Je t'assure.

— Si tu le dis.
— Qu'est-ce que tu voudrais faire, sinon ?
— Je ne sais pas. Je n'ai jamais trouvé de bonne réponse à cette partie de la question. C'était ce que j'avais envie de faire, maintenant j'y suis. J'avais dans l'idée que ça me distinguerait de mon père. Son père était flic. Mon oncle est flic. Le père de ma mère était dans les services secrets. Évidemment, je n'avais pas envie de devenir flic, alors je me suis dit : “Ah ouais, tiens, *procureur,* ça n'a rien à voir !” Ce fut ma dernière tentative de rébellion. Après, j'ai accepté mon destin.
— Je crois que j'ai eu le même problème avec mon père », dis-je.
Elle roula des yeux.
« Non, sérieusement, insistai-je. En grandissant, j'ai commencé à le trouver inhumain et uniquement intéressé par le profit. Ce qui est la vérité. Malheureusement, j'ai choisi le seul domaine d'activité qui soit encore plus inhumain et obsédé par le profit.
— Si tu le vis vraiment comme ça, pourquoi tu n'arrêtes pas ?
— J'y ai pensé, dernièrement. Mais je ne vois pas ce que je pourrais faire d'autre.
— Tu pourrais devenir procureur.
— Je ne crois pas, non.
— Pourquoi ?
— Je suis un peu vieux pour repartir de zéro.
— Je croyais qu'il n'était jamais trop tard.
— Pour moi, si.
— Je peux te poser une question ? Pourquoi tu lui en veux autant ?
— À mon père ? »
Elle hocha la tête.

« Je ne peux pas te donner une seule raison précise, répondis-je avec un haussement d'épaules.

— Alors donne-m'en plusieurs. »

Je réfléchis un instant.

« Après la mort de ma mère, je me suis senti comme un animal domestique qui lui aurait appartenu et dont mon père aurait hérité malgré lui. Il m'adressait à peine la parole, et, quand ça lui arrivait, c'était pour me donner un ordre ou me dire que je faisais mal les choses. Ma mère est la seule femme dont il n'a pas divorcé, et sans pouvoir dire si leur couple aurait duré ou pas – j'ai quelques doutes–, quand elle est tombée malade ils étaient encore proches. C'est pour ça qu'il ne s'est pas remarié depuis : il l'idéalise. J'ai de la peine pour lui. Sincèrement. Mais je ne vais pas aller dans un talk-show pour me réconcilier avec lui, ça non.

— Tes frères et sœur s'entendent bien avec lui ?

— Ben, mes frères travaillent pour lui, donc, qu'ils l'aiment bien ou pas, ils lui lèchent le cul. Amelia vit à Londres. Je ne crois pas qu'ils aient beaucoup de contacts mais il n'y a pas d'hostilité ouverte.

— Ça, c'est ton créneau à toi.

— Exact.

— Tu sais que la colère diminue l'espérance de vie ?

— Dans ce cas, tu ferais bien de profiter de moi tant que je suis vivant. »

Elle eut un petit sourire en coin.

« Sans commentaire. »

Au bout de quatre semaines chez Marilyn, la situation était devenue intenable. C'était adorable de sa part de m'héberger, surtout que les choses étaient déjà tendues entre nous avant mon agression. Cela dit, en y repensant *a posteriori,* je ne pouvais m'empêcher de me demander si elle ne m'avait pas offert l'hospitalité principalement pour pouvoir me garder à l'œil. S'il y avait eu des signes avant-coureurs, je ne les avais pas vus. La nuit où j'étais rentré tard après avoir passé la soirée avec Samantha, rien dans ce que Marilyn avait dit ou fait ne semblait indiquer qu'elle fût en train de monter silencieusement un dossier contre moi. Et franchement, il n'y avait pas grand-chose pour alimenter ce dossier : même à supposer qu'elle ait réussi par miracle à espionner notre conversation au garde-meuble, elle n'aurait rien eu de concret à me reprocher. Ça arrive à tout le monde de flirter, non ? Si je flirtais avec Samantha en travaillant, c'était avec la certitude que ça ne produirait aucun résultat. Elle avait été très claire sur ce point. Alors, qu'allait s'imaginer Marilyn les soirs où elle m'accueillait à la maison en kimono, me traînait à l'étage jusqu'au « boudoir » (selon son propre terme) et se jetait sur moi ? Espérait-elle avoir une vision de moi les yeux fermés et découvrir ainsi la vérité ? Elle avait peut-être le nez pour flairer les tromperies, mais elle ne savait pas encore lire dans les pensées.

Vous me trouverez sans doute peu charitable. Mais je ne peux m'empêcher de penser qu'elle a déclenché tout le cycle de la culpabilité pour me tendre un piège, pour faire en sorte que je nous détruise, histoire qu'elle puisse prendre du recul et contempler le carnage en m'accusant. Plus je restais chez elle, plus je me sentais redevable ; plus je me sentais redevable, plus je lui en voulais ; plus je lui en voulais, plus j'avais du mal à feindre d'être excité quand nous faisions l'amour ; et plus mon détachement se voyait, plus elle se montrait irascible et cinglante... ce qui, en retour, alimentait ma culpabilité, mon ressentiment, mon détachement, etc.

C'est incroyable à quelle vitesse les choses peuvent s'effondrer. Pendant des années, je n'aurais pu imaginer quelqu'un qui me convienne mieux que Marilyn. Désormais, cependant, j'avais un élément de comparaison. Parler avec Samantha me remontait le moral ; sur moi, sur le monde. Ce n'était pas une optimiste béate ; peut-être plus que quiconque, elle avait conscience des atrocités commises par le commun des mortels. Mais elle croyait fermement que le fait de ne pas abandonner le combat était ce qui nous maintenait debout ; que le bien et le mal n'avaient pas de date de péremption et que cinq enfants morts méritaient de renoncer à ses pauses-déjeuner et à ses soirées pour les passer avec un homme qui la mettait mal à l'aise. C'était la fille de son père, et vous savez les sentiments que j'avais pour lui.

Avec Marilyn, je commençais à être dégoûté par l'effet que nous avions l'un sur l'autre, la façon dont nous nous complaisions dans le dédain. L'ironie a sa place, mais elle ne peut pas être partout. Et le fait que je sois incapable de me rappeler une seule conversation sans ironie entre Marilyn et moi me dérangeait profondément. Tout ce que nous échangions depuis toujours – sept ans de dîners, de sexe, de mondanités bras dessus bras dessous, de bavardages, de montagnes de ragots – se mettait à me paraître artificiel. J'avais toujours peur d'avoir l'air idiot devant Marilyn ; comment pouvait-elle vraiment me connaître ? Et moi, est-ce que je me connaissais si bien que ça ? J'avais toujours peur aussi de me trouver idiot. Ce qui arrive forcément de temps en temps, à moins de tout tourner en dérision.

Le dîner de Thanksgiving fut épouvantable. Nous

n'arrêtions pas de nous lancer des piques tandis que les autres convives – tous dans le milieu de l'art – s'efforçaient constamment de remettre la conversation sur les rails. Marilyn était très soûle et se mit à raconter de sales histoires sur son ex-mari. Des choses vraiment dégueulasses : elle moqua son incapacité à maintenir une érection ; elle imita les mots doux qu'il lui murmurait sur l'oreiller ; elle déblatéra sur ses trois filles en disant qu'elles étaient bêtes à bouffer du foin, qu'aucune d'entre elles n'avait eu la moyenne au test d'admission à l'université et qu'il avait dû allonger des pots-de-vin pour les faire entrer – et sortir – de l'école privée ultrasélecte de Spence, accumulant les détails humiliants, le tout sans me quitter du regard, de sorte que, si vous débarquiez dans la pièce au milieu de son speech, vous aviez toutes les chances de me prendre pour le bouffon en question. Au bout d'un moment, je n'en pouvais plus.

« Ça suffit », dis-je.

Elle se tourna nonchalamment vers moi.

« Je t'ennuie, peut-être ? »

Je ne répondis pas.

« Je t'ennuie ?

— Pas que moi, ne pus-je m'empêcher de rétorquer. »

Elle sourit.

« Très bien. Dans ce cas, tu n'as qu'à choisir un sujet toi-même. »

Je m'excusai et sortis de table.

Le lendemain matin, sachant qu'elle aurait la gueule de bois, je me levai de bonne heure et annonçai à Isaac que je n'aurais plus besoin de ses services. Je fis ma valise et rentrai chez moi en taxi. J'avais gardé les vêtements de chez Barneys.

Comme je l'ai déjà mentionné, ça n'allait pas très bien au travail non plus. Je ne devrais pas dire ça ; en fait, je n'ai aucune idée de ce qui se passait à la galerie durant ces quelques mois, pour la simple raison que je n'y mettais quasiment plus les pieds. Même s'il est vrai que je m'étais absenté plus longtemps pour m'occuper des dessins de Victor Cracke, au moins, à l'époque, je travaillais *pour* la galerie. À présent, qu'est-ce que je pouvais me raconter ? Les matins où j'aurais dû enfiler un costume, je n'arrivais pas à sortir de chez moi. Sur le moment, je pensais que la cause de ma léthargie était physique. J'étais fatigué ; j'avais besoin de repos ; je venais de quitter l'hôpital. Mais, arrivé en décembre, je me sentais complètement remis et je n'avais toujours pas envie de reprendre le boulot. Ayant raté le vernissage d'Alyson, j'avais du mal à m'investir dans son exposition. Il m'arrivait même de ne plus me rappeler quel artiste était exposé, alors de là à trouver l'énergie de le vendre...

J'en fus le premier étonné, d'autant que je n'avais jamais été aussi passionné par mon travail que dernièrement. L'œuvre de Victor Cracke avait réveillé mon amour pour l'art, et l'exercice de l'achat et de la vente m'avait soudain paru valoir bien plus que les dollars en jeu. Mais je suppose que c'était précisément là le problème : sans le genre d'engagement que Cracke impliquait, j'en étais revenu à soutenir des œuvres auxquelles je ne croyais qu'à moitié, des tas de trucs très malins et pleins de sous-entendus qui, à présent, me semblaient sonner creux. Et vu que je ne pouvais pas espérer tomber sur un Victor Cracke tous les quatre matins, quand je contemplais mon avenir je voyais un grand vide.

Vous avez donc le tableau, une nette dichotomie : Marilyn, ma galerie et mon travail officiel d'un côté ; et, de l'autre, Samantha, Victor et cinq enfants morts. Je vous en ai fait une jolie petite histoire que je vous ai servie sur un plateau de symbolisme... Mais vous ne pourrez jamais tout à fait comprendre à quel point cet hiver m'a changé en profondeur, car encore aujourd'hui je ne le comprends pas moi-même.

Avec le recul, je me suis rendu compte que ces changements étaient à l'œuvre depuis plus longtemps que je ne le croyais. Lorsque des gens qu'on connaît font quelque chose qui ne leur ressemble pas, on se force à réviser notre jugement ; on se retourne sur le passé et des détails insignifiants deviennent soudain éclairants. Il est difficile de se regarder soi-même avec un œil critique et objectif ; mais, en tant que grand narcissique, j'ai passé pas mal de temps à analyser ma propre existence, et je sais désormais que mon insatisfaction remontait à bien plus loin. En embrassant cette carrière, j'avais cru avoir trouvé ma place. Jusque-là, je n'avais qu'une personnalité incomplète, mal formée et surtout déformée par le désir exclusif de me distancier de mon père : il était froid et l'art était brûlant. L'art, songeais-je alors, était ce qu'il y avait de plus éloigné de l'immobilier. J'ai un peu honte d'admettre que je le croyais sincèrement. Vous allez peut-être vous moquer de moi ; je sais que Marilyn ne s'en priverait pas. Mais le fait aujourd'hui de pouvoir vous dire ce que je pensais sans me soucier de savoir si vous en rirez ou pas est, il me semble, une assez bonne indication du chemin que j'ai parcouru.

C'est seulement la troisième semaine de décembre que les résultats des tests ADN commencèrent à tomber, et nous prîmes rendez-vous avec Annie Lundley pour faire le point sur les rapports du labo. Ce fut un après-midi décevant : aucun des éléments ne nous permettait de tirer de conclusion significative. Tous les cheveux retrouvés dans l'appartement, par exemple, correspondaient à des échantillons prélevés sur les personnes de la liste éliminatoire, dont moi.

« Tu sais ce que ça veut dire? me demanda Samantha.

— Quoi?

— Ça veut dire que tu perds tes cheveux. »

Le vieux jean souillé nous livra deux profils ADN, l'un correspondant à la tache de sang, l'autre à celle de sperme, cette dernière provenant sans doute du tueur. Bien que le labo n'ait pas encore répondu à Samantha concernant sa requête de comparer ce profil à la banque de données CODIS (vous avez vu comme j'apprenais vite?), Annie avait réussi à gratouiller quelques cellules de peau morte sur le pull découvert dans l'appartement. Le profil résultant ne collait pas avec celui de la tache de sperme. Mais, même si nous supposions que le pull appartenait à Victor, nous n'en avions pas la preuve; et nous ne pouvions pas non plus exclure la possibilité que le propriétaire du pull (s'il s'agissait bien de Victor) ait été présent sur le lieu du crime sans laisser de trace ADN.

La piste la plus prometteuse était l'empreinte digitale partielle relevée à l'intérieur du journal météo. À ma demande, Annie avait essayé d'être la moins invasive possible en manipulant les œuvres; et, tout doucement, elle avait scruté page à page les différents carnets à la recherche d'un indice utilisable. L'empreinte avait également été envoyée au FBI, dont on attendait toujours la réponse. En entendant Samantha et Annie parler, je me rendis compte à nouveau de la part considérable que représentait la paperasserie dans leur travail, du temps qu'elles perdaient à laisser des messages et à envoyer des e-mails de relance. À cet égard, nos boulots avaient beaucoup de points communs.

Après le départ d'Annie, Samantha et moi nous concentrâmes sur l'étude des affaires analogues. Elle les avait réduites au nombre de trois. Dans l'une d'elles, la victime avait survécu. Les deux autres étaient des meurtres non résolus dont les pièces à conviction étaient conservées aux archives de la police, et nous décidâmes que nous irions y jeter un œil après les fêtes. Le survivant était un garçon – maintenant un homme, à supposer qu'il soit toujours en vie – du nom de James Jarvis. À l'âge de 11 ans, il avait été agressé sexuellement, battu, étranglé et laissé pour mort dans un parc à un peu moins de 7 kilomètres de la résidence Muller ; c'était en 1973, six ans après le dernier meurtre présumé. Samantha n'avait pas encore réussi à localiser Jarvis mais elle était bien décidée à poursuivre ses efforts. Quand elle me dit ça, je perçus furtivement un raidissement dans sa mâchoire.

C'était le 21 décembre. Nous étions attablés au restaurant chinois près de son bureau, fatigués de parler de meurtres, contents de regarder passer les voitures. Il faisait déjà nuit dehors, la neige fondue sur le trottoir était badigeonnée de rouge et de vert projetés par les guirlandes dans la vitrine. Je n'ai jamais été sensible à la beauté du Queens, mais, à cet instant, ce quartier me paraissait plus vrai que tous les autres endroits que je connaissais.

« “Vous allez vivre une grand épreuve”, lut-elle sur l’emballage du biscuit offert en dessert.

— Au pieu.

— Au pieu, dit-elle en croquant son biscuit. À toi.

— “Vous avez beaucoup d’amis.”

— Au pieu.

— Au pieu. Non, attends, ajoutai-je en levant la main. N’y pense même pas. »

Elle me fit un grand sourire et sortit son porte-monnaie.

« C’est pour moi », insistai-je.

Elle me dévisagea en plissant les yeux.

« C’est une ruse ?

— Prends-le comme un cadeau de la bourgeoisie au petit peuple. »

Elle me brandit son majeur sous le nez mais me laissa payer

Nous restâmes un moment dehors à discuter de nos projets de vacances en frissonnant. Samantha allait les passer à Wilmington avec sa mère, sa sœur et leurs maris respectifs.

« Je serai de retour le 2, dit-elle. Essaie de ne pas trop penser à moi.

— D’accord.

— Soit tu penses à moi franchement, soit tu t’abstiens.

— Comme tu préfères », rétorquai-je en haussant les épaules.

Elle sourit.

« Et toi, c’est quoi tes grands projets ?

— Marilyn organise une fête jeudi. C'est un truc qu'elle fait tous les ans.

— Jeudi, c'est le 23. Je voulais dire le soir de Noël.

— Ben quoi ?

— Tu seras quelque part ?

— Ouais. Chez moi.

— Ah !

— Tu pourrais cacher ta condescendance encore quelques minutes, si ça ne t'ennuie pas ?

— Pourquoi tu n'appelles pas ton père ? suggéra-t-elle,

— Et pour quoi faire, exactement ?

— Tu pourrais commencer par dire bonjour.

— C'est tout ? Dire bonjour ?

— Ben, si ça se passe bien, après tu peux lui demander comment il va.

— Je ne vois pas trop à quoi ça rimerait. »

Elle eut un haussement d'épaules.

« On n'a jamais fêté Noël, repris-je. On n'a même jamais eu de sapin. Ma mère me faisait des cadeaux, mais ça s'arrêtait là. »

Elle hocha la tête, mais je perçus quelque chose de vaguement accusateur.

« Si je l'appelais pour dire bonjour, il en voudrait plus, expliquai-je. Il commencerait par me demander pourquoi je ne l'ai pas appelé avant. Crois-moi, tu ne le connais pas.

— C'est vrai, je ne le connais pas.

— Alors non merci, ajoutai-je.

— Comme tu veux.

— Pourquoi tu fais ça ?

— Je fais quoi ?

— Tu me fais culpabiliser pour un truc dont je ne suis pas coupable.

— Je viens de te dire que j'étais d'accord.

— Tu dis d'accord pour exprimer ton désaccord.

— Non mais tu t'entends ? »

Je la raccompagnai au métro.

« Profite des petits-fours, me lança-t-elle. À l'année prochaine. »

Puis elle se pencha pour m'embrasser sur la joue. Je restai planté là longtemps après qu'elle eut disparu.

Appeler le raout hivernal annuel de Marilyn une « fête de Noël » confine au sacrilège dans la mesure où ce terme implique des collègues de travail pompettes agglutinés autour d'un saladier de punch qui se tripotent sur fond de Bing Crosby. L'événement qui a lieu à la Wooten Gallery la semaine avant Noël est plutôt de l'ordre d'un mégavernissage. Tout le monde fait le déplacement, même quand le temps rend les déplacements cauchemardesques. Quel que soit le thème – « cow-boys sous-marins », « la liste de courses d'Andy Warhol » ou « les yuppies se vengent » –, Marilyn recrute toujours le même groupe, un orchestre de treize musiciens entièrement constitué de travestis dont le répertoire ne s'écarte jamais de reprises littérales de Billie Holiday et d'Ella Fitzgerald. Le groupe s'appelle Big and Swingin.

Accaparé que j'avais été par l'enquête, j'avais oublié de m'occuper de mon déguisement. Et comme je n'arrivais pas à remettre la main sur l'invitation, je ne connaissais pas le thème de cette année (je ne pouvais pas vraiment le demander à quelqu'un sans rendre scandaleusement public le fait que Marilyn et moi ne nous parlions plus, fait qui, à ce stade-là, ne regardait selon moi personne d'autre que nous).

Lorsque j'arrivai à la galerie dans un simple costume, je me trouvai cependant miraculeusement raccord, me frayant un passage dans une foule d'invités tous déguisés en membres du gouvernement Bush, récemment réélu. Sans masque, j'attirais beaucoup l'attention, car les gens s'échinaient à deviner mon personnage. Il faut énormément de sang-froid pour vous entendre répéter avec insistance par quelqu'un que vous ressemblez comme deux gouttes d'eau à Donald Rumsfeld.

« Je suis sûre qu'il l'entendait comme un compliment, tenta de me rassurer Ruby.

— Ah oui, et dans quel sens ?

— Rumsfeld a de jolies pommettes », suggéra Nat.

Je me mêlai aux convives. Certains me demandaient des nouvelles de ma santé. Je touchais alors le seul pansement restant sur ma tempe en disant : « Lésions cérébrales mineures. » D'autres essayaient de m'entraîner dans des conversations sur des artistes et des expos dont j'ignorais jusqu'à l'existence. Le rythme du marché contemporain est tel qu'il suffit de s'absenter à peine plus d'un mois pour se retrouver complètement hors du coup. Je ne savais pas de quoi les gens parlaient et je m'en fichais pas mal. Après deux ou trois minutes de badinage mondain, je ne pouvais m'empêcher de décrocher, distrait par le spectacle surréaliste d'un alignement façon french cancan composé de Dick Cheney, Dick Cheney, Condoleezza Rice et Dick Cheney. Chaque fois que j'essayais de suivre une conversation plus longtemps, je m'ennuyais très vite. Quelle qu'en fût la teneur, le véritable sujet était toujours l'argent.

« Il paraît que ton meurtrier s'est fait beaucoup d'admirateurs.

— T'en as encore combien au coffre, Ethan ?

— Plus qu'il ne veut le dire.
— Tu en as vendu d'autres ?
— Tu en as vendu d'autres à Hollister ?
— J'ai entendu dire qu'il s'était débarrassé du sien.
— C'est vrai, Ethan ?
— Tu es allé chez lui, non ? Je connais quelqu'un qui y a été, il dit que c'est *ultra*-vulgaire. Il avait engagé Jaime Acosta-Blanca pour lui faire toutes ces copies merdiques mais il lui a filé une avance de 70 % d'un coup et Jaime s'est tiré à Moscou avec le fric. Maintenant il arnaque des néo-oligarques.
— À qui il l'a revendu, Ethan ?
— Personne ne sait.
— Ethan, à qui Hollister l'a revendu ?
— D'après Rita, à Richard Branson.
— Ça veut dire que tu vas voyager dans l'espace, Ethan ? »

Au bout de deux heures, Marilyn était toujours invisible. Je traversai successivement des salles blanches tapissées de toiles rouges, des salles blanches tapissées de toiles roses, des salles blanches en attente d'accrochage. Au fil de son succès, la Wooten Gallery avait englouti ses voisins : ceux de gauche, de droite, du dessus et du dessous. Elle occupait désormais quasiment un cinquième du 567 West Twenty-fifth Street, sans parler de l'annexe de la 28e Rue ni de la galerie d'estampes dans l'Upper East Side. Tandis que je fendais un petit groupe de John Ashcroft, il me vint à l'esprit que je ne serais jamais aussi hégémonique que Marilyn ; même à supposer que j'aie l'ambition nécessaire, il me manquait la vision.

J'alpaguai un de ses nombreux assistants qui, après avoir consulté une série de gens par talkie-walkie, me livra son verdict : Marilyn s'était retirée au troisième étage.

Dans l'ascenseur, je préparai mes excuses. Le cœur n'y était pas, mais c'était Noël.

Marilyn possède deux bureaux, un peu comme elle a deux cuisines : un pour la façade et un pour elle-même. Le grand, avec les hauts plafonds, le mobilier immaculé et les Rothko, se trouve en bas; elle l'utilise pour conclure des ventes et impressionner les novices. Son vrai bureau, avec les Post-it partout, les ronds de café et la table d'angle jonchée de diapos, n'est accessible qu'aux *happy few*. Je n'avais découvert son existence qu'après un an de notre relation.

Je la trouvai affalée dans son rocking-chair, un meuble qui détonnait curieusement dans le reste du décor, le seul objet qu'elle avait gardé en vendant sa maison d'Ironton. Ses doigts pendaient mollement à proximité d'un verre de scotch qui transpirait sur la moquette. Le bruit de l'orchestre trois étages plus bas faisait vibrer la pièce.

« Où tu étais passée? lançai-je. Tout le monde se demande ce qui t'arrive.

— C'est marrant, ces derniers temps on m'a beaucoup posé la même question à ton sujet. »

Je laissai passer un temps.

« Tu comptes descendre?

— J'ai pas vraiment envie, non.

— Quelque chose ne va pas?

— Non, non. »

Je voulais lui présenter mes excuses, mais je ne me sentais pas prêt. À la place, je m'agenouillai près d'elle et lui posai une main sur le bras, qu'elle avait raide comme un piquet. Je me rendis compte – mais ce n'était pas la première fois – que la beauté de Marilyn avait un côté dur, presque masculin, tout en angles et en traits marqués. Elle sourit, je sentis la brûlure de son souffle.

« Je déteste ces fêtes, dit-elle.

— Alors pourquoi tu les fais ?

— Parce que je n'ai pas le choix, soupira-t-elle en fermant les yeux et en se laissant aller contre le dossier du fauteuil. Et parce que j'aime ça. Mais je les déteste aussi.

— Tu es malade ?

— Non.

— Tu veux de l'eau ? »

Elle ne répondit pas.

Je traversai la pièce jusqu'au minibar où je pris une bouteille d'Évian que je posai par terre à côté du scotch. Marilyn ne bougea pas.

« Tu ne t'amuses pas, hein ? fit-elle. Tu ne serais pas là, sinon. »

Je m'appuyai contre la tranche du bureau.

« Je m'amuserais plus si tu descendais.

— Tu dois croiser des tas de gens, non ?

— En effet.

— Tout le monde me demande de tes nouvelles.

— C'est ce que tu m'as dit, oui.

— Comme si tu étais parti au front ou je sais pas quoi.

— Ben non, tu vois.

— Hmm. »

Elle laissa échapper un soupir, les yeux toujours clos.

« Je leur réponds que je n'ai pas de nouvelles », reprit-elle.

Je ne relevai pas.

« Qu'est-ce que tu veux que je dise d'autre ?

— Tu peux dire ce que tu veux.

— Ils me posent la question comme si j'étais censée savoir. Ils s'imaginent que j'ai accès à ta ligne directe.

— C'est le cas.

— Ah bon ?

— Bien sûr que oui. »

Elle hocha la tête.

« Tant mieux, fit-elle.

— Bien sûr que oui, répétai-je sans trop savoir pourquoi.

— Tu as passé un séjour agréable quand tu étais chez moi ?

— Tu as été merveilleuse. Tu sais que je ne pourrai jamais assez te remercier.

— Je ne me souviens pas que tu aies essayé.

— Si je ne te l'ai pas dit avant, je m'en excuse et je te le dis maintenant merci.

— Je ne devrais pas avoir besoin de remerciements, et pourtant si.

— C'est normal.

— Non. Je ne devrais avoir besoin de rien, venant de toi. Ce n'est pas comme ça que ça se passe.

— C'est de la politesse, Marilyn. Tu as complètement raison. »

Elle se tut un long moment, puis elle dit :

« Voilà.

— Voilà quoi ?

— De la politesse.

— Je ne comprends pas.

— C'est comme ça qu'on est censés se comporter l'un envers l'autre ? Selon les convenances ?

— Il me semble, oui.

— Je vois. Première nouvelle.

— Pourquoi ne serait-on pas polis l'un envers l'autre ?

— Parce que, fit-elle en me regardant, parce que je t'aime, espèce de con. »

Elle ne me l'avait jamais dit avant.

« Quand les gens me demandent de tes nouvelles et que je n'en ai pas, je me sens humiliée, poursuivit-elle. Mais ils me demandent quand même et je suis censée savoir. Il faut bien que je leur dise quelque chose. Non ? »

Je hochai la tête.

Silence.

« Tu ne devineras jamais qui m'a appelée.

— Qui ça ?

— Devine.

— Marilyn...

— Allez, joue le jeu. C'est la fête, oui ou non ?

— Kevin Hollister, suggérai-je.

— Non.

— Qui ?

— *Devine*.

— George Bush.

— Non plus, dit-elle en ricanant.

— Je donne ma langue au chat.

— Jocko Steinberger.

— Ah oui ? »

Elle confirma d'un hochement de tête.

« Pourquoi ?

— Il veut que je le représente. Il dit qu'il n'a pas l'impression de recevoir suffisamment d'attention de ta part. »

J'étais abasourdi. Je connaissais Jocko depuis qu'il avait été révélé dans le cadre d'une exposition collective organisée par la défunte Leonora Waite. D'abord son artiste, puis le mien, il avait toujours été un fidèle de la galerie. Je le considérais comme lunatique mais en aucune façon un traître, et le fait qu'il soit allé voir Marilyn sans m'en parler d'abord me blessait profondément. J'avais perdu Kristjana par ma faute, et ce n'était pas un drame, mais là ça faisait deux artistes de moins en six mois, un taux de désaffection alarmant.

« Il a des nouvelles choses et il veut les exposer chez moi expliqua Marilyn.

— J'espère que tu lui as dit non.

— Oui.

— Tant mieux.

— Je lui ai dit non, mais maintenant je crois que je vais lui dire oui. »

Silence.

« Et pourquoi ça ?

— Parce que je trouve que tu ne t'occupes pas très bien de lui.

— Ah bon ?

— Ben, non.

— Et tu ne penses pas que tu devrais me laisser une chance d'en discuter avec lui avant de prendre une décision à ma place ?

— Je n'ai pas pris de décision. C'est lui qui l'a prise. Je te rappelle que c'est lui qui est venu me chercher.

— Dis-lui de m'en parler d'abord. C'est ça que tu es censée faire.

— Eh bien, je ne le ferai pas.

— Qu'est-ce qui te prend, Marilyn ?

— Qu'est-ce qui *te* prend ?

— Il ne me prend ri...

— Mon cul. »

Silence. J'avais la tête au bord de l'explosion.
« Marilyn...
— Ça fait des semaines que je ne t'ai pas vu. »
Je ne répondis pas.
« Tu étais où ?
— Occupé.
— Par quoi ?
— Par l'enquête.
— L'enquête ?
— Oui.
— Et ça en est où ?
— On avance.
— Ah bon ? Tant mieux. Quelle bonne nouvelle. Hip, hip, hip !
Du coup, tu vas avoir un flingue ?
— Quoi ?
— Tu sais : bang, bang, bang !
— Je ne sais pas de quoi tu parles.
— Mais si.
— Je t'assure que non, et si ça ne t'ennuie pas, je n'en ai pas fini avec Jocko. J'aimerais savoir comment tu t'es crue autorisée à...
— Oh, je t'en prie !
— Réponds-moi. Qu'est-ce qui te fait croire que tu...
— Tais-toi », fit-elle.
Silence. Je me levai pour partir.
« Bois de l'eau, lançai-je. Tu vas avoir mal à la tête, sinon.
— Je sais que tu couches avec cette fille.
— Pardon ?
— *Pardon ?* imita-t-elle. Tu as très bien entendu.
— J'ai entendu mais je ne sais pas de quoi tu parles.
— Bla bla bla, bla bla bla, bla bla bla.

— Bonsoir, Marilyn.

— Je t'interdis de partir.

— Je ne vais pas rester planté là à te regarder te ridiculiser.

— Sors d'ici et tu le regretteras.

— Calme-toi, s'il te plaît.

— Dis-moi que tu l'as baisée.

— Qui ?

— *Arrête ça !* » cria-t-elle.

Silence.

« *Dis-le-moi.*

— Je l'ai baisée.

— Parfait. Tu vois qu'on avance. »

Je ne dis rien.

« Tu ne peux pas me mentir. Je sais tout. J'ai des infos de première main.

— De quoi tu parles ? »

Et, après un temps :

— Isaac ?

— Alors pas la peine de te fatiguer.

— Putain, Marilyn...

— Tu te crois tout permis. C'est ça ton problème. Tu es un enfant gâté.

— Ouais, ben, écoute, je suis désolé de te décevoir mais tu te fais rouler, avec ce mec. J'ai couché avec elle une fois et c'était bien avant que tout ça commence.

— Je ne te crois pas.

— Tu peux croire ce que tu veux, c'est la vérité.

— Tu ne baisais plus avec moi, il fallait bien que tu baises quelqu'un d'autre.

— J'étais *à l'hôpital*, putain !

— Et alors ?

— Alors je n'étais pas... Je ne vais pas rentrer dans ton jeu.

— Dis-moi que tu l'as baisée.

— Je te l'ai déjà... Tu es obligée de répéter ça ?

— Quoi ?

— Baiser. »

Elle se mit à rire.

« Tu appelles ça comment, toi ?

— J'appelle ca "c'est pas tes oignons" ».

En un bond, elle était debout, son verre à la main. J'eus le réflexe de me baisser à temps et il s'écrasa contre le mur, inondant le couvercle de sa photocopieuse de scotch mêlé à des débris de verre.

« Répète un peu, dit-elle. Répète que c'est pas mes oignons. »

Je me redressai lentement, les mains en l'air. Il y avait un cercle mouillé sur la moquette à l'endroit où le verre avait été posé.

« Quand est-ce que tu l'as baisée ?

— À quoi ça sert ?

— Quand ? »

Silence.

« Il y a environ deux mois.

— *Quand ?*

— Je viens de te le...

— *Sois plus précis.*

— Tu veux la date et l'heure ?

— C'était dans la journée ? C'était le soir ? C'était sur un lit, sur un canapé, sur le plan de travail de la cuisine ? Raconte, Ethan, les esprits curieux ont besoin de détails.

— Je ne me souviens pas du jour exact. C'était le soir de l'enterrement.

— Ah ! fit-elle. Ah, d'accord ! Très classe. »

Je réprimai l'envie de l'envoyer bouler. À la place, je dis :

« Tu n'as pas le droit de te mettre dans cet état. Ce n'est pas comme si tu n'avais jamais couché avec personne d'autre depuis six ans.

— Et toi, ça t'est arrivé ?

— Bien sûr. Tu le sais très bien.

— Pas moi », rétorqua-t-elle.

Je ne savais pas quoi dire. En temps normal, je doute que je l'aurais crue, mais à cet instant précis j'étais sûr qu'elle disait la vérité.

« Je veux que tu t'en ailles, reprit-elle.

— Marilyn...

— Tout de suite. »

Je sortis dans le couloir et pris l'ascenseur, la tête pleine de questions non formulées. Visiblement, il y avait eu un problème de communication, un malentendu à la base sur les termes de notre relation. Quelqu'un n'avait pas été franc. Des erreurs avaient été faites. J'arrivai au rez-de-chaussée. Les portes de l'ascenseur s'ouvrirent et le volume de la musique décupla. La fête battait son plein. Je pris mon manteau et sortis dans la rue. La neige était comme de la crème et je compris qu'une tempête se préparait.

Interlude : 1939

Comme la plupart des gens, les médecins ont tendance à le craindre et, dans leur crainte, ils ne lui disent jamais tout de go ce qu'ils ont à lui dire. Ça le rend fou. Celui au téléphone, le directeur de l'institution, n'arrête pas de tourner autour du pot, si bien que Louis ne comprend pas la raison de son appel. Plus d'argent, c'est ça ? Il peut leur donner plus d'argent. Il paye déjà des frais que Bertha trouve exorbitants, une position curieuse de sa part vu que l'idée de cet arrangement vient entièrement d'elle et que ces frais sont prélevés sur des comptes en banque sur lesquels elle n'a jamais versé un penny.

Ça ne dérangerait pas Louis de payer plus. Il serait même ravi de payer beaucoup plus, de donner, donner, donner, jusqu'à s'en trouver lui-même brisé et meurtri. Oui, mais voilà : il a trop d'argent pour pouvoir se ruiner un jour : Remplir des chèques ne sera jamais un bon moyen d'expier et, malheureusement pour lui, il n'en connaît pas d'autre.

Tout en écoutant le directeur dans le combiné, Louis essaie de transmettre le message à Bertha qui se tient devant lui et grince des dents impatiemment.

« Il dit... une seconde. Il dit qu'elle... Pardon ? »

Agacée, Bertha lui arrache l'appareil.

« En bon anglais, je vous prie », dit-elle.

Au cours de la minute et demie qui suit, son visage passe de l'exaspération à l'incrédulité, de la colère à la détermination, et finalement au masque lisse et glacial qu'elle revêt dans les moments difficiles. Elle prononce quelques mots lapidaires et raccroche le téléphone.

« Elle est enceinte.

— C'est impossible.

— Visiblement non, rétorque-t-elle en appuyant sur le bouton pour appeler la bonne.

— Qu'allez-vous faire ?

— Je ne vois pas quel choix nous avons. Elle ne peut pas rester là-bas.

— Alors que comptez-vous...

— Je n'en sais rien, l'interrompt Bertha. Vous ne m'avez pas laissé beaucoup le temps d'y réfléchir. »

La bonne apparaît sur le pas de la porte.

« Faites venir la voiture.

— Bien, madame. »

Louis se tourne vers sa femme.

« Maintenant ?

— Oui.

— Mais c'est dimanche, dit-il.

— Et qu'est-ce que ça peut faire ? »

Il n'a pas de réponse.

« Vous avez une meilleure idée, peut-être ? » lui lance-t-elle.

Il n'en a pas.

« Alors dépêchez-vous. Vous n'êtes pas habillé pour sortir. »

Tout en faisant sa toilette, Louis se demande comment il en est arrivé là. Les événements de sa vie lui paraissent totalement déconnectés les uns des autres. Au début il était là, puis autre part, maintenant ici. Mais comment y est-il arrivé ? Il n'en sait rien.

Il tend la main pour attraper son peigne ; son valet s'avance et le lui donne.

« Ça va aller, dit Louis. Vous pouvez disposer, merci. »

Le valet hoche la tête et se retire.

Après son départ, Louis ôte sa chemise et reste un moment torse nu. Les huit dernières années l'ont beaucoup vieilli. Jadis, il avait des boucles si épaisses que les dents du peigne y restaient coincées. Il avait la peau lisse, pas ces bourrelets qui se forment à sa taille quand il se penche. Il n'a pas le ventre dur et tendu qu'un homme de son rang et de sa puissance devrait avoir, mais une bedaine flasque, ramollie au niveau des côtes. Ses hanches sont larges et féminines, ses pantalons doivent tous être agrandis aux fesses. Il se dégoûte. Il n'a pas toujours été comme ça physiquement.

Il remet sa chemise, enfile ses chaussures et descend dans le vestibule.

Le foyer se trouve près de Tarrytown, à quelques kilomètres des rives de l'Hudson. Dès qu'ils quittent la ville, les routes sont striées de profondes ornières que la voiture n'est pas bien équipée pour franchir. Le trajet prend des heures ; Louis est serré dans son costume, il a mal au dos ; le temps qu'ils arrivent à destination, il ne peut presque plus bouger. Difficile de savoir ce qui serait pire entre sortir de la voiture ou faire demi-tour tout de suite et retourner à Manhattan.

Le directeur les attend devant le portail et leur indique où se garer, un geste qui agace Louis dans la mesure où il implique que cette visite est la première des Muller.

Peut-être que Bertha ne vient jamais, mais lui si, au moins une fois par an.

Le parc est luxuriant et coloré, plein de fleurs sauvages et de mauvaises herbes qui chatouillent les sinus de Louis. Il se mouche et jette un coup d'œil à son épouse, laquelle fixe par la vitre de la voiture d'un air impassible un bâtiment qui n'existait pas la dernière fois qu'elle est venue. Il le sait car c'est lui qui a financé une partie de sa construction. De façon anonyme. Bertha lui aurait interdit de déshonorer le nom de la famille. Encore une ironie, cet excès de possessivité, vu que c'est lui qui l'a transformée de Steinholtz en Muller.

Elle a changé, elle aussi, bien qu'il ait du mal à décrire en quoi. Tout ce qui faisait d'elle une belle fille a plus ou moins perduré avec l'âge sans qu'elle ait eu besoin de dépenser des fortunes en cosmétiques. Certaines femmes passent la moitié de leur journée à colmater les dégâts du temps et des grossesses successives. Pas elle.

Quoi, alors ? Louis l'observe tandis qu'elle regarde par la vitre et il remarque que tous ses jolis traits sont encore là, mais en plus marqués. Son grain de beauté un peu plus large, le nez un peu plus épaté. C'est comme si la vraie Bertha, pendant des années soigneusement emmaillotée dans sa jeunesse, avait crevé la surface en provoquant d'infimes fissures un peu partout, imperceptibles une à une mais suffisamment nombreuses pour rendre l'ensemble grotesque. Peut-être sont-ce là des changements réels, ou peut-être l'intimité a-t-elle engendré du mépris. Quoi qu'il en soit, le peu de désir qu'il parvenait à mobiliser pour elle à l'époque où il était souple et très motivé s'est tari et évaporé depuis belle lurette. Ses appétits, en général, ont décliné, laissant la place aux regrets, une mosaïque de regrets faite de toutes ses mauvaises décisions. Parce que même s'il a du mal à comprendre comment il est arrivé jusque-là, s'il est honnête avec lui-même, il doit reconnaître qu'il s'est forgé son propre chemin. Ce qui lui semblait inévitable, il s'en rend compte maintenant, n'est que le résultat d'une série de choix. Quand, il y a des années, on l'a fait entrer dans une pièce pour la lui présenter en lui disant qu'elle serait sa fiancée, qu'il a accepté et qu'ensuite toute la machine s'est mise en branle, c'était son choix, n'est-ce pas ? Son père lui avait dit : tu te maries ou tu pars à Londres. Eh bien, pourquoi pas Londres ? Sur le moment, il a pensé que de toute façon le mariage finirait par venir, alors autant accepter son sort et rester en Amérique. Mais peut-être était-ce une façon pour son père de lui offrir une porte de sortie. Peut-être aurait-il pu demeurer célibataire toute sa vie, comme son grand-oncle Bernard. Que lui serait-il arrivé à Londres ? Louis se le demande. Et quand Bertha a décidé de se débarrasser de la petite, n'a-t-il pas eu le choix ? Il a lutté, lutté, et fini par céder, mais il aurait pu lui tenir tête. Il aurait pu faire quelque chose. Quoi, il l'ignore. Mais quelque chose.

En affaires, il ne doute jamais ; dans la vie, il n'est jamais en paix.

La voiture roule sur le gravier, ralentit, s'arrête. Bertha descend, mais lui reste assis avec ses regrets.

« Sortez de la voiture, Louis. »

Il sort de la voiture.

Le directeur s'appelle Dr Christmas. Bien que généralement d'humeur joviale, ce jour-là il a une mine maussade

« Monsieur Muller. Madame Muller Vous avez fait bonne route ?

— Où est ma fille ? » demande Bertha.

Ils traversent le hall. Louis laisse sa femme passer devant et elle ne s'en prive pas, poussant des coudes comme si elle savait où aller. *Sa* fille. C'est ridicule. Une insulte à tous les efforts qu'il a déployés ces vingt dernières années. Cette enfant n'a jamais été la sienne, depuis l'instant où elles ont été séparées sur la table d'accouchement. Mais a-t-il vraiment envie de clamer qu'elle est à lui ? Dans ce cas, il en est responsable ; dans ce cas, tout est de sa faute.

Le Dr Christmas a décidé d'en profiter pour leur offrir une visite guidée, leur montrant au passage les éléments qui font la fierté du foyer, telles que les salles d'hydrothérapie, avec leurs baignoires hippopotamesques et leurs piles de serviettes propres. Ils réalisent plus de mille enveloppements froids par an.

« Récemment, nous avons obtenu des succès avec les traitements à l'insuline, explique-t-il, et vous serez heureux d'apprendre que grâce à votre...

— Ce que je serai heureuse d'apprendre, l'interrompt Bertha, c'est où se trouve ma fille. Jusque-là, je ne suis pas heureuse d'apprendre quoi que ce soit. »

Ils font le reste du chemin en silence.

Enfin, pas tout à fait. Des autres pièces, des autres étages, de très loin dans le parc, étouffés par le plâtre et le béton, suintant par les canalisations, leur parviennent des sons atroces. Des cris, des pleurs, un rire déchiqueté qui donne la chair de poule à Louis, et toute une gamme de bruits qu'aucun être humain ne devrait être en mesure de produire. Ce n'est pas la première fois qu'il entend ces bruits mais ils ne manquent jamais de le perturber. Ils n'ont pas de fille, ils ont un fils ; Bertha lui a suffisamment répété ce mantra, l'obligeant à le réciter avec elle, et il a fini par la croire. C'est pourquoi chacune de ses visites au foyer réveille la même horreur.

Leur enfant, leur vrai enfant, David, est en train de devenir un jeune homme modèle, beau et intelligent. À 13 ans, il a déjà lu Schiller, Mann et Goethe en allemand, Molière, Racine et Stendhal en français. Il joue du violon et il a la bosse des mathématiques, surtout appliquées aux affaires. Même s'il est vrai que la scolarisation à domicile lui a conféré une certaine timidité en présence d'autres enfants, il n'en est pas moins charmant à l'égard des adultes, parfaitement capable de soutenir une conversation avec des hommes de trente ans ses aînés.

En comparaison, quel espoir reste-t-il à la fille ? Bertha a opté pour la solution pragmatique – et sans la moindre hésitation – en l'excommuniant de son cœur, ce à quoi Louis n'a jamais complètement réussi à se résoudre. Et pourtant qu'a-t-il fait sinon se lamenter sur son sort ? À quoi a servi toute sa souffrance ? Sûrement pas à améliorer le lot de sa fille.

Dieu merci ! David est en vacances, en visite dans la famille de Bertha en Europe. Louis frémit à l'idée qu'il aurait dû inventer des excuses pour cette excursion improvisée. Ta mère et moi allons faire une promenade à la campagne. Ta mère et moi avons besoin de prendre l'air. Plus que tout, Louis déteste mentir à son fils.

Autant qu'il le sache, David n'est toujours pas au courant de l'existence de la fille. Il y a bien eu cette soirée cauchemardesque, huit ans plus tôt, quand Délia avait oublié de fermer la porte à clé et que la fille s'était aventurée jusqu'au deuxième étage, attirée par le son de la radio. Pendant un moment, Louis avait voulu lui mettre une radio dans sa chambre, mais Bertha s'y était opposée. Une radio ne servirait à rien, disait-elle. La fille n'y comprendrait rien, et le bruit risquait d'éveiller les soupçons. À la place, ils lui avaient donné des livres d'images et des poupées, qui semblaient l'occuper. Mais Louis savait que les livres et les poupées ne suffisaient pas, une intuition confirmée lorsqu'elle était apparue ce soir-là. Si seulement Bertha avait bien voulu l'écouter et acheter cette foutue radio, la fille ne serait peut-être jamais descendue, rien de tout ça n'aurait été nécessaire.

Cette soirée cauchemardesque. Les disputes qui suivirent. Il les perdit toutes, à une exception près : il parvint à se débarrasser de Délia, qu'il avait toujours trouvée indolente, lascive et pas fiable. Même Bertha avait dû reconnaître que laisser la porte ouverte constituait un motif de licenciement. Bien que ne travaillant plus pour eux, Délia continue cependant à toucher son salaire. Son silence coûte à Louis 75 dollars par semaine.

David n'a jamais reparlé de cette soirée, jamais posé aucune question sur la fille. Si par hasard il a réussi à comprendre son identité – et Louis ne voit pas comment –, il semble depuis l'avoir complètement occultée. Ils ne risquent rien de ce côté-là. Des centaines de mensonges, chacun minuscule, mais ajoutés les uns aux autres jusqu'à ce que leur accumulation permette de combler le fossé.

Le Dr Christmas leur tient une porte. Bertha et Louis prennent place devant un bureau. En face d'eux se trouve un homme un peu miteux avec une montre de gousset tape-à-l'œil. Christmas ferme la porte à clé et s'assied sur la chaise qui reste.

« Permettez-moi de vous présenter Winston Coombs, l'avocat attitré du foyer. J'espère que ça ne vous ennuie pas s'il assiste à notre petite réunion. Automatiquement, je...

— Je ne vois toujours pas ma fille.

— Oui, madame Muller, j'ai parfaitement l'intention de...

— Je suis venue ici dans un seul but, c'est de voir ma fille et ce que vous avez réussi à lui faire, bande d'incapables.

— Oui, madame Muller. J'aimerais cependant vous informer que...

— Je me fiche de ce que vous aimeriez. Ce n'est pas le moment pour vous d'exprimer des préférences.

— Si je peux... tente Coombs.

— Vous ne pouvez pas.

— Madame Muller, reprend le directeur, j'aimerais seulement vous assurer, votre mari et vous, de notre détermination à prendre les mesures punitives appropriées envers le jeune homme responsable, et... »

Alors Bertha dit quelque chose qui étonne Louis.

« Je me fiche pas mal de lui, dit-elle. En ce qui me concerne, il n'existe pas. Je veux voir ma fille. *J'exige* de la voir, immédiatement, et si vous continuez à faire quoi que ce soit d'autre que de me conduire jusqu'à elle, j'appellerai mes propres avocats, et je peux vous garantir qu'ils feront regretter à M. Coombs d'avoir jamais voulu embrasser cette profession. »

Elle se lève avant d'ajouter :

« J'imagine que vous ne la cachez pas dans ce placard.

— Non, madame.

— Alors je vous suis. »

Ils quittent le bâtiment et traversent la pelouse de derrière, soigneusement tondue et bordée d'arbres sur trois côtés. La lumière dorée fait des flaques dans l'herbe. Ils longent un chemin de pierres qui s'enfonce dans les bois. 15 mètres plus loin, ils arrivent devant une petite maison entourée d'une clôture blanchie à la chaux, un endroit que Louis ne connaissait pas, et Bertha encore moins.

Le Dr Christmas trouve la bonne clé dans son grand trousseau et tient le portail ouvert à Bertha, qui lui passe devant sans un mot. Il faut une autre clé pour la maison proprement dite, ce qui implique une minute supplémentaire de farfouillage cliquetant. Bertha tape du pied. Louis fourre ses mains dans ses poches et contemple le ciel ensanglanté à travers les feuillages.

« Et voilà », annonce le médecin.

Dans le vestibule se trouve une infirmière, qui se lève en voyant Bertha entrer.

« Cet appartement est réservé aux patients durant leurs épisodes les plus fragiles ou les plus stressants, explique Christmas. Et notre meilleur personnel... »

Bertha n'attend pas qu'il finisse et passe dans l'autre pièce. Louis la talonne de près, si bien qu'il lui rentre dedans lorsqu'elle s'immobilise sur le pas de la porte

« Oh ! souffle-t-elle. Oh, mon Dieu ! »

Louis jette un coup d'œil par-dessus l'épaule de sa femme et voit sa fille. Elle est allongée sur un lit de camp, vêtue d'une blouse bleue sous laquelle son ventre dessine une bosse très nette. Tout son torse, déjà trapu en temps normal, paraît distendu de façon inquiétante. Elle les regarde en clignant des yeux d'un air absent.

Louis voudrait bien entrer dans la pièce mais Bertha s'agrippe aux deux montants de la porte. Il décroche délicatement ses mains et s'avance. La fille se redresse sur son lit en l'observant avec étonnement tandis qu'il approche une chaise pour s'asseoir à son chevet.

« Bonjour, Ruth. »

Elle sourit timidement quand il lui caresse la joue.

« Je suis très content de te voir. Je suis désolé d'avoir autant tardé à venir. Je ne sais pas ce qui m'en a empêché. »

La fille ne dit rien. Elle lance un regard dans le dos de Louis, en direction de Bertha, qui laisse échapper de petits gémissements lugubres.

« Ruth, reprend Louis, et la fille se tourne à nouveau vers lui. Ruth, je vois que... qu'il s'est passé quelque chose, on dirait. »

Elle ne répond pas.

« Ruth », répète-t-il.

Bertha fait demi-tour et s'en va. Dans la pièce voisine, Louis l'entend menacer le directeur, mais il essaie de rester concentré sur sa fille.

« Ruth », dit-il encore.

Il avait voulu l'appeler Teresa, comme une de ses grands-tantes ; Bertha avait de son côté une Harriet et une Sarah à honorer. Mais Bertha avait insisté pour qu'ils choisissent un nom sans aucun lien avec leurs deux familles, vu que c'était précisément l'idée.

L'amour sait s'adapter, cependant, et Louis a fini par aimer ce prénom. Ruth, dit-il. Il lui prend la main et commence à se balancer d'avant en arrière. Ruth. Elle le regarde naïvement et la confusion peut se lire sur son visage tandis qu'il continue à se balancer en répétant son nom.

Ils n'ont pas tellement de possibilités. Le Dr Christmas leur laisse entendre qu'il a les moyens de mettre un terme à la grossesse sur-le-champ, mais alors Bertha lui hurle dessus. Elle, la femme des solutions pragmatiques. Apparemment, elle a encore quelques tabous.

Le lendemain, leur médecin de famille – celui qui a mis au monde la fille et qui leur a recommandé le foyer – arrive par le train de l'après-midi. Il prend un taxi jusqu'à l'hôtel et on lui indique la suite de M. et Mme Muller, dans laquelle il pénètre avec une certaine appréhension. Le chapeau à la main, il se lance dans une plaidoirie oscillant entre les excuses et la justification.

« Ne vous fatiguez pas, le coupe Bertha. Vous allez avoir besoin de vêtements. Nous avons installé la fille dans un cottage voisin pendant le temps de sa grossesse. Il y a une infirmière avec elle. Le cottage attenant n'est pas encore en vente mais nous l'obtiendrons sans tarder. Vous y habiterez jusqu'à ce que tout ça soit fini. Une fois que le bébé sera né, nous verrons que faire de la fille. En attendant, nous vous fournirons tout le nécessaire et nous couvrirons vos dépenses ainsi que les pertes que vous subirez en vous absentant de votre cabinet. Jusqu'à ce que vous ayez déterminé vos besoins plus précisément, ceci devrait suffire. Louis, donnez-le-lui. »

Alors que le médecin prend le chèque, ses mains se mettent à trembler, comme elles l'avaient fait en ce soir fatidique vingt et un ans plus tôt. Louis est consterné. Il doit bien y avoir quelqu'un de mieux ; quelqu'un de plus jeune, avec plus d'énergie et de compétence. Mais Bertha n'en démord pas. Aucun spécialiste, quelle que soit la qualité de sa formation, n'a autant d'expérience que le Dr Fetchett dans un domaine : la discrétion. Il a su garder les secrets de famille et, à présent, il va être puni pour sa loyauté.

« Je comprends votre inquiétude, dit-il, mais je ne peux absolument pas quitter New York pour...

— Vous le pouvez et vous le devez. La grossesse est déjà bien avancée. Pourquoi ont-ils attendu jusque-là pour nous prévenir, c'est une autre histoire, nous en discuterons ultérieurement. Pour le moment, je ne me préoccupe que de son bien-être et de celui de l'enfant. Voici la clé de votre chambre si vous voulez vous rafraîchir. Nous nous mettrons en route pour le cottage dans trente minutes. »

Elle a tant à perdre. Cette femme que voit le monde est le produit de nombreuses années de travail acharné. Et dans son devenir, la suppression a joué un aussi grand rôle que la création. Une leçon qu'elle n'a jamais oubliée.

Pour leur lune de miel, Louis l'a emmenée six mois en Europe. Ils sont retournés dans la ville natale de ses ancêtres, de l'autre côté du Rhin à l'endroit où elle avait encore de la famille. Ils ont loué des châteaux. Ils ont été reçus par des chefs d'État, escortés en grande pompe d'un monument splendide à l'autre, accompagnés pour des visites privées dans les plus beaux musées du monde, autorisés à coller leur nez sur les toiles et à passer leurs doigts sur les surfaces d'or et d'argent. Ce dont elle se souvient surtout, ce sont les Michel-Ange. Ni le musculeux *David* ni la languide *Pietà,* mais les sculptures brutes inachevées de Florence, des silhouettes humaines luttant pour s'arracher à des blocs de marbre massif. Cela a toujours été sa grande bataille, la bataille d'une vie, remportée par dépouillements successifs. On mue ; on s'allège et on s'élève.

Elle est arrivée à l'âge de 5 ans, et, au début, elle

n'avait pas d'amis. Les autres petites filles se moquaient de sa façon de prononcer les *s*. Ça faisait le son *z*. Ou bien quand elle disait « ch'habite » à la place de « j'habite ». Là aussi, elles se moquaient d'elle. *Chhh,* disaient-elles en riant. *Chhhhh*. Une plaisanterie maligne qui jouait à la fois sur son défaut d'élocution et lui faisait comprendre que ce qu'elle avait à dire n'intéressait personne.

Son accent, donc ; il fallait qu'elle s'en débarrasse. Jour après jour, elle travaillait avec son précepteur. « Sachez, cher Sacha, que Natacha n'attacha pas son chat. » Les exercices lui faisaient mal à la mâchoire. Ils l'assommaient d'ennui. Mais elle s'entraînait. Elle se dégrossissait petit à petit – faisant tomber les *z* et les *ch* à coups de burin comme autant d'éclats de pierre et de nuages de poussière – jusqu'à ce qu'elle ait le même accent que n'importe quelle fille américaine. C'était un processus pénible mais le jeu en valait la chandelle, surtout après que la guerre avait éclaté.

Ses rondeurs enfantines disparurent. Elle évitait certains aliments, et peu à peu elle se transforma en une femme capable de faire se retourner les têtes dans la rue. Les garçons voulaient être à côté d'elle, et les filles voulaient être à côté des garçons. Elle se délesta de sa timidité, elle se délesta de ses ressentiments, accordant généreusement son amitié à celles qui l'avaient calomniée dans son enfance. Elle se délesta de ses inhibitions, se forgeant la réputation d'une jeune femme non seulement d'une beauté exceptionnelle mais d'une grande finesse d'esprit. Elle réprima sa tendance déplacée au sarcasme et se força à supporter l'ineptie des mondanités. Elle faisait sensation dans les salons en jouant les passages les plus rapides des *Variations Goldberg*. Tout le monde applaudissait. Elle apprit à aimer les réceptions, à rire sur commande, à renvoyer aux autres l'image qu'ils avaient le plus envie de voir.

À son dix-huitième anniversaire, plusieurs hommes avaient déjà demandé sa main. Elle les éconduisit tous. Elle avait des projets plus ambitieux, et sa mère aussi.

Son père les trouvait toutes deux ridicules et le leur fit savoir.

« Je ne vois pas pourquoi tu dis ça, lui rétorqua mama. Ils aiment les Allemandes. Et je sais que, celle-là, ils voudront l'épouser dès que possible. »

Mama avait raison. Bertha n'en revenait pas. En un clin d'œil, elle se changea de débutante en jeune mariée, valsant entre les bras de son époux dans une salle de bal aussi vaste que son imagination.

Les premières années de son mariage furent les plus heureuses. Elle remarqua à peine le peu d'intérêt que lui témoignait son mari, occupée qu'elle était à profiter de sa récente toute-puissance. Papa était riche, mais personne n'avait la fortune des Muller. Cela devint un défi pour elle que de s'inventer de nouvelles façons de dépenser de l'argent. Elle poursuivait aussi son ascension sociale, cultivant les relations importantes et élaguant celles qui étaient caduques. Elle recevait et était reçue chez les autres. Sa garde-robe faisait l'envie de toutes ; ses vêtements étaient coupés près du corps pour mettre en valeur sa silhouette. Elle devint une habituée des chroniques mondaines, remarquée pour sa grâce mais aussi ses actions charitables. En son nom furent bâties une salle de concert et une collection au Metropolitan Muséum. Elle finançait des fondations et parrainait des écoliers. Elle n'avait que 21 ans et déjà elle avait fait tellement de bien autour d'elle. Ses parents étaient fiers ;

sa vie était comblée ; et si son mari ne la désirait pas, tant mieux. Cela la laissait libre de continuer à se peaufiner, à devenir une nouvelle personne, à se réincarner en Muller. C'était à elle que revenait la tâche de perpétuer la lignée. On ne pouvait pas faire confiance à Louis. Il avait fait tout son possible pour saboter l'avenir de sa propre famille. Elle était là pour réparer les dégâts et, ce faisant, elle s'appropria son nouveau patronyme comme lui – né Muller par le fruit du hasard – ne le pourrait jamais. Contrairement à Louis, elle avait dû travailler, se placer, choisir ; elle devint une Muller plus qu'il ne l'avait jamais été. Par conséquent, elle avait des obligations bien plus graves que lui, c'était une mission divine. Sinon comment expliquer son ascension fulgurante ? Quelqu'un *voulait* qu'elle réussisse.

Aussi s'assura-t-elle que Louis accomplisse son devoir le moment venu.

Au début de sa première grossesse, mama mourut. Avant de s'en aller, elle lui dit.

« J'espère seulement que tes enfants prendront autant soin de toi. »

La déception fut donc double. Bertha avait l'impression d'avoir trahi le dernier désir de sa mère. Un enfant anormal ne pourrait jamais s'occuper d'elle. Et la honte qu'elle en éprouva, oh, la honte ! C'est toute sa vie qui allait voler en éclats, explosant en ressorts, engrenages et charnières. Tout le bien qu'elle avait fait serait réduit à néant. Qui pourrait financer les bonnes œuvres autant qu'elle ? Qui donnerait le grand bal d'automne ? Qui serait le point focal ? Elle avait des obligations envers les New-Yorkais.

Un accent, quelques kilos en trop, un mari récalcitrant... les problèmes qu'elle a eu à combattre ont toujours eu des solutions claires et concrètes. Ainsi a-t-elle abordé celui de la fille : la tête froide et d'une main ferme. Ce n'était après tout qu'un problème de plus à résoudre ; la véritable question était comment. Le foyer lui fournit la réponse. Le Dr Fetchett leur dit qu'une telle décision n'était pas rare, et elle fut rassurée de savoir qu'elle suivait un chemin bien balisé. À chaque obstacle, sauter plus haut.

Ce qu'elle trouve le plus troublant dans ce nouveau rebondissement, cette abomination, est la sensation d'avoir calé. Ou pire, commencé à couler. Elle comprend à présent que le problème de la fille ne sera jamais résolu, pas tant que les gens ont la capacité de se reproduire. La famille, voilà le problème récurrent.

En août, David rentre de Berlin. Il raconte à ses parents ses anecdotes de voyage et leur fait partager de première main ses récits de l'agitation politique naissante. Louis, qui a suivi de près l'actualité, spécule sur ses possibles conséquences économiques. Plusieurs cadres haut placés de sa succursale de Francfort ont été démis de leurs fonctions, une pratique que Louis désapprouve. Juifs ou pas juifs, c'étaient d'excellents hommes d'affaires, et personne un tant soit peu sensé ne peut croire que le fait de dépouiller une nation de ses travailleurs les plus qualifiés et expérimentés conduira à une plus grande prospérité.

Ayant émigré à un très jeune âge, Bertha n'a pas tellement d'opinion sur l'annexion de l'Autriche ou les vitres de synagogues brisées, des événements qu'elle considère n'avoir aucun impact direct sur elle. Elle est heureuse de retrouver son fils, de voir restauré le tableau de sa vie. Ces derniers temps, Louis et elle se sont encore moins parlé que d'habitude, et son entêtement l'exaspère. Il n'a jamais autant résisté qu'à présent.

Son grief numéro 1 est qu'elle n'est pas allée rendre visite à la fille. Lui y va toutes les deux semaines. Est-ce que ça la tuerait, veut-il savoir, de faire acte de présence de temps en temps ?

Mais elle ne peut pas. Il y a beaucoup de raisons à cela. Il faut bien que quelqu'un reste à la maison. Et si un ami passait à l'improviste ? Ils ne pouvaient pas s'absenter *tous les deux,* quand même. Les gens se demanderaient où étaient passés les Muller en plein cœur de l'été. Les Muller mènent une existence à la mode, leurs faits et gestes influencent toute la bonne société. On se poserait des questions ; on répandrait des rumeurs. Au moins l'un d'entre eux doit rester là, et elle représente le choix le plus raisonnable.

De toute façon, en quoi pourrait-elle se rendre utile ? Ayant été enceinte elle-même, Bertha sait bien qu'il s'agit d'une forme de souffrance hautement individuelle. Elle n'a jamais su tranquilliser qu'une seule femme enceinte : elle-même. Alors que le médecin en a tranquillisé des centaines. Qu'on le laisse faire son travail.

Et puis, par-dessus tout, elle a peur. Peur de se retrouver dans le même état que durant ces quelques minutes sur le seuil de la chambre, dans le même état que pendant le trajet du retour vers New York, peur de sentir son cœur à nouveau chaviré.

Est-ce que ça la tuerait de faire acte de présence ?

Peut-être bien.

Un soir, ils sont en train de dîner quand une bonne arrive avec un petit mot plié qu'elle pose sur la table. Madame ? Bertha est sur le point de la réprimander pour les avoir interrompus lorsqu'elle remarque que le papier s'est légèrement ouvert, révélant la signature du Dr E. F. Fetchett. Elle le glisse sous le pied de son verre à vin.

Après le repas, elle se retire dans son atelier de couture.

Chers Monsieur et Madame Muller,

Veuillez avoir l'obligeance de me rappeler au plus vite.

Cordialement,

Dr E. F. Fetchett

Elle décroche le téléphone et demande le 4-8-0-5-8 à Tarrytown.

C'est le médecin qui répond. Il y a du bruit derrière lui.

« Ici Mme Louis Muller, dit-elle.

— Le travail a commencé. J'ai pensé que vous souhaiteriez être au courant. »

Bertha triture le fil du téléphone.

« Madame Muller ?

— Oui, oui.

— Serez-vous présente pour la naissance ? »

Elle jette un coup d'œil à la pendule. Il est 8 heures et demie.

« Elle tiendra jusqu'à demain matin ?

Je ne pense pas, non.

— Dans ce cas, je ne serai pas présente. »

Et elle raccroche.

Le lendemain matin, elle demande à ce qu'on lui prépare un pique-nique. David et elle passent la journée à Central Park.

Quand Louis revient de Tarrytown tard dans la soirée, on dirait qu'il a couru tout le trajet à pied. Il n'a plus sa cravate ni ses boutons de manchettes et sa chemise est trempée de sueur. Il file directement dans ses appartements et ferme la porte.

« Qu'est-ce qu'il a, papa ?

— Il est malade. Tu t'es bien amusé aujourd'hui ?

— Ouais.

— Pardon ? Je n'ai pas bien compris.

— Oui.

— Oui quoi ?

— Oui, mère.

— Je préfère ça. Qui est-ce qui t'aime plus que tout au monde ?

— Vous, mère.

— C'est vrai. Que vas-tu faire après dîner ?

— Mes exercices de violon.

— Et ?

— Ma lecture.

— Et ?

— Écouter le match des Yankees à la radio.

— Je ne me souviens pas que ce soit au programme.

— Est-ce qu'on peut le mettre au programme ? S'il vous plaît !

— Travaille d'abord.

— Oui, mère. Je peux me lever de table ?

— Certainement. »

Il repose sa serviette. Brave garçon.

« Mère ?

— Oui, David.

— Je peux aller voir père ?

— Pas ce soir.

— Vous pourrez lui dire de ma part que je lui souhaite un bon rétablissement ?

— Promis. »

Une fois David parti, Bertha s'attarde à table en se frottant les tempes. La bonne lui demande si elle désire autre chose.

« Je vais voir mon époux. Je ne veux être dérangée sous aucun prétexte. C'est clair ?

— Oui, madame. »

Elle monte dans l'ascenseur et se prépare au combat.

Il est arrivé au village alors que la chaleur était à son comble. L'air chargé de moucherons, les relents douceâtres du fumier, les enfants torse nu qui jouaient à s'asperger d'eau. Le chauffeur a suivi la route défoncée avant de bifurquer sur le petit sentier menant au cottage qu'ils ont choisi – que *Bertha* a choisi –, mais leur progression a été ralentie par une grille à bétail et un portail nécessitant d'arrêter la voiture, d'en descendre, d'ouvrir le portail, de le franchir et de s'arrêter à nouveau pour le refermer derrière soi. Mais Louis a ordonné au chauffeur de le laisser ouvert. Il se moquait bien que des gens puissent entrer. Qu'ils entrent !

Alors qu'il pénétrait dans le cottage, il a eu la nausée et des vertiges, et dans un réflexe il aurait voulu s'agripper au bras de sa femme. Depuis sa dernière visite, l'endroit avait été converti en salle d'opération. D'une pile de draps se dégageait une odeur fétide d'antiseptiques et de fluides organiques. Le silence l'inquiétait : n'aurait-on pas dû entendre des pleurs ? Ruth elle-même ne faisait quasiment aucun bruit bébé et il a toujours pris cela comme un des symptômes de sa maladie. Et si à présent son enfant avait le même problème ? Quelles souffrances indescriptibles allait-il endurer ?

Le Dr Fetchett avait une mine cadavérique, pourtant il n'avait que des bonnes nouvelles. Le nouveau-né était un garçon, son pouls était fort et régulier. La mère était en excellente santé ; meilleure, même, que beaucoup de mamans normales après une épreuve pareille. Pour pouvoir nettoyer les lieux, ils avaient transféré la mère et l'enfant dans le cottage voisin, où des infirmières s'occupaient d'elle.

« Comment va-t-elle ? Elle est heureuse ? »

Le médecin s'est frotté la joue d'un air pensif.

« C'est difficile à dire, en fait. »

Ils sont d'abord allés voir le bébé. Rougeaud, fripé, emmailloté ; des cheveux noirs en épis sur le sommet du crâne. Parfaitement banal.

À vrai dire, il ressemblait un peu à Bertha.

Le Dr Fetchett lui a expliqué qu'il était en effet possible pour une mère mongolienne d'avoir un enfant normal.

« Bien entendu, nous ne pouvons pas encore être sûrs que d'autres problèmes ne surgiront pas avec le temps. Je ne dis pas ça pour vous alarmer mais parce que j'essaie de vous préparer à toute éventualité. »

Louis a demandé à le prendre. Entre ses bras, le bébé ne pesait pas plus qu'une liasse de papier.

« Il est un peu rouge, non ?

— C'est normal. »

Au début, il était soulagé. Normal, normal, tout était normal. Mais plus il restait ainsi avec le bébé endormi dans les bras, plus il se rendait compte que la normalité était la pire malédiction possible. Si l'enfant était normal, il pouvait avoir des vues sur l'héritage et constituer une menace pour la souveraineté de David. Louis n'osait pas imaginer ce dont Bertha serait capable.

Le médecin voulait savoir si Mme Muller viendrait faire une visite.

« Je ne pense pas », a répondu Louis.

À présent, étendu sur le plancher de son salon pour apaiser son dos qui le torture, les yeux levés vers Bertha – elle se dresse au-dessus de lui, debout entre deux fauteuils qu'elle a rapprochés comme pour former un rempart –, il s'entend dire :

« L'enfant est mort. La fille aussi. Ils sont tous les deux morts pendant l'accouchement. »

Un mois plus tard, prétextant un déplacement d'affaires, Louis retourne au foyer.

« Je veux connaître le nom du père. »

Le Dr Christmas jette des regards affolés aux quatre coins de la pièce, à la recherche de son avocat qui a disparu.

« Ma femme ne sait pas que je suis ici, reprend Louis. Le moins que vous puissiez faire, c'est de m'aider à donner un nom à cet enfant. »

Après quelques instants, le médecin va chercher un dossier dans une armoire. Il tend à Louis la photo d'un jeune homme avec des cheveux noirs en bataille ; des yeux noirs en bataille aussi.

« Il s'appelle Cracke », dit Christmas.

Louis compare les traits du visage.

« Un patient ?

— Oui.

— Il n'a pas l'air retardé.

— Il a d'autres problèmes. Beaucoup d'autres. C'est un garçon difficile. »

Louis repose la photo. Il devrait ressentir quelque chose. De la colère, peut-être, ou du dégoût. Mais il ne ressent rien, à peine un peu de curiosité.

« Comment a-t-il connu ma fille ? »

Le médecin remue sur sa chaise, mal à l'aise.

« Je ne sais pas. Comme vous avez pu le constater, nous séparons les garçons et les filles. Parfois, pour un concert, nous réunissons tout le monde dans le bâtiment principal. J'imagine qu'ils ont dû s'éclipser sans qu'on s'en aperçoive. »

Louis fronce les sourcils.

« Vous voulez dire qu'elle était consentante ?

— Je suis porté à le croire. Elle n'a pas arrêté de le réclamer. »

Louis ne dit rien.

« Il n'est plus parmi nous, indique le médecin.

— Il est mort ? demande Louis, interloqué.

— J'ai ordonné son transfert.

— Et où se trouve-t-il à présent ?

— Dans une autre institution, à quelques kilomètres de Rochester.

— Il est au courant ?

— Je ne crois pas.

— Vous allez le lui dire ?

— Je n'en avais pas l'intention, non.

— Je ne préfère pas non plus. »

Comme il ouvre à Louis la portière de sa voiture, le Dr Christmas lui adresse un sourire mielleux en disant :

« J'espère que vous ne trouverez pas déplacé de ma part de vous demander des nouvelles de Ruth. Nous étions tous très attachés à elle.

— Elle se porte comme un charme », répond Louis.

Le médecin lui tend la main. Louis la refuse.

Il embauche trois personnes, supervisées par une Écossaise à la mâchoire d'enclume du nom de Nancy Greene, une ancienne employée du foyer. Elle est gentille avec Ruth, encore plus avec le bébé. Elle comprend – ou a l'air de comprendre – lorsque Louis insiste sur l'importance de garder le secret. Cela ne pourra faire que du mal si quelqu'un l'apprend, lui dit-il, et elle semble d'accord. Il la paye très bien.

En 1940, le monde est en guerre. David a entamé sa première année de scolarisation en bonne et due forme à la N. M. Priestly Academy, et Bertha a été réélue présidente de son club de bienfaisance, une fonction à laquelle elle consacre de plus en plus de temps maintenant que son fils a quitté le foyer familial. La filiale de Francfort a fermé depuis l'invasion de la Pologne, et la Muller Corporation délaisse peu à peu la finance internationale pour se recentrer sur la gestion de biens immobiliers à l'échelle nationale, un domaine d'investissement que Louis considère plus stable. Son intuition s'avérera visionnaire quand les GI américains rentreront au pays et que la demande de logements explosera. Mais cela n'arrivera pas avant plusieurs années. Pour le moment, il ne fait que suivre son instinct.

Le mois de novembre est humide et froid. La pire tempête en dix ans a frappé Manhattan, laissant une odeur de terre planer sur la ville. Louis est assis à son bureau au cinquantième étage du Muller Building.

Peu de gens connaissent le numéro de sa ligne directe.

Il répond. C'est Nancy Greene.

« Elle est très malade, monsieur. »

Il annule ses rendez-vous de l'après-midi. Lorsqu'il

arrive au cottage, il repère un signe funeste : la voiture maculée de boue du Dr Fetchett.

« Je ne parviens pas à faire baisser la fièvre, il faut la transporter à l'hôpital. »

Malgré tous leurs efforts, l'infection se propage de façon incontrôlable, et, en l'espace d'une semaine, Ruth meurt d'une pneumonie. Le Dr Fetchett tente de consoler Louis en lui disant que, en général, les gens atteints de sa maladie ont une courte espérance de vie. Le fait qu'elle a vécu aussi longtemps – et qu'elle est partie aussi vite – est plutôt une bénédiction.

Louis la fait enterrer dans le parc. Il n'y a pas de prêtre présent. Les infirmières chantent un cantique. Mme Greene reste à l'intérieur avec bébé Victor.

19

Je restai plusieurs semaines sans parler à Marilyn. Lorsque je finis par l'appeler, quelques jours après le nouvel an, je m'entendis dire par son assistant qu'elle était partie à Paris. « Pour combien de temps ?

— Je ne suis pas censé vous le dire. En principe, je n'étais pas censé vous dire non plus qu'elle était à Paris, alors ne répétez pas que ça vient de moi. »

J'imagine que je n'aurais pas dû lui en vouloir, pourtant c'était le cas. J'avais le sentiment d'être la victime, qu'elle n'avait pas le droit d'être blessée ; autant que je sache, j'avais agi avec sa permission. J'eus exactement la même réaction qu'après la mort de ma mère, la même réaction qu'à chaque fois que je m'étais senti – ou qu'on m'avait fait sentir – légitimement honteux. Le narcissisme n'est pas capable de digérer une trop grande dose de culpabilité. Il la régurgite sous forme de rage. Je songeai à toutes les fois où Marilyn m'avait fait du mal ; à toutes les railleries que j'avais encaissées, toute la condescendance que j'avais avalée avec le sourire. Je me rappelai le nombre de fois où elle m'avait traité purement comme un trophée de chasse et à sa façon de s'immiscer dans la gestion de mes affaires. Je repensai au soir où elle m'avait forcé à l'embrasser alors que j'avais la tête comme un tambour à polir. À cette liste de crimes, j'en ajoutai d'autres qui n'avaient rien à voir avec moi ; je la traitai mentalement de briseuse de ménages, de divorcée revancharde, de menteuse, de tyran. J'effaçai ses gentillesses pour ne retenir que ses cruautés, jusqu'à ce qu'elle me paraisse si méchante, si profondément dépravée que son refus de me passer cette minuscule incartade me semblât le summum de l'hypocrisie. Et juste comme j'en arrivais à la tenir pour responsable du réchauffement climatique et de l'éclatement de la bulle Internet, je mis la main dans la poche de ma veste afin de dégainer mon téléphone et de lui laisser un message lui disant exactement ce que je pensais d'elle, mais au lieu du téléphone je tombai par hasard sur une étiquette qu'un vendeur de chez Barneys avait dû oublier d'enlever. La veste de mon costume avait coûté à Marilyn 895 dollars plus 8,375 % de taxes.

À ma grande surprise, mon e-mail d'excuses fleuve me valut une réponse non moins fleuve... en français. Dans la mesure où Marilyn sait que je ne parle pas français, elle l'avait forcément envoyé en sachant que j'aurais besoin d'une traduction. Dieu seul sait à quel genre de mortification elle entendait m'exposer. J'hésitai donc avant de faire appel à Nat.

« À la mort du roi Louis XIV, la cour quitte Versailles pour s'installer de nouveau à Paris. De vastes demeures sont construites sur le faubourg Saint-Honoré, à la place des marais horticoles », commença-t-il.

Il continua à lire en diagonale.

« Après il est question d'un restaurant... Tu sais ce que c'est ? C'est l'historique de son hôtel. On dirait qu'elle a copié-collé un extrait du site Internet. »

Il releva les yeux vers moi.

« Tu comprends ce que ça veut dire ? Il y a un sens caché qui m'échappe ?

— Ça veut juste dire d'aller me faire foutre. »

La tempête de neige contraignit Samantha à retarder son retour, et quand je l'eus au téléphone elle me supplia d'avancer sans elle. Je décidai de mettre ce temps à profit pour approfondir les renseignements que j'avais obtenus à la papeterie. Pendant des semaines, j'avais fait le tour des salles de jeu et des clubs d'échecs et de dames du coin en pensant que Victor avait pu les fréquenter à la recherche de partenaires. Les endroits les plus proches des Muller Courts se trouvaient à Brooklyn, et tous sans exception se révélèrent pleins d'universitaires miteux. Des ados angoissés mal coiffés ; des petits génies au regard terne savourant leur victoire en salivant ou bien assis sur des chaises trop hautes pour eux, balançant leurs jambes dans le vide, agrippés à des sabliers électroniques en attendant un adversaire à leur niveau. Je circulais entre les tables sur la pointe des pieds en essayant de demander si quelqu'un connaissait un certain Victor Cracke, un petit homme avec une moustache, il ressemblait un peu à...

« Chhhh ! »

L'avant-dernier endroit de ma liste était le club d'échecs et de dames High Street, situé sur Jamaica Avenue. Le jeudi, d'après le message du répondeur, c'était la soirée dames, début du tournoi à 19 h 30, 5 dollars l'entrée, le vainqueur empoche tout, sodas et chips à volonté.

Avoir appelé le club « High Street » ne pouvait dissimuler le fait que c'était un trou à rats : une pièce unique crado, quatre étages au-dessus d'une agence de cautionnement judiciaire, en haut d'un escalier vertigineux auquel vous pouviez accéder en martelant une porte métallique jusqu'à ce que quelqu'un vienne vous ouvrir. J'étais arrivé un quart d'heure en avance. Un type d'une maigreur maladive vêtu d'une chemise en flanelle et d'un affreux pantalon en velours côtelé descendit et me demanda sèchement si j'avais une invitation.

« Je ne savais pas qu'il en fallait une.

— Nan, je déconne, ouarf, ouarf ! Moi, c'est Joe. Allez, ramène ta fraise. »

Tandis que nous montions les marches, il s'excusa pour le désagrément.

« Notre interphone est cassé », dit-il en soufflant comme un bœuf.

Il avait une légère claudication qui faisait violemment pivoter ses hanches en arrière, comme s'il essayait de s'arracher à son propre corps.

« Les autres, y marchent ; y a que le nôtre qu'est pété. Le proprio s'en tape. On est obligés de refermer à chaque fois parce que y a eu des cambriolages. Quelqu'un a piqué l'extincteur et l'a vidé sur la moquette. Moi, je vois pas ce que ça peut foutre ; un bout de moquette mouillée, ça a jamais fait de mal à personne, ouarf, ouarf ! »

Il sortit un kleenex et se moucha.

« En fait, je voulais vous poser quelques questions sur un de vos membres », dis-je.

Il s'arrêta net, le pied sur la dernière marche. Tout son comportement changea ; je le vis se rétracter.

« Ah ouais ? Et qui ça ?

— Victor Cracke. »

Joe fronça le nez, se gratta la nuque.

« Je connais pas.

— Vous pensez que quelqu'un d'autre pourrait le connaître ? »

Haussement d'épaules.

« Ça ne vous ennuie pas si je demande à ceux qui sont là ?

— Le tournoi va commencer, rétorqua-t-il.

— Je peux attendre que vous ayez fini.

— C'est pas un sport où y a des spectateurs.

— Dans ce cas, je peux revenir après. À quelle heure vous finissez ?

— Ça dépend, fit-il en pianotant sur la rampe. P't-être dans une heure, p't-être dans quatre.

— Alors je n'ai qu'à participer.

— Vous savez jouer ? »

Qui ne sait pas jouer aux dames ?

« Ben, oui.

— Z'êtes sûr ?

— À peu près. »

Nouveau haussement d'épaules.

« Bon, d'accord. »

À côté des joueurs du club de High Street, ceux de Brooklyn auraient eu l'air carrément branchés. Sans doute le Queens attirait-il un public plus diversifié : un type nerveux avec une immense coupe afro et des lunettes en cul de bouteille ; un obèse portant un jogging violet et des baskets à scratches ; deux jumeaux adossés au mur du fond, buvant Coca sur Coca et se parlant à mi-voix dans un mélange d'anglais et d'espagnol.

Joe était visiblement le responsable. Il fit, quelques annonces, leur rappela le tournoi de Staten Island puis passa dans la pièce pour mettre les gens deux par deux. Il me désigna une petite table pliante bancale à laquelle mon adversaire était déjà installé dans une parka boutonnée jusqu'en haut ; son visage rond luisait comme la lune à l'intérieur de sa capuche.

« Voilà Sal. Sal, je te présente un nouveau. »

Sal me salua en silence.

« Vous avez qu'à jouer, me dit Joe. Sans vous, on est un nombre impair. C'est 5 dollars. »

Nous sortîmes nos portefeuilles.

« Merci », dit-il en cueillant les billets dans nos mains avant de continuer sa tournée.

Malgré la chaleur grandissante dans la salle, Sal persistait à garder sa parka. Il portait aussi des moufles qui le gênaient pour ramasser mes pions quand il les mangeait, ce qui se produisait à une fréquence consternante. Par courtoisie, je me mis à les lui donner moi-même.

« Comment vous faites... commençai-je.

— *Chhhh !*

— Comment vous faites quand vous êtes en nombre impair ? chuchotai-je.

— Joe joue contre deux personnes en même temps. Dame ! »

La partie dura environ neuf minutes. C'était l'équivalent en terme de dames d'un nettoyage ethnique. Quand nous eûmes terminé, Sal se redressa sur sa chaise avec un grand sourire. Il essaya de croiser les mains derrière la tête dans une attitude de triomphe désinvolte mais, comme il ne pouvait pas entrelacer ses doigts, il dut se contenter d'appuyer son menton entre ses paumes en contemplant le plateau de jeu désormais libéré de tous ses satanés pions noirs. Les autres participants continuaient à jouer en silence, à part de temps en temps le claquement d'un disque en plastique ou un « Dame ! » occasionnel.

Je tentai d'engager la conversation tout bas.

« Vous avez déjà rencontré un certain...

— Chhhh ! »

Je sortis un stylo et une carte de visite au dos de laquelle j'écrivis ma question. Je la tendis à Sal, qui secoua la tête. Puis il m'emprunta mon stylo et rédigea tant bien que mal une réponse de sa grosse paluche.

Non, mais ça fait seulement quelques mois

Il me fit signe de lui donner une autre carte. Je m'exécutai mais il agita la main impatiemment pour m'en réclamer plus et je lui en offris trois autres. Au fur et à mesure qu'il écrivait, il numérotait les cartes dans le coin.

(1) *que j'ai commencé à venir donc je ne connais pas le nom*

(2) *de tout le monde. Joe, lui, il connaît tout le monde, vous saviez*

(3) *qu'il avait remporté le championnat national*

Je sortis une autre carte de visite. Il ne m'en restait plus que trois.

C'est vrai ? notai-je.

(4) *Oui, il a été champion en 93, c'est aussi un maître*

(5) *aux échecs et au backgammon*

Sur ma dernière carte, j'écrivis : *Impressionnant.*

Nous en fûmes alors réduits à un silence gêné, échangeant quelques hochements de tête. Le fait d'avoir tout juste établi un semblant de connexion n'en rendait que plus pénible notre impossibilité à communiquer.

« Changement de partenaire ! » annonça Joe.

Je continuai à jouer et perdis huit autres parties Le plus près que je fus de la victoire consista à tenir jusqu'au délai des quinze minutes, un exploit que je réussis en grande partie grâce au fait que mon adversaire, un petit vieux avec un sonotone dans chaque oreille, s'était endormi en plein milieu de notre rencontre. À la fin de la soirée, seul Joe était resté invaincu. Quand venait leur tour de l'affronter, les autres joueurs gémissaient comme s'ils avaient reçu un coup de pied entre les jambes. Ma partie contre lui fut ma huitième et dernière. J'avançai un pion vers le centre du plateau.

« Trente-deux vingt-huit, commenta-t-il. Mon ouverture préférée. »

Il s'appliqua alors à me laminer méthodiquement par une série de coups calmes et réguliers. On aurait dit que nous ne jouions pas au même jeu. Et, en un sens, c'était le cas. Moi, je jouais à un jeu d'enfance dans lequel le but est de s'amuser, et mes décisions devaient lui paraître absurdes ou aléatoires, n'ayant pour objet – au mieux – qu'un bénéfice à court terme. Lui, en revanche, était plongé dans une autoanalyse, ce qui est la forme que prend n'importe quelle activité exercée à très haut niveau.

En le regardant, je ressentis une excitation assez similaire à celle que j'avais éprouvée la première fois que j'avais vu les dessins de Victor. Ça va peut-être vous sembler étrange, alors laissez-moi m'expliquer. Le génie peut s'incarner sous bien des formes, et lors du dernier siècle nous avons (peu à peu) admis que la transcendance d'un Picasso pouvait se retrouver en d'autres lieux moins évidents. C'est cet inénarrable provocateur de Marcel Duchamp qui nous l'a démontré quand il a abandonné la création plastique pour partir s'installer à Buenos Aires et se consacrer à plein temps aux échecs. Ils ont, disait-il, « toute la beauté de l'art, et beaucoup plus. Ils ne peuvent pas être commercialisés. Les échecs sont beaucoup plus purs ». À première vue, Duchamp a l'air de déplorer le pouvoir corrupteur de l'argent. En fait, il est bien plus subversif que ça ; il détruit les frontières conventionnelles de l'art en affirmant que toutes les formes d'expression se valent potentiellement. *Toutes*. Peindre est pareil que jouer aux échecs, qui est pareil que faire du roller, qui est pareil que se mettre à son fourneau pour préparer une soupe. Et même, chacune de ces bonnes vieilles activités de tous les jours vaut *mieux* que l'art conventionnel, vaut mieux que la peinture, car elle est accomplie sans la posture moralisatrice de celui qui se considère comme un « artiste ». Il n'y a pas de chemin plus sûr vers la médiocrité ; comme l'a écrit Borges, le désir d'être un génie est « la plus grossière des tentations de l'art ». Selon sa conception, le véritable génie n'est donc pas conscient de lui-même. Un génie doit par définition être quelqu'un qui ne s'arrête pas pour réfléchir à ce qu'il fait, à la façon dont cela sera reçu ni aux conséquences que ça aura sur lui et son avenir ; il se contente de *faire*. Il exerce son activité avec une obstination qui est par essence malsaine et souvent autodestructrice. Une personne qui pourrait par exemple beaucoup ressembler à Joe. Ou à Victor Cracke.

Je suis le premier à reconnaître que je me pâmais dès que je me trouvais en présence d'un génie, devant l'incandescence par laquelle il s'immolait en sacrifice. J'espérais qu'en me tenant près du bûcher, je le sentirais se refléter sur moi. Et tandis que je regardais Joe manger mon dernier pion et le déposer sur sa pile de victimes – les petits cadavres en plastique de ce qu'avaient été mes soldats –, je me rappelai soudain pourquoi j'avais besoin de Victor Cracke et pourquoi, maintenant que j'avais perdu ma capacité à le créer de toutes pièces, je devais continuer â le chercher parce qu'il était encore ma plus grande chance, peut-être même ma seule chance, de sentir cette chaleur lointaine, de respirer sa fumée et de me dorer dans sa lueur.

La distribution des prix – c'est-à-dire la remise à Joe par lui-même de la somme forfaitaire de 50 dollars – eut lieu sans grande cérémonie. Un des joueurs, éliminé depuis longtemps de la compétition, avait jeté l'éponge après avoir perdu sa sixième partie d'affilée, une bérézina qui me fit me sentir un peu moins seul dans ma nullité, bien qu'au moment où il sortit j'eusse un peu regretté de ne pas pouvoir l'interroger.

Il s'avéra finalement que ça n'avait aucune importance : tous les autres connaissaient Victor. C'était un habitué du club jusqu'à un an plus tôt. Si je voulais vraiment en savoir plus sur lui, me dirent-ils, il fallait que je m'adresse à Joe, c'est celui qui venait le plus souvent. Je trouvais ça curieux, pour ne pas dire plus, vu qu'il m'avait affirmé ne pas le connaître. Lorsque je me retournai pour lui demander pourquoi, je m'aperçus qu'il avait disparu.

Le type à la coupe afro me conseilla d'attendre.

« Il va revenir.

— Qu'est-ce qui vous fait dire ça ?

— Il doit fermer à clé. »

J'attendis. Les autres joueurs s'en allèrent un à un. De la fenêtre, je les regardais avancer sur le trottoir, courbés en deux pour marcher dans la neige ou courir après le Q36. Seuls deux s'attardèrent, continuant à jouer jusqu'à 11 heures et demie, après quoi il ne resta plus que moi au milieu des tables et des chaises, dans le bourdonnement des néons, les yeux rivés sur un paquet éventré de sablés Lorna Doone.

Il était minuit passé lorsque Joe réapparut. Il était obligé de revenir. Je le savais non seulement parce que l'homme à la coupe afro me l'avait dit, mais aussi parce qu'aucun génie véritable ne laisserait jamais l'objet de son obsession en désordre. J'entendis la clé tourner dans la porte métallique en bas, puis je l'entendis monter l'escalier en soufflant il entra dans la pièce comme si je n'étais pas là et se mit à empiler les chaises. Je me levai pour l'aider. Nous travaillâmes en silence. Il me tendit un rouleau de Sopalin, un vaporisateur de lave-vitre et nous entreprîmes de nettoyer les tables.

« Je vous ai vu dans le journal, finit-il par dire en fermant un sac-poubelle avec un nœud élaboré. C'est vous qui avez organisé l'exposition. Pas vrai ?

— C'est en partie pour ça que je voudrais parler à Victor. J'ai de l'argent pour lui.

— En partie pour quoi d'autre ?

— Pardon ?

— C'est quoi, l'autre raison pour laquelle vous voulez lui parler ?

— Je veux être sûr qu'il va bien.

— C'est sympa de votre part. »

Je ne répondis pas.

« Combien d'argent ? demanda-t-il.

— Une jolie somme.

— Ça fait combien, une jolie somme ?

— Pas mal.

— On peut savoir pourquoi vous voulez pas me répondre ?

— Au moins je ne vous mens pas. »

Il sourit, puis transféra le sac-poubelle de sa main droite à sa main gauche, le dos toujours aussi voûté. Il se tenait affreusement mal et son visage avait tendance à s'affaisser en une grimace quand il ne parlait pas ; on aurait dit que son état normal était l'inconfort.

Dehors, la neige s'était remise à tomber. Joe jeta le sac dans la ruelle et se dirigea vers l'arrêt de bus. J'avais l'impression qu'il boitait encore plus qu'avant, presque par spasmes. Il me paraissait aussi plus gros, comme s'il lui avait poussé une couche de graisse supplémentaire. Un coup de vent écarta son manteau et en révéla un deuxième en dessous, sous le col duquel en dépassait un troisième.

« Vous voulez que je vous dépose ? » proposai-je.

Il me dévisagea.

« Je vais m'appeler un taxi, précisai-je. Je peux faire un détour pour vous raccompagner. »

Au coin de la rue, le bus tournait. Il le suivit des yeux avant de me regarder à nouveau.

« Vous savez quoi ? dit-il. J'ai surtout faim. Pas vous ? »

Nous échouâmes dans une cafétéria ouverte vingt-quatre heures sur vingt-quatre. Personnellement, je voulais juste un déca mais, quand j'annonçai que c'était moi qui payais, Joe commanda des œufs au plat, du bacon, des pommes de terre sautées et un milk-shake. Rien que de l'entendre, j'en avais la nausée. Alors que la serveuse repartait, il la rappela pour ajouter des beignets d'oignons et une salade verte.

« Toujours des légumes », dit-il.

Il mangeait très lentement, mastiquant chaque bouchée au moins cinquante fois jusqu'à ce qu'elle n'ait sans doute plus aucun goût à part celui de sa propre salive. Suivaient de longues gorgées de milk-shake, le nez tellement enfoncé dans son verre qu'il en ressortait avec de la mousse au bout. Il s'essuyait alors le visage avec une serviette en papier, la froissait et la jetait par terre. Pendant tout ce temps, on aurait dit que ses yeux jouaient à la marelle, sautant nerveusement de case en case : la porte, le bar, moi, la table, la serveuse, le juke-box. Il avait le bout des doigts à vif à force de se ronger les peaux.

Il me demanda depuis combien de temps je n'avais pas joué aux dames.

« Peut-être vingt-cinq ans.

— Ça se voit.

— Je n'ai jamais dit que j'étais bon.

— Victor est un bon joueur de dames. Il serait encore meilleur s'il ralentissait un peu. »

Cette remarque m'intrigua car – j'ignore pourquoi – je m'étais toujours figuré Victor comme quelqu'un de contemplatif, du moins quand il ne dessinait pas. Je confiai à Joe qu'il y avait dans ses œuvres un fort effet de quadrillage, surtout quand on les assemblait. Il haussa les épaules soit par désapprobation, soit par apathie, et se remit à manger.

« Vous habitez dans le coin ? m'enquis-je.

— Ouais. Parfois. »

Je ne compris pas tout de suite, et quand il vit que j'avais enfin saisi il éclata de rire.

« Je pourrais t'inviter à dormir chez moi, un jour. T'aimes le grand air ? Ouarf, ouarf ! »

Je souris poliment, ce qui le fit rire de plus belle.

« Tu sais la tronche que tu fais ? Tu fais une tronche comme si je venais de chier sur la moquette de ton salon et que t'essayais de faire semblant d'avoir rien remarqué. Mais je déconne, allez ! Je vis pas vraiment dans la rue... Ça va mieux maintenant ?

— Non.

— Pourquoi ? Tu me crois pas ?

— Je...

— Bon, ben si, alors. Je dors dans le parc. Mais non, c'est pas vrai. Si, c'est vrai. Non, c'est pas vrai. À ton avis ?

— Je n'en sais rien. »

Il sourit, avala la fin de son milk-shake et agita son verre vide à l'intention de la serveuse.

« Au chocolat, s'i'ou plaît. »

Il lui restait encore quelques beignets d'oignons ainsi que toute sa salade verte, intacte. Muni de son nouveau milk-shake, il reprit le processus – mâche, mâche, mâche, mâche, avale, gloup, gloup ! essuie – et j'eus la sensation qu'il obéissait à un étrange rituel, qu'il avait besoin de finir ses plats et sa boisson pile au même moment. Je nous vis assis là jusqu'au petit matin, passant commande après commande jusqu'à ce qu'une heureuse coïncidence lui donne la permission d'arrêter.

Soit ça, soit il avait simplement très, très faim.

« Tu vois ça ? » me lança-t-il.

Le bout chocolaté de son nez pointait en direction d'une église non éclairée de l'autre côté de la rue.

« Ils ont un foyer, dit-il. Mais ils ferment les portes à 21 heures, alors les soirs de tournoi on finit trop tard. »

Je me gardai bien de lui demander pourquoi il préférait les échecs ou les dames à un lit ; ç'aurait été lui faire insulte.

« Où avez-vous appris à jouer ? » dis-je à la place.

Il s'essuya la bouche avec une serviette d'une saleté repoussante. Je lui en tendis une autre et il s'essuya de nouveau, froissa, jeta.

« À l'asile. »

Cette fois encore, je souris poliment, ou du moins j'essayai.

« Ouarf, ouarf, ouarf ! j'ai chié sur la moquette, ouarf, ouarf ! »

Il piqua quelques feuilles de salade dégoulinantes au bout de sa fourchette et les leva dans la lumière avant de se les fourrer dans la bouche.

« J'adore les légumes verts, dit-il en mastiquant.

— Vous y étiez quand ?

— De 72 à 76. Là-bas, tu peux apprendre ce qui te chante. C'est pas le temps libre qui manque. Moi, j'dis c'est la meilleure fac du monde ! J'ai passé ma maîtrise, ouarf, ouarf ! Si t'es pas fou avant qu'on te mette là-dedans, l'ennui te rend fou à tous les coups »

Il rit, but, recracha un peu de son milk-shake et s'essuya le menton.

« Sal m'a dit que vous aviez été champion du monde.

— J'aurais pu, ouais. C'est vrai que je me suis fait pas mal de blé. Maintenant y a plus de blé à se faire aux échecs, ils ont un ordinateur que personne peut battre. L'être humain est devenu obsolète. »

Il se laissa aller en arrière et se tapota l'estomac. J'avais du mal à croire qu'il ait pu ingurgiter toute cette nourriture. Il ne restait plus sur la table qu'un fond de milk-shake, que Joe lorgnait d'un air méchant.

« Tu veux savoir des trucs sur Victor, paye-moi un dessert. »

Je fis signe à la serveuse. Joe lui demanda un gâteau à la crème de coco.

« On n'en a plus. »

Il se tourna vers moi :

« Je veux un gâteau à la crème de coco.

— Pourquoi pas à la fraise ? suggérai-je.

— Tu trouves que c'est pareil, toi ?

— Ben...

— Et un gâteau aux poils ? » lança-t-il à la serveuse.

Elle le regarda, me regarda, secoua la tête et s'en alla.

« Y a vraiment plus de service ! lui cria Joe avant d'ajouter à mon intention : Je vais prendre un brownie avec une boule de glace. »

Je me levai pour aller passer commande,

Joe resta prostré à fixer la table d'un air renfrogné jusqu'à ce que son dessert arrive. Une fois servi, il n'y toucha pas.

« Victor était aussi à l'asile, dit-il.

— Avec vous ?

— Mais nan, ricana-t-il. Tu l'as jamais rencontré, pas vrai ?

— Non.

— Il est beaucoup plus vieux que moi. On s'est connus seulement quand il a commencé à venir au club.

— Et c'était quand ?

— Juste après que je me mette à faire de la pub pour le tournoi. 83, donc. Je faisais des tracts et je les collais sur les poteaux téléphoniques. Il s'est pointé avec un des tracts à la main comme si c'était son ticket d'entrée. Je me souviens de ce soir-là, on n'était que trois : Victor, moi et Raul, qui a cassé sa pipe y a quelques années. Tous les deux, on jouait toujours ensemble parce qu'on était les seuls réguliers. J'ai su que Victor se démerdait pas mal quand il a écrasé Raul.

— Et vous, il vous a déjà battu ? »

Il attaqua sa glace.

« J'ai dit qu'il était *bon*. »

Je lui fis mes excuses.

« Moi, je m'en fous, rétorqua-t-il. Mais si tu voulais les faits, voilà les faits.

— Est-ce qu'il vous a dit où il avait été interné ?

— Dans le nord de l'État de New York.

— Il vous a dit le nom ?

— C'est une information confidentielle. »

Il n'ajouta plus rien jusqu'à ce qu'il eut terminé son brownie, raclant le fond de la coupelle avec sa cuillère afin d'en récolter les dernières miettes. Puis il laissa échapper un grognement, prit une profonde inspiration et lâcha :

« L'école new-yorkaise de redressement et de rééducation. C'est comme ça que ça s'appelait. »

Je le notai.

« Près d'Albany, ajoutait-il.

— Merci. »

Il hocha la tête, s'essuya la bouche et jeta la serviette par terre au moment où passait la serveuse. Elle leva les yeux au ciel et il lui souffla un baiser. Puis il me dit :

« Tu m'excuses, je dois aller tirer un bock. »

Je réglai l'addition et attendis qu'il revienne.

Il ne revint jamais. Il était sorti par la porte de derrière, et, le temps que je m'en rende compte, ses traces de pas étaient déjà effacées par la neige.

Interlude : 1962

Bertha est alitée au dernier étage d'une clinique privée dans l'est de Manhattan. Elle a reçu de nombreux bouquets de gens lui exprimant leur sympathie mais, comme elle préfère l'obscurité, les infirmières ont laissé les rideaux tirés et les fleurs ont toutes commencé à faner, dégageant une puanteur écœurante qui s'incruste dans les vêtements. Pourtant, elle refuse qu'on enlève les vases. Elle n'a plus d'odorat ; elle a des tubes dans le nez ; et le réconfort que les fleurs lui procurent a plus d'importance à ses yeux que le bien-être temporaire de ses visiteurs. Les visiteurs vont et viennent, mais, elle, elle est coincée. Et si sa chambre a l'odeur d'un tas de compost, ça ne regarde qu'elle. Qui sont ces gens pour se croire autorisés à avoir un avis ? Pas ses amis. Pas les comités et les conseils d'administration qui lui ont envoyé les fleurs. Ceux-là sont interdits de visite. Elle ne veut pas être vue dans un état de déchéance. C'est déjà avec la plus grande réticence qu'elle a finalement accepté d'être hospitalisée. Elle voulait rester dans sa maison de la 5e Avenue, mais David a réussi à la convaincre : elle ne pouvait pas rester chez elle ; elle allait mourir si elle ne recevait pas des soins convenables dans un environnement convenable. Et alors, qu'y avait-il de mal à cela ? Louis était bien mort à la maison. Mais David lui a expliqué que si elle allait à l'hôpital, elle vivrait peut-être *plus longtemps,* et n'était-ce pas le but ? Rester en vie, s'accrocher à la vie, enfoncer ses ongles dans sa surface graisseuse ?

Étendue là, elle n'en est plus si sûre.

Hôpital ou pas, elle est quand même en train de mourir. Son corps est une ville et les tumeurs qui le criblent autant de petites poches d'urbanisation populaires infamantes qui éclosent du jour au lendemain dans son foie, ses poumons, son estomac, sa rate, sa colonne vertébrale. Ils ont essayé un traitement. Puis un autre. Rien n'y fait. Alors autant partir dans un lit familier, avec une vue familière, entourée de gens qu'elle connaît et en qui elle a confiance. Pas ces hommes avec leurs écritoires à pince. Pas ces femmes avec leurs seringues et leurs coiffes blanches. Pas perdue dans une jungle de compassion artificielle. Où est son fils ? C'est lui qui l'a amenée ici. Où est-il, son fils adoré ? Elle l'appelle.

« Oui, mère.

— Je veux rentrer à la maison. »

Elle ne peut pas voir sa réaction – il s'est assis légèrement derrière elle en sachant qu'elle ne pouvait se retourner pour le regarder –, mais elle sait ce qu'il est en train de faire : de tirer sur les lobes de ses oreilles. Son père faisait pareil.

« Vous ne pouvez pas rentrer, mère.

— Je peux et je vais rentrer. »

Il ne dit rien.

« David.

— Oui, mère.

— Si c'est une fille, je ne veux pas que vous lui donniez mon nom. C'est morbide.

— C'est un garçon, mère. Nous allons l'appeler Lawrence. Je vous l'ai déjà dit.

— Tu ne m'as rien dit de la sorte. Qu'est-ce que c'est que ce nom, Lawrence ? »

Il soupire.

« Nous en avons déjà parlé.

— Quand ça ?

— À plusieurs reprises.

— Quand ?

— Il y a quelques semaines. Plusieurs fois. Vous m'avez encore posé la question avant-hier.

— Je ne t'ai jamais posé cette question. »

Il se tait.

« Quand les enfants vont-ils venir me voir ?

— Ils sont venus, mère

— Quand ça ? »

Il ne répond pas.

« Quand sont-ils venus ? répète-t-elle, craignant par avance la réponse.

— Hier, dit-il.

— C'est un mensonge ! »

Elle s'agrippe à ses draps, terrorisée. Comment se fait-il qu'elle arrive à se remémorer des événements, des visages, des histoires et des conversations entières d'il y a trente ans et pas ses petits-enfants hier ? Ce n'est pas possible. Sa mémoire est impressionniste : plus c'est proche, plus elle a du mal à accommoder ; le nez contre la toile, elle ne voit plus que des points et des taches. Et son esprit a encore de pires tours que ça dans son sac, bien pires. De vieux souvenirs n'arrêtent pas de surgir hors de propos. Il lui arrive d'appeler David par le prénom de son père. Elle l'entend discuter du président avec le docteur et elle donne son opinion sur Roosevelt, mais les deux hommes la dévisagent et David dit : « C'est Kennedy, mère. » Le médecin est un jeune juif, un certain Waldenberg, Waldenstein, Steinbergwald ou Bergswaldstein. Il est chauve et sans joie, et elle n'a pas confiance en lui. Elle réclame à David le Dr Fetchett et on l'informe qu'il est mort depuis 1957. Ça n'a pas de sens ! Fetchett était là à l'instant. Il vient tous les jours lui prendre sa température. Il se tient au pied de son lit avec un air apitoyé. Chère Bertha, vous êtes si pâle. Voulez-vous un verre de whisky ? Un genre de don de double vue s'est emparé d'elle ; avant sa maladie, elle n'aurait jamais été capable de le voir aussi nettement. Son front filigrane de veines bleutées, les énormes pores de sa peau, ses narines humides comme celles d'une vache. Pas un bel homme, ce Dr Fetchett... Pourtant, elle voit les fleurs en train de faner et elle ne se rappelle pas qui les lui a envoyées ; elle exige sans cesse de savoir pourquoi elle ne peut pas rentrer chez elle.

Pire que le ramollissement de son cerveau, il y a la conscience de ce ramollissement. Jusque-là, elle pensait qu'un des rares réconforts de la sénilité serait son autonégation ; elle perdrait peut-être la tête, mais elle ne s'en rendrait pas compte. Sauf qu'elle voit bien comment les gens lui parlent. Ils emploient ce ton lénifiant qu'on réserve habituellement aux animaux et aux enfants. Ils la forcent à manger. Ils lui font signer des papiers par lesquels elle renonce à son autorité. Ils l'amadouent et la cajolent mais elle les congédie car ils n'ont pas ses intérêts à cœur. Elle refuse de parler affaires avec eux tant qu'ils s'obstinent à la traiter avec condescendance. Pourtant ils continuent à venir, tous ces avocats, avec leurs stylos, leurs notaires, leurs contrats, leurs testaments, leurs procès et leurs emprunts immobiliers. Elle les envoie tous à David mais ils continuent à venir. Ils sont rusés. Ils attendent que David soit parti pour se glisser dans la chambre. Il y a de quoi rendre folle une pauvre mortelle.

Bertha n'a jamais été du genre à succomber à la colère ; toute sa vie a été une démonstration de sang-froid. Elle n'est pas devenue une Muller – ni *restée* une Muller –, elle n'a pas sauvé le nom Muller de l'extinction en perdant la tête. Elle est peut-être malade mais elle n'est pas encore morte, et tant qu'elle respirera elle restera convaincue que tous les problèmes ont une solution ; qu'il n'est pas de rebondissement, aussi funeste soit-il, qui ne puisse rebondir à nouveau, être transformé en avantage, le canon du fusil retourné contre le tireur. Sa mémoire a décidé de faire des siennes ? Très bien. Qu'à cela ne tienne. Elle n'arrive peut-être plus à se rappeler quel jour on est mais elle est capable de se remémorer son enfance avec une netteté saisissante. Elle va s'amuser un peu. Elle ouvre l'album de souvenirs et se souvient.

Elle se souvient : les promenades en forêt, les *Kirschkuchen* délicieusement acidulés, l'odeur de levure de son père, celle de savon de sa mère. Les bains dans un petit baquet fabriqué avec une moitié de tonneau. Un soldat de bois qui tapait des mains quand vous tiriez une ficelle dans son dos, une toupie peinte qui dessinait dans l'air des cercles orange vif. La gouvernante lui avait appris à coudre jusqu'à ce qu'on le lui interdise, si bien que Bertha n'était jamais allée plus loin que le point de devant. Le jour où ses parents lui avaient annoncé qu'ils partaient en Amérique, elle avait couru en pleurant chez sa meilleure amie, Elisabeth, mais personne n'était venu lui ouvrir et, dans ce terrible moment de détresse, elle s'était sentie plus seule que jamais. À la maison, elle avait sangloté dans les bras de sa mère, qui lui avait fait une promesse : « Nous resterons toujours ensemble, je m'occuperai toujours de toi. Le voyage sera long mais tu verras des tas de choses que les filles de ton âge ne voient jamais. » Bertha était inconsolable.

Le port de Hambourg, l'énorme gueule du paquebot qui crachait dans un grondement si fort qu'elle en tremblait dans ses chaussures. Les serveurs en longs manteaux noirs qui l'appelaient « Mademoiselle ». Dans la grande salle de restaurant, elle avait mangé des escargots ; ils avaient le goût de beurre et de caoutchouc. Elle n'avait pas le mal de mer. Sa mère, oui. Elles prenaient des bains de soleil sur leur terrasse privée. Sa mère lui lisait un livre de contes en prenant une voix différente pour chaque personnage : les princes étaient nobles, les princesses suaves et les sorcières grinçantes, exactement comme il se doit. Tandis qu'ils naviguaient vers le couchant, elle repensait à son village et elle écrivit de nombreuses lettres à Elisabeth qu'elle comptait poster dès leur arrivée mais qui lui sortirent totalement de la tête lorsqu'elle vit la dame verte au milieu de la mer.

Elle se souvient de la première fois qu'elle a vu Central Park, depuis la fenêtre de leur hôtel. Elle était déçue. Elle s'attendait à ce que ce soit plus grand. Ça n'avait rien à voir avec les parcs et les bois qu'elle connaissait. Il était plein de brouettes, de tranchées, de terre retournée. Ce n'était pas un parc, c'était un chantier. Elle pleura, et pour la consoler son père lui donna un paquet de pastilles à la menthe qu'elle mangea une par une jusqu'à s'en rendre malade.

Elle se souvient de l'école. Elle se souvient qu'on se moquait d'elle. Elle se souvient du précepteur. Elle n'a jamais compris pourquoi Natacha n'avait pas attaché son chat.

Au grand magasin Bloomingdale's, les couturières lui plantèrent des épingles partout. Elle n'aimait pas les étapes préparatoires, mais au bout du compte la robe arriva. Tout le monde la couvrit de compliments. Elle n'avait pas attendu leur confirmation pour s'en rendre compte toute seule : elle avait du talent. Enroulée dans des mètres de soie verte, elle éclipsait même Lady Liberty. Alors, debout devant le miroir à trois faces de sa mère, elle décida qu'il serait terriblement ingrat de sa part de ne pas se servir de ses dons naturels pour devenir quelqu'un d'important.

Elle se souvient de son premier bal. Tous les regards tournés vers elle, pas seulement ceux des hommes mais aussi des femmes, que ce soit par jalousie, par embarras ou par folle admiration. Elle se souvient d'avoir descendu l'escalier sur un nuage, sa tiare maintenue en place par tant d'épingles à cheveux qu'elle avait l'impression que sa tête allait tomber et rouler par terre. La danse, le champagne, les mains moites des garçons glissées dans les siennes les unes après les autres. Sa mère lui montrant de loin un jeune homme dans une veste cintrée. C'est Louis Muller, de la famille Muller.

Et son mariage

Elle se souvient des premiers étés à Bar Harbor, les bateaux à voiles d'une blancheur aveuglante, ses robes impeccables et toujours sèches, même dans la chaleur étouffante. Elle se changeait quatre fois par jour : après le petit déjeuner, après le déjeuner, dans l'après-midi avant le thé et enfin pour le dîner. Tous ces repas, ces ribambelles de plats américains rustiques auxquels elle ne s'habituerait jamais tout à fait, le pain de maïs traditionnel du Sud que son beau-père adorait mais qui pour elle avait le goût de nourriture pour animaux. Elle mangeait peu. Tandis que les autres femmes parlaient de maigrir, elle portait des costumes de bain qui soulignaient son buste. C'était la créature la plus divine de la côte Est. Du moins à en croire son beau-père. Ce cher Walter. Il l'appelait sa petite rose bavaroise ; et tant pis si sa famille venait de Heidelberg. Il avait toujours été un peu amoureux d'elle, raillant ouvertement l'indifférence de son fils. Quel bon parti Louis avait décroché là, quel éclat, quel esprit, quel charme, quel talent ! Elle jouait du piano. Combien de filles avaient une silhouette comme la sienne ? On pouvait les compter sur les doigts d'une main. Et est-ce qu'aucune d'entre elles jouait du piano ? On pouvait aussi les compter sur les doigts d'une main. Si vous lui coupiez tous les doigts... mais alors elle ne pourrait plus jouer du piano, ha, ha, ha ! Walter laissait toujours entendre que si les caprices du destin ne les avaient pas fait naître à autant d'intervalle... Mais c'est avec Louis qu'elle avait fini. Oh, Louis ! Cher Louis. Elle a envie d'être indulgente avec lui. Elle décide d'évoquer son souvenir avec tendresse.

Il n'y a qu'à voir le plaisir qu'il prenait à lui offrir des cadeaux ; il adorait la couvrir de bijoux. Dans les coussins de la maison, elle a perdu des diamants qui valaient la rançon d'un roi. Et puis il l'emmenait partout. Après la naissance de David, elle était emplie de tristesse ; une tristesse qui ne venait de nulle part mais lui rongeait la tête. Elle restait des nuits entières sans dormir ; se lever de son lit le matin était devenu une torture. Pour lui remonter le moral, Louis lui acheta une villa à Portofino. Désormais, ils y passeraient un mois chaque été, laissant l'enfant à une nourrice, Louis promettant de ne pas travailler du tout. Ils faisaient de bons repas, buvaient des vins délicieux et se promenaient sur la côte, descendant jusqu'à Rome ou remontant vers Monaco, où le prince en personne les accompagnait au casino. Ils jouaient avec des jetons en or massif. Des domestiques leur apportaient coupe de champagne sur coupe de champagne et des serviettes humides pour se rafraîchir la nuque. Ensuite, pendant la guerre, lorsque les voyages devinrent impossibles, Louis lui acheta une autre maison, un ranch de 15000 hectares dans le Montana. Elle s'en lassa vite. Il la revendit à perte pour en acheter une autre à Deal. Il faisait tout ce qu'elle voulait. C'était un bon mari. Maintenant elle ne peut pas repenser à lui sans que ça lui déchire le cœur. Oh, comme c'est émouvant ! C'était un brave homme, après tout. Elle était contente qu'il soit parti sans souffrir. Son cœur s'était arrêté quelques mois avant la naissance du premier enfant de David. Comment s'appelle-t-elle, déjà ? Amelia. L'espace d'un instant, elle a failli l'oublier, mais elle a réussi à s'en souvenir par la seule force de sa volonté. Amelia, oui. Et son petit frère, Edgar. L'année après la naissance d'Edgar, c'est sa vieille amie Elisabeth qui est morte. Le mari d'Elisabeth avait été officier SS et, à la fin de la guerre, on s'en était pris à lui : le stress le tua d'abord lui, puis elle. Quel hasard. Quelle coïncidence. Chaque fois que David a un enfant, quelqu'un meurt. Une femme ordinaire aurait pu lui enjoindre d'arrêter de faire des enfants. Il avait un fils et une fille, ça suffisait, inutile de continuer à tuer ceux qui restaient. La prochaine personne sur la liste, c'était elle. Mais elle se réjouit lorsque Yvette tomba enceinte, quelles qu'en soient les conséquences. Bertha était prête à se sacrifier pour la cause car Yvette ferait une bonne mère, bien meilleure que la première femme de David, que Bertha n'avait jamais aimée ni admise, même si Louis et elle jouaient le jeu pour la façade. Ils avaient d'ailleurs payé plus que leur part sur la facture du mariage. David trouvait qu'ils auraient dû payer la totalité ; ce n'étaient pas les moyens qui leur manquaient, franchement. Ils se disputèrent. David avait alors 25 ans et Bertha commençait à s'inquiéter qu'il soit toujours célibataire ; peut-être avait-il les mêmes tendances que son père. Si elle n'avait jamais douté de sa propre capacité à gérer Louis, comment pouvait-elle être sûre que sa future belle-fille aurait la même force et la même détermination ? On ne pouvait pas faire confiance aux femmes. On ne pouvait faire confiance à personne. Il fallait tout faire soi-même, par les temps qui couraient. Dieu merci, David avait fini par se marier ! Un soulagement, d'un côté ; mais, d'un autre, elle se méfiait de la fille qu'il avait choisie. Son père possédait des boutiques de vêtements dans le Midwest et elle détestait New York. Comment pouvait-elle se permettre d'être aussi bêcheuse, elle qui venait de Cleveland ? Quelle que soit l'opinion de Bertha sur les changements qui ont affecté la ville depuis son arrivée des décennies plus tôt, elle pense sincèrement que personne ne devrait s'arroger le droit d'émettre une opinion s'il habite là depuis moins d'un mois. Quelle vilaine fille. Bertha pourrait très bien se souvenir de son nom mais elle préfère l'oublier. Elle cherchait la bagarre avec David pour un oui, pour un non, elle lui faisait des scènes constamment. Les dîners glaciaux où personne ne disait un mot. Bertha se remémore tout ça, et soudain deux séries de souvenirs se mélangent : le silence, les couverts en argent sur la porcelaine, le cristal sur la nappe... et des silences, et... et... et des petits mots passés de la main à la main, des mots du Dr Fetchett. Non, ce n'est pas ça. Ça ne s'est pas passé à ce dîner-là. Elle s'emmêle dans la chronologie et il y a certaines choses auxquelles elle n'a pas envie de repenser. Au prix d'un effort considérable, elle parvient à tourner la page et à en trouver une autre, une page pleine de bons souvenirs, un autre soir, une occasion heureuse... Retour sur son mariage. Penser à son mariage. Penser aux grooms en livrée, au son tonitruant des cuivres, aux légions d'invités dansant en son honneur. Penser à son gâteau de mariage, cette spectaculaire pyramide de crème au beurre, la plus grande pièce montée jamais réalisée ; ils en avaient publié une photo dans le journal, à côté d'une photo d'elle. Les noces de M. L. I. Muller et de Mlle Bertha Steinholtz furent sans conteste l'événement le plus extraordinaire de la saison. La mariée portait une robe en taffetas d'une élégance époustouflante, et le marié un costume noir classique. La cérémonie fut célébrée à la Trinity Church par le révérendissime J. A. Moffett, et les festivités se poursuivirent... Ils parlaient de conte de fées, et pour une fois ils ne s'étaient pas trompés. Elle a réellement eu une vie magique.

Mais maintenant elle est vieille et alitée et on est en 1962. Il y a des choses qui restent cachées. Elles ne devraient plus la déranger, à présent, pas après tout ce temps. C'est du passé. Mais la mémoire, cette sale bestiole, revient sans cesse à la charge.

Pas la fille. Elle arrive à penser à la fille sans flancher. Elle n'a jamais douté de ses décisions et elle n'en doute toujours pas. Il y avait trop à perdre. Louis n'en a jamais eu conscience. Un jour, il lui a dit qu'elle n'avait pas de cœur, mais ça ne faisait que montrer à quel point il se méprenait sur le monde, à quel point il se méprenait sur elle. Elle avait agi ainsi non parce qu'elle manquait de cœur mais parce qu'elle ne savait que trop combien les gens pouvaient s'avérer cruels. Elle se souvenait des moqueries qu'elle avait subies, des sanglots nocturnes, des oreillers trempés, des années de lutte avant qu'elle s'épanouisse enfin et qu'on ne puisse l'ignorer plus longtemps. Parce qu'elle était belle, et que la beauté ne peut être ignorée.

Mais pour la fille ? Une éternité d'impairs. Elle était condamnée à souffrir. Ce que Louis ne comprenait pas, c'est que Bertha avait précisément agi par compassion.

Pour le dixième anniversaire de David, elle avait organisé un grand déjeuner-concert et ouvert la salle de bal. Après le dessert, David avait joué du violon pour les invités, dont la plupart étaient des adultes, des amis à elle ; à cette époque, il n'avait pas beaucoup d'amis. Un très bel après-midi, dans l'ensemble, jusqu'à ce que Louis quitte la pièce précipitamment. Elle l'avait retrouvé assis sur le bord de son lit, le visage enfoui dans un mouchoir. Ça la révulsait : cette subtile cruauté qu'il avait le culot d'appeler de la compassion. Il ne savait pas ce qu'était la véritable compassion. Il n'avait jamais souffert, lui. On l'avait chouchouté, flatté, on lui avait passé les pires transgressions. Alors, naturellement, il s'imaginait que le monde en ferait autant avec la fille. Mais Bertha ne s'y trompait pas. Elle avait connu la honte. Tout ce qu'elle voulait, c'était épargner la même chose à la fille.

Elle aurait envie d'évoquer le souvenir de Louis avec tendresse mais une certaine amertume s'insinue malgré elle. Le sort de la fille avait commencé comme un point de discorde pour devenir, au fil des années, un obstacle majeur entre eux deux, un mur d'épines de plus en plus dru, jusqu'à ce qu'ils finissent par se perdre de vue complètement.

Il serait aisé pour un romancier d'écrire : « Et bien qu'ils aient continué à vivre sous le même toit, ils ne se parlèrent plus jamais. » Cela serait aisé mais faux. Car la vérité est qu'elle avait conservé une certaine affection pour Louis, et elle sentait que lui aussi avait le vague désir d'être dans ses bonnes grâces. En quarante ans de mariage, ils avaient ri souvent, partagé beaucoup de plaisirs – bien que rarement sexuels – et élevé un fils.

À la mort de Louis, tout était sorti au grand jour. Le garçon avait alors 11 ans. 11 ans ! À vivre comme un ermite. Seule une vieille femme s'en occupait. Dieu sait quelles sortes de perversions s'exerçaient entre eux. Il parlait à peine. La femme, une certaine Mme Greene, disait qu'il n'avait jamais été très bavard. Bertha lui rétorqua de se taire jusqu'à ce qu'on lui demande son avis.

Elle voulait expédier l'enfant aussi loin que possible, en Europe ou en Australie, mais le Dr Fetchett le lui déconseilla et, dans un rare moment d'égarement, elle consentit à l'envoyer à l'autre bout de l'État de New York. Le problème était de nouveau réglé Cette fois de façon définitive.

Mais maintenant qu'elle gît là, bourrée de calmants, reliée de partout à des appareils électroniques, elle se demande si tous ses efforts n'auront pas été vains. Les factures lui sont adressées directement; elle les règle à partir d'un compte personnel. Que se passera-t-il quand les paiements cesseront ? Ils essaieront de la retrouver, ils contacteront David Horrifiée, elle se rend compte qu'ils l'ont peut-être déjà fait.

« David ?

— Oui, mère.

— Je suis là depuis combien de temps ?

— À l'hôpital, vous voulez dire ? Six semaines. »

Six semaines, c'est largement plus qu'il n'en faut pour qu'une facture soit considérée comme impayée. Dans ce cas, la crise est ouverte. David va tout apprendre. L'histoire va se savoir et tout le monde sera au courant. Il faut qu'elle lui fasse comprendre l'importance de garder le secret. Mais il est d'une autre génération ; ils ont l'arrogance de se dire « éclairés » alors qu'ils n'ont aucune idée de la vitesse à laquelle la vie peut vous briser en deux. Il a hérité de la mollesse de son père. Elle doit trouver une solution. Elle réfléchit. Son esprit trébuche en faisant des allers-retours entre le passé et le présent. Elle parle à son mari et à sa gouvernante. Elle parle à la télévision. La chambre que David lui a choisie ressemble moins à un hôpital qu'à un hôtel. Les murs sont lambrissés de bois ; une fenêtre en forme d'étoile brille doucement. Elle se presse la cervelle de toutes ses forces et la réponse lui vient : elle va payer les frais dès maintenant, par avance. Elle n'a qu'à créer une fondation. Elle l'a déjà fait : à Harvard, à Columbia, à Barnard, des gens étudient et apprennent grâce à sa générosité. Elle a donné de l'argent à des œuvres de toutes sortes, elle a été honorée par des hommes politiques de tous bords... *elle presse plus fort*. Un problème ? Elle va le résoudre. Elle va appeler le directeur de l'école à Albany et lui verser une somme exorbitante. Où est son chéquier ? Où est le téléphone ?

« Mère ? »

Ils la tiennent par les bras.

« Mère ?

— Appelez le docteur. »

Non, n'appelez pas le docteur. Le docteur est mort. Il est mort en 1857. Il est mort en 1935. Il est mort en 1391, il ne reste de lui qu'un tas d'os, de sa chair qu'un amas de souvenirs, et elle peut le carboniser en un battement de cils. Les souvenirs sont volatiles. Les souvenirs ont le goût de fumée. Ils ont le goût du *Kirschkuchen*. Tout s'atrophie et se transforme en os. Walter est un tas d'os. Louis est un tas d'os. Elle aussi, bientôt, sera un tas d'os. Il suffit de donner assez d'argent pour que les problèmes se transforment en os. Elle les réduira en poudre et les dispersera sur l'eau ; son souvenir demeurera à jamais dans la tête de gens qui ne l'ont jamais connue ; elle vivra dans leurs têtes de la même façon que les souvenirs vivent dans la sienne, avec la même acuité qu'elle se rappelle l'inondation qui a détruit leur cave ; les éclairs aperçus depuis la proue d'un paquebot ; les douleurs de l'enfantement ; les douleurs de l'enfantement ; la monotonie des relations sexuelles ; les hommes qui ont tenté de la courtiser après la mort de Louis, vous vous rendez compte, elle, une vieille femme ridée, et des hommes de trente ans de moins qu'elle qui lui offrent des roses ; elle se souvient, se souvient, se souvient, et ce n'est pas tant un flash de sa vie qu'une cascade, des événements qui se superposent et le temps qui joue au Yo-Yo, des inconnus qui se serrent la main, des conversations cristallines il y a une seconde qui maintenant pétillent et rugissent comme le bruit des vagues, la charpente de son esprit qui craque et s'affaisse de partout, un puits de mine, des rivières de boue qui dévalent les pentes vers l'obscurité.

« Madame Muller ?

— Mère ? »

Madame Muller.

Mère.

Oui, elle s'appelle Mme Muller. Elle a un mari. Oui, elle est mère. Elle a un fils.

20

Ça me prit un après-midi entier mais, à force de coups de fil, je finis par localiser l'école new-yorkaise de redressement et de rééducation, exactement là où Joe m'avait dit qu'elle se trouvait : à 15 kilomètres de la ville d'Albany, rebaptisée centre de rééducation Green Gardens. Un directeur adjoint dénommé Driscoll m'expliqua que, dans une vie antérieure, ce centre avait été un asile psychiatrique tout ce qu'il y a de plus classique, du genre cellules capitonnées et électrochocs. Comme nombre d'institutions de ce type, il avait été victime du mouvement pour les droits civils, ses programmes démantelés et sa charte entièrement revue pour satisfaire à une approche plus en douceur. Green Gardens était maintenant spécialisé dans les lésions de la colonne vertébrale. Driscoll prenait un plaisir évident à me raconter tout ça ; il avait l'air de se considérer comme l'historien officieux de l'endroit.

Comme je me renseignais sur les dossiers des anciens patients, il me répondit :

« Il y a deux ans, on a eu un problème avec la chaudière, alors je suis descendu à la cave avec une torche électrique. J'avançais tant bien que mal en éternuant tout ce que je pouvais et j'ai trébuché sur une énorme pile de documents : c'étaient les dossiers médicaux, toutes les notes des médecins. Personne n'y avait touché depuis vingt ans. Le papier était carrément en train de se désagréger.

— Donc vous les avez encore ? demandai-je.

— Non. Quand j'en ai parlé au Dr Ulrich, elle les a fait détruire. »

Je sentis un poids s'abattre sur mes épaules.

« Il ne reste plus rien ?

— C'est possible qu'il y en ait encore un ou deux qui traînent, mais de toute façon je ne pourrais pas vous y donner accès. Ce sont des informations confidentielles.

— C'est vraiment dommage.

— Je suis désolé de ne pas pouvoir vous aider. »

Je le remerciai et m'apprêtais à raccrocher lorsqu'il dit :

« Attendez, vous savez quoi ?

— Quoi ?

— Enfin, il faudrait que je regarde, mais on a des photos.

— Quel genre de photos ?

— C'est-à-dire que... et ça vous donne une petite idée de la façon dont on considérait le respect de la vie privée *à l'époque*... elles sont affichées aux murs dans un des anciens bâtiments. Elles sont en noir et blanc, un peu comme des photos de classe. Des groupes de patients en veste et en cravate. Je crois même qu'il y en a une où ils portent des tenues de base-ball. Sur certaines il y a les noms, sur d'autres pas. Je ne sais pas si la personne que vous cherchez s'y trouve mais je pense que je pourrais vous les montrer. Je ne vois pas en quoi ce serait illégal puisqu'elles sont déjà exposées au vu et au su de tout le monde.

— Ce serait formidable. Merci.

— Je vais en parler au Dr Ulrich, je vous tiens au courant. »

J'appelai aussitôt Samantha, qui était enfin rentrée de Caroline du Sud.

« Joli boulot, commenta-t-elle.

— Merci.

— Non, vraiment, tu es en train de devenir un vrai Columbo.

— Merci.

— Enfin, un Columbo métrosexuel.

— Dis-moi que, toi aussi, tu as des bonnes nouvelles.

— J'ai des bonnes nouvelles.

— À savoir ?

— C'est une surprise.

— Oh, allez !

— Je te dirai quand on se verra. »

Nous prîmes rendez-vous pour la semaine suivante. Entre-temps, je retournai chez mon médecin pour une visite de contrôle. Il examina tous les orifices de ma tête, me déclara en pleine forme et proposa de me prescrire d'autres analgésiques. Je me les procurai à la pharmacie et les mis de côté pour les donner à Marilyn quand elle rentrerait de France.

Ce dimanche-là, le deuxième du mois de janvier, je reçus un second e-mail d'elle. Celui-ci était en allemand. J'eus recours à un traducteur automatique sur Internet pour m'aider.

Le 24 octobre 1907 le Vossische le Journal *informait à Berlin : « Pendant le jour d'hier, des empereurs, l'impératrice, les princesses et les princes avaient visité la construc-*

tion d'hôtel magnifique et avaient exprimé M. Adlon leur reconnaissance du créés ici de la manière respectant. »

Interprétant cela comme signifiant qu'elle était partie à Berlin, je ravalai mon orgueil et lui répondis un deuxième long message suppliant. Sitôt après avoir cliqué sur ENVOYER, je m'en mordis les doigts. J'avais déjà baissé mon froc dans ma première lettre, je m'étais déjà humilié. Qu'est-ce que je cherchais à obtenir ? Une réconciliation ? Je n'étais même pas sûr d'en avoir envie. Cela faisait deux semaines que j'étais en cure de dé-Marilynisation et, si elle me manquait par certains côtés, j'avais aussi l'impression pour la première fois depuis des années de pouvoir me laisser aller. C'est censé vous faire ça avec vos parents, pas votre amoureuse ; même si on ne pouvait pas dire que je sois une autorité dans aucun de ces deux domaines.

Je voulais surtout qu'elle me pardonne pour pouvoir me sentir moins coupable de notre rupture, à supposer qu'on en arrive là – ce qui me paraissait probable. Ou bien je voulais qu'elle soit tellement furieuse, tellement hors d'elle, que je pourrais la quitter sans fanfare. J'avais besoin d'un point de départ : soit elle le vivait bien, soit elle le vivait très mal. Je saurais m'accommoder des deux. Ce que je ne savais pas gérer, c'était le flou qu'elle s'appliquait par conséquent à cultiver. Elle me connaissait suffisamment bien pour anticiper les effets de son silence. Elle faisait durer mon inconfort à dessein. Ça me rendait dingue. Mais bon, rétrospectivement, j'imagine que je le méritais.

Le lendemain après-midi, je reçus un coup de fil de l'inspecteur Trueg, de la brigade de répression du banditisme, qui souhaitait savoir si j'avais le temps de passer au commissariat. Ravi de quitter la galerie, je sautai dans un taxi et, à mon arrivée, je fus escorté jusqu'à une petite pièce où je le trouvai confortablement assis au centre d'un cercle de boîtes de Burger King vides. Andrade avait aussi sorti son déjeuner : un Tupperware de riz complet au tofu.

« Vous voulez un Coca ? me proposa Trueg.

— Non merci.

— Ça tombe bien, parce qu'on n'en a pas. »

L'enquête, m'annoncèrent les deux inspecteurs, avait pris une tournure étrange lorsqu'ils avaient décidé d'interroger Kristjana Hallbjörnsdottir.

« On va la voir à son atelier, se mit à me raconter Trueg, on lui parle. Elle ne dit rien de suspect ni de pas suspect, ni dans un sens ni dans l'autre. Je m'excuse et je demande si je peux utiliser ses toilettes. Je vais au fond du couloir et là, je vous le donne en mille, il y a sur le mur des dessins qui ressemblent sacrément aux vôtres. »

Je me redressai d'un coup.

« Ouaip, reprit Trueg avec un hochement de tête. Comme ça, étalés au grand jour. Évidemment, on trouve ça très intéressant, mais on n'en parle pas. On finit de lui poser des questions sur ses relations avec vous, on dit merci beaucoup et ensuite on part chercher un mandat de perquisition. »

Il eut un petit sourire en coin avant de poursuivre :

« Cette fille devient folle à lier quand elle est en colère.

— Vous n'imaginez même pas.

— On a dû demander à quelqu'un de la faire sortir pour qu'elle se calme.

— Vous n'êtes pas les premiers.

— Mais qu'est-ce que vous lui avez fait, au juste ? Je n'ai jamais bien compris.

— J'ai déprogrammé une de ses expos, répondis-je en essayant de contenir mon impatience. Elle a les dessins ? »

Andrade sortit de son bureau une poignée de feuilles protégées dans des sachets en plastique : une douzaine de Cracke, facilement reconnaissables à leurs proportions distordues, leur imagerie surréaliste, leurs noms loufoques et leurs visages récurrents. Les versos étaient numérotés dans les 39 500. Alors qu'Andrade les étalait devant moi, j'éprouvai un immense soulagement de savoir que Kristjana n'avait pas détruit les pièces par dépit. Mais je songeai aussitôt que c'étaient peut-être les seuls exemplaires qui restaient sur les milliers qu'elle avait volés.

« Le carton que j'avais était plein, dis-je. Il devait contenir environ 2 000 dessins.

— Ben, c'est tout ce qu'il y avait, rétorqua Trueg.

— Dites-moi que c'est pas vrai ! »

Andrade secoua la tête.

« Oh, non ! soupirai-je en me cachant le visage entre les mains. Et merde !

— Avant de vous faire trop de mouron... commença Trueg.

— Vous avez fouillé son appartement ? Merde. J'y crois pas, putain. Merde.

— Attendez, reprit Trueg, ça n'est pas tout. J'en suis juste à la mise en bouche, là.

— Merde.

— Je crois que vous devriez écouter la suite, intervint Andrade.

— Merde...

— Du coup, on l'embarque pour l'interroger, poursuivit Trueg, et dès qu'on lui parle des dessins elle prend un air ultra-offusqué et elle nous sort... »

Il se tourna vers son collègue.

« Vas-y, raconte, tu le fais bien.

— *Mais gè les ai vaits moi-même !* » déclama Andrade avec un accent scandinave guindé.

Accaparé par l'idée de mes œuvres détruites, je l'entendis à peine. Lorsque sa phrase s'imprima enfin dans mon cerveau, je m'exclamai :

« *Pardon !*

— Vas-y, lui lança Trueg. Refais-le.

— Elle prétend être l'auteur de ces dessins, expliqua Andrade.

— Oh, allez, Benny, encore une fois !

— Attendez, dis-je. Attendez une seconde. Elle aurait fait *quoi* elle-même ?

— Les dessins, indiqua Andrade.

— *Quels* dessins ?

— Ceux-là », répondit Trueg en me montrant les Cracke.

Je le regardai droit dans les yeux.

« C'est ridicule.

— En tout cas, c'est ce qu'elle affirme. »

Il était d'un flegme déconcertant, tout comme Andrade.

« Peut-être, repris-je, mais c'est ridicule. Pourquoi est-ce qu'elle aurait fait ça ?

Elle prétend que quelqu'un l'a engagée pour réaliser des copies, déclara Trueg. Vous voyez ? Des « à la manière de ».

— *Quoi ?*

— Je ne fais que vous répéter ce qu'elle nous a raconté.

— Qui l'a engagée ?

— Elle n'a pas voulu le dire, répondit Andrade.

— Nan, renchérit Trueg. Sur ce point, elle est restée vraiment braquée. »

Je me laissai aller en arrière contre mon dossier et croisai les bras.

« D'accord, mais c'est... enfin, je veux dire, c'est grotesque.

— C'est ce qu'on s'est dit aussi, expliqua Andrade, alors on lui a demandé de nous en faire un sous nos yeux. Je suis resté dans la pièce pendant qu'elle dessinait. Vous n'avez qu'à voir par vous-même. »

Il ouvrit de nouveau son tiroir et en sortit une deuxième série de sachets transparents renfermant des dessins pratiquement indifférenciables des premiers. Rectification : *complètement* indifférenciables. Je ne pouvais les quitter des yeux, battant frénétiquement des cils, certain d'être victime d'une hallucination. Le plus troublant était que les dessins s'assemblaient bord à bord à la perfection, exactement de la même façon que les originaux ; et non seulement ça, mais ils s'assemblaient aussi avec la première série, ceux confisqués à l'atelier, comme si Kristjana s'était interrompue pour fumer une clope et avait repris là où elle en était. Je voulus savoir si elle avait eu les premiers dessins sous les yeux au moment de produire les suivants ; mais Andrade secoua la tête et m'assura que non, elle les avait réalisés de mémoire. Brusquement je me mis à transpirer, et il me revint à l'esprit une remarque que j'avais faite un jour à Marilyn : « Elle peignait bien, à une époque. » Kristjana avait une formation classique, après tout, et ça lui ressemblait assez de s'amuser à imiter l'artiste qui l'avait précisément supplantée. Ça devait chatouiller son goût du martyre, ce côté donneur de leçons qui rendait ses pires œuvres insupportables. Ça tenait debout, c'est vrai ; mais, en même temps, je ne pouvais admettre que le travail de Victor soit si facile à parodier. C'était moi l'expert en Victor Cracke ; c'était moi qui savais ce qui en était, ce qui n'en était pas ; c'était moi qui avais le droit moral, bordel de merde, et les dessins que j'avais sous le nez étaient du même auteur que ceux que j'avais extirpés de ce petit trou à rats minable et étouffant. Forcément. Regardez-moi ça, bordel. Les deux séries de dessins posées sur le bureau avaient *forcément* été exécutées par la même personne. Même la tonalité des encres – qui dans l'œuvre de Cracke variait d'une section à l'autre, selon l'époque – collait parfaitement. C'est alors que la pièce se mit à tourner autour de moi : et si les dessins que j'avais au garde-meuble n'étaient pas de Victor Cracke ? Et si toute cette histoire faisait partie d'une farce orchestrée par Kristjana depuis le début ? Victor Cracke *était* Kristjana. Dans mon état d'agitation, l'idée me paraissait suffisamment absurde pour être crédible. Elle adorait ce genre de pipeau autoréférentiel, et j'imaginais très bien le frisson masochiste qu'elle aurait pu éprouver à me faire annuler une exposition de ses œuvres pour présenter *une autre exposition de ses œuvres*. Qui était Victor Cracke, de toute façon ? Personne. Personne que je connaisse ni que n'importe qui d'autre connaisse. Ce n'était que Kristjana. Absolument tout était de Kristjana. *La Joconde ?* C'était elle. *La Vénus de Milo ?* Elle aussi. Tout ce que Kevin Hollister voulait accrocher dans son bureau, depuis *Le Printemps* de Botticelli jusqu'à l'*Olympia* de Manet... encore elle ! Je commençai à me demander comment elle avait réussi à mettre Tony Wexler dans le coup, sans parler du syndic Shaughnessy, des voisins, du vendeur de pommes, de Joe le champion de dames... tous des agents doubles. Mais... mais... mais j'avais parlé avec des gens qui avaient *vu* Victor Cracke, qui l'avaient croisé dans le couloir... sauf qu'aucun d'entre eux n'avait été capable de me donner une description physique complète... Mais n'était-ce pas plus réaliste, justement ? Les gens n'auraient-ils pas gardé chacun une impression différente ? Kristjana s'en était probablement doutée et en avait tenu compte : est-ce qu'elle n'aurait pas pu *prévoir le coup* et organiser...

Ma migraine se réveilla. Salement.

À ma confusion s'ajoutait un fort sentiment de contrariété à l'idée qu'elle ait pu perdre son temps à concevoir des installations destructrices à base de mammifères marins de une tonne alors qu'elle avait les moyens de produire aussi facilement des trucs que les gens avaient envie d'acheter.

Je ne sais pas si Andrade et Trueg pensaient que j'étais en pleine crise de démence, mais lorsque je dis : « C'est sûr qu'on dirait des vrais », ils hochèrent la tête avec bienveillance, le genre de hochement dont on berce un malade mental pour le faire se tenir tranquille le temps que les types en blouse blanche aillent chercher leur filet dans la camionnette.

« Attendez, c'est pas fini, ajouta Trueg. On a aussi retrouvé ça dans son appartement. »

Andrade ouvrit un nouveau tiroir – qu'allait-il encore me sortir ? Une photo de Kristjana et de Victor en train de boire le thé ensemble ? – et me tendit un autre sachet plastique, contenant cette fois-ci une lettre inachevée de la même écriture menaçante que les deux précédentes *a priori* rédigées de la main de Victor en personne. Il y était répété des dizaines de fois le mot « MENTEUR ».

« Pourquoi vous traite-t-elle de menteur ? demanda Andrade.

— Qu'est-ce que vous voulez que j'en sache ? Elle est cinglée, bordel. »

MENTEUR MENTEUR MENTEUR MENTEUR MENTEUR

« Personnellement, reprit Andrade, je trouve que ça lui donne une certaine crédibilité quand elle prétend être l'auteur des dessins. »

MENTEUR

« Vous disiez que les deux premières lettres provenaient de l'artiste, c'est ça ? s'enquit Trueg.

— C'est ce que je pensais.

— Ben moi, j'ai l'impression que c'est la même personne pour les trois, ajouta-t-il. Pas vrai, Benny ? Qu'est-ce que t'en dis ?

— Je suis d'accord. »

Trueg me sourit.

« Voilà notre opinion en tant que professionnels : une seule et même personne. Elle vous a eu une fois, je ne vois pas pourquoi elle n'aurait pas pu recommencer.

— Mais... dis-je en ramassant la lettre (MENTEUR MENTEUR MENTEUR). Vous ne croyez pas... Je veux dire, elle me menace, quand même ! Pourquoi vous ne l'arrêtez pas pour l'agression ?

— C'est pas aussi simple que ça, nuança Trueg. Elle reconnaît vous avoir envoyé les deux premières lettres...

— Ben voilà, le coupai-je. La preuve.

— ... et elle dit qu'elle s'apprêtait à vous en envoyer

une autre. Mais ensuite elle explique que les deux premières étaient juste une blague.

— Non mais vous ri...

— Sauf que, quand vous vous êtes fait agresser, elle a commencé à s'inquiéter des répercussions, alors elle a tout arrêté. Elle avait déjà écrit la moitié de la suivante mais elle ne l'a pas terminée, et c'est justement celle-là qu'on a retrouvée. Celle qui est ici.

— Et vous la croyez ? »

Trueg et Andrade échangèrent un coup d'œil avant de se tourner vers moi.

« Ouais, fit Trueg. Moi, je la crois.

— C'est aussi ce que me souffle mon instinct, acquiesça Andrade.

— Elle a proposé de passer au détecteur de mensonges.

— Non mais enfin ! protestai-je. C'est... C'est.. Qu'est-ce que vous en dites, alors, que c'est elle ou pas ?

— On n'en sait rien, admit Trueg. Elle a peut-être mandaté quelqu'un pour vous tabasser, en tout cas ce n'était pas elle. À minuit moins le quart, elle était dans une fête à l'autre bout de la ville. Tous les autres invités qu'on a interrogés jurent qu'elle était là de 22 heures à au moins 1 heure du matin.

— Elle peut très bien les avoir briefés », suggérai-je.

Même moi, je me trouvais parano.

« C'est vrai, reconnut gentiment Andrade.

— Ou bien elle a pu payer quelqu'un pour faire le coup à sa place.

— C'est vrai aussi.

— Je ne sais pas quoi penser d'autre, soupirai-je.

— Pour l'instant on n'a aucun chef d'accusation qui

tienne la route. Peut-être harcèlement, à la limite, pour les deux premières lettres. Mais je vais être honnête, je ne crois pas que ça passera. Elle dit que c'était une blague.

— Et vous trouvez ça drôle ? » m'exclamai-je en brandissant la lettre.

Trueg et Andrade se consultèrent à nouveau du regard.

« Pas à 100 %, non, concéda Andrade.

— Mais peut-être à 60 % », compléta Trueg.

Je les dévisageai un moment. Pourquoi tout le monde s'obstinait à trouver mes malheurs si réjouissants ?

« Plutôt 30, je dirais, se reprit Trueg.

— En gros, on en est au même point qu'avant, résuma Andrade. On va continuer à ouvrir l'œil pour voir si les dessins resurgissent quelque part. En attendant, vous pouvez vous détendre par rapport à ces lettres. Je ne crois pas que vous en recevrez d'autres. »

Je hochai la tête en silence.

« C'est plus compliqué que ça n'y paraît », conclut Trueg.

Je quittai le commissariat dans une sorte de brouillard et restai dans cet état jusqu'à mon rendez-vous avec Samantha. Dès qu'elle me vit, elle me demanda si je me sentais bien. Je lui répétai ce que les inspecteurs m'avaient expliqué et elle commenta d'un simple « Ouah ! ».

« Tul'as dit.

— C'est délirant.

— Tu l'as dit.

— Eh bien, permets-moi de remettre un peu de clarté dans ta vie », me lança-t-elle avec un grand sourire.

Elle m'annonça qu'elle avait retrouvé James Jarvis, l'homme qui, trente ans plus tôt, avait survécu à une agression similaire aux meurtres du Queens. Il vivait désormais à Boston où il enseignait le marketing dans un institut universitaire. Samantha l'avait eu au bout du fil et, même s'il affirmait ne pas se souvenir de grand-chose, elle avait l'intuition qu'il ne disait pas tout. Ayant eu affaire à de nombreuses victimes d'agressions sexuelles, elle pensait pouvoir en tirer davantage *de visu ;* au téléphone, les gens arrivaient plus facilement à se détacher et à réprimer les souvenirs douloureux. Et quand, le lendemain, le directeur adjoint de Green Gardens m'appela pour m'informer que, s'il ne pouvait pas nous envoyer des copies des photos, nous pouvions en revanche venir les voir sur place, Samantha et moi décidâmes de faire le déplacement.

Deux semaines plus tard, le mercredi matin, nous montions à bord d'un coucou à destination de l'aéroport international d'Albany. Le bulletin météo de la veille au soir annonçait l'imminence d'une violente tempête et je m'attendais à des retards à la chaîne, voire à une annulation pure et simple. Mais le jour se leva, radieux, sur un ciel dégagé ; les baies vitrées du terminal découpaient de longs rectangles de soleil comme un immense ruban de pellicule vierge à travers lequel Samantha s'avançait vers moi, illuminée. Elle portait un pantalon en velours lavande, un pull noir et pas de maquillage ; une grande besace avachie se balançait à son épaule et, dans la queue pour le retrait des billets, elle coinça ses pouces dans ses poches de derrière. Je restai à l'écart, l'observant de loin, hésitant à rompre le charme qui se dégageait d'elle et, lorsque je finis tout de même par la rejoindre et qu'elle me sourit, j'eus un mal fou à ne pas lui dire à quel point elle était jolie.

Munis de nos billets, nous prîmes un bus qui nous fit traverser le tarmac jusqu'à un petit avion à hélice qui avait l'air bringuebalant et dont les ailes luisaient de produit dégivrant. Il n'y avait que trente places à bord et, tandis que nous nous installions de part et d'autre du couloir, Samantha se tourna vers le hublot pour regarder le technicien qui vaporisait les pales.

« J'ai horreur de l'avion », murmura-t-elle.

Je la crus sans peine. Qui n'a pas horreur de l'avion ? Surtout de nos jours.

Mais je l'avais sous-estimée. À chaque secousse – et dans un avion minuscule, vous les sentez –, elle s'agrippait aux accoudoirs, de grosses gouttes de sueur perlant à son front.

« Ça va ? »

Elle était livide.

« C'est juste que je n'aime vraiment pas ça.

— Tu veux de l'eau ?

— Non, merci. »

L'avion plongea et tout son corps se raidit.

« Je ne suis pas comme ça, ajouta-t-elle. C'est venu après la mort de Ian. »

Je hochai la tête. Je procédai à une rapide évaluation des risques et, en espérant faire le bon choix, je tendis le bras à travers le couloir et lui pris la main. Elle resta accrochée à moi pendant toute la durée du vol, ne me lâchant que pour laisser passer le chariot à boissons.

Je ne savais pas grand-chose d'Albany si ce n'est que l'ancien maire de New York, Ed Koch, en avait parlé une fois comme d'une ville dépourvue d'un seul bon restaurant chinois, et, tandis que nous sortions de l'aéroport, je compris la sagesse de ses paroles. Un vague sens du devoir nous poussa à faire un petit détour par le Capitole, qui s'avéra être un ostentatoire machin rouge et blanc, une tentative de dignité dans un endroit très visiblement discrédité par le temps : avec le recul, il aurait peut-être été plus prudent de la part des premiers habitants de l'État de New York de réserver quelque peu leur jugement avant de se choisir une capitale. Ce qui paraissait important il y a trois siècles – d'abondantes ressources locales en peau de castor – risquait finalement de moins compter que, par exemple, le fait d'être le centre mondial de la culture et de la finance. Mais on ne va pas refaire l'histoire.

Green Gardens se trouvait de l'autre côté de l'Hudson, à la perpendiculaire de la Route 151. Nous traversâmes des quartiers de petites maisons encore festonnées de guirlandes de Noël. Puis nous arrivâmes à un carrefour où, sur un terre-plein mouillé attenant à une station-service, deux hommes en observaient un troisième qui marchait à reculons sur un pneu de camion. Avant de laisser Samantha prendre le volant, je lui avais fait promettre qu'elle avait retrouvé son calme, et désormais elle était redevenue elle-même, froide et rationnelle, passant le plus clair du trajet à me relater d'un ton parfaitement impassible le film d'horreur de ses vacances.

« Ma mère a appelé Jerry par le prénom de mon père.

— Tu plaisantes ?

— J'aimerais bien.

— Elle était soûle ?

— Non. Mais lui, oui. C'est pour ça qu'elle l'a fait, à mon avis. Je pense qu'elle a eu comme un flash de l'époque où elle gueulait sur mon père. Jerry l'emmerdait à propos d'un truc qu'elle avait cuisiné, et elle a explosé : « Putain, Lee ! » Aussitôt elle s'est mis les deux mains sur la bouche, comme dans un dessin animé.

— Il a entendu ?

— Ouaip.

— Oh, merde !

— Ouaip.

— C'est affreux.

— C'est comme ça. Et toi, tu as appelé ton père ? » me demanda-t-elle en se tournant vers moi.

J'hésitai un instant avant de répondre.

« Non. »

Elle hocha la tête en silence.

« J'allais le faire, ajoutai-je, sur la défensive. J'ai même décroché mon téléphone.

— Mais ?

— Je ne savais pas quoi dire.

— Tu aurais pu lui demander pourquoi il voulait t'acheter les dessins.

— C'est vrai.

— Enfin, c'est comme tu veux. »

Elle mit son clignotant à droite.

« On y est », dit-elle.

Les colonnes de pierre qui flanquent l'entrée de Green Gardens servaient autrefois de chambranles à une grille ; des colonnes similaires couraient tout le long de la propriété, tachées de coulées de rouille autour des anciens trous de fixation dans leur fût. Un petit bois de pins et d'aulnes nous barrait la vue depuis la route ; comme nous le dépassions, j'éprouvais une impatience grandissante. Une imposante bâtisse blanche apparut devant nous, ornée de pignons et de tourelles, et entourée d'une véranda ouverte. Nous garâmes la voiture et gravîmes les marches du perron où nous accueillit un homme à la barbiche rousse.

« Dennis Driscoll, annonça-t-il.

— Ethan Muller. Et voici madame la procureur Samantha McGrath.

— Enchanté ! lança-t-il avec un petit sourire. On n'a pas beaucoup de visiteurs, en principe. »

À l'intérieur, la demeure craquait de partout, sentait le renfermé et le sol était entièrement couvert de tapis. La décoration victorienne était intacte : papier peint immonde, interrupteurs à poussoir, vieux lustre déglingué. Les tuyaux de chauffage chuintaient. Dans le vestibule était accroché un austère portrait à l'huile d'un homme chauve aux joues flasques : THOMAS WESTFIELD WORTHE, d'après la plaque.

« C'était le directeur jusque vers le milieu des années 1960, expliqua Driscoll. En son temps, cette institution était considérée comme un endroit plutôt progressiste. »

Il nous conduisit au premier étage, s'arrêtant sur le palier pour nous faire admirer la vue de la fenêtre. À l'autre extrémité d'un vaste parc enneigé se dressait un deuxième bâtiment, celui-là complètement moderne.

« C'est là que se trouvait le dortoir. Ils l'ont démoli dans les années 1970 pour abriter le principal service de rééducation. Mais la maison date de 1897. J'étais surpris que vous me rappeliez si vite, ajouta-t-il en continuant vers le deuxième étage. Sincèrement, je ne pense pas que le Dr Ulrich s'attendait réellement à vous voir débarquer, c'est sans doute pour ça qu'elle a dit oui.

— Eh bien, nous sommes là !

— Et ouais ! »

Nous empruntâmes un étroit couloir sombre avant de monter une autre volée de marches.

« Cette partie du bâtiment n'est pas beaucoup utilisée, reprit-il, car le chauffage ne marche pas très bien. Et, en été, c'est une fournaise. On se sert surtout de ces pièces comme d'espace de rangement. Les patients longue durée peuvent y laisser leurs sacs. On reçoit pas mal de gens qui viennent de loin ; des Canadiens qui en ont marre d'être sur liste d'attente. En théorie, les membres de la famille pourraient aussi dormir ici, mais je leur conseille toujours de descendre au Days Inn. Et voilà ! lança-t-il en tournant au bout du couloir. Vous comprenez pourquoi je n'avais pas envie de toutes les passer en revue moi-même. »

Tout le long du couloir étaient accrochées des centaines de photographies dont les cadres étaient complètement fendillés après des décennies de variations d'humidité saisonnières. À peu près chaque centimètre carré du papier peint était recouvert, faisant penser à un de ces oppressants « tableaux de tableaux » du XVIIe siècle, la galerie privée d'un quelconque archiduc flamand tapissée d'œuvres du sol au plafond. Il y avait quelques photos individuelles mais la plupart étaient telles que me les avait décrites Driscoll, des genres de portraits de classe sur lesquels les sujets étaient disposés en rangs, les plus grands derrière, les plus petits assis en tailleur devant, tous avec le regard morne, les cheveux brillantinés et le col boutonné, rigides et maussades comme il sied aux personnages d'une photo ancienne. Mais je détectai également chez eux une certaine dose d'insolence ; des sourires narquois qui traînaient et des mentons levés un peu plus haut que nécessaire. Était-ce moi qui extrapolais ? Je savais, après tout, qu'on les avait envoyés là pour leur mauvaise conduite. Quoi qu'il en soit, je ressentais une profonde sympathie pour eux, ces laissés-pour-compte. Si j'étais né à une époque moins indulgente, dans une famille moins indulgente, j'aurais peut-être fini parmi eux.

Savoir que quelque part dans cette collection de visages pouvait se cacher Victor Cracke donnait envie d'aller vite, mais nous décidâmes de procéder méthodiquement, nous approchant en plissant les yeux pour lire les légendes une par une. Certaines photos ne comportaient aucune indication. Je décrochai un cadre du mur et ne trouvai au verso que la date : *2 juin 1954*. Toutes ces têtes et ces noms : toutes ces âmes oubliées. Où étaient leurs familles ? Quel genre de vie avaient-ils avant d'atterrir ici ? En étaient-ils jamais repartis ? Des fantômes me tiraient par la manche : des esprits à la recherche d'un corps bien vivant pour les sortir de là.

Je crois que je m'attendais à un feu d'artifice lorsque nous le trouverions. Mais la seule chose qui se passa, ce fut Samantha qui dit :

« Ethan ? »

Sept hommes alignés sur une seule rangée. Elle posa le doigt près du bord inférieur du cadre.

STANLEY YOUNG FREDERICK GUDRAIS VICTOR CRACKE MELVIN LATHAM

Plus petit que ses deux voisins d'au moins 10 centimètres, la moustache mal taillée, les yeux écarquillés et terrifiés en attendant le flash. Un front haut et un menton arrondi donnaient à son visage la forme d'une pierre tombale inversée, dont la largeur était disproportionnée par rapport à celle de son torse, creux et menu. Il était peut-être bossu. D'après les autres hommes sur la photo, visiblement de la même génération, je lui donnais environ 25 ans, bien qu'il paraisse prématurément flétri.

« Ça alors ! » souffla Driscoll.

Mes mains tremblèrent en prenant la photo que me tendait Samantha. Je ressentais un mélange d'émotions – de la tristesse, du soulagement, de l'excitation –, mais, avant tout, je me sentais trahi. Au début, il n'existait pas. Au début, c'était moi qui l'avais créé ; j'étais la force motrice. Et puis, alors que nous nous lancions sur ses traces, j'avais été contraint d'abandonner ces croyances, par lambeaux et non sans douleur. J'avais parlé à des gens qui le connaissaient. J'avais goûté ses pommes. J'avais marché dans ses pas. Il était devenu de plus en plus réel et, de crainte de le perdre complètement, j'avais essayé de le rattraper. Au lieu de le minimiser, je m'étais mis à le grossir. Alors j'espérais que, le jour où je poserais enfin les yeux sur lui, il serait un peu plus que ça : plus qu'un nom en caractères d'imprimerie, plus qu'un assemblage de gris confus et de blancs crayeux, qu'une donnée administrative confidentielle ; plus qu'un petit bonhomme aux allures de golem malheureux. Je voulais quelqu'un dc monumental ; je voulais un totem, un superman ; je voulais le signe qu'il faisait partie des élus ; je voulais un halo sur sa tête ou des cornes de diable à son front, n'importe quoi, n'importe quoi pour justifier les changements radicaux qu'il avait imprimés à ma vie. C'était mon dieu, et sa banalité me faisait honte.

Interlude : 1944

Dans la petite maison, il a tout ce qu'il lui faut. Mme Greene lui fait la cuisine et la lessive. Elle lui apprend la lecture et les calculs élémentaires. Elle lui apprend le nom des oiseaux et des animaux, elle lui donne un grand livre, il s'assied sur ses genoux et elle lui lit la Bible. L'histoire qu'il préfère est celle de Moïse dans les roseaux. Il s'imagine le panier sur le Nil, entouré de crocodiles et de cigognes. Mme Greene se sert de ses mains pour imiter leur mâchoire menaçante et lui faire peur avec ses grands claquements. *Tchak!* Mais Victor sait que l'histoire finit bien. La sœur de Moïse le surveille depuis la rive, elle ne laissera rien de mal lui arriver.

Par-dessus tout, il aime dessiner, et quand Mme Greene va en ville elle lui rapporte des boîtes de crayons de couleur et du papier si fin qu'il doit s'appliquer pour ne pas le déchirer. Comme elle n'y va pas assez souvent pour satisfaire sa consommation de feuilles blanches, il dessine sur les murs. Lorsqu'elle s'en rend compte, elle se fâche. Tu ne dois pas faire ça, Victor. Il n'a jamais assez de place pour dessiner, alors il apprend à collecter du papier un peu partout : des enveloppes qu'il récupère dans la poubelle, l'intérieur des livres que Mme Greene lit et repose ensuite dans la bibliothèque. Un jour, elle sort un livre, voit ce qu'il a fait et se fâche encore. Il ne comprend pas. Elle les a déjà lus, qu'est-ce que ça peut lui faire ? Mais elle dit : Tu ne dois jamais, et elle le frappe

Elle ne le frappe pas très souvent. La plupart du temps, elle est gentille et il l'aime comme une mère, même s'il n'a pas de mère et que Mme Greene lui interdit de l'appeler comme ça. Il ne sait pas d'où il vient mais ça ne le tracasse pas, il a tout ce qu'il lui faut : à manger, Mme Greene et du papier.

Ils font de grandes promenades dans le parc de la propriété. Mme Greene lui enseigne le nom des fleurs et il étudie leurs pétales de près. Il y a des abeilles mais il ne se fait jamais piquer. Il observe une fleur jusqu'à ce qu'il la voie parfaitement dans son esprit, ensuite il rentre au cottage et il la dessine. Mme Greene le traite de drôle d'oiseau mais elle sourit quand elle dit ça. Victor, tu es vraiment un drôle d'oiseau. Regarde cette jonquille. Regarde ce pissenlit. Digitales, chicorées, trèfles, ils ont tous des formes différentes. Tu es un drôle d'oiseau, c'est sûr, mais tu sais te servir d'un crayon.

Il a 6 ans. Il voit d'autres enfants passer sur la route à califourchon sur des choses bizarres et elle dit : Ce sont des bicyclettes. Ils vont drôlement vite ! Il en veut une. Mme Greene dit : Non, tu ne peux pas quitter la propriété. Il répond qu'il ne quittera pas la propriété : Mais, s'il vous plaît, oh ! s'il vous plaît, donnez-moi une bicyclette.

Non.

Victor la déteste. Pour se venger, il attend qu'elle s'assoupisse dans l'après-midi, ce qui lui arrive souvent, et il tire un tabouret face au mur où les clés sont pendues à un ruban. Il ouvre la porte d'entrée, puis la grille, et marche jusqu'au village. Il y est déjà allé, mais toujours accroché à la main de Mme Greene. Avant, le village lui paraissait excitant, maintenant il trouve qu'il y a trop de bruit. Une voiture le klaxonne. Un chien lui aboie dessus. Il est pris de vertige et il se réfugie dans une boutique. Le vendeur le regarde comme si c'était un gros insecte. Il se met à pleuvoir et Victor ne peut plus repartir. Il reste dans le magasin pendant des heures. Au bout d'un moment, il a faim. Il voudrait manger quelque chose mais il n'a pas d'argent, alors il attrape le premier article qu'il voit, un bâtonnet de sucre candi, il le met dans sa poche et il sort en courant. Le vendeur le poursuit. Victor court de toutes ses forces. Le vendeur glisse dans une flaque et tombe; quand Victor se retourne, le type est couvert de taches de boue marron, comme une vache. Mais il ne le poursuit plus. Cependant, il continue à lui hurler dessus et Victor continue à courir. Le temps qu'il arrive à la grille du cottage, il a les pieds et les poumons en feu.

Mme Greene n'est pas dans sa chambre. Victor grimpe sur le tabouret, remet la clé à sa place, va dans sa chambre et s'allonge sur son lit, hors d'haleine. Il tâte le sucre candi dans sa poche mais il n'a plus faim. Il n'aime pas les bonbons, il aurait dû prendre autre chose. D'ailleurs, il n'aime pas tellement manger en général, du coup il est maigre et pas assez grand, il le sait parce que quand le monsieur avec le miroir et le bâton pour la langue, est venu en visite il a dit à Mme Greene que le garçon devait manger davantage, qu'il avait un retard de croissance. Elle lui a demandé s'il ne croyait pas qu'elle avait déjà essayé. Le monsieur était docteur. Quand il était parti, Mme Greene avait dit qu'il reviendrait.

Victor sort le sucre candi de sa poche. Il aime bien la sensation au toucher : dur, coupant et fragile. Il joue avec jusqu'à ce que le sucre commence à fondre dans ses mains. Alors il le pose sur la table et observe la façon dont il réfracte la lumière du soleil. Il prend un bout de papier et dessine son contour déchiqueté. Puis il se met à hachurer les différentes facettes mais Mme Greene fait irruption dans la pièce, le visage rouge comme celui d'un poulet. Elle dit qu'elle sait ce qu'il a trafiqué, qu'elle a failli devenir folle à le chercher partout. Où est-ce qu'il pensait aller comme ça, qu'est-ce qu'il avait dans la tête ? Plus jamais, oh ! espèce de vilain garçon, je vais t'apprendre, petit imbécile. Elle fracasse le sucre candi par terre. Ensuite, elle couche Victor sur ses genoux et lui donne la fessée jusqu'à ce qu'il pleure. Vilain garçon. Elle prend son dessin inachevé et le déchire en morceaux.

Mais la plupart du temps elle est gentille. Elle l'emmène à l'église. Victor adore les vitraux. Ils racontent l'Annonciation, le Sermon et la Résurrection. Ils rayonnent de mille feux bleus et violets. Victor y repense souvent le soir dans son lit. Il aime leurs couleurs mais encore plus leurs formes. Mme Greene lui apprend à prier et, quand il n'arrive pas à s'endormir, il récite son chapelet à voix basse.

Un autre homme leur fait des visites. Il vient dans une longue voiture noire. Il porte un grand chapeau de feutre comme Victor n'en a jamais vu. Bonjour, Victor. L'homme connaît son prénom. Il a une moustache. Victor aussi veut une moustache. Il se dit que ce serait bien d'avoir toujours un petit animal de compagnie sur le visage. Il ne serait plus jamais seul comme maintenant. Il est souvent seul, pourtant il se *sent* rarement seul. Mais ça lui arrive quand même. Pourquoi ?

L'homme à la moustache vient régulièrement. Parfois Victor se promène dans le parc avec Mme Greene et lorsqu'ils rentrent à la maison l'homme les y attend en lisant le journal. Quand Victor a de la chance, l'homme oublie de reprendre son journal en partant. Victor le déchire en bandes qu'il garde pour plus tard.

Il aime bien les visites de l'homme. Elles sont brèves et se terminent toujours par un cadeau. L'homme apporte à Victor une maquette de bateau, un immense gant en cuir, une balle et une toupie. Victor enfile le gant et on dirait que sa main a grandi tout d'un coup. Il ne sait pas quoi faire avec jusqu'à ce que Mme Greene lui explique qu'on s'en sert pour rattraper la balle. Mais qui lui lancera la balle ? Mme Greene lui promet de le faire mais elle ne le fait jamais. Le gant finit abandonné dans un coin. Le bateau, il s'amuse à le dessiner. La toupie, il peut rester un long moment à la faire tourner.

Quand l'homme à la moustache vient, il passe énormément de temps à observer les différents recoins de la maison, à jeter un œil dans les pièces. Il ouvre et referme les portes. Quand elles grincent, il fait la grimace. Il caresse le dessus des tables et se frotte le bout des doigts. Ensuite, il pose des questions à Victor. Combien font 3 fois 5 ? Écris-moi ton nom, Victor. Si Victor trouve la bonne réponse, l'homme lui donne une pièce de 5 cents. S'il se trompe ou s'il ne sait pas, l'homme fronce les sourcils et la créature velue au-dessus de ses lèvres se hérisse de dégoût. Victor aspire à trouver le plus de bonnes réponses possible mais plus il grandit, plus les questions sont compliquées. Il se met à appréhender les visites de l'homme. Il a honte. Il atteint ses 7 ans et l'homme dit : Il faut lui donner des leçons.

Quelques jours plus tard, un autre homme vient à la maison. Il s'appelle M. Thornton, c'est le précepteur. Il apporte une pile de livres que, pour le plus grand étonnement et la plus grande joie de Victor, il laisse en repartant. Victor n'a jamais vu autant de papier de sa vie et, le soir même, il s'y attaque comme une furie, gribouillant dans les marges, dessinant des motifs, des étoiles, des visages. Lorsque le précepteur revient le lendemain matin et découvre que non seulement Victor n'a pas fait ses devoirs, mais qu'en plus il a saccagé trois manuels scolaires tout neufs, il lui donne une fessée bien plus forte que toutes celles de Mme Greene. Victor l'appelle en criant mais elle est partie faire des courses en ville. L'homme frappe les fesses de Victor jusqu'au sang.

Les leçons ont aussi du bon. M. Thornton lui apprend comment peser des choses sur une balance ; comment observer les plantes au microscope. Ça fait des formes comme de magnifiques flocons de neige. On appelle ça des « cellules ». Victor espère que l'homme lui laissera le microscope, mais, hélas ! il le remballe dans son étui en cuir et le remporte en partant. Victor dessine les cellules de mémoire. Il n'ose pas montrer le résultat au précepteur, qui lui a déjà témoigné son dédain pour ses dessins.

Un jour, alors que Mme Greene est en ville, M. Thornton demande à Victor de se lever et de baisser son pantalon. Victor crie parce qu'il n'a pas envie de recevoir une nouvelle fessée. Il n'a rien fait de mal ! Il crie mais le précepteur l'attrape et lui met une main sur la bouche jusqu'à ce qu'il ne puisse plus respirer. Victor essaie de lui mordre les doigts mais l'homme appuie encore plus fort. Puis il lui défait sa ceinture et lui baisse son pantalon. Victor se prépare à souffrir mais le précepteur lui caresse les jambes et les fesses, après quoi il lui pose la main sur les parties intimes. Ensuite, il lui dit de se rhabiller et ils font des exercices de grammaire. Ça arrive quelquefois.

Lors de sa visite suivante, le docteur demande à Victor d'enlever son pantalon et Victor se met à hurler. Il mord le docteur au coude et court dans toute la pièce jusqu'à ce que Mme Greene l'attrape par les bras, le docteur par les jambes, et qu'ils l'attachent sur une chaise avec un tuyau de jardin.

Ça alors, qu'est-ce qui lui a pris ?

Aucune idée.

Doux Jésus, mais regardez-le.

Le docteur braque une lumière dans les yeux de Victor. Ça lui arrive souvent ?

Non.

Hmm, hmm. Il éteint la lumière. Ma foi, c'est très étrange.

Ils passent dans la pièce d'à côté. Victor les entend quand même.

Est-ce qu'il fait des crises ?

Non.

Rien d'autre ?

Il parle tout seul. Il a des amis imaginaires.

C'est parfaitement normal pour un enfant.

À son âge ? Il leur parle plus à eux qu'à moi. Il y a quelque chose qui ne va pas.

Pas très étonnant.

Il n'est pas comme sa mère.

Non. Mais l'imbécillité peut prendre bien des formes.

Ce n'est pas naturel de le garder ici.

La décision ne nous appartient pas.

Ça ne peut pas durer. Combien de temps encore ?

Je ne sais pas.

Je ne vais pas rester ici indéfiniment.

Victor remue les mains pour se détacher.

Pitié, dit Mme Greene. Pitié.

Je vais en parler à M. Muller

Oui, s'il vous plaît.

Je vais lui dire qu'il faut faire quelque chose.

Où est-il passé ? Je n'ai plus de nouvelles depuis des mois.

Il est à l'étranger. À Londres. Ils construisent un débarcadère.

Doux Jésus. Et il n'y a personne d'autre au monde que vous et moi ?

Pas pour l'instant, non.

Ce n'est pas sain.

Non.

Oh !

Mme Greene.

Oh ! Oh !

Je suis à votre disposition.

Oh !

Le tuyau d'arrosage commence à se desserrer Victor se libère les bras. Ensuite il se détache les pieds. Il s'approche de la porte à pas de loup et voit Mme Greene et le docteur debout tout près l'un de l'autre. Le docteur a les mains dans son chemisier. Elle se recule et ils disparaissent tous les deux dans une autre pièce. Ils y restent un bon moment. Quand Mme Greene revient chercher Victor, elle n'a pas l'air surprise de le trouver en train de dessiner à son bureau. Elle lui donne un bol de chocolat chaud et l'embrasse sur la tête. Elle sent le savon.

Peu de temps après, il voit le corps de Mme Greene. Il s'accroupit devant le trou de la serrure pendant qu'elle prend un bain. La vapeur lui cache un peu la vue mais, quand elle sort de la baignoire, ses seins se balancent, ils sont gros et blancs. Il fait du bruit, elle l'entend et elle s'enroule dans sa serviette. Elle ouvre la porte alors qu'il s'enfuit en courant. Tu es un petit dégoûtant. Il court dans sa chambre et se cache sous le lit. Elle entre, vêtue d'une robe qu'elle a mise à l'envers. Ses cheveux dégoulinent et mettent de l'eau partout tandis qu'elle l'attrape sous le lit pour le faire sortir. Il s'agrippe au plancher mais elle est plus forte que lui. Petit dégoûtant, va. Pourtant elle ne lui donne pas la fessée. Elle le fait asseoir sur le bord du lit et le gronde avec une grosse voix. Tu ne dois jamais. Un gentil garçon ne fait pas ça. Tu dois être un gentil garçon, pas un vilain garçon.

Il veut être un gentil garçon.

Le temps passe. L'homme à la moustache revient les voir. Il a l'air fâché.

C'est tout bonnement insupportable, monsieur, dit Mme Greene.

L'homme fait les cent pas dans la pièce en tirant sur les lobes de ses oreilles. Je comprends.

Victor est sidéré. Lui aussi, il aime bien tirer sur ses oreilles. Mme Greene ne veut pas qu'il fasse ça, elle lui donne une tape sur la main en lui disant d'arrêter d'être un drôle d'oiseau comme ça. Pourtant voilà que l'homme à la moustache, si grand et majestueux avec son beau chapeau, se tire les oreilles exactement comme Victor. Du coup, il se sent fier.

Il faut qu'il aille à l'école, monsieur.

Je sais bien. J'ai demandé au Dr Fetchett de lui trouver un endroit plus adapté. Ce n'est pas aussi simple que de l'envoyer à la Priestly Academy. L'homme à la moustache s'interrompt pour regarder un dessin de Victor que Mme Greene a affiché au mur. Vous êtes douée, dites-moi.

Il n'est pas de moi, monsieur.

Vous voulez dire... Vraiment ?

Oui, monsieur.

Tous ? Ça alors. Je ne savais pas. J'ai toujours cru que c'était vous.

Non, monsieur.

Il a du talent. Il lui faudrait des couleurs.

Oui, monsieur.

Achetez-lui-en, alors.

Bien, monsieur.

Je reviendrai bientôt. Je vais parler à Fetchett, nous allons trouver une solution.

Oui, monsieur.

Et les leçons ? Il y a des progrès ?

Non, monsieur. Il refuse toujours de faire ses devoirs. Il les déchire.

L'homme soupire. Vous devez le discipliner.

Si vous croyez que je n'ai pas essayé.

Parlez-moi sur un autre ton.

Pardon, monsieur. Je suis à bout.

Je comprends. Tenez, voici pour vous.

Merci, monsieur.

Et achetez-lui des couleurs, s'il vous plaît.

Oui, monsieur.

Sois sage, Victor.

Il ne reverra jamais l'homme.

Le temps passe. Il a 11 ans. Mme Greene lui fait un gâteau d'anniversaire, et quand elle l'apporte à table elle se met à pleurer. Je n'y arrive plus. Je n'en peux plus.

Victor veut l'aider. Il lui offre un peu de son gâteau.

Merci, mon chéri. C'est très gentil à toi.

Une nouvelle voiture arrive. Victor se tient à la fenêtre et la regarde approcher. Elle est grise. Un homme en veste bleue en bondit et court ouvrir la portière arrière à une dame qui a de grands tourbillons de cheveux et un haut chapeau marron qui ressemble à un champignon vénéneux. Mme Greene se précipite à la porte et la femme au chapeau lui passe devant sans la regarder. Elle se plante au milieu de la pièce et contemple tout d'un air hautain. Puis elle regarde Victor.

Il est sale.

Il a joué dans la cour, madame.

Ne répondez pas. Ce garçon est sale et il n'y a rien d'autre à dire. Et toi, qu'est-ce que tu as comme excuse ?

La dame lui parle. Il ne dit rien.

Il n'est pas très bavard, madame.

Vous, taisez-vous.

La femme au chapeau fait le tour de la pièce, ramassant des assiettes qu'elle jette à terre brutalement.

Et cet endroit est une porcherie.

Je suis désolée, madame. D'habitude, je fais le ménage dans l'après-midi, quand...

Ça m'est égal. Nettoyez-le. Il s'en va.

Madame ?

Vous n'êtes pas responsable des mauvaises décisions de mon mari, mais vous devez comprendre qu'il n'est plus là et que les décisions relèvent désormais de moi et uniquement de moi. Est-ce clair ?

Oui, madame.

À présent, allez le laver. Je ne peux même pas le regarder.

Mme Greene lui fait couler un bain. Il n'a pas envie de prendre un bain ; il en a déjà pris un la veille. Il se débat et elle le supplie. S'il te plaît, Victor. On dirait qu'elle va pleurer, alors il la laisse le déshabiller et le mettre dans la baignoire.

La femme au chapeau dit : La voiture sera là dans une heure.

Où l'emmenez-vous, madame ?

Ce ne sont pas vos affaires.

Sauf votre respect... Je suis désolée, madame.

Vous pourrez rester ici autant que vous le voudrez.

Je ne le voudrai pas du tout, madame.

Je vous comprends. Mon mari était un crétin fini. Ne pensez-vous pas que c'était parfaitement idiot de sa part ?

Je ne saurais le dire, madame.

Et pourquoi pas ? Vous avez bien un avis, non ?

Non madame.

Vous êtes très bien dressée. Combien vous payait-il ?

Madame.

Je veillerai à ce que vous ne manquiez de rien. Vous n'aurez qu'à appeler ce numéro. Est-ce que nous avons un accord ?

Oui, madame.

Quel idiot. Combien de temps pensait-il continuer comme ça ?

Je ne sais pas, madame. Il parlait de lui trouver une école.

La femme au chapeau regarde Victor et frissonne.

Enfin, c'est fait maintenant.

Ils le mettent dans une voiture et ils roulent dans la neige. Jamais il ne s'est autant éloigné de la maison. Mme Greene est assise à côté de lui, elle lui tient la main. Il ne sait pas où il va et à plusieurs reprises il a très peur. Il crie et Mme Greene lui dit : S'il te plaît, Victor. Regarde les arbres. À quoi ils ressemblent ? Tiens, voilà du papier. C'est difficile de dessiner, avec les soubresauts de la voiture. Il essaie de stabiliser sa main mais de toute façon chaque fois qu'il arrive à tracer un trait il a envie de vomir et il est obligé de fermer les yeux. Il veut rentrer à la maison. Quand vont-ils rentrer ? Il veut son lit et son chocolat chaud, il veut sa toupie. Il pleure et Mme Greene dit : Regarde les arbres, Victor.

Les arbres sont blancs, grands et pointus. On dirait du sucre candi.

À la tombée du jour, ils arrivent devant une maison. Elle est plus grande que toutes celles qu'il a jamais vues, bien plus grande que la sienne. Elle a le visage tout noir et des yeux jaunes. La voiture s'arrête et Mme Greene descend. Victor reste à l'intérieur.

Viens, mon chéri.

Victor sort de la voiture. Mme Greene a une petite valise à la main. Elle se tient toute raide. Puis elle s'agenouille dans la neige, au risque de mouiller ses bas. Ses yeux sont petits et rouges. Tu dois être un gentil garçon. Compris ?

Il hoche la tête.

Bien. Promets-moi que tu seras un gentil garçon.

Ah, le voilà, notre jeune gentleman !

Un homme aux cheveux plaqués en arrière se tient en haut des marches. Il sourit.

Bonjour, cher ami. Je suis le Dr Worthe. Et tu dois être Victor

Il lui tend la main. Victor cache les siennes dans son dos.

Il est très fatigué, monsieur.

Je vois ça. Les autres garçons viennent juste de se mettre à table pour dîner. Tu veux manger quelque chose, Victor ?

Il n'est pas très bavard, monsieur.

Le Dr Worthe, qui ne ressemble pas du tout à l'autre docteur, s'accroupit pour coller son visage à celui de Victor. Tu as faim, jeune homme ? Il sourit. Bon, on dirait qu'il a perdu sa langue.

Victor vérifie : sa langue est toujours là.

Ils entrent dans la maison. Il y a un grand escalier en bois et un lustre étincelant. Mme Greene pose la valise.

Nous n'avons pas eu le temps d'emporter toutes ses affaires. Je vous enverrai le reste.

Nous veillerons à ce qu'il ait tout ce qu'il lui faut. N'est-ce pas, Victor ?

Alors Mme Greene dit : Je vais y aller, maintenant, Victor. Ta dois écouter ce monsieur et lui obéir. Sois un gentil garçon, comporte-toi bien. Je sais que je peux être fière de toi.

Elle se dirige vers la porte. Victor la suit.

Non, toi, tu restes.

Viens, jeune homme, on va te mettre quelque chose dans l'estomac, hein ?

Tu dois rester, Victor.

Viens, jeune homme. Conduisons-nous en adultes.

Victor. Non. Non, Victor, non. Non.

Ils le retiennent.

Et puis il est tout seul.

Le Dr Worthe lui pose une main sur l'épaule et le fait sortir par une autre porte. Ils suivent un chemin de pierre jusqu'à un bâtiment en brique coiffé d'une cheminée fumante. Victor entend une voiture démarrer et il veut voir si c'est Mme Greene, mais le Dr Worthe lui serre l'épaule en disant : Ça va aller, ça va aller.

Dans le bâtiment en brique, ils vont d'abord au réfectoire. Victor n'a jamais vu une aussi grande salle de sa vie, elle fait toute la longueur du bâtiment et elle est remplie de tables et de bancs, de garçons et d'hommes de tous âges vêtus de chemises blanches, de pulls et de cravates marron. Certains d'entre eux se retournent lorsque la porte s'ouvre. Ils dévisagent Victor. Tout le monde parle en même temps, le bruit fait mal aux oreilles. Victor se les bouche mais le Dr Worthe lui écarte les mains de force.

Viens, on va te présenter à des gens qui pourront devenir tes amis.

Le Dr Worthe lui montre où se procurer de la nourriture. Il y a un guichet et tu te présentes avec un plateau métallique. Le monsieur avec le tablier te donne une part de ragoût. Tu prends ton plateau et tu vas t'asseoir à la troisième table.

Les enfants, je voudrais vous présenter votre nouveau camarade. Voici Victor. Dites bonjour, les garçons.

Bonjour.

Dis bonjour, Victor.

Victor ne dit rien.

Allez, il faut être gentil.

À qui s'adresse cette remarque ? Ce n'est pas très clair.

Victor s'assied à l'extrémité du banc. Il se sent trop serré et mal à l'aise. Il voit qu'il y a une autre table avec plus d'espace et il y va.

Non, ils disent. Tu dois retourner à ta place. Un homme au long cou le prend par le bras. Victor hurle et le mord. L'homme laisse échapper un cri, puis tout le monde se met à crier. Le bruit fait crépiter les oreilles de Victor. Il a du liquide chaud sur les bras, ça le brûle. Les cris s'amplifient encore et encore, jusqu'à ce que le Dr Worthe monte debout sur une chaise. Ça suffit. Victor est à terre. Le Dr Worthe s'approche de lui et Victor hurle. Le Dr Worthe le soulève avec l'aide d'un autre homme et ils l'emmènent. Il hurle. Ils le déposent sur un lit. Arrête de crier, personne ne va te faire de mal. Le Dr Worthe leur dit de le retourner, ils le retournent, Victor sent une piqûre et il s'endort.

La journée, il a des cours. Victor prend le papier et le crayon qu'on lui a donnés et il dessine les autres garçons. Il dessine leurs têtes de dos, de profil, il fait le portrait du professeur. Parfois il imagine comment ça ferait de voir la salle de classe depuis ailleurs et il la dessine aussi. Devant la fenêtre, il y a un gros arbre qui lui tend les bras, il le dessine. Il dessine des pages et des pages de flocons de neige. Il range les feuilles dans son bureau.

Il ne connaît pas bien ses leçons. Le Dr Worthe lui dit : Tu dois travailler.

Les seuls cours qu'il aime sont ceux de géographie. Il aime les formes. Certaines cartes représentent des pays, d'autres des continents. Il dessine les têtes de dragon de l'Afrique et de l'Amérique du Sud ; l'Italie en forme de botte, l'Espagne en forme d'un homme au grand nez qui crache des îles en toussant. Il dessine la Finlande. Il dessine Ceylan comme une larme. Il dessine l'Australie. Le professeur dit qu'il y a des kangourous en Australie. Il ne sait pas ce que c'est qu'un kangourou. Le professeur leur montre une photo. Un kangourou est un énorme rat. Il dessine le professeur avec une queue et des moustaches. Il dessine les autres élèves de sa classe sous la forme des pays auxquels ils ressemblent. George, c'est le Chili ; Irving, l'Allemagne. Victor les dessine et les range dans son bureau. Son bureau est sans fond, il n'arrivera jamais à le remplir.

Les plus grands jouent au football. Victor ne comprend pas. Au lieu de regarder les joueurs, il regarde les traces que leurs chaussures laissent dans la neige. Au début, la neige est toute lisse, ensuite ils commencent et les marques éclosent comme des bulles à la surface d'une casserole. C'est beau, mais très vite la neige se transforme en bouillie. Victor aimerait bien qu'ils arrêtent le match au milieu pour ne pas abîmer les jolis dessins. Mais, le lendemain, il reneige et le terrain redevient propre.

Les autres enfants ne lui parlent pas. Ils l'appellent « la Tortue ». Victor pense à Mme Greene. Il demande souvent de ses nouvelles et le professeur ne comprend pas. Le Dr Worthe le convoque dans son bureau.

Il paraît que ta vieille amie te manque. Est-ce que tu sais écrire une lettre ?

Il ne sait pas.

Je vais te montrer comment on fait. Ensuite, tu pourras lui écrire quand tu voudras. Nous t'encourageons à écrire et à te faire des amis. Ils te plaisent, tes nouveaux amis ? Tu connais le nom de tout le monde ? Tu t'amuses bien en classe ?

Victor ne dit rien.

C'est sûr que ça n'a pas dû être facile pour toi. Il faut t'accrocher. Plus tu travailles, plus tu auras des facilités. Je vois que tu ne fais pas tes devoirs. C'est inacceptable. Tu *dois* faire tes devoirs. Si tu n'y arrives pas, tu peux demander de l'aide. Je suis prêt à t'aider personnellement. Et ce n'est pas une chose que je propose à tout le monde. Je te le propose à toi parce que je pense que tu es quelqu'un de spécial. Je sais que tu es capable de plus que ce que tu nous as montré. J'aimerais vraiment que tu réussisses. Et toi, tu as envie de réussir ? Hein ?

Victor hoche la tête.

Bien. Très bien. À présent, on va écrire cette lettre.

Le Dr Worthe lui montre la formule de politesse pour le début. Et maintenant tu écris ce que tu veux.

Victor mâchonne son crayon. Il ne sait pas quoi faire. Il dessine la Belgique.

Le Dr Worthe regarde la feuille. C'est ça que tu veux lui écrire ?

Victor acquiesce.

Je ne suis pas sûr qu'elle comprendra. Tu n'as pas envie de lui donner de tes nouvelles ? De lui parler de tes amis ? Tiens, passe-moi ça une seconde, s'il te plaît. Le Dr Worthe efface la Belgique, ne laissant d'elle qu'une pâle esquisse par-dessus laquelle il écrit. Chère Madame Greene. Bonjour. Comment allez-vous ? Moi, je vais bien. Je fais tout mon possible pour bien travailler à l'école. J'adore étudier. J'ai beaucoup d'amis. Qu'est-ce qu'on peut lui dire d'autre ? Hier nous avons mangé une soupe de pommes de terre. C'était... Victor ? Tu as aimé la soupe de pommes de terre ?

Il n'en a pas mangé. Il secoue la tête.

Le Dr Worthe dit : D'accord. Hier nous avons mangé une soupe de pommes de terre. Ce n'est pas mon plat préféré mais c'était très bon. Mes plats préférés sont...

Le Dr Worthe le dévisage. Victor ?

Victor a peur. Il se sent idiot. Les flocons d'avoine, dit-il

Les flocons d'avoine. Parfait. J'adore les flocons

d'avoine, ce qui – le Dr Worthe sourit – tombe très bien puisque nous en avons au petit déjeuner presque tous les jours.

C'est vrai. Victor n'a jamais mangé autant de flocons d'avoine de sa vie. Ça ne le dérange pas, mais il a l'intuition qu'il ne va pas les aimer très longtemps encore.

J'espère que vous vous portez bien et que vous viendrez bientôt me rendre visite. Vous pouvez venir quand vous voulez. Peut-être que vous viendrez quand il fera moins froid. Le Dr Worthe s'arrête d'écrire. Il y a autre chose que tu aimerais lui dire ?

Victor secoue la tête.

Alors il ne te reste plus qu'à signer. Par quoi veux-tu conclure ? Tu peux dire « sincères salutations », « cordialement » ou « amitiés ». Tiens, prends la lettre. Choisis, toi.

Victor réfléchit. Il écrit « amitiés ».

Maintenant, tu signes.

Il signe.

Parfait. Le Dr Worthe retourne la feuille. Non, il y a une faute. Je vais... tu permets ? Il prend le crayon des mains de Victor. « Amitiés », ça s'écrit comme ça. Tu vois ?

Victor acquiesce.

Très bien. À présent on inscrit l'adresse sur l'enveloppe.

Ensuite le Dr Worthe lèche un timbre. Il le colle sur l'enveloppe. Tu vois, Victor ? Et maintenant, ça va dans la boîte aux lettres. Voilà, tu as écrit une lettre. On va voir si elle te répond.

Elle lui répond ; des mois plus tard, il reçoit une lettre de Mme Greene. Elle est très courte. Le Dr Worthe la lui remet dans son bureau.

Cher Victor, lit Victor.

Lis-la tout haut, s'il te plaît. Plus fort.

Cher Victor, dit Victor. Je suis très heureuse d'avoir de tes nouvelles. Je pense souvent à toi. J'ai quitté la maison, si bien que je n'ai pas eu ta lettre jusqu'à ce qu'on me la fasse suivre. J'ai un nouveau chez-moi. L'adresse se trouve en haut de la page. J'ai aussi un nouveau travail. Je suis employée du Dr Fetchett. Tu te souviens de lui ? Il te passe le bonjour. Lui aussi, il pense souvent à toi. Baisers, Nancy.

Au centre d'une arabesque, elle a écrit « Mme Greene ».

Le Dr Worthe a l'air content. C'est une très gentille lettre. Et maintenant que nous avons la bonne adresse, nous allons pouvoir lui écrire autant que nous voudrons. Qu'est-ce qu'on lui répond ?

Cette fois, il laisse Victor lécher le timbre. Il a un goût bizarre.

21

Notre vol pour Boston eut plusieurs heures de retard et nous n'arrivâmes à Cambridge que vers 11 heures du soir. Nous prîmes un taxi jusqu'à l'hôtel où Tony Wexler avait l'habitude de descendre chaque fois qu'il venait à Harvard rattraper mes bêtises ; je fis mettre les deux chambres sur ma carte de crédit. J'avais dans mon attaché-case une impression A4 de la photo de Victor ainsi qu'un CD-Rom contenant le scan de l'image. Je n'avais pas beaucoup parlé depuis l'avion et je devais faire une tête morose car, en entrant dans l'ascenseur, Samantha me posa une main dans le dos.

« Je crois que je suis en hypoglycémie, dis-je.

— On n'a qu'à aller dîner quelque part. »

Je la dévisageai.

« Je peux bien faire une exception, rétorqua-t-elle en haussant les épaules.

— Je pense plutôt que je vais appeler le room-service

— Préviens-moi si tu changes d'avis. »

Une fois dans ma chambre, je me déshabillai et commandai un sandwich au thon auquel je touchai à peine. Après avoir déposé le plateau devant ma porte, je m'étendis sur le lit, les yeux rivés sur l'écran noir de la télé comme si je m'attendais à ce qu'il s'allume de lui-même et affiche le visage de Victor. Je ne crois pas au spiritisme, mais sincèrement j'espérais au moins une *tentative* de communication. Si ce n'était pas par la télé, alors peut-être un message en morse par des petits coups sur le mur ou bien par les lumières qui se mettraient à clignoter. J'attendis tant et plus qu'il se manifeste, mais il ne vint jamais. Mes yeux commençaient à se fermer et j'avais presque sombré lorsque je fus réveillé par quelqu'un qui frappait doucement à ma porte.

J'enfilai ma chemise et mon pantalon avant d'aller ouvrir. C'était Samantha. Elle s'excusa de me déranger.

« C'est pas grave, je venais juste de m'endormir. Entre. »

Je me reculai pour la laisser passer mais elle resta sur le pas de la porte, me regardant d'abord moi, puis le sandwich intact par terre.

« Je n'avais pas faim », expliquai-je.

Elle hocha la tête, les yeux baissés. Je me rendis compte que ma chemise était grande ouverte. Je la boutonnai.

« Viens. Entre. »

D'abord réticente, elle finit par traverser la pièce jusqu'au fauteuil où elle s'assit, le regard perdu par la fenêtre en direction de la coupole verte de la résidence Eliot. Je vins me planter à côté d'elle et, pendant quelques minutes, nous restâmes silencieux à observer la lune qui flirtait avec nous derrière les nuages mouvants.

« Tu as vu la taille de ses mains ? » demandai-je enfin.

Elle ne répondit pas.

« On aurait dit des petites pattes d'animal. Tu les a vues ?

— Oui.

— J'ai du mal à l'imaginer étrangler quelqu'un avec ces mains-là.

— C'étaient des enfants. »

Je ne dis rien.

« Ça doit être assez bouleversant pour toi », ajouta-t-elle.

J'acquiesçai en silence.

Nous contemplâmes le ciel.

« Merci », dit-elle.

Comme je l'interrogeai du regard, elle précisa :

« Pour ce que tu as fait dans l'avion

— C'est normal.

— Tu t'attendais sans doute à te prendre une gifle, non ?

— Ça va, je peux encaisser. »

Silence.

« Je suis désolée d'avoir été si froide avec toi, reprit-elle.

— Mais pas du tout. »

Elle haussa un sourcil.

« Bon, d'accord, peut-être un peu », rectifiai-je.

Elle sourit.

« Y a pas de mal, dis-je.

— Je ne supporte pas de me voir comme ça. Avant, j'étais quelqu'un d'incroyablement équilibré. »

Elle marqua une pause avant d'ajouter :

« Tu m'as manqué pendant les vacances.

— Toi aussi. »

Silence.

« J'aimerais que tu m'attendes. Tu trouves ça horrible que je dise ça ?

— Non.

— Si, c'est horrible. C'est horrible de te mettre en stand-by comme ça.

— Ça n'a rien d'horrible, Samantha.

— Appelle-moi Sam, je t'en prie.

— D'accord.

— Mon père m'appelait Sammy.

— Je peux t'appeler comme ça, si tu préfères.

— Non, non. Sam, c'est très bien."

Après son départ, je me remis au lit. J'allumai la télé. Des images d'une conférence avec Bush, Cheney et Rice réveillèrent des souvenirs désagréables de la soirée de Marilyn et je zappai aussitôt sur une chaîne à péage.

Le téléphone de ma chambre sonna. Je coupai le son de la télé.

« Je croyais que tu étais partie te coucher, dis-je.

— Je ne t'ai pas réveillé, j'espère. J'aurais très mauvaise conscience de t'avoir réveillé.

— Je ne dormais pas. »

Silence.

« Je peux revenir ? » demanda-t-elle.

Elle était différente, cette fois. Elle me regardait dans les yeux, et je me rendis compte seulement alors qu'elle ne l'avait pas fait la première fois. Et puis elle bougeait davantage. C'était peut-être dû à la liberté que nous offrait le lit XXL ; ou parce que désormais nous nous connaissions un peu et que nous avions une cartographie mentale l'un de l'autre ; ou peut-être – probablement – était-elle différente cette fois parce que, cette fois, au lieu de vouloir ne rien sentir elle voulait justement sentir quelque chose.

Avant de s'endormir, elle me dit :

« Je suis désolée de t'avoir fait payer deux chambres. »

À 4 heures du matin, je me réveillai en sursaut. Sam avait un bras qui pendait hors du lit et la couverture pelotonnée entre les cuisses. Je me levai discrètement et restai un moment à la regarder changer de forme. Puis je me douchai, m'habillai et sortis me promener sur les rives du Charles.

En hiver, ce fleuve se transforme en un patchwork de glace craquelée et d'eau noire et toxique. La voie sur berge Memorial Drive crépita sous les roues d'un taxi filant à vive allure. Je m'arrêtai près du club nautique afin de remonter la fermeture Éclair de ma veste et de contempler la gigantesque enseigne clignotante Citgo. J'ai toujours eu un faible pour Boston. Son snobisme me plaît bien, tout comme ses penchants anarchistes. C'est cette étrange combinaison de puritanisme et de décadence qui fait de Harvard une si bonne pépinière pour l'élite américaine.

Je remontai Plympton Street en direction de l'immeuble aux allures de locomotive du Harvard Lampoon, prenant vers l'ouest pour passer devant le Fly, mon ancienne fraternité. De la musique s'en échappait. Je n'étais resté en contact avec aucun de mes camarades de l'époque et je n'avais jamais payé la moindre cotisation à l'association des anciens, mais sur un coup de tête je décidai d'aller toquer à la porte du club. Je m'apprêtais à faire demi-tour lorsque quelqu'un vint finalement m'ouvrir ; un grand et beau jeune homme aux cheveux blonds hirsutes. Il avait l'air d'un gamin. *C'était* un gamin. Il me toisa de la tête aux pieds.

« Vous désirez ?

— Je suis un ex-membre. »

Il paraissait sceptique.

« Je peux entrer une minute ?

— Hmm. »

Il consulta sa montre. Derrière lui, une voix de fille cria « Danny ! »

« Une seconde ! lança-t-il.

— Ça ne fait rien, dis-je. Je comprends.

— Désolé, mec. »

Je me retournai et la porte se ferma dans mon dos. Sur ma gauche se trouvait le jardin, entouré d'une clôture, dans lequel au printemps nous organisions la garden-party. Je suppose que c'est toujours le cas ; la vie continue.

Je poussai un peu plus loin jusqu'à l'entrée de la Lowell House, la résidence universitaire où j'avais passé mes deux dernières années. Je me demandai combien il m'avait manqué pour finir ma licence. Est-ce qu'ils accepteraient de me reprendre ? Je m'imaginais faire la queue pour les inscriptions ; trimballer un futon jusqu'au troisième étage ; manger des haricots verts à la cantine ; faire la java au Game. Le gamin blondinet deviendrait mon ami, il me parrainerait pour entrer au Fly. On traînerait ensemble et on se mettrait la tête à l'envers. J'éclatai de rire en étirant ma vieille carcasse de 32 ans.

Au bout de la rue, j'aperçus une benne à ordures et je fus pris d'une envie absurde d'aller fouiller dedans pour y retrouver mon Cy Twombly abandonné. Peut-être que les éboueurs n'étaient pas passés depuis douze ans.

Faisant quelques pas en arrière, j'entrepris de compter les fenêtres pour repérer la chambre que j'avais occupée en seconde année. La lumière était éteinte. De là-haut, à l'époque, je surplombais les toits et j'avais la vue jusqu'au cœur historique du campus et aux flèches gothiques du bâtiment Muller, une nette vision de mon passé.

Le temps que je rentre à l'hôtel, Sam n'était plus là. Elle n'était pas dans sa chambre non plus. Je finis par la trouver dans la salle de gym en train de s'acharner sur une machine elliptique, un baladeur numérique sanglé autour du bras. Elle avait un des deux écouteurs à l'oreille, l'autre pendouillant à hauteur de sa taille, lui libérant ainsi un côté pour pouvoir coincer un téléphone portable entre son épaule et sa tempe. Un numéro du magazine *Fitness* était posé à l'envers et fermé sur le porte-revues de la machine. De la main droite, elle buvait au goulot de sa bouteille d'eau, de la gauche elle pianotait sur son Palm Pilot. Toutes les parties de son corps semblaient se mouvoir dans des directions différentes, un genre de merveilleux paroxysme cubiste inondé de sueur.

« C'est très gentil à vous, l'entendis-je dire en approchant. Merci.

— Bonjour ! lançai-je.

— Oh, mon Dieu ! Tu m'as fait peur.

— Désolé.

— Où tu étais passé ? Je te croyais parti

— Je n'arrivais pas à dormir. Je suis allé faire un tour.

— Laisse-moi un mot, la prochaine fois, s'il te plaît... Je viens de raccrocher avec James Jarvis. »

Je jetai un œil à la pendule de la salle de gym. Il était 7 heures et quart.

« C'est lui qui m'a appelée », précisa-t-elle.

Il y avait quelque chose de nouveau dans sa voix, un timbre différent. Du bonheur. Et ça la faisait parler un peu plus vite que d'habitude, malgré l'essoufflement.

« Il a des cours aujourd'hui mais il dit qu'on peut passer chez lui après 16 heures, reprit-elle. Tu sais où se trouve Somerville ?

— C'est à cinq minutes en voiture.

— Dans ce cas, on a toute la journée à tuer, dit-elle en s'arrêtant, les pieds toujours sur les pédales. Je dois être répugnante à voir mais je te préviens, je vais quand même t'embrasser et tu vas devoir faire avec.

— Ça me va. »

Ça m'allait.

Somerville, le cousin pauvre de Cambridge, abrite énormément d'étudiants de troisième cycle. Je m'en rappelais principalement comme le lieu du Mac Abbie's, un supermarché de seconde zone où les élèves de Harvard venaient s'approvisionner en cubis d'alcool. Je crois que le magasin faisait plus de ventes en Ticket-Repas qu'en liquide ; les employés se baladaient avec le masque de la mort sur le visage. On avait surnommé l'endroit « le Macchabée ».

À deux pas de là (en supposant que vous ayez le pas très long) se trouve Knapp Street et son petit alignement de maisonnettes. Notre coup de sonnette fit apparaître un jeune homme en tenue chirurgicale qui se présenta sous le nom d'Elliot et qui, après nous avoir accompagnés dans le salon, se mit aussitôt à nous reprocher de venir embêter James.

« Il a pleuré, expliqua Elliot. Il n'a même pas versé une larme quand notre chien est mort, et là il sanglotait. J'espère vraiment que vous vous rendez compte de ce que vous faites. Vous venez de foutre en l'air des années et des années de thérapie. Je l'ai supplié de refuser de vous voir, mais il est têtu. Si ça ne tenait qu'à moi, je ne vous aurais même pas ouvert.

— Il va peut-être pouvoir nous aider à mettre la main sur le coupable, indiqua Sam.

— Comme si ça allait changer quelque chose ! ricana Elliot. Enfin, bref. Il ne devrait pas tarder. »

Il quitta la pièce ; une porte claqua.

Je me tournai vers Sam. Elle paraissait imperturbable.

« Ce n'est jamais comme on s'y attend, dit-elle à voix basse. C'est toujours le père qui pète les plombs, ou le grand frère. Les femmes sont plutôt calmes quand on leur parle. Elles sont capables de te décrire les trucs les plus horribles comme si elles te récitaient l'annuaire. Dans un sens, c'est pire, tu vois ce que je veux dire ? Je me souviens par exemple d'une gamine de 9 ans violée par son grand-père. Je lui posais des questions très explicites et elle ne bronchait pas. La seule fois où elle a paru troublée, c'était vers la fin. Tout d'un coup, elle a changé de tête et elle m'a dit : “Ne l'envoyez pas en prison, je préfère y aller à sa place.”

— C'est dingue.

— Les gens sont bizarres. »

Elle tomba sur un numéro du magazine *Architectural Digest* qu'elle se mit à feuilleter. De mon côté, j'étais trop tendu pour faire autre chose que pianoter sur mes genoux.

Jarvis nous avait promis d'être chez lui avant 4 heures et demie. À 5 heures moins le quart, Elliot réapparut, vêtu d'un cycliste et d'une laine polaire, la frange retenue en arrière par un bandeau.

« Il n'est toujours pas là ? s'enquit-il.

— Non. »

Il fronça les sourcils et se pencha pour faire des doubles nœuds à ses chaussures. Il était clair qu'il avait envie de partir, et qu'il avait aussi envie qu'on parte. Du coup, tout le monde fut soulagé en entendant une voiture arriver. Elliot sortit en courant et dévala pesamment les marches du perron. Je perçus les éclats d'une dispute. Je m'approchai de la fenêtre et écartai le rideau. Sur le trottoir, il hurlait après un homme maigrichon à la calvitie naissante vêtu d'un pardessus et chaussé de bottes en caoutchouc bleu électrique. James Jarvis, sans doute. Il avait facilement quinze ans de plus que son compagnon, et une aura paternelle, l'allure de quelqu'un résigné à une perpétuelle ingratitude. Il ne disait rien tandis qu'Elliot fulminait en gesticulant pour finir par tourner les talons et s'éloigner au pas de course. Je me dépêchai de regagner ma place sur le canapé.

« Excusez-moi, je suis en retard, annonça Jarvis en posant son sac. Il y avait un accident sur l'autoroute.

— Merci de prendre le temps de nous recevoir, répondit Sam.

— Tout le... Non, j'allais vous dire que tout le plaisir était pour moi, mais je crois que ce serait un peu exagéré. Je peux me faire un café avant qu'on commence ?

— Bien sûr. »

Dans la cuisine, il mit en route une machine à espresso et sortit trois tasses en porcelaine.

« Je suis désolé s'il a été désagréable.

— Vous n'avez pas à vous excuser.

— Il est très protecteur, expliqua Jarvis en enclenchant le percolateur avant de s'appuyer contre le plan de travail, les bras croisés. Il a le zèle de la jeunesse. »

Sam sourit.

« Je ne devrais peut-être pas dire ça devant vous, reprit-il. Vous savez quelle a été ma première réaction quand vous m'avez appelé ? "Qu'est-ce que je suis vieux !" C'est ça qui m'a vraiment fait mal. »

La machine à café émit un cliquetis et il alla s'en occuper.

« Je suis là à vivre mon fantasme à la Dorian Gray et vous débarquez pour me rappeler qu'en 1973 j'avais déjà *11 ans*. Elliot n'était même pas né, à l'époque. »

Il fit une tête genre *Le Cri* de Munch puis laissa échapper un rire lugubre et se retourna pour nous verser nos cafés qu'il déposa sur la petite table du coin-repas. Il ouvrit aussi une boîte de gâteaux secs.

« Servez-vous », offrit-il.

Sam le remercia.

« Nous ne voulons pas vous déranger plus que nous ne l'avons déjà fait, dit-elle, alors...

— Oh, mais, moi, ça ne me dérange pas ! J'aurai peut-être droit à une bouderie pendant un jour ou deux, mais ça lui passera.

— Enfin, merci quand même. Si ça vous va, on pourrait peut-être s'y mettre ? »

Il nous fit un geste signifiant « Allez-y ». Je sortis la photo A4 de mon attaché-case et la posai sur la table. Jarvis l'examina un long moment, la mine impénétrable. Sam et moi échangeâmes un regard. Personne ne disait rien et je commençais à songer que nous avions tout faux ; je ressentais un mélange d'exultation mais aussi d'exaspération, j'avais envie de lui dire qu'il n'était pas *obligé* de reconnaître Victor, que personne ne lui demandait de l'accuser.

« C'est lui.

— Vous êtes sûr ? insista Sam.

— Je crois, oui, dit-il en se grattant la joue. C'est difficile à dire à cause du grain. »

J'allais prendre la parole, mais Sam me devança :

« On a aussi un scan qui est d'une meilleure résolution. Vous avez un ordinateur dont on pourrait se servir ? »

Il nous conduisit dans son bureau au fond de la maison. Jarvis avait des auréoles sous les aisselles, son naturel bon enfant s'était évanoui. Il secoua violemment la souris afin de réveiller l'ordinateur. Puis il introduisit le CD-Rom, cliqua sur l'icône et la photo jaillit à l'écran, beaucoup plus grande, d'une netteté impressionnante. Victor avait un petit grain de beauté dans le cou que je n'avais pas remarqué.

« C'est lui, confirma Jarvis

— Vous en êtes sûr ?

— Absolument.

— D'accord, dit Sam. D'accord. »

C'était tout ? Il n'allait rien y avoir de plus spectaculaire ? Où était passé l'esprit de Victor, à présent ? À quel moment était-il censé surgir d'un tuyau, mort vivant revenu exercer sa vengeance ? Ça ne pouvait pas se terminer comme ça. Voyant le totem s'effondrer, je me mis à paniquer. Je voulais protester. Jarvis devait se tromper. Comment être sûr de ce qu'il pouvait vraiment se remémorer ? Et plus que se remémorer : *savoir*. Même si nous n'étions pas au tribunal, j'exigeais la présomption d'innocence jusqu'à ce qu'on me *prouve* que Victor était coupable. Désormais, c'était Jarvis que je voyais comme le coupable, l'adversaire, le menteur. Il fallait qu'il me démontre qu'il n'était pas juste un type esseulé cherchant à attirer l'attention sur lui. Il fallait qu'il me fournisse des preuves tangibles. Il fallait qu'il me décrive la taille et la forme du pénis de Victor, qu'il me cite des bribes de leur conversation, qu'il me dise quel temps il faisait ce jour-là, ce qu'il avait mangé au déjeuner, de quelle couleur étaient ses chaussettes, quelque chose de concret et de vérifiable qui nous permette de déterminer si sa mémoire était réellement aussi infaillible et 100 % irréprochable qu'il le prétendait.

« Quand vous serez prêt, poursuivit Sam, j'aimerais vous poser quelques questions. »

Il hocha la tête et fit défiler l'image pour afficher le bas du cadre, où figurait la légende. Ainsi agrandies, les lettres paraissaient irrégulières.

« Vous savez où il est ? demanda-t-il.

— On le cherche.

— Ça fait bizarre d'avoir un nom. Pendant des années, je n'ai eu qu'un visage. Comme si ce n'était pas une vraie personne. »

Il jeta un coup d'œil à Sam avant de se concentrer à nouveau sur l'écran.

« Frederick Gudrais, reprit-il. Il n'est sans doute même plus de ce monde, pas vrai ? »

Il y eut un silence. Je dévisageai Sam, qui dit :

« Pardon ?

— Aujourd'hui il aurait... voyons... dans les 70 ans. Ah si, peut-être qu'il est encore en vie, alors ! »

Sam se tourna vers moi.

« Il ne s'appelle pas comme ça », indiquai-je.

C'étaient les premiers mots que je prononçais depuis les présentations, et Jarvis me lança un regard étrange, non dénué de reproche. J'attrapai la souris, remontai dans l'image et tapotai l'écran.

« Voilà Victor Cracke.

— Et alors ?

— Et alors ? Et alors c'est lui. Victor Cracke.

— Peut-être, dit Jarvis, mais ce n'est pas l'homme qui m'a agressé. C'est lui. »

Il désigna du doigt l'homme qui se tenait à la gauche de Victor.

Interlude : 1953

Aux repas, il s'assied désormais à sa place. Il ne refait jamais l'erreur du premier soir. Les autres garçons disent : Regardez, c'est la Tortue. Victor les déteste mais ne dit rien. Certains essaient de lui voler son dessert. Il se bat avec eux et c'est tout le monde qui finit par se faire gronder. Au lieu de lui prendre son dessert, ils mettent leurs doigts dedans ou se mouchent dans son lait. Victor se bat. Tout le monde se fait gronder.

Le Dr Worthe dit : Je ne comprends pas pourquoi c'est toujours toi qui termines dans mon bureau. Tu ne dois pas te battre. Je ne veux plus avoir à te punir. J'en ai assez de te punir.

Simon, c'est le pire. Simon le pince sous la table. Il noue les lacets de Victor ensemble, si bien que Victor tombe et se fend la lèvre. Tout le monde rigole. Victor se bat avec lui mais Simon est beaucoup plus grand et ça ne sert à rien. Simon ricane, il a une haleine de poubelle. Il dit : Tortue, tu es une merde. Victor sait que personne n'a envie d'être une merde. Tortue, pourquoi tu n'arrêtes pas de regarder tes pieds ? C'est quoi ton problème, Tortue ? Il y a d'autres garçons qui ne parlent pas et Simon les frappe aussi. Mais il a un faible particulier pour Victor. Tortue, je vais venir te couper les couilles pendant ton sommeil. Victor ne comprend pas pourquoi quiconque aurait intérêt à faire une chose pareille, mais il a peur. La nuit, il dort avec les mains sur ses parties. Parfois, Simon essaie de donner des coups de poing à Victor et Victor se recroqueville au sol en criant jusqu'à ce qu'un professeur arrive. Le professeur essaie de le relever mais Victor le mord, c'est plus fort que lui. On l'emmène dans le bureau du Dr Worthe où il se fait gronder ou bien on l'endort avec une piqûre.

À qui tu parles, Tortue ? Il n'y a personne.

Victor l'ignore. Il essaie de faire ses devoirs.

Donne-moi ça. Simon déchire ses devoirs.

Victor se jette sur lui et ils roulent à terre. Tout le monde pousse des hourras. Simon lui dit à l'oreille : Je vais t'arracher les couilles, espèce de merde. Victor le mord au menton et Simon se met à hurler. Il retourne Victor sur le dos, lui bloque les bras avec ses genoux et commence à le frapper au torse et au ventre. Victor vomit. Arrêtez, dit le professeur. Arrêtez immédiatement.

On l'emmène à l'hôpital. Il aime bien l'hôpital. Il n'y a pas de flocons d'avoine. Il passe ses journées au lit à dessiner. Il dessine des chaises et des visages. Il dessine des pays. Certains sont réels, d'autres imaginaires. Il triture le pansement sur son nez et les infirmières lui disent non.

Quand il revient, Simon est fou de rage. Il s'est fait punir et maintenant il veut tuer Victor. Attends un peu. Un matin, tu vas te réveiller et tu n'auras plus de couilles.

Le temps passe. Victor a 14 ans. Simon et lui se battent souvent, mais ils apprennent à le faire en cachette pour que personne ne les gronde. Victor en a assez. Il n'aime pas se battre mais il aime encore moins se faire gronder. Le Dr Worthe le prive de ses droits de bibliothèque. La bibliothèque, c'est là qu'il passe des heures à recopier des images dans des livres. Il y a un atlas qu'il a lu et relu de nombreuses fois. La bibliothèque est la seule chose qui le rende heureux, alors plutôt que de perdre ça il préfère se battre en cachette. Simon se moque d'être privé de ses droits ; tout ce qui l'intéresse, c'est de frapper Victor.

On les déplace à une autre table parce qu'ils sont plus grands, désormais. Certains garçons sont partis, d'autres sont restés à l'ancienne table. Les gens vont et viennent. Au printemps, un nouveau arrive. Il s'appelle Frederick. Il est grand, plus grand que Simon, bien que plus maigre. Il a les cheveux bruns, un long visage pointu et une très grande bouche. Au début, il ne dit rien, mais parfois il fait des clins d'œil. Il n'a aucun mal à se trouver une place à table. Il s'assied à côté de Simon et Simon lui dit : Donne-moi ton gâteau.

Frederick ne lui répond pas. Il mange son gâteau. Simon tend la main pour essayer de le lui prendre et Frederick pousse l'assiette hors de sa portée.

Donne-moi ton gâteau.

Frederick s'arrête de manger. Il regarde Simon. Il dit d'accord. Il lui donne son gâteau. Simon le mange avec les doigts.

Ce soir-là, Victor est au lit lorsqu'il entend quelqu'un se déplacer dans la pièce. Il se couvre les testicules et se prépare à la bagarre, recroquevillé dans un coin. Il attend. C'est Frederick. Il a un sourire aux lèvres. Il chuchote.

Victor.

Victor le dévisage.

Je m'appelle Freddy.

Victor reste muet.

Je vais te dire un truc, Victor. Ce fils de pute va te laisser tranquille.

Peu à peu, Victor se détend.

Tu comprends de quoi je parle ?

Victor secoue la tête.

Freddy sourit. Tu vas bientôt comprendre.

Au dîner, Simon dit à Freddy : Donne-moi ton pudding

D'accord.

Cette nuit-là, Simon est malade. Ils l'entendent tous courir aux toilettes. Ils entendent des bruits mouillés. Le professeur vient voir ce qui se passe et Simon crache du sang. C'est ce que racontent les autres.

Freddy dit à Victor : Dommage pour lui, pas vrai.

Victor sourit.

Freddy et Victor deviennent amis. Freddy s'attire beaucoup d'ennuis mais bizarrement il réussit toujours à éviter les punitions. Il est bien plus intelligent que Simon. Simon dit qu'il va tuer Freddy mais Victor voit bien qu'en fait il est mort de peur. Il frappe beaucoup moins les autres et laisse Victor tranquille.

Freddy dit : Je l'avais pourtant prévenu d'arrêter.

Victor est reconnaissant. Il offre un dessin de tournesol à Freddy.

T'as fait ça pour moi, hein, Vic ? Freddy l'appelle Vic. Personne d'autre ne l'appelle comme ça ; Victor aime bien. Eh ben, chapeau, dis donc. C'est pas mal du tout.

Victor lui montre ses autres dessins. Désormais, il y en a beaucoup trop pour tenir dans son bureau, alors il les cache sur une étagère de la bibliothèque. Il doit monter sur une chaise pour les atteindre. La boîte est très lourde. Dedans, il y a des dessins de fleurs et de flocons de neige, de gens et d'animaux, des cartes avec des noms qu'il a inventés en combinant plusieurs mots ensemble

Regarde-moi ça, dit Freddy. Pas mal, Victor.

Il pleut souvent, et Freddy et lui se réfugient alors dans le grenier. Il est fermé à clé mais Freddy a la clé. Ils s'asseyent sous le toit mansardé et regardent les cimes des arbres osciller. Victor note le temps qu'il fait. Il ne veut jamais oublier ces moments avec Freddy, alors il note tout dans un petit carnet qu'il a eu pour Noël. Mme Greene lui en envoie un chaque année. Quand ils sont dans le grenier, Freddy lui parle de lui. Victor aime bien sa voix

Je sais pas trop, Vic. Je suis peut-être ici pour un bout de temps. Ils disent que je vais devoir partir quand j'aurai 17 ans mais j'en suis pas si sûr. Je m'arrangerai pour revenir. Y a bien des gars plus vieux que ça, alors pourquoi pas moi. Ils pensent que je suis débile. Ils m'ont fait passer des tests mais je les ai tous foires exprès, je savais qu'ils seraient obligés de m'envoyer ici. Je sais ce qui est bien pour moi. Je préfère ici que d'autres endroits où j'ai été. On mange plutôt bien. Tu vois ce que je veux dire ? Ça me dérange pas. Je vais essayer de faire durer le plus possible.

Personne ne connaît leur cachette dans le grenier. Ils n'y vont que tous les deux. Freddy parle et Victor l'écoute. Le temps passe. Victor a 15 ans. Ils vont au grenier et Freddy dit : Regarde. Il montre à Victor ses parties intimes. Elles ont l'air différentes de celles de Victor. Celles de Freddy ont des poils. Il dit : À toi maintenant. Victor baisse son pantalon. Freddy rigole et Victor est gêné. Il essaie de remonter son pantalon mais

Un jour, Victor se plante un clou dans la jambe. Freddy dit : Chhh, tu veux qu'ils nous trouvent ou quoi ? Arrête de pleurer. Victor ne peut pas s'arrêter de pleurer. Il aime Freddy et il voudrait lui obéir, mais il a mal. Tais-toi, espèce de mauviette. Tais-toi. Freddy donne une gifle à Victor. Victor s'arrête de pleurer. Freddy dit : C'est pas vrai, bon Dieu. Le lendemain matin, sa jambe ne saigne plus et Victor sait que Freddy a eu raison de le gifler. Il ne le décevra plus.

Tu es déjà monté sur un cheval ?

Victor secoue la tête.

Moi oui, quand j'étais petit. Mon papi avait un cheval. Je l'aimais bien. Une fois, il a donné un coup de sabot à mon papi et il lui a cassé le bras. Freddy sourit. T'aurais dû voir ça. L'os lui sortait du bras. T'as déjà vu ça, Vic ? Y a des trucs à l'intérieur des os. Eh ben, tu le croiras jamais, ils ont dû lui couper tout le bras parce que ça cicatrisait pas bien. Toute façon, c'était un connard. Dommage que le cheval lui ait pas arraché carrément la tête. Mais, moi, j'adore les chevaux. Ils ont plus de noblesse que nous. Tu sais ce que c'est, la noblesse ?

Victor secoue la tête.

C'est ce qu'ils ont. Freddy se gratte les fesses. Il bâille. Faudrait qu'on redescende avant la fin du cours. Hé, regarde-moi ça. Je suis vraiment un sale pervers. Je suis sûr que tu sais quoi faire avec ça, pas vrai, Vic ?

Victor sait quoi faire.

Les gens vont et viennent. Simon s'en va. D'autres garçons arrivent. Victor ne leur prête aucune attention. Il n'a d'yeux que pour Freddy, il ne pense qu'à lui. Il arrête d'écrire à Mme Greene. Pourtant, elle continue à lui envoyer des carnets et des lettres. Une année, pour Noël, tous les élèves reçoivent un échiquier. Avec des pions de dames aussi. Freddy n'aime pas les échecs. Il aime les dames. Victor et lui font des parties ensemble dans le grenier. Ils s'embrassent, se serrent, se caressent et jouent aux dames. Victor fait des dessins pour Freddy. Il est heureux.

Victor a 17 ans. Freddy dit : Ils me foutent dehors.

Victor fond en larmes.

T'inquiète pas, je vais revenir.

Mais il ne revient pas. Victor pense à lui tous les jours. Il lui écrit des lettres auxquelles Freddy ne répond jamais. Avant de partir, Freddy a laissé à Victor la clé du grenier, mais ça le rend trop triste d'y aller. Alors il prie. Il marchande avec Dieu. Il passe des contrats et attend la contrepartie. Il se blesse volontairement et dit : Maintenant il va revenir. On le retrouve en sang et on le place à l'isolement. Il se blesse à nouveau et on lui donne des médicaments qui le rendent malade. On lui fait subir des électrochocs pour qu'il oublie. Avant, il lui arrivait de se sentir seul, mais là c'est nouveau, il veut mourir. Il commence à dessiner une carte en espérant trouver Freddy à l'intérieur. Il continuera à dessiner jusqu'à ce qu'il le trouve.

Le Dr Worthe enlève ses lunettes et se frotte les yeux. Ça fait un bout de temps qu'on se connaît, tous les deux ?

Victor ne dit rien.

Il paraît que tu ne t'alimentes plus. C'est vrai, Victor ? Tu as l'air d'avoir maigri. Alors ? Je t'écoute.

Victor ne dit rien. Ça lui est égal. Il se sent à moitié endormi. Il ne parle pratiquement plus à personne, même pas pour dire. S'il vous plaît et merci, ce qu'il s'efforçait tout le temps de faire parce que Mme Greene lui avait appris que c'était poli de regarder les gens dans les yeux et de leur dire ces mots. Il rêve de Freddy et il se réveille avec un goût salé dans la bouche. Sous les couvertures, il fait semblant que sa main est la bouche de Freddy, mais ce n'est pas pareil.

Il s'évade. De nuit, alors que tout le monde dort. Maintenant qu'il est plus grand, il partage une chambre avec quatre autres garçons au lieu du dortoir où sont regroupés tous les petits. Il attend que ses camarades de chambrée s'endorment, il met ses chaussures et il descend l'escalier sans bruit. C'est l'été. Dehors, il y a des nuages d'insectes autour des lampadaires. Il traverse la pelouse de derrière. Dans le bâtiment principal, quelques lumières sont encore allumées. Il voit par la baie vitrée la silhouette d'un homme qui soulève des haltères. C'est le professeur de gymnastique, M. Chamberlain. Bien qu'il ne regarde pas dans sa direction, Victor plonge dans la pénombre le long de la clôture. Il arrive devant le portail. Il s'aventure rarement au-delà. De temps en temps, ils partent en excursion. Une fois, ils sont allés assister à un match de base-ball, et une autre fois à un spectacle de cirque. Ils ont pris le bus.

Le portail est fermé à clé. Victor escalade la clôture et se coupe le bras en retombant dans les buissons. Il laisse une traînée de sang le long de la route. Il enlève une de ses chaussettes et se la noue autour du bras. Puis il remet sa chaussure pied nu et continue à marcher.

Freddy habite une ville baptisée Yonkers. Victor l'a trouvée dans l'atlas. Mais il ne sait pas dans quelle direction aller. Il marche pendant des heures, jusqu'à ce que son pied sans chaussette commence à cloquer. Il dénoue la chaussette ensanglantée à son bras. Elle est toute raide. Sa plaie lui fait mal mais ne saigne plus. Il remet sa chaussette et reprend sa route jusqu'à traverser un pont. Il fait nuit noire et l'air est lourd. Il remarque les étoiles dans le ciel. Il voit des tas de choses étranges et attrayantes mais il n'a pas de temps à perdre, il a un but.

Alors que le jour se lève, quelques camions le dépassent. Il voit des maisons, des magasins, des voitures garées. Il sent des odeurs de pain chaud et ça lui donne mal au ventre. Un garçon transporte des journaux dans le panier de son vélo. Victor voit un homme qui dort dans une voiture. Il toque à la fenêtre et l'homme remue, essuie la buée sur la vitre et dévisage Victor en plissant les yeux. Puis il baisse sa vitre.

Victor dit : La gare routière.

L'homme tend la main dans une direction. Par là. Mais alors il remarque le bras de Victor. Ben, dis donc, vieux.

Victor dit merci et s'éloigne.

Le bus pour Yonkers ne part pas avant 8 heures et quart donc, après avoir acheté son billet, Victor va s'asseoir dans la gare pour attendre. L'horloge indique 7 heures moins le quart. Victor compte son argent. Il lui reste 22 dollars et 19 cents. C'est en partie les économies qu'il a faites au fil des années grâce aux cadeaux de l'homme à la moustache, et en partie l'argent que Mme Greene lui a envoyé pour son anniversaire. Il est bien content de l'avoir investi dans un billet pour aller voir Freddy. Pour la première fois depuis des mois, il se sent vivant. La faim lui tombe dessus comme un chien sauvage. Sur le trottoir d'en face, il y a une boutique dans laquelle les gens mangent. L'enseigne dit Pip's. Victor sort de la gare, traverse la rue, entre et s'assied. Les gens lisent des mots tout haut sur une feuille de papier à une dame qui ensuite leur apporte à manger. Elle s'approche de lui et lorgne son bras.

Doux Jésus, qu'est-ce qui t'est arrivé ?

Il ne répond pas.

Elle le regarde bizarrement. Je t'écoute.

Il ne sait pas quoi dire.

Écoute, gamin, j'ai pas la matinée devant moi.

Il ramasse la feuille de papier et pose son doigt au hasard.

Tu veux un steak au petit déjeuner ?

Il comprend qu'il a fait une erreur. Il recommence.

Ça vient.

La dame lui rapporte un bol de flocons d'avoine. Il le

contemple fixement en le triturant du bout de sa cuillère mais il n'y touche pas. À côté de lui, deux hommes s'attablent et demandent à la dame des œufs brouillés au bacon. Quand Victor sent l'odeur, il regrette.

Qu'est-ce qu'il y a ?

Il regarde la dame.

C'est pas bon ?

Il désigne la table d'à côté.

La dame hausse les épaules. Je te laisse quand même ça ?

Victor repousse son bol. Elle le prend et revient avec des œufs au bacon.

Il n'a jamais rien mangé d'aussi bon. Il en savoure la moindre miette. Le bacon est trop gras mais les œufs lui rappellent la bouche de Freddy. Il les termine puis demande une autre assiette seulement d'œufs. Elle la lui apporte. Il en commande une troisième.

Ma parole, t'avais faim.

Au milieu de sa quatrième assiette, il se souvient du bus. Il sort en courant sans payer et traverse la rue comme un fou. La dame lui hurle après.

Dans la gare, il demande au monsieur le bus pour Yonkers.

Celui-là est parti. Il y en a un autre cet après-midi.

Victor s'assied sur un banc et se prend la tête entre les mains. Il a fait une terrible erreur. Il est vraiment aussi idiot qu'on le dit. Quand arrive l'heure du déjeuner, il a trop peur de retourner en face. Il aimerait que Freddy soit là pour l'aider. Il compte son argent. Il lui reste toujours 22 dollars et 19 cents.

C'est lui !

Il y a là un policier et le Dr Worthe, ainsi que plusieurs autres personnes du foyer. Ils l'emmènent. Il se débat. Mais ils le mettent dans la fourgonnette et il s'endort.

Il se réveille dans la chambre d'isolement. Il essaie de se lever mais il est attaché au lit. Il crie, on vient le voir et il se rendort.

La deuxième fois qu'il se réveille, le Dr Worthe est assis à son chevet.

Qu'est-ce qu'on va faire de toi, mon garçon ?

Il passe une longue période en quarantaine avant qu'ils le laissent regagner sa chambre habituelle. Ses camarades lui disent : Contents de te revoir, Tortue.

Il s'évade à nouveau. Comme ils lui ont confisqué son argent, il ne peut pas prendre le bus. Il n'aura qu'à faire du stop. Freddy lui a expliqué ce que c'était, et un des élèves de sa classe lui a raconté qu'un jour il avait fait l'aller-retour en stop jusqu'à Miami. Victor rejoint la grand-route et lève le pouce. La première voiture qui s'arrête est un véhicule de police Victor s'enfuit en courant. Il quitte la route et se cache dans une grange. Ils le trouvent et le ramènent au foyer, où on lui fait des piqûres, des électrochocs, on lui donne des pilules. On le replace en quarantaine. Il n'essaie plus de s'échapper.

Le temps passe.

Victor a 19 ans et Freddy revient. Victor pleure de joie. Ses prières ont été entendues.

Tu vois, lance Freddy. Je te l'avais dit.

Victor interrompt sa carte, qu'il continuait à dessiner dès qu'il n'était pas trop assommé de médicaments. La vie est belle à nouveau. Freddy et lui montent au grenier, partent se promener dans le parc et se trouver des endroits tranquilles où ils peuvent se cacher et se cramponner l'un à l'autre au milieu des feuillages. Freddy est toujours très doux, sauf des fois où il griffe les cuisses de Victor avec ses ongles. Ça fait mal et ça saigne mais il s'en moque.

Freddy dit : La prochaine fois, ils ne me renverront pas ici. La prochaine fois ils veulent me foutre au trou.

Les mois filent. Victor a 20 ans. Puis 21, 22, 23. On les prend en photo et sur cette photo Freddy se tient juste à côté de lui. Le photographe leur demande de dire « ouistiti cheese ». Puis il a 25 ans et les choses changent.

Le Dr Worthe dit : Victor, tu as de la visite.

Victor n'a jamais vu ce monsieur. Il s'appelle M. Wexler. Il n'a pas l'air tellement plus vieux que lui mais il a un costume, une cravate, des yeux noirs, un visage flasque, et en voyant Victor il dit : Oh, mon Dieu !

M. Wexler lui pose des questions sur le foyer. Il paraît mécontent de la façon dont Victor est traité. Le Dr Worthe n'arrête pas de s'excuser. M. Wexler n'arrête pas de répéter : Maintenant, c'est fini.

Victor n'aime pas beaucoup cette phrase. Il l'a déjà entendue et il n'a pas envie que ce soit fini.

Le Dr Worthe dit à Victor qu'il va lui manquer. Ça fait longtemps que tu es là, mon garçon. Je te souhaite une bonne continuation.

Victor ne veut pas partir. Il le dit au Dr Worthe mais le Dr Worthe répond : C'est M. Wexler qui va s'occuper de toi.

Victor ne veut pas qu'on s'occupe de lui. On s'occupe déjà de lui. Il a sa chambre, le grenier, ses dessins, la bibliothèque et Freddy. Il a Freddy, qu'on lui avait enlevé mais qu'on lui a rendu. Pire que de perdre quelqu'un qu'on aime, c'est de le perdre deux fois. Dieu lui joue des tours. Victor Le déteste. Pourtant, il continue à Le prier. Il récite son chapelet. Il marchande. Si Vous me laissez rester. Alors je. Si Vous le laissez venir avec moi. Alors je. Si Vous changez d'avis. Alors je.

On l'emmène un matin d'automne. Pendant tout le trajet, Victor regarde par la vitre les tas de feuilles mortes qui brûlent. De temps en temps, il pleure. Chaque fois que la voiture ralentit, il a envie de sauter. La seule chose qui le retient, c'est ce que Freddy lui a dit avant son départ. T'inquiète pas, Vic. Je vais sortir de là et je te rejoindrai. Tu verras. Ne fais pas d'histoires, tu t'attirerais encore plus d'ennuis.

Victor n'arrive pas à imaginer que les choses puissent s'arranger un jour, tellement il trouve ça horrible. Mais il a confiance en Freddy et Freddy lui a dit d'obéir au monsieur.

Le prénom de M. Wexler est Tony. Il est dans la voiture avec Victor. Il dit qu'ils vont à New York. Ils roulent et roulent encore. Dehors, les arbres sont orange et or mais Victor ne voit que leur forme, leurs extrémités fourchues et leurs brindilles délicates. Il aimerait bien pouvoir les montrer à Freddy. Il les dessinera pour les lui montrer plus tard. Il faudra qu'il trouve du papier. Il espère qu'ils ont du papier à New York.

New York est une ville rugissante. Victor n'a jamais rien vu de semblable de sa vie entière. Il voit des immeubles hauts comme des montagnes et des rues remplies de voitures remplies de gens. Il voit des enseignes lumineuses de toutes les couleurs. Il voit des Noirs. Il voit des garçons taper dans une balle avec un manche à balai. Il voit des hommes avec des casques. Un train disparaît sous terre. Tony demande : Tu as déjà pris le train ? Victor a des doutes sur Tony ; il lui parle comme à un enfant. Mais ce n'est pas un enfant. Il comprend. Il comprend qu'il est idiot et qu'il l'a toujours été. C'est ce qui le différencie d'un enfant. Il voudrait le dire à Tony mais il ne trouve pas les mots.

Ils franchissent un pont. Tony dit : On est dans le Queens. Il y a des hommes en manteau bleu. Il y a des voitures jaune et noir qui ressemblent à des scarabées. Ils descendent une rue animée pleine de gens qui marchent en tirant derrière eux des chariots remplis de sacs en papier. Des hommes fument sur le trottoir. Des nuages de vapeur s'échappent de la chaussée. Victor est submergé. Il se souvient du village de son enfance ; il se souvient d'Albany la fois où il s'est enfui ; mais aucun de ces deux endroits n'est aussi impressionnant que New York.

Ils quittent la rue animée et montent une petite colline en passant devant un parc où des enfants font de la balançoire. Ils arrivent devant de hauts bâtiments en brique. Il y en a beaucoup côte à côte, qui percent le ciel bleu azur Tony dit : Voilà ta nouvelle maison.

Victor ne peut pas concevoir une maison aussi gigantesque. Elle est plus grande que le dortoir, cent fois plus grande. Il se fait du souci. Il ne veut pas d'une aussi grande maison. Mais alors il voit d'autres personnes entrer et sortir. Peut-être que c'est justement un dortoir. Il ne comprend pas tout. Il y a trop de choses qui se passent en même temps. Il a envie de s'allonger et de poser la tête sur les genoux de Freddy. Freddy comprend. Freddy saurait lui expliquer.

Tony le guide à travers un labyrinthe. Les immeubles sont tellement hauts qu'ils penchent vers l'intérieur, comme s'ils voulaient s'embrasser. Victor se sent perdu. Il lui faudrait une carte. Il lui faut ses dessins. Il les réclame mais Tony ne voit pas de quoi il parle. Il dit à Victor qu'ils lui apporteront ses affaires plus tard. Oui, mais le carton dans la bibliothèque ? Il essaie d'expliquer. Tony dit : Si tu as oublié quelque chose on appellera le Dr Worthe pour le récupérer. Mais Victor n'est pas rassuré.

Tony lui montre un panneau qui indique CORNALINE. C'est ici que tu vas habiter. Victor sait ce qu'est la cornaline, il a vu une image dans l'almanach. Tony tient la porte à Victor. À l'intérieur, il appuie sur un bouton dans le mur et une porte s'ouvre en coulissant comme une bouche magique. Victor n'a jamais vu ça. Il est à la fois terrifié et fasciné.

Viens, dit Tony. Sauf si tu veux monter onze étages à pied.

La porte se referme, pfffit. Le plancher se soulève et Victor sent ses pieds s'alourdir. Puis une cloche sonne, la bouche se rouvre et Tony dit : Voili, voilà.

Le couloir est silencieux, il y a de la moquette au sol et de la peinture blanche aux murs. On y est. Tony ouvre une porte à Victor. La pièce à l'intérieur est aussi grande que sa chambre au foyer, mais au lieu de quatre lits il n'y en a qu'un. Il y a aussi un pot de fleurs sur l'appui de la fenêtre et une plaque électrique branchée dans le mur. Il y a un évier et des toilettes. C'est calme et propre. Tu as la vue sur le pont. Tony montre quelque chose par la fenêtre. C'est quand même mieux, non ?

Mieux que quoi ? Victor observe le sol très loin en contrebas. Les gens ont l'air de grains de poivre.

Tu seras bien ici. Il y a le téléphone. Quand tu as besoin de quelque chose, tu peux m'appeler. Voilà mon numéro. Et je passerai te voir. S'il te faut quoi que ce soit, tu n'as qu'à demander. Voici un peu d'argent. Je t'en enverrai tous les quinze jours. Tu ne manqueras de rien, je te promets. Tu as besoin de quelque chose ? Tu as faim ?

Ils retournent dans la bouche et Victor observe comment s'en servir. Il est tout le temps en train d'apprendre.

Au magasin qui s'appelle un restaurant, Victor demande des œufs brouillés. Tony boit du café. La dame leur apporte tout et Victor mange. Les œufs sont délicieux.

Ça doit te faire un sacré changement. Tony attend en le dévisageant. Puis il ajoute : On va se rattraper maintenant. Tu es libre de faire ce que tu veux. Tu peux sortir, tu peux aller au musée ou au parc. Tu peux aller aux matchs de base-ball. Tu peux avoir tout ce dont tu as envie.

Victor demande une deuxième assiette d'œufs.

Autant que tu veux. Tony sirote son café. Il y a des magasins dans le quartier. De quoi tu as besoin ?

Victor réfléchit. Il dit : De papier.

Il y a une boutique juste au bout de la rue. Elle est sûrement fermée à cette heure-ci mais je vais te montrer le chemin et tu pourras aller t'acheter tout ce que tu veux, je te donnerai de l'argent en plus. Tu veux un dessert ?

Ils marchent jusqu'au magasin. Dans la rue, un homme vend des cacahuètes sur une carriole. Ça sent merveilleusement bon et Victor se met à saliver. Il a envie de cacahuètes mais il n'ose pas interrompre Tony, qui lui explique toutes les possibilités qui s'offrent désormais à lui. Victor repère l'emplacement du vendeur de cacahuètes. Il repère les endroits qui ont l'air intéressants. Il dessine une carte dans sa tête. Il pourra la noter plus tard.

La papeterie est fermée mais Victor voit dans la vitrine des piles appétissantes de crayons et de papier. Il ne sait pas combien d'argent Tony lui a donné, il espère que ce sera assez.

Ils font un tour du quartier. Tony lui montre où acheter à manger. Il se met à faire nuit et froid, Victor frissonne. Tony dit : Il te faut un nouveau manteau.

Après ça, ils rentrent à la maison. Victor se trompe de porte et Tony dit : Non, ce n'est pas la nôtre. Victor comprend alors que l'immeuble est bel et bien comme un dortoir, finalement. Il est déçu. Il avait envie de voir les autres pièces.

Tony le conduit jusqu'à la bonne chambre. Victor s'efforce de retenir le chemin. Demain, il veut aller acheter des crayons, du papier, des stylos et des enveloppes pour pouvoir écrire à Freddy.

Ça va aller, tout seul ici ce soir ?

Il hoche la tête.

Je reviendrai demain. Entre-temps, tu peux m'appeler si tu as besoin de quoi que ce soit.

Victor reste seul. Il regarde par la fenêtre en pensant à Freddy. Il sort les vêtements de sa valise et les range soigneusement dans la commode. Il se sert un verre d'eau pour boire. Il a tellement soif qu'il s'en sert un deuxième. Puis il se déshabille et s'allonge sur le lit. Il pense à Freddy. Il se caresse et s'endort.

En général, il ouvre les yeux dès l'aube. Mais, le lendemain matin, il continue à dormir jusqu'à ce qu'il soit réveillé par de grands coups à la porte. Il se lève pour enfiler son pantalon et sa chemise juste au moment où une clé tourne dans la serrure. C'est Tony. Il a l'air inquiet, il respire bruyamment.

Tu ne m'as pas entendu frapper ?

Victor ne dit rien.

Ça va

Victor hoche la tête.

Tu ne dois pas me faire peur comme ça, Victor.

Victor ne sait pas ce qui a fait peur à Tony.

Sous un bras, Tony porte un manteau plié. Tiens.

Victor passe le manteau. Les manches lui arrivent au bout des doigts.

On va arranger ça. Tu as mangé ?

Ils retournent au restaurant. Victor prend des œufs. Tony du café.

Je vois que tu aimes les œuf s brouillés.

Victor ne parle pas la bouche pleine ; c'est Mme Greene qui le lui a appris. Il hoche la tête.

Tu peux apprendre à te faire des œufs brouillés à la maison. Comme ça, tu pourras en avoir quand tu veux. Je te montre ?

Tony montre à Victor comment utiliser la plaque électrique. Ils font des œufs qui ne sont pas aussi bons que ceux du restaurant mais Victor ne veut pas être malpoli. Il dit merci. Cependant, il est impatient car il aimerait aller à la papeterie avant qu'elle ferme. Il n'a pas envie d'attendre un jour de plus.

Quand tu as fini, tu laves la casserole. Est-ce qu'on t'a appris à faire ça ?

Oui.

Mais Tony insiste pour rester là et le surveiller pendant qu'il le fait. Bravo, dit-il comme si Victor était un enfant. Victor décide qu'il ne peut pas avoir confiance en Tony. Après son départ, il fonce au magasin.

Au début, Tony passe souvent. Il vient avec des cadeaux, de l'argent, ou juste pour dire bonjour. Il emmène Victor chez le médecin et le médecin dit : Toussez. Il l'emmène aussi acheter des chaussures et des habits, des choses dont Victor n'a pas besoin. Il lui parle de ce qu'il y a d'intéressant à voir à New-York. Il l'accompagne à la statue de la Liberté. Au muséum d'histoire naturelle et au parc de Flushing Meadows. Victor dit merci mais au fond de lui il préférerait rester à la maison avec ses dessins, le silence et la vue sur le pont. Dehors, il y a trop de klaxons, trop de bruit ; ça lui fait mal à la tête et ça lui donne envie de fermer les yeux. Il supporte les sorties avec Tony car il a passé un nouveau marché avec Dieu : s'il souffre suffisamment, Freddy reviendra plus vite. Alors il ne dit rien ; il accepte de bon gré sa solitude.

Bientôt, il commence à faire trop froid pour sortir. Tony vient moins souvent. Il dit : Je veux que tu deviennes indépendant. À la place, il l'appelle par téléphone. Leurs conversations sont courtes. Allô, allô ? tu as besoin de quelque chose, non merci.

Un jour, il n'arrive pas à ouvrir sa porte. Il y a deux verrous qu'il faut tourner en sens inverse. Bien qu'il essaie à plusieurs reprises, la porte ne s'ouvre pas. Peut-être qu'il s'est trompé de chambre. Mais non, c'est bien la bonne, il se souvient du numéro. Il ne sait pas quoi faire. Finalement, il réussit à tourner les verrous et à entrer, il va s'asseoir sur le lit, tellement apeuré qu'il ne peut pas s'empêcher de trembler toute la nuit.

Mais la plupart du temps, tout va bien. Parfois, il croise d'autres personnes dans le couloir. Elles le regardent d'un air étrange. Il se promène dans le quartier. Il achète du papier et des crayons. Il achète également des stylos et des feutres, et se rend compte que ça lui plaît aussi. Le monsieur derrière le comptoir lui propose de lui vendre de la peinture ou des blocs à dessin. Victor dit : Non merci. Il préfère les gros paquets de papier. Il en prend cinq d'un coup et le monsieur lui demande s'il écrit un livre. Sur le chemin de la papeterie, il s'arrête toujours pour acheter des cacahuètes.

Il va au restaurant. Il veut comprendre pourquoi ses œufs n'ont pas le même goût, alors il s'installe au comptoir d'où il observe les cuisiniers avec leur chapeau en papier, le front dégoulinant de sueur tandis qu'ils découpent des oignons. Il remarque qu'ils mettent du lait dans les œufs. Donc il achète du lait et essaie de faire la même chose. Mais les œufs brûlent, et au bout de quelques jours le lait sent mauvais. Il le vide dans les toilettes. Il ira plutôt au restaurant.

Toutes les deux semaines, il reçoit une lettre de Tony. C'est le monsieur de la réception qui la lui donne. Dedans, il y a de l'argent. Il s'en sert pour acheter ce dont il a besoin, mais il lui en reste toujours. L'argent s'accumule. Il l'économise.

Il envoie des lettres à Freddy. Il lui envoie des dessins. Il dessine le pont et le fleuve, des oiseaux, des fleurs. Freddy ne lui répond jamais, mais Victor sait que ses efforts ne sont pas perdus. Il peut dire exactement quand Freddy ouvre une de ses lettres, même à distance. Il l'entend déchirer l'enveloppe dans sa tête.

Les saisons changent. Comme Mme Greene ne lui envoie plus de carnets, il s'en achète un nouveau pour noter le temps qu'il fait. Il note tout de façon à pouvoir raconter à Freddy quand il reviendra. Il lui dira : Voilà ce que j'ai vu en t'attendant. Il prie. Il va à l'église. Il marchande et il se confesse. Un long temps s'écoule. Et puis, un jour, le monsieur de la réception lui remet deux lettres. La première est une enveloppe crème comme celles que Tony utilise ; la deuxième est fine et bleutée. Victor s'empresse de l'ouvrir.

Cher Vic. J'arrive.

Victor est fou de joie. Il décide d'acheter un cadeau à Freddy. Il prend son argent et va dans un magasin. Là, il hésite un bon moment en réfléchissant à ce que Freddy aime. Parfois, il aimait jeter des bouteilles en verre contre les arbres pour les entendre se casser. Quoi d'autre ? Trouver une idée de cadeau pour Freddy est la chose la plus difficile qu'il ait jamais eu à faire. Le vendeur dit : Je peux vous aider, monsieur ?

Victor dit : Un cadeau.

L'homme lui montre des gants pour femmes, des miroirs de poche. Des foulards. Victor repart sans avoir rien acheté.

Pendant des jours, il arpente le quartier en regardant les vitrines des magasins. Il est très nerveux car il ne sait pas quand Freddy arrive, il ne l'a pas précisé dans sa lettre. Il faut qu'il trouve un cadeau le plus vite possible ; il veut être chez lui pour accueillir Freddy. Il va de boutique en boutique, il les visite en courant, ignorant les vendeurs quand ils essaient de lui parler. Il a presque jeté son dévolu sur un chapeau de laine lorsqu'il voit le plus bel objet entre tous : un cheval fait d'or et d'argent. Il brille, la tête rejetée en arrière avec noblesse. Victor demande le prix. Le vendeur paraît méfiant. 150 dollars, dit-il. Victor le paye, prend le cheval et s'en va.

Quand Freddy arrive, il émet un sifflement. Regardez-moi ça. Il pose sa valise et s'avance jusqu'à la fenêtre. Victor tremble de tout son corps. Il a envie de tendre la main pour toucher Freddy mais il n'ose pas. Nom d'un chien, Vic. Tu t'es bien démerdé. Il lui lance un clin d'œil et Victor sent un spasme lui parcourir le bas-ventre.

Il paraît que t'as un riche cousin, un truc comme ça. Tu ne m'as jamais parlé d'un riche cousin. Qu'est-ce qu'il t'a offert d'autre ? T'as une voiture ?

Victor secoue la tête.

Enfin quand même. T'as vraiment un bol d'enfoiré. Et moi par la même occasion, pas vrai ? Il rit. Pourquoi tu fais cette tronche, Vic ? Hein ? Je t'ai manqué ? Viens là. Fais voir un peu. Ma parole, mais tu bandes. Freddy rigole. Qu'est-ce que c'est que ce machin, mon cochon ?

Victor n'a jamais été aussi heureux de sa vie. Tous les moments où il a souffert en valaient la peine. Il a sa propre chambre, il a de quoi manger, il a du papier et il a Freddy. Le matin, il se réveille et il regarde la poitrine de Freddy se gonfler dans son sommeil. Freddy a des poils très fins sur le torse alors que les siens sont noirs et drus. Parfois, il dessine Freddy endormi. Parfois Freddy se tourne ou se réveille et le dessin reste inachevé. Quand il émerge, il demande à Victor de poser sa bouche sur ses parties intimes. Ça lui arrive aussi de vouloir ça au beau milieu de la nuit, alors il réveille Victor et il lui dit d'y aller. Ça ne dérange pas Victor. Il est amoureux.

Le temps passe. Freddy habite avec Victor, bien qu'il ne soit pas là tous les soirs. Parfois, il disparaît deux ou trois jours de suite et Victor se fait du souci. Il prie et il marchande. Ou même parfois Freddy part pour une semaine, un mois d'affilée, et Victor sombre alors dans le pire désespoir qu'il ait jamais connu, bien pire qu'avant, parce que maintenant il sait ce qu'est le bonheur. Freddy refuse d'expliquer à Victor où il va ou de le prévenir à l'avance. Il est là, et puis il n'est plus là Victor rentre du parc où il est allé dessiner des arbres, ou bien du restaurant, ou du magasin où il achète le pain pour faire les sandwichs du déjeuner, et l'appartement est silencieux, un silence différent de quand Freddy est juste sorti faire un tour, ou se chercher une bouteille de bière ou de whisky. Alors Victor devient fou. Il pousse des jurons comme il ne devrait pas, il crève les oreillers et casse des verres. Au final, il est fatigué, il a mis du bazar partout et Freddy n'est toujours pas là. C'est là que Victor commence à marchander. À prier.

Qu'est-ce que ça peut te foutre de savoir où je vais ? Je finis toujours par revenir. Qu'est-ce que tu t'en branles ? Arrête de m'emmerder avec tes questions, tu me gonfles. T'es vraiment chiant, parfois, tu sais ? Quand Freddy lui parle sur ce ton, Victor a peur. Il n'a pas envie de faire de la peine à Freddy. Il se couperait volontiers les mains et les pieds pour le rendre heureux. Il se couperait les couilles.

Regarde-moi ça. C'est pathétique. Freddy ramasse une taie d'oreiller souillée d'une traînée sombre et huileuse à l'endroit où Victor pose sa tête toutes les nuits. Fais la lessive, bordel.

Victor ne sait pas faire la lessive. Freddy l'emmène au Lavomatic. Tu mets 1 nickel dedans, tu mets la lessive dedans. Voilà, maintenant t'es plus obligé de vivre comme un animal Freddy rigole. Son rire emplit de joie le cœur de Victor, mais il y a une autre partie de lui qui ne sait pas quoi penser. D'un côté, il a envie que Freddy soit content ; en même temps, il a eu tellement honte qu'il a du mal à se réjouir. Il est tout embrouillé, comme disait toujours Mme Greene. Maintenant qu'ils habitent ensemble à temps plein – qu'ils dorment dans le même lit, qu'ils partagent leurs repas, qu'ils respirent le même air une bonne partie de la journée –, Victor voit chez Freddy des choses qu'il n'avait pas vues avant. Ses sautes d'humeur. Ses longs discours énervés, et puis des compliments qui tombent du ciel à l'improviste. Victor ne comprend pas. Il essaie de trouver une autre idée de cadeau à lui offrir. Ça lui fera plaisir.

Et puis aussi, Freddy refuse d'aller à l'église. Victor n'arrive pas à le convaincre. Alors il y va seul et il prie pour eux deux.

Le temps passe. Les saisons dansent. Les choses changent, Freddy va et vient. Victor vit et meurt. La tension le fait souffrir. Il voudrait que Freddy reste et ne reparte jamais. Les jours succèdent aux nuits qui succèdent aux jours et les yeux de Victor se brouillent.

Arrête de chialer. Arrête.

Victor ne peut pas s'arrêter.

T'es pire qu'une gonzesse, parfois. C'est quoi ton problème, merde ? Je te jure qu'un de ces quatre je devrais te foutre une bonne raclée et tu comprendrais ce que je veux dire. Ferme-la, putain. J'te promets, je vais me tirer, t'auras même pas le temps de dire ouf. Je reste pas une minute de plus. Y a plein de gens que je peux aller voir, tu sais. Tu crois que je connais personne à part toi ? Mon cul, ouais. Tu te rends pas compte. C'est fou ce que tu peux être con, parfois. Mais comment tu fais pour être aussi con ? Tu comprends rien à rien, tu vois même pas les trucs qui se passent sous ton nez. Tu fais que rester assis là à griffonner comme un chimpanzé. Me donne pas de dessins, j'en veux pas de tes dessins à la con. Tu me fais vraiment chier. Tu me fais chier, là. Je te jure qu'un jour je vais t'éclater la gueule. Rends-moi ça, putain. Rends-la-moi.

Victor jette la bouteille par la fenêtre. Elle tombe en chute libre et explose sur le bitume.

Alors là, tu vas voir ce que tu vas prendre Tu vas voir. T'es rien du tout, si je te jetais par la fenêtre, tu serais qu'une tache sur le trottoir et on te nettoierait plus vite qu'une merde de pigeon. Tu te crois malin d'avoir fait ça ? J'avais même pas bu la moitié, espèce de connard. Freddy bloque les bras de Victor avec ses genoux. Il ouvre sa braguette et sort son sexe de son pantalon. Victor essaie de prendre le bout dans sa bouche mais Freddy le gifle. Touche pas à ça, connard. Touche pas. Freddy attrape son sexe dans sa main et dit : Putain, putain. Victor se retrouve trempé. Alors Freddy se détend, son visage reprend une couleur normale. Il dit : OK.

Victor a 27 ans. C'est la semaine de la fête nationale, début juillet, et un orage d'été a fait déteindre les drapeaux : du rouge, du blanc et du bleu dans les caniveaux. Victor se tient à la fenêtre. Ça fait deux jours que Freddy a disparu. Victor n'essaie plus de prédire quand Freddy va rentrer ; alors que la pluie fouette la vitre, il se prépare à une longue période de solitude.

La clé tourne dans la serrure. Freddy est là, dégoulinant. File-moi une serviette.

Les jours suivants, Freddy parle moins que d'habitude. Il passe le plus clair de son temps allongé sur le lit. Victor pense que c'est peut-être à cause de la chaleur ; la pluie rend la chaleur encore plus pénible. Tous les jours, il note le temps qu'il fait. Sans exception. Il a commencé et il n'a pas l'intention d'arrêter, ça l'aide à séparer les journées les unes des autres.

La pluie diminue. Freddy se lève. Je sors.

Une heure et demie plus tard, il revient avec les journaux. Victor le regarde les lire. Il tourne les pages impatiemment, puis il les jette par terre et va se coucher.

Le lendemain, il ressort et revient à nouveau avec les journaux. Cette fois, il s'arrête sur une page et dit : Oh, merde !

Victor regarde la page. Il y a la photo d'un enfant qui s'appelle Henry Fort. Il a les cheveux courts en brosse. Il ressemble un peu à un écureuil.

Freddy dit finalement. Il était pas si fort que ça, pas vrai ? Et il éclate de rire. Il regarde par la fenêtre. Il pleut. Je pense pas que ça va s'arrêter.

Victor acquiesce.

Freddy pousse un long soupir, s'étire et va se coucher.

Victor garde la photo du garçon.

Un mois plus tard, Freddy rentre à la maison avec un autre journal. Victor essaie de voir mais Freddy le repousse et dit : Arrête de lire par-dessus mon épaule. Victor ne comprend pas le problème mais il obtempère. Le lendemain matin, pendant que Freddy dort encore, Victor va regarder le journal. Il voit un autre garçon qui s'appelle Eddie Cardinale. Là aussi, Victor garde sa photo.

L'été cède la place à l'automne puis à l'hiver. Au fil des mois, Freddy rapporte parfois des journaux et Victor les lit. À San Francisco, quelqu'un a tué une femme. À Hanoi, on lâche des bombes. Freddy est souvent d'une humeur bizarre. Il sort très tard le soir et il se promène pendant des heures pour ne rentrer que lorsque le soleil se lève sur les immeubles en brique. Souvent, Victor l'entend sortir et il n'arrive pas à se rendormir. Il reste à la fenêtre jusqu'à ce qu'il voie la silhouette de Freddy traverser la cour. Alors seulement, il ferme les yeux

Il aimerait bien suivre Freddy lors d'une de ces promenades nocturnes mais il n'ose pas. Il sait déjà ce que Freddy lui dirait. Rentre à la maison. Rentre, espèce de merdeux. Les humeurs de Freddy lui font dire des gros mots et il ne se rend pas compte des profondes entailles qu'il imprime dans le cœur de Victor. Pire, la tristesse de Victor ne fait que l'énerver encore plus. Victor n'a pas les mots pour décrire ce qui leur arrive, mais les choses ont changé. Il regrette le bon vieux temps, quand ils restaient allongés ensemble des heures et que Freddy lui racontait ce qu'il avait fait, les tours qu'il avait joués et ceux qu'il comptait jouer encore. À présent, Victor voit bien que son corps le dégoûte. Il n'essaie même plus de le toucher, et, quand Freddy remue dans la nuit et s'étale voracement en travers du matelas, Victor roule hors du lit et dort à même le sol.

Espèce de connard. Espèce de petit merdeux bon à rien.

La voix de Freddy devient comme un écho de la sienne, une voix que Victor transporte avec lui en permanence. Elle dit à Victor qu'il est débile, elle le gronde quand il fait mal les choses, c'est-à-dire tout le temps. Même si cette voix lui dit des mots qui le blessent, il préfère quand même ça au silence.

Un soir, Freddy rentre avec un autre homme. Il est petit et il a de grosses lèvres rouges Regarde ce que j'ai ramené. Freddy s'esclaffe comme un cheval et l'homme lui retire sa chemise. Ils commencent à s'embrasser. Victor s'assied sur le bord du lit. Il a très chaud. L'homme se met à genoux et ouvre la braguette de

Freddy. Freddy gémit. Victor ne regarde pas. L'homme repart et Freddy est furieux. Qu'est-ce que ça peut te foutre ? Ça te pose un problème ? T'as un problème, espèce de tarlouze ? Il donne une gifle à Victor et éclate de rire. Il se laisse tomber sur le lit et Victor vient lui mettre un oreiller sous la tête.

Quelques semaines plus tard, Freddy rentre à la maison d'une humeur exceptionnellement joyeuse. Il brandit une boîte de flocons d'avoine. Tu te souviens de ça ? Putain, ils nous faisaient bouffer ça au petit déjà tous les jours. J'arrive même pas à croire combien j'ai dû en avaler. Allez, on va s'en refaire un peu, en souvenir du bon vieux temps.

Les flocons d'avoine sont la chose que Victor déteste le plus au monde, mais il aime Freddy encore plus que ça, alors il l'aide à en préparer pour le petit déjeuner. Ça dure une semaine. Après, Freddy dit : Tu sais quoi, j'en peux plus de cette saloperie. Il jette la boîte à la poubelle et ils ne mangent plus de flocons d'avoine.

Peu de temps après, Freddy revient à la maison avec un nouveau journal. Il montre à Victor la photo d'un garçon aux cheveux blonds et au nez carré. Il s'appelle Alex Jendrzejewski, un nom qui donne mal à la tête à Victor rien que de le regarder

Le temps passe. Freddy va et vient, Victor vit et meurt. Par deux fois encore, Freddy lui montre des photos. Victor les garde toutes. Il a envie de demander à Freddy ce qu'elles signifient mais il comprend que ce sont des cadeaux, qu'elles ont quelque chose de spécial et que poser la question gâcherait la surprise. Il est jaloux de ces garçons. Freddy passe beaucoup de temps à parler d'eux et du temps qu'il fait. Qui sont-ils ? Victor aimerait savoir. Mais il ne demande pas.

Un jour, Freddy dit : J'ai besoin d'argent.

Victor va chercher la boîte où il garde les dollars que Tony lui envoie. Il en a dépensé si peu que désormais il en possède une liasse grosse comme le poing. Il donne tout à Freddy, qui dit : Putain, nom de Dieu.

Freddy ne revient jamais. Un mois passe, deux mois, six mois, une année, deux. Victor supplie, il implore, se confesse. Il se mutile. Il gémit, prie et marchande. Si Vous voulez bien, alors je.

Le temps passe. La solitude se dépose sur lui comme une couche de poussière. Il se sent si seul qu'il prend son téléphone.

Tony Wexler, j'écoute

Victor ne dit rien.

Allô ?

Victor raccroche.

Alors il fait l'offre la plus audacieuse qu'il ait jamais faite. Si Vous voulez bien, alors je. Il passe un accord avec Dieu et il prend tous ses dessins, carton par carton, les descend à la cave et les met dans l'incinérateur. Il pleure tout du long mais il va jusqu'au bout quand même. Tout ce qu'il a dessiné en cinq ans passe au feu jusqu'à ce qu'il ne reste plus rien. Il remonte à l'appartement et attend que Dieu remplisse Sa partie du contrat.

Mais Freddy ne revient pas.

Victor se sent perdu. Il ne mange plus. Il ne sort plus de chez lui. Il tombe malade. Il fait des rêves où il voit Freddy monter dans un bus et partir. Dans ses rêves, Freddy ne le regarde pas. Victor se réveille en sueur de la tête aux pieds. Il fait le même rêve nuit après nuit pendant trois semaines, et à la fin il se lève et va prendre une douche. Il descend au restaurant. Il lui reste 11 dollars dans la poche de son pantalon. Il mange très lentement, ça lui fait mal au ventre. Avec ses derniers dollars, il retourne à la papeterie pour acheter beaucoup de papier tout neuf, des feutres et des crayons. Il rapporte le tout chez lui. C'est difficile car il est très affaibli. Mais il y arrive, il s'assied et il se met à dessiner une nouvelle carte.

22

Si je suis toujours en train d'écrire un roman policier – et je n'en suis pas si sûr –, j'imagine qu'on est arrivé à l'endroit du livre où je règle tous les détails qui restent en suspens et où je vous rassure sur le fait que justice a été rendue. Ceux d'entre vous qui attendaient une fin spectaculaire risquent d'être un peu déçus et je m'en excuse. Vous n'avez pas tenu jusqu'ici sans être en droit d'espérer une forme ou une autre de bouquet final. Je regrette que ce dernier chapitre ne recèle pas plus de coups de feu et d'explosions ; je regrette qu'il n'y ait pas une bagarre au couteau. J'ai même pensé à inventer quelque chose ; pour vous dire à quel point j'ai envie de vous faire plaisir. Je ne suis pas écrivain, mais j'aurais sans doute pu vous concocter un dénouement bourré d'action. Quoique – sérieusement –, sachant désormais ce que vous savez de moi, est-ce que vous me voyez rouler dans la poussière, un flingue pétaradant dans chaque main ? Ça m'étonnerait.

Au fond, même si je fais de mon mieux pour vous tenir en haleine, j'écris tout ça dans le seul but d'établir la vérité nue, et peut-être que j'ai un peu synthétisé mais je n'ai jamais menti.

Alors maintenant, si je reprends le fil de mon histoire – et, sincèrement, vous ne pouvez pas savoir comme c'est difficile de tout garder à l'esprit –, il reste plusieurs questions non résolues. Il y a la question de savoir qui m'a agressé pour me voler les dessins, si ce n'est pas Kristjana. La question de ce que Marilyn et moi sommes devenus, de ce qui s'est passé entre Sam et moi, la question de Frederick Gudrais, et enfin celle de Victor Cracke. Prenons-les une par une, et commençons par notre tueur.

Il avait un casier, et pas des plus légers

« Coups et blessures, coups et blessures, violences sur animaux, vagabondage, attentat à la pudeur, ivresse publique et manifeste, sodomie, coups et blessures, lut Sam avant de relever les yeux vers moi. Et ce ne sont que ses œuvres de jeunesse.

— Avant qu'il ne tombe sous l'influence de Monet ? »

Elle ne put s'empêcher de sourire.

« T'es vraiment un crétin, tu sais ?

— Où est-ce qu'il est maintenant ?

— Sa dernière condamnation remonte à... commença-t-elle en tournant les pages. 1981. Violences sexuelles aggravées. Il a purgé six ans sur une peine de douze. C'est vraiment honteux. De nos jours, on lui aurait prélevé un échantillon d'ADN, c'est obligatoire. Je suppose que soit il s'est miraculeusement calmé depuis vingt ans, soit il est devenu plus malin. Mais ça reste de la théorie. Voyons d'abord s'il est encore en vie. J'ai une dernière adresse connue à Staten Island, et le nom de sa contrôleuse judiciaire. »

Sur la plus récente de ses photos de police, Gudrais avait un grand sourire et un regard maléfique à 500 watts qui m'aurait foutu les jetons même si je ne savais pas qui c'était. Il était né le 11 mai 1938, ce qui lui faisait donc plus de 40 ans sur la photo, pourtant il avait la peau remarquablement lisse, comme s'il n'avait jamais eu le moindre souci dans la vie. Après avoir scanné l'image, nous l'envoyâmes à James Jarvis, qui confirma une fois de plus que nous tenions le bon individu.

Lorsque nous parlâmes avec la contrôleuse judiciaire de Gudrais, elle s'empressa de prendre sa défense, jurant ses grands dieux que Freddy se tenait à carreau depuis des années, qu'il avait un boulot et qu'il menait une vie paisible à l'adresse indiquée dans son dossier. Elle nous apprit aussi quelque chose d'étonnant : Gudrais avait une fille.

« D'après ce que j'ai compris, ils ne sont pas en très bons termes », ajouta-t-elle.

À ce stade, je pensais qu'il ne nous restait plus qu'à débarquer chez lui en triomphateurs. Sam était beaucoup plus circonspecte. Pour commencer, on ne pouvait pas utiliser le témoignage de Jarvis. À cette époque, à New York, la durée de prescription était de cinq ans pour les viols ; une des plus courtes du pays et une source d'indignation légitime pour les féministes, qui parviendraient à faire changer la loi l'année suivante. Mais lorsque Sam s'était lancée dans l'enquête, elle avait été forcée de prévenir Jarvis qu'il n'aurait aucun recours ; la partie le concernant était close et enterrée. J'avais dans l'idée que nous pourrions le citer comme témoin de moralité – d'antimoralité plutôt –, mais elle me répondit que tout ce qu'il dirait serait sans doute rejeté comme immatériel et spéculatif.

« À quoi ça sert, alors ?

— Ça sert à convaincre des gens haut placés de nous suivre sur cette histoire. »

Staten Island n'a pas bonne presse. Pour sa défense, je voudrais signaler que le Verrazano est vraiment magnifique, mon préféré parmi tous les ponts de New York. Dans certaines lumières, sous certains angles, il ressemble au Golden Gate, ce qui n'est pas un mince compliment. Et si vous mettez de côté les déchetteries et les zones commerciales, une bonne proportion de l'île est champêtre : de pittoresques maisons en brique, des terrains de base-ball habillés de givre ; une vision de l'« Amérique authentique » comme sur les illustrations de Norman Rockwell. J'en fis la remarque à Sam, qui était occupée à régler l'orientation des grilles de ventilation derrière le volant afin de se faire rôtir les doigts.

« C'est Staten Island », répliqua-t-elle.

Dernière semaine de février, 6 heures et demie du mat au milieu d'une méchante vague de froid, ultime perfidie de l'hiver avant de tirer sa révérence. Le soleil se levait sur des quartiers qui s'ébrouaient à peine. Des enfants emmitouflés attendaient le ramassage scolaire. Quelques rares joggeurs essayaient courageusement de garder l'équilibre sur les trottoirs gelés. Les pare-brise avaient besoin d'un bon coup de racloir ; des ronds de pipi de chien émaillaient les pelouses. Nous nous rendîmes d'abord au commissariat principal, près de l'embarcadère du ferry, où nous fûmes accueillis par un inspecteur de police qui serra la main à Sam en lui disant qu'il connaissait son père et qu'il était désolé. Elle hocha la tête poliment, pourtant je voyais bien qu'elle prenait sur elle. Le fait qu'elle puisse encore être aussi bouleversée après cinq mois n'étonnera sans doute pas la plupart des gens qui ont perdu un parent, mais cela me fit mesurer le peu de sacralité que j'avais dans ma vie.

On nous affecta une voiture banalisée et un flic du

nom de Jordan Stuckey, et nous nous mîmes en route tous les trois pour le quartier où habitait Gudrais, à l'extrémité sud-est de l'île. Une bande de sable grisâtre précédait l'océan grisâtre battu par les vents. Tout le long de la plage courait une palissade dont la plupart des tronçons étaient pourris ou infléchis jusqu'à l'anéantissement. L'architecture locale se résumait à des bungalows. Ça me faisait beaucoup penser à Breezy Point. Sentant que Sam éprouvait le même frisson de familiarité et que ça la troublait, je m'abstins de tout commentaire.

À 7 h 30, nous étions garés devant un immeuble trapu, le chauffage allumé. J'avais été relégué sur la banquette arrière, si bien que je devais me contenter des comptes-rendus de seconde main de Stuckey qui guettait la porte d'entrée de Gudrais à travers une paire de jumelles.

C'était un exercice de patience. D'après sa contrôleuse judiciaire, Gudrais travaillait à 2 kilomètres de là dans un magasin de vélos où il réparait les chaînes cassées, ce genre de choses. Une fois appréhendé, on pourrait l'obliger à fournir un échantillon d'ADN, mais, paradoxalement, il fallait d'abord qu'on ait quelque chose de tangible contre lui afin de pouvoir l'arrêter. Vu que la loi nous autorisait à ramasser tout ce qu'il jetait, nous espérions ainsi récupérer un objet – mégot de cigarette, gobelet de café, kleenex – qui nous livrerait un profil ADN utilisable. L'important, nous avait expliqué Sam, était de ne pas interrompre la chaîne de traçabilité des pièces à conviction, afin de prouver que l'ADN collecté était bien celui de Gudrais et de personne d'autre.

Dès 8 heures et demie, nous étions à court de café. Sam, qui avait pris le relais aux jumelles, lança :

« Il fait plutôt jeune pour son âge.

— Fais voir.

— Ne tire pas. »

Je lui lâchai le coude.

« Je pense qu'il se teint les cheveux », dit-elle.

Bassement, elle tendit les jumelles à Stuckey.

« Ah ouais ! lâcha-t-il de sa voix sourde de baryton. Faut dire qu'il le vaut bien !

— Eh oh ! protestai-je depuis la banquette arrière. Je vous dérange pas trop ?

— T'excite pas », me rétorqua Sam.

Je me résignai en laissant échapper un grognement mécontent. D'après ce que j'avais pu voir, Gudrais était grand. Il marchait d'un pas vif et, même si le gros manteau qu'il portait empêchait de se prononcer avec certitude, il paraissait plutôt bien proportionné. Le pan d'une écharpe bleu vif flottait derrière lui alors qu'il se penchait pour avancer contre le vent.

« J'ai l'impression qu'il va au boulot à pied, déclara Stuckey.

— Dans la neige, commenta Sam. Et ça grimpe. »

Nous le suivîmes à distance respectueuse, Sam aux jumelles tandis que Stuckey roulait au pas, se rangeant sur le côté chaque fois que nécessaire. Gudrais garda presque toujours les mains dans les poches, d'après Sam qui me fit un rapport circonstancié des vingt-deux minutes que dura son trajet. C'était incroyablement rébarbatif :

« Là, il resserre son manteau. Là, il se fait craquer la nuque. Là, il regarde de l'autre côté de la rue. Ah, un éternuement ! »

Elle priait pour qu'il ait un rhume, qu'il se mouche et qu'il balance son kleenex, de préférence sur le trottoir. Mais, à part ce premier éternuement, il paraissait en pleine forme, et, le temps qu'il arrive au magasin de vélos et disparaisse à l'intérieur, nous n'avions strictement rien obtenu.

La matinée traîna en longueur.

« Il va peut-être sortir déjeuner. »

Ils se firent livrer des pizzas.

En milieu d'après-midi, il sortit et fixa un moment le trottoir d'en face avant de se raviser et de retourner travailler.

« Qu'est-ce que c'est chiant, dis-je.

— Ouaip. »

Sur le chemin du retour, Gudrais s'arrêta dans une épicerie dont il ressortit avec un seul sac en plastique. Il rentra directement chez lui et nous vîmes la lueur de la télé s'allumer.

Sam me passa les jumelles.

« Vas-y, éclate-toi.

— Merci, c'est trop sympa. »

Ainsi se déroula également la journée du lendemain. Si vous avez envie de la revivre en intégralité, je vous suggère de revenir deux pages en arrière et de relire ce qui précède.

À la fin de notre deuxième jour de guet, nous nous attardions devant son immeuble, moi aux jumelles tandis que Sam et Stuckey réfléchissaient tout haut à une meilleure stratégie.

« Vendredi, c'est le jour de ramassage des ordures.

— C'est peut-être ce qu'on a de mieux à faire.

— Mouais.

— Comme ça, on fait relâche demain.

— Tu sais quoi, cela dit. Je crois qu'on...

— Les gars, dis-je.

— Je crois qu'on devrait peut-être...

— Les gars. Il ressort de chez lui. »

Une fois de plus, on m'arracha les jumelles. Je poussai un juron, mais Sam était trop occupée à observer Gudrais qui trottinait vers l'arrêt de bus.

« Àh, voilà ! s'exclama-t-elle. Enfin de l'action. »

Nous suivîmes le bus le long de Hylan Boulevard, dépassant le parc de Great Kills pour arriver dans le quartier de New Dorp. Gudrais descendit et marcha 400 mètres jusqu'au cinéma sur Mill Road. Dès qu'il s'engouffra à l'intérieur, nous nous précipitâmes au guichet où un adolescent apathique faisait des bulles avec son chewing-gum. Sam lui demanda trois tickets pour le même film que le monsieur qui vient d'entrer, S'IL VOUS PLAÎT.

« 30 dollars.

— J'espère qu'il a choisi un truc bien », marmonna Sam.

Je ne pus m'empêcher de rire quand nous nous retrouvâmes avec trois places adultes pour la séance de 5 heures et demie de *Winn-Dixie mon meilleur ami*.

Alors que nous passions devant le stand de confiseries, je repérai Gudrais dans la queue et je ressentis une montée d'adrénaline. Au prix d'un immense effort, je parvins à ne pas me retourner pour le dévisager ou pour carrément l'appréhender sur-le-champ. L'espace d'un instant, j'éprouvai un très fort élan de possessivité à son égard, comme si, ayant perdu Victor Cracke comme moyen d'expression, je pouvais désormais investir mes ambitions créatrices dans la manipulation et la capture d'un pédophile. La rage et la vengeance, tempérées par un sentiment de triomphe, l'excitation de savoir quelque chose qu'il ignorait. Ce n'était pas une émotion simple à décrire, mais le meilleur terme qui me vienne à l'esprit est « fanatisme ». Il m'appartenait et je le savais.

Mais alors, tout aussi soudainement qu'elle avait surgi, cette sensation s'évapora, cédant la place au dégoût. Cette fois, je n'étais pas en train d'assister à une performance artistique. C'était pour de vrai. *Il* était vrai. Cet endroit – un multiplex surchauffé –, la fastidieuse filature, Sam, tout ça était réel.

La salle de cinéma était remplie de vrais gamins ; je vis l'expression de Sam et je compris instantanément ce à quoi elle pensait. Le choix de film de Freddy Gudrais n'était ni un coup de tête ni un hasard ; il était effroyablement prévisible. Gudrais était là pour le public, et il était plus réel que jamais, suffisamment réel pour serrer la gorge d'un enfant. Je fus aussitôt dégrisé et m'efforçai de mettre de côté mes ambitions personnelles.

Comme nous voulions le surveiller, nous nous répartîmes dans la salle : moi dans le fond, Stuckey vers le milieu et Sam devant, près de la sortie à gauche de l'écran. C'était une solution imparfaite mais il faudrait bien faire avec. Notre objectif premier était surtout de laisser Gudrais siroter son soda tranquillement.

Il arriva vers la fin des publicités alors que les lumières commençaient à baisser, et je vis sa silhouette se glisser jusqu'à une rangée vide du côté droit de la salle ; j'étais le plus proche de lui. Il se trouvait légèrement derrière moi, si bien qu'il m'était difficile de l'observer sans me faire remarquer. J'essayais d'espacer mes regards, jetant un coup d'œil dans sa direction avant de tourner la tête ailleurs. Quand je ne l'avais pas en ligne de mire, l'imaginais toutes sortes de possibilités atroces. De vieilles photos noir et blanc de corps mutilés n'arrêtaient pas de jaillir à mon esprit.

Le film eut beaucoup de succès. Il y eut des rires, des larmes. Je ne peux pas vous en raconter l'histoire car je passai la plupart de ses 106 minutes à regarder ma montre, attendant le moment de me retourner. Gudrais s'enfonçait de plus en plus dans son fauteuil, jusqu'à ce que je ne puisse plus voir que le sommet de son crâne, ses cheveux étaient tellement noirs et brillantinés qu'ils reflétaient les lueurs blanches et bleues de l'écran. Rationnellement, je savais que ce que je faisais ne servait à rien : je le voyais à peine, en tout cas pas ses mains, juste cette calotte de cheveux. Mais j'espérais que ma présence irradierait d'une manière ou d'une autre et envelopperait les familles assises autour de lui.

Le générique se mit à défiler. Je me retournai. Il avait disparu. J'attendis que Stuckey se lève et nous nous retrouvâmes tous les trois dans l'allée centrale.

Comme nous l'avions espéré, il s'était comporté en mauvais citoyen, laissant derrière lui un pot de glace à moitié fondue et un grand gobelet de pop-corn vide avec une serviette en papier froissée à l'intérieur. Sam poussa un petit cri de joie. Stuckey partit chercher dans la voiture un kit de prélèvement de la police scientifique. Il enfila des gants, s'accroupit entre les sièges et commença à tout mettre dans des petits sachets en plastique. À un moment, il s'arrêta pour renifler quelque chose près du gobelet de pop-corn, dont il sortit précautionneusement la serviette en papier.

« Oh, putain !

— Quoi ?

— Vous savez ce que ça sent ? »

Je détectais une odeur de maïs, de sel et de beurre artificiel, mais aussi autre chose, comme une vieille réminiscence de piscine municipale, un mélange de sueur et de chlore.

« Ça, déclara Stuckey, c'est du sperme. »

L'été venu, j'avais depuis belle lurette fait le deuil des œuvres qu'on m'avait volées. Je fus donc agréablement surpris de recevoir un coup de fil de l'inspecteur Trueg.

« On a retrouvé vos trucs, me dit-il.

— Où ça ?

— Sur eBay. »

Le mérite ne lui en revenait pas seul, me confessa-t-il. Depuis que son deuxième fils allait à l'école, sa femme ne savait plus quoi faire de son temps libre ; pour tromper l'ennui, elle était devenue accro aux sites d'enchères en ligne. Las de la voir claquer leur argent pour des bols Schtroumpfs et des pashminas d'occasion, Trueg avait décidé de la mettre à contribution : il lui donnait des photos d'œuvres volées en lui recommandant d'être à l'affût. Ça reste entre nous, mais, à ses yeux, c'était surtout un moyen de la faire se sentir utile et de l'empêcher d'acheter n'importe quoi. En trois ans, elle n'avait jamais rien trouvé. Mais voilà qu'elle venait de dénicher des œuvres qui ressemblaient étrangement à des Cracke dans la rubrique « Art, antiquités > Art du XXe, et contemporain > Dessins, lavis ».

Le pseudo du vendeur était pps2764 et il se trouvait à New York, New York. Le diaporama de photos montrait une demi-douzaine de dessins accompagnés de gros plans.

« Cinq dessins originaux du célèbre artiste VICTOR CRACKE. Les pages se suivent. (Sur un des gros plans, on pouvait voir le raccord entre deux dessins.) Si le travail de Cracke occupe le no man's land entre l'expressionnisme et l'abstraction, il ne s'agit pas toutefois d'une simple récapitulation de modernismes défraîchis, mais plutôt d'un acte délibéré de bricolage stylistique qui incorpore les éléments les plus forts de la figuration pop et contemporaine. »

Le paragraphe se poursuivait sur le même ton pontifiant avant de conclure par :

« J'en ai d'autres à vendre si ça vous intéresse. »

Ce qui me gênait le plus dans ce descriptif n'était ni son côté verbeux ni ses formules toutes faites empruntées au jargon artistique. Ce qui me gênait le plus était le fait d'en être l'auteur. À l'exception des deux premières et de la dernière phrases, ce texte avait été prélevé mot pour mot dans le catalogue que j'avais rédigé pour l'exposition.

Le prix demandé était tout aussi insultant. Jusque-là, une seule personne s'était montrée suffisamment intéressée pour enchérir et, vu que l'enchère se terminait six heures plus tard son offre à 150 dollars semblait en passe de l'emporter.

La bonne nouvelle, c'était que n'importe qui pouvait réaliser un « achat immédiat » pour 500 dollars.

Je décidai qu'il valait mieux ne pas en parler à Kevin Hollister.

« La première chose que j'aimerais faire, ce serait de mettre la main sur ces dessins et de confirmer leur authenticité, m'expliqua Trueg.

— Pour être sûr que ce n'est pas Kristjana qui les a faits.

— Ben, ouais. Cela dit, ce serait assez stupide de sa part de continuer à produire des copies. Elle a eu l'air assez effrayée la dernière fois qu'on lui a parlé. »

J'ajoutai qu'elle ne s'abaisserait sûrement pas à faire sa promotion sur eBay, ce qui fit rire Trueg.

« N'oubliez pas non plus qu'on a peut-être affaire à une tierce personne. Vous n'avez pas d'autre piste à nous suggérer ? »

Je faillis lui proposer d'appeler Jocko Steinberger. Mais ce n'était pas son style ; il était plutôt du genre à s'apitoyer sur son sort. Il y avait, bien entendu, des tas d'autres gens qui pouvaient m'en vouloir, dont des tas qui savaient dessiner. Pas aussi bien que Kristjana, mais, à ce stade, je ne jurais plus de rien.

« Vous pensez vraiment qu'il peut y avoir un deuxième faussaire ? demandai-je.

— Vous pensiez qu'il y en aurait un premier ? »

Je dus reconnaître qu'il n'avait pas tort.

« Admettons qu'on procède à des vérifications et que ce pps2764 ait bien l'air d'exister, du moins suffisamment pour qu'on ait envie d'en savoir un peu plus sur lui. On prend contact avec lui, on fait semblant de vouloir en acheter un nombre important, on l'approche par ce biais-là. Si ça ne marche pas, on peut toujours se procurer les données personnelles de son profil eBay, mais ce sera forcément plus long parce qu'il faudra passer par la voie légale. »

Il marqua une pause avant de poursuivre :

« J'espère que vous vous rendez compte du bol qu'on a. Dans la plupart des cas, on ne retrouve jamais les œuvres qu'on cherche. Vous pouvez vraiment remercier le dieu de votre choix que ce gars soit aussi con. »

Je suggérai de faire un achat immédiat.

« Pas la peine, rétorqua-t-il. C'est moi qui ai fait l'offre à 150. »

La petite troupe qui toqua à la porte de Freddy Gudrais par un après-midi de la fin du mois de mai se composait de deux flics de Staten Island en uniforme, de Sam, de l'inspecteur Richard Soto et – très loin à l'arrière-plan – de moi. On m'avait finalement autorisé à être de la partie au prix d'un travail de lobbying acharné. Personne n'avait envie qu'un marchand d'art s'en mêle, semblait-il. Pas même Sam.

« C'est dangereux, disait-elle.

— En quoi c'est dangereux ?

— Il y a toujours des impondérables.

— Mais qu'est-ce qui t'inquiète, exactement ? »

Elle ne me répondit pas. J'aurais peut-être dû comprendre alors que quelque chose avait changé, que son silence marquait le début d'une nouvelle phase de l'enquête. Mais, sur le moment, j'étais trop excité par la perspective d'une arrestation pour me rendre compte que les professionnels avaient pris le relais et que j'allais progressivement être écarté.

La clé tourna dans la serrure, la porte couina et il apparut : un vieux monsieur amaigri en polo de travail trop grand pour lui, les joues creuses et mal rasées, une main noueuse sur la tranche de la porte et l'autre sur le jambage, l'ongle du pouce gauche presque entièrement arraché, remplacé par de la peau cicatrisée. De près, il semblait moins bien conservé. Il nous toisa de la tête aux pieds. Puis il sourit, et tout son visage en fut transformé d'une façon remarquable. Il nous parla comme si nous étions une bande de vieux copains, des camarades de pêche ou de bowling.

« Je vais avoir besoin de mon manteau ? demanda-t-il.

— Ça dépend si vous êtes frileux », lui rétorqua Soto.

Les deux flics escortèrent Gudrais à l'intérieur de son appartement, qui était sombre et surchauffé. Sam, Soto et moi n'allâmes pas plus loin que le seuil du salon, comme si nous n'avions pas envie de nous intoxiquer en respirant son air. Une télévision trônait en face d'une chaise pliante. Par terre était posé un plateau avec un bol ébréché et des dizaines de ronds de café. C'était un endroit sinistre.

Alors que les flics ressortaient avec lui, Gudrais lança :

« Y a toutes les chances que je crève avant. Vous y avez jamais pensé ?

— La prochaine fois que je boirai un coup, Freddy, lui répondit Sam, je trinquerai à ta longévité. »

Marilyn et moi restâmes sans nous parler pendant plusieurs mois après son retour d'Europe. Elle était tellement débordée de travail qu'il était impossible de l'avoir au téléphone. En tout cas pour moi. Je suis sûr que les gens importants n'avaient aucun mal à la joindre. Après lui avoir envoyé ces deux premiers e-mails, je décidai que mon insistance ne faisait qu'empirer les choses. Elle n'était pas du genre à ne pas oser formuler ses exigences ; si elle voulait entendre des excuses de ma part, elle me le ferait savoir.

Vers la fin de l'été – environ deux semaines après que le procès de Gudrais avait fait la une des journaux, en pleine canicule –, mon portable sonna.

« Ne quittez pas, je vous passe Marilyn Wooten », annonça une voix au bout du fil.

C'est comme ça qu'ils font quand le président vous appelle.

Elle avait mal choisi son moment pour m'inviter à déjeuner : j'étais debout au milieu de la galerie, les manches retroussées, en train de superviser l'installation d'une menaçante sculpture de 2,50 mètres représentant un sachet de laitue bio. J'aurais voulu lui proposer de reporter à un autre jour, mais je compris que si je n'y allais pas tout de suite, je risquais de ne jamais la revoir.

Nat avait pris son autonomie peu à peu; dernièrement, à vrai dire, il commençait même à rouspéter de recevoir des ordres de moi. Je lui confiai donc la suite des événements, filai sous la douche et pris un taxi jusqu'à une brasserie dans le haut de Manhattan, une de nos vieilles adresses, loin de Chelsea et de la possibilité de tomber sur des visages connus.

En sortant du taxi, j'avais la sensation d'avoir été drogué; ma douche n'avait pas servi à grand-chose sinon à me faire transpirer de plus belle. Marilyn était bien sûr impeccablement coiffée, raffinée, sèche, svelte et soyeuse. Elle m'embrassa sur la joue et je fus momentanément enveloppé de santal et de jasmin. Je lui dis que j'étais content de la voir en pleine forme. C'était la vérité. Je pouvais me permettre d'être content pour elle car je ne la désirais/regrettais/aimais plus, à vous de choisir. En tout cas, c'était désormais si loin de moi que je n'en éprouvais plus qu'une vague nostalgie.

Pendant près d'une heure, nous discutâmes de qui était en grâce ou en disgrâce, des derniers scandales en date. Comme toujours, c'était surtout elle qui fournissait la matière, je me contentais de lui servir de faire-valoir, ponctuant son récit de hochements de tête et de commentaires. Je ne m'étais pas trop tenu au courant, ces derniers temps, et j'avais un peu de mal à la suivre. Entre deux anecdotes, elle s'avala un steak-frites ; et au dessert elle alluma une cigarette que le serveur vint impérieusement lui ordonner d'éteindre. Elle laissa échapper un ricanement et écrasa son mégot dans sa coupelle à pain.

« Félicitations », dit-elle.

Je la dévisageai.

« Pour avoir résolu ton énigme.

— Merci, rétorquai-je avec un haussement d'épaules.

— Pourquoi est-ce qu'il n'a pas tout simplement plaidé coupable pour éviter le procès ?

— Je pense qu'il s'est dit que les jurés auraient pitié de lui à cause de son âge. »

Elle gloussa.

« Son avocat a dû oublier de le prévenir qu'on était en plein règne du jeunisme. Tu étais au procès ?

— Les dix jours.

— Ah bon ? Alors comment se fait-il que je n'aie rien lu sur toi ?

— J'étais dans le public.

— Ils ne t'ont pas appelé à la barre ?

— Ils n'en ont pas eu besoin. D'ailleurs, mon nom n'a pas été cité une seule fois.

— Pas une fois ?

— Pas une.

— C'est franchement honteux.

— Qu'est-ce que tu veux ? C'est comme ça.

— Tu ne vas même pas recevoir un genre de distinction honorifique ?

— Apparemment pas.

— Alors tu vas devoir te contenter de la satisfaction du boulot accompli. »

Je marquai un signe d'approbation.

« Personnellement, reprit-elle, je n'ai jamais trouvé que ça en valait vraiment la peine. C'était intéressant, au moins ?

— C'était essentiellement technique.

— Oh, mon Dieu ! Inintéressant au possible !

— Un peu, oui. »

En l'occurrence, je lui mentais. Pas par méchanceté, mais parce que je savais que ce que je trouvais intéressant lui ferait sans doute lever les yeux au ciel. J'avais pourtant appris un certain nombre de choses fort intéressantes, du moins de mon point de vue. J'avais appris que Freddy Gudrais chaussait du 43, la même pointure que l'empreinte relevée sur le lieu de la disparition d'Alex Jendrzejewski ; que, peu de temps après le dernier meurtre, celui d'Abie Kahn, Gudrais avait été arrêté pour un autre délit ; qu'il avait fait quatre ans de prison et qu'il était sorti environ dix-huit mois avant l'agression de James Jarvis. J'avais appris que notre empreinte digitale partielle était suffisamment bien conservée pour être retenue comme pièce à conviction, et que le juré moyen trouvait la preuve par l'ADN particulièrement convaincante.

J'avais appris que, après un deuxième bref séjour en prison au milieu des années 1970, Freddy Gudrais avait eu un enfant. Presque pile au moment de ma naissance, à vrai dire. J'avais trouvé intéressant de remarquer la présence au tribunal d'une femme aux lèvres pincées et aux cheveux ternes, agrippée à un sac à main en vinyle. Elle ressemblait énormément à Gudrais, le même menton pointu et la même bouche immense. À part les journalistes et moi, elle avait été la seule personne à venir tous les jours. Plusieurs fois, Gudrais s'était tourné vers elle, mais son expression était demeurée impassible, et, quand le verdict était tombé – coupable pour quatre homicides, innocent pour le cinquième –, elle s'était aussitôt levée et éclipsée.

Une chose qui n'avait pas été éclaircie lors du procès – ni à aucun autre moment, d'ailleurs – était la véritable nature des relations entre Freddy et Victor. Soto avait interrogé Freddy à ce sujet. Il ne pouvait pas écarter la possibilité, par exemple, que Victor ait été complice des meurtres. « Ça fait des années que je l'ai pas vu », avait simplement répondu Freddy. Une autre fois, il avait raconté tout à trac s'être acheté une voiture avec de l'argent que lui avait donné Victor. Soto lui avait demandé pourquoi Victor lui avait donné de l'argent. Et Freddy, qui semblait ne jamais se laisser démonter, pas même à l'énoncé du verdict, avait rétorqué en rigolant : « Parce que je lui ai demandé. »

Voilà le genre de choses qui m'avaient intéressé, mais je savais qu'elles n'intéresseraient pas Marilyn. Nous avons tous nos causes personnelles, et ça fait partie du boulot de la personne qui vous aime de faire semblant de s'en préoccuper. Marilyn n'était plus cette personne.

« Ce n'était pas comme à la télé, finis-je par dire.

— Hmm. Et ta procureur ? Elle va bien ?

— Oui.

— Tu m'en vois ravie.

— Je suis ravi que tu sois ravie. »

Elle sourit.

« Je n'ai pas l'intention de faire un concours de courbettes avec toi, *darling*.

— On doit partir en voyage en Irlande cet automne. »

Elle me conseilla un hôtel à Dublin où je pouvais me recommander d'elle.

« Merci.

— J'espère que vous vous amuserez bien. »

Je hochai la tête.

« Moi aussi, je pars en vacances, tu sais, ajouta-t-elle.

— Je croyais justement que tu revenais de vacances.

— Après d'aussi longues vacances, il en faut vite d'autres. Des petites, en tout cas. Kevin et moi partons skier à Vail une semaine. »

Ce fut mon tour de sourire.

« En tête à tête ?

— Enfin, disons qu'il a une bande d'amis assez nombreux. Mais, oui, j'imagine qu'à certains moments clés nous serons en tête à tête. »

Je ne pus m'empêcher d'éclater de rire.

« Ne sois pas méchant », dit-elle.

Mais elle se mit à pouffer aussi. Après un long fou rire partagé, je lui offris la fin de mon sabayon aux fraises qu'elle liquida en trois bouchées. Puis elle s'alluma une autre cigarette.

« J'ai décidé de prendre Kristjana chez moi », annonça-t-elle.

Je la regardai avec étonnement.

« C'était une demande de Kevin, précisa-t-elle.

— Je ne savais pas qu'ils se connaissaient.

— Oh, si ! Ça fait maintenant un bail qu'elle travaille pour lui.

— Comment ça ?

— Tu sais, son histoire de plus grands tableaux du monde ? dit-elle entre deux taffes. Quand Jaime Acosta-Blanca s'est tiré avec le fric, Kevin a dû trouver quelqu'un d'autre et je lui ai parlé d'elle. Il lui a demandé de faire quelques copies des dessins de Cracke et il a été impressionné par le résultat, alors il l'a embauchée. Apparemment, ils sont devenus assez proches. Je crois même qu'il a dû la sauter... Mais bon, ça n'a aucun rapport.

— Kristjana est lesbienne, rétorquai-je.

— Que tu dis ! Enfin bref, tout ça est parfaitement cordial.

— *Madame !* »

Le serveur s'étranglait de rage ; penché sur notre table, il regardait sa cigarette avec de grands yeux ronds.

« *S'il vous plaît !*

— Apportez-nous l'addition », lui répondit-elle en lui tendant sa carte de crédit et en le chassant de la main.

Tandis qu'il s'éloignait en fulminant, elle aspira une dernière bouffée et lâcha son mégot encore fumant dans son verre à eau.

« Ils sont en train de me bousiller ma ville, Ethan, soupira-t-elle.

— J'ignorais qu'on t'avait donné les clés.

— Chéri, répliqua-t-elle, c'est moi qui ai *fabriqué* les clés. »

Il fallut plus de trois mois à l'inspecteur Trueg pour entrer en contact avec pps2764 localisé à New York, New York, mais, en novembre, il finit par l'avoir en garde à vue.

« Heureusement qu'on en chope un de temps en temps. Vous connaissez un certain Patrick Shaughnessy ? »

Je mis un moment à restituer le nom.

« Des Muller Courts ?

— Lui-même.

— Mais c'est le syndic, répondis-je, comme si ça faisait une quelconque différence.

— Vous auriez dû voir sa tronche quand je l'ai coincé. Ouah ! on aurait dit qu'il avait bouffé de la mort-aux-rats. Au début, il m'a raconté qu'il avait eu les dessins par quelqu'un d'autre. Mais bon, assez vite il a reconnu que OK, c'était lui, mais qu'après tout il ne faisait que reprendre ce qui lui revenait de droit. Il prétend que vous l'avez arnaqué parce que, en fait, c'était lui qui avait trouvé les dessins en premier. Je ne serais pas surpris qu'il essaie de vous coller un procès. »

Et cela ne manqua pas : quelques semaines plus tard, un huissier de justice se présenta à la galerie. Je téléphonai à Sam, qui se proposa de me conseiller un vrai avocat.

Les voyages et le stress qui les accompagne constituent un bon test pour la viabilité d'une relation amoureuse. Il n'est donc pas très étonnant que, peu de temps après notre retour de Dublin, Samantha et moi nous soyons séparés. Apparemment, mon narcissisme avait fini par l'épuiser. Entre autres choses, elle m'expliqua que j'étais perdu et que j'avais besoin de comprendre qui j'étais.

Une fois ma colère retombée, je me rendis compte qu'elle n'avait pas tout à fait tort. Ma vie s'était un peu effilochée, en dehors de notre relation et de l'enquête. Lorsque les deux furent terminées, je me retrouvai avec mon travail et pas grand-chose d'autre.

Je me démenai afin de réussir mon come-back. Pendant un long moment, je m'étais inventé des excuses pour rester en retrait, en conséquence de quoi tous mes artistes étaient à présent furieux contre moi. Après la défection de Jocko, plusieurs autres lui avaient emboîté le pas. Je ne pouvais pas en recruter de nouveaux car les meilleurs me fuyaient comme la peste, ayant été prévenus que je risquais à tout moment de les abandonner sans crier gare. Je passai des heures au téléphone et dans des déjeuners qui me coûtaient une fortune pour essayer de rétablir ma réputation claudicante, mais à la fin de l'année 2006 mon catalogue se réduisait à sept artistes, et très honnêtement pas des plus intéressants.

S'il y avait bien une chose que j'avais apprise dans mon métier de marchand d'art – si Marilyn n'avait dû m'enseigner que ça –, c'était de battre le fer pendant qu'il était chaud. Avec la flambée de l'immobilier, le prix que je pouvais tirer de ma galerie était quasi obscène. Après avoir aidé Nat et Ruby à se trouver un nouveau travail et leur avoir versé à chacun un an de salaire plus une indemnité de départ, je fis savoir à tout le monde que je me retirais des affaires.

« Pour faire quoi ? » demandaient les gens. Je n'avais pas de réponse à leur donner. J'essayais d'être philosophe. Je disais que j'avais tenu une galerie pendant presque cinq ans, que j'avais fait mon temps ; sans trop savoir ce que j'entendais par là, je répondais que je voulais tourner une page. Je n'avais pas envie de réfléchir. À part un compte en banque bien rempli, j'avais du mal à dire ce que tout ça m'avait apporté. Je suppose que c'est déjà quelque chose. Marilyn rétorquerait sans doute que c'est l'essentiel. Difficile de la contredire. Tout le monde peut voir combien elle est heureuse.

Je terminerai ainsi que j'ai commencé : par un aveu. Je ne suis pas aujourd'hui, pas plus que je n'ai jamais été ni ne serai jamais, un génie. Il y a de fortes chances pour que vous non plus. Je me sens dans l'obligation de le souligner à la fois parce qu'il m'a fallu un moment pour comprendre mes propres limites et parce que, de nos jours, on s'est mis dans la tête que n'importe qui possédait un potentiel infini. Une seule seconde de réflexion suffit à comprendre que c'est un pieux mensonge, destiné à bercer d'illusions les gens qui manquent de confiance en eux.

Il n'y a aucune honte à être quelqu'un d'ordinaire ; ça n'implique pas de jugement moral. Je ne crois pas que les génies récoltent plus de points que les autres dans un grand livre de comptes cosmique. Ils récoltent plus d'attention, certes, car ils sont très rares : 1 sur 1 million, peut-être, ou même moins. Ce que ça signifie pour nous autres, communs des mortels, est que l'un d'entre nous doit bien être le premier des 999 999 âmes qui restent ; et plus vous êtes bien classé, plus vous vous approchez du génie.

Tendre à ce but, se hisser le plus haut possible, étirer les doigts dans l'espoir d'érafler la surface : y a-t-il aspiration plus extraordinairement moderne ? Quelle meilleure métaphore pour notre époque sursaturée que le désir de devenir président du fan-club ? Le héros de notre ère, c'est Boswell[1].

Je ne faisais pas exception. J'étais un adorateur du génie ; j'étais irrémédiablement attiré par lui ; et si j'avais

1. James Boswell (1740-1795) est un écrivain et avocat écossais, connu pour sa monumentale biographie de Samuel Johnson. En anglais, son nom est passé dans le langage courant pour désigner quelqu'un qui consacre sa vie à relater et célébrer celle d'un autre, en admirateur dévoué et dans l'ombre. *(N.d.T.)*

un talent, c'était celui de savoir le dénicher dans une pile. Je m'étais construit une carrière grâce à ce talent et, ce faisant, j'avais fini par croire que je pourrais moi-même atteindre au génie. Qu'ils vivent bien ou dans la misère, j'étais convaincu en tout cas que les génies vivaient plus intensément. Voilà ce que je voyais dans l'art de Victor Cracke. Voilà ce que je désirais. Voilà ce que je recherchais par procuration, ce que je pensais pouvoir obtenir et que je n'obtiendrais jamais.

Lui, je ne l'ai jamais retrouvé. Avant notre rupture, Samantha me suggéra de continuer à le chercher, et avec désormais du temps à ma disposition je me mis à l'envisager. Mais je ne donnai pas suite. Je laissai les dessins au garde-meuble jusqu'à ce que ça commence à me coûter trop cher. Sans autre endroit où les entreposer, je les fis rapatrier aux Muller Courts en me disant que c'était une solution provisoire et que je n'avais pas l'intention de payer le loyer de son appartement *ad vitam aeternam*. Mais peut-être bien que si, finalement. Peut-être bien que je vais les laisser exactement là où ils sont.

Interlude : aujourd'hui

À un âge où la plupart des garçons d'une certaine classe sociale vivant à Manhattan se préoccupaient essentiellement de jeter des bombes à eau depuis les toits-terrasses des appartements de leurs parents, David Muller passait presque tous ses après-midi assis dans le vaste salon de leur maison sur la 5e à lire le *Wall Street Journal* en silence, en battant la mesure avec la cheville au rythme du tic-tac de l'horloge. Il n'avait pas de penchants espiègles ou, en tout cas, il n'avait personne avec qui manigancer. Si vous mettiez de côté les bonnes et les valets, le maître de violon et le répétiteur de français, le coiffeur, le tailleur et le professeur de diction – et il fallait bien les mettre de côté : ils n'étaient pas payés pour lancer des bombes à eau –, alors il était seul. Tout le temps. Il avait toujours été seul. C'est cette solitude qui avait fait de lui l'homme qu'il était désormais.

La décision de ses parents (en fait, la décision de sa mère à proprement parler) de ne pas le scolariser jusqu'à ses 14 ans ne lui avait jamais paru mauvaise en soi, bien que ça dépende de ce qu'on entendait par « mauvaise ». Il avait indiscutablement reçu une éducation de premier ordre : un physicien pour lui enseigner la physique, des cours de dessin auprès du doyen de la faculté des beaux-arts. Si le but de l'éducation était d'éduquer, alors Bertha avait fait le bon choix. Pour preuve, arrivé en âge d'intégrer le système scolaire, il était suffisamment en avance sur les autres pour sauter non pas une, ni même deux, mais trois classes, le lycée se résumant pour lui à la terminale. D'ailleurs ses parents auraient peut-être mieux fait de ne pas l'y envoyer du tout car il passa une année épouvantable, errant tout seul d'une salle à l'autre entre les cours et occupant ses heures de cantine à lire dans son coin. Qu'espérait donc sa mère ? Qu'il se fabrique en un clin d'œil une bande de copains ? Entre 14 et 18 ans, c'est une vie entière qui vous sépare. Et les garçons ne sont pas comme les filles. Les filles nouent des amitiés facilement et s'en débarrassent au gré des besoins. L'amitié entre garçons est lente, méfiante et éternelle. Au moment où David était arrivé en scène, tous les élèves se connaissaient déjà, savaient en qui on pouvait avoir confiance et qui était un filou, qui se tiendrait à carreau et qui viendrait faire du gringue à votre môme. Tous les rôles étant déjà pris, il n'en restait aucun pour le petit nouveau renfermé qui venait au lycée en limousine ; même pas celui du fayot de service. Il était invisible.

Peut-être sa mère avait-elle voulu à sa façon lui donner une leçon, une que peu de gens apprennent, et la plupart du temps seulement sur leur lit de mort : on peut être entouré de monde et pourtant seul. La solitude est l'état intrinsèque de l'homme. Créé seul, il meurt seul ; et ce qui se passe entre les deux est tout au mieux un palliatif. Si la leçon était cruelle, on ne pouvait pas en vouloir à Bertha : elle la tenait elle-même d'expérience et elle croyait en ses vertus. Plutôt que de s'insurger contre l'irrémédiable, David avait choisi de voir son enfance comme une épreuve qui l'avait endurci.

À Harvard, ce ne fut pas tellement mieux. Il ne parla presque à personne de toute sa première année. Il parlait aux professeurs et aux chefs de département, certes ; mais est-ce que les professeurs et les chefs de département allaient jouer au billard avec lui ou le parrainer pour entrer au Porcellian Club ? Non. Des copains de chambrée, ça aurait pu aider, mais il n'en avait pas. Le bâtiment dans lequel il logeait – et qui portait le nom de sa famille – possédait une suite au deuxième étage qu'il occupait entièrement. Ses parents avaient l'air de penser que c'était un luxe d'avoir sa propre chambre, même si David détestait ça. Il détestait aussi le « monsieur » qu'ils lui avaient envoyé pour le surveiller. Il s'appelait Gilbert et il dormait dans la deuxième chambre, celle qui aurait dû accueillir un colocataire. Gilbert escortait David partout : en cours, où il s'affalait discrètement dans le fond de la salle ; au réfectoire, où il portait le plateau de David. C'était impossible d'avoir une conversation normale, même au comptoir de prêt de la bibliothèque Widener, où le préposé ne pouvait s'empêcher de jeter des coups d'œil dans le dos de David pour contempler, bouche bée, cette ombre silencieuse au feutre mou.

Le premier hiver manqua de le tuer. Momifié de cachemire, il faisait la navette entre sa suite et les salles de cours en espérant que Gilbert se volatiliserait comme par magie. Désespérément avide de contact humain, en même temps que terrorisé par cette perspective, David avait pris l'habitude de flâner le soir sur Mount Auburn Street, s'arrêtant devant les clubs de fraternité pour écouter le jazz et les rires qui s'en échappaient.

Une fois, sur un coup de tête, il décida de toquer. Au moment où la porte s'ouvrit, avant qu'il ait pu s'enfuir en courant, il comprit brusquement l'humiliation à laquelle il était sur le point de s'exposer. L'espace d'un bref et terrible instant de lucidité, il vit ce que la personne en face de lui s'apprêtait à voir : un gamin à peine pubère en cravate flanqué d'un molosse patibulaire. On le prendrait sans doute pour le petit frère de quelqu'un. Ou pour un boy-scout essayant d'écouler ses timbres commémoratifs. Il aurait voulu se sauver mais le porche fut soudain inondé de lumière et il entrevit furtivement à l'intérieur tout ce qu'il ne pouvait pas avoir : une pièce chiquement meublée avec une demi-douzaine d'étudiants en bras de chemise, les manches retroussées, cinq autres qui jouaient au poker dans la fumée des cigares, quelques filles poudrées du Radcliffe Collège alanguies sur les canapés, des éclats de rire hystériques, un gramophone tourbillonnant, des peintures de vieux bateaux accrochées de guingois, des chopes de bière, des chaussures semées çà et là, des tapis roulés et des marches qui menaient vers quelque pièce mystérieuse et sombre interdite d'accès même à son imagination.

Le type qui leur avait ouvert la porte semblait moins préoccupé par David que par Gilbert, qu'il prenait manifestement pour un policier ou un membre de l'administration. Il se mit à demander c'était quoi le problème, chaque fois qu'ils essayaient de passer un bon moment il fallait que quelqu'un vienne tout gâcher, est-ce qu'on n'avait plus le droit de s'amuser tranquillement dans ce pays. Au son de sa voix, David se ressaisit et fit demi-tour, entraînant Gilbert derrière lui comme un caneton et abandonnant le type au milieu de sa tirade, qu'il conclut de façon abrupte en leur lançant un « C'est ça, ouais ».

Sans les maths, il aurait été fichu. Il était bon en maths ; leur limpidité le sauvait et le réconfortait. Sans compter que les autres matheux étaient tous un peu autistes, suffisamment pour qu'il n'ait pas l'impression d'être un cas unique en son genre. Il découvrit qu'il n'était pas le seul élève de son âge. Au cours d'introduction à la géométrie supérieure, il y avait un garçon qui bizarrement s'appelait Gilbert – aucun rapport –, qui zézayait et habitait encore chez ses parents, faisant la navette tous les jours en bus depuis Newton. En théorie du potentiel, il y en avait un autre, paupières lourdes et lunettes à monture d'écaille, qui, selon toute apparence, était seul. David et lui se tournèrent autour pendant la majeure partie du semestre, les présentations officielles ayant finalement lieu en avril lorsque le garçon s'affala sur la chaise d'à côté et tendit à David un petit cornet de cacahuètes. Il s'appelait Tony, dit-il.

Dieu merci, il y avait les hormones ! Sa voix se stabilisa vers le milieu de sa deuxième année ; il hérita des centimètres de son père et des muscles de son grand-oncle ; il commença à avoir de la barbe – plus qu'il ne l'aurait voulu, ça en devenait presque casse-pieds – et, surtout, Gilbert se fit remercier. Tony et David s'entendaient comme larrons en foire. Ils se mirent tous les deux au squash, Tony finissant même par se hisser au poste de capitaine de l'équipe de la Lowell House. David jouait dans un orchestre de chambre et Tony venait l'écouter au premier rang. Ils restaient collés l'un à l'autre quand ils sortaient au Game. Ils mangeaient côte à côte au réfectoire. Ils réussirent enfin à se faire parrainer pour être admis dans une fraternité : David au Porcellian et au Fly à la fois, Tony seulement au Fly, ce qui eut l'avantage de faciliter le choix de David. Ils eurent même quelques flirts. Comme les fraternités, une fois que les filles avaient compris que David Muller était un Muller *de ces Muller-là,* elles se montraient vite beaucoup plus accueillantes. Il les mettait à l'épreuve en leur demandant de venir avec quelqu'un pour Tony, ce qui éliminait d'office environ la moitié des candidates : en apprenant qu'elles allaient devoir convaincre une malheureuse copine de passer la soirée à faire la conversation à un petit génie des mathématiques de 18 ans, juif et pas spécialement riche, beaucoup se découvraient submergées de devoirs à la dernière minute.

Ironique, car les quelques fois où ils parvenaient à décrocher un doublet, il n'était pas rare que Tony finisse par baratiner les *deux* filles à la fois. C'était un séducteur-né. David, quant à lui, préférait rester en retrait et récolter les avantages annexes.

Après leur diplôme, Tony partit faire un doctorat à Princeton University et David rentra à New York pour travailler avec son père. Avant de se séparer, David demanda à Tony s'il ne comptait pas revenir un jour ou l'autre à Manhattan. Les Wexler vivaient dans l'Upper West Side ; la mère tenait la maison et le père était actuaire. Une des premières choses dont les deux amis s'étaient rendu compte était qu'ils avaient grandi à moins de 5 kilomètres l'un de l'autre.

« On verra », répondit Tony.

Il voulait devenir professeur. Et pourquoi pas ? Il avait toutes les qualités d'un jeune universitaire ; son directeur d'études avait parlé de lui comme d'« un des plus grands esprits de notre siècle ». Même David n'était pas au niveau ; il devait réfléchir pour résoudre les problèmes, alors que Tony n'avait qu'à fixer la feuille pour qu'elle lui hurle la réponse.

Ils s'écrivaient plusieurs fois par semaine. David voulait savoir à quoi ressemblait Princeton ; Tony avait-il rencontré Einstein ? Tony répondit qu'il y avait beaucoup d'arbres et que sa première impression du grand homme était qu'il avait bien besoin d'une coupe de cheveux. Ils se voyaient quand Tony rentrait à New York pour les vacances, ce qui arrivait de moins en moins souvent à mesure qu'il se plongeait dans ses recherches. Une fois, c'est David qui prit le train pour aller lui rendre visite, et ils passèrent un week-end ensemble comme au bon vieux temps. Tony disait que c'était plus facile avec les filles quand on était en troisième cycle ; dommage qu'il y en ait si peu sur le campus. Parfois, il avait l'impression de vivre dans un monastère.

David s'abstint de tout commentaire. À cette époque, il ne manquait pas de prétendantes. Sa mère, apparemment paniquée de l'avoir privé si longtemps d'amis, donnait de grandes fêtes presque toutes les semaines dans l'espoir de lui trouver une femme. Il avait fini par comprendre que c'était là le défaut fatal de sa mère, cette croyance dans la solution miracle. Ignorant le passé et se souciant peu des conséquences de ses actes, elle ne voyait rien d'autre que le problème qui l'occupait sur le moment ; et plus il était petit, plus il grossissait pour se changer en idée fixe. David savait, à force d'avoir observé son père, que la meilleure attitude à adopter était le consentement silencieux. Si elle voulait qu'il mène une existence volage, qu'à cela ne tienne.

En 1951, Tony obtint un poste de titulaire. Cette même année, il fut témoin au premier mariage de David, rôle qu'il joua de nouveau lors du deuxième, six ans plus tard. La troisième fois, David expliqua à Tony qu'il lui portait la poisse, sans compter que le petit Edgar avait déjà 9 ans et pouvait très bien faire office de garçon d'honneur.

« Je vais tout plaquer, annonça Tony.

— Ah bon ? Comme ça ?

— C'est une vie de merde. Susan devient dingue. Elle ne fait rien de ses journées à part lire des magazines et elle crève d'envie d'avoir des gosses.

— Eh ben, fais-en.

— Tu dis ça comme si je n'y avais pas pensé tout seul.

— Vous n'avez qu'à adopter.

— C'est pas le problème

— Quoi, alors ?

— File-moi un job. »

Tony se carra dans son gros fauteuil en cuir, croisa les jambes et joignit les mains sur son ventre. Le serveur vint leur apporter leurs boissons, que ni l'un ni l'autre ne touchèrent, laissant les glaçons fondre et gâcher un whisky pourtant excellent.

« Ça fait déjà deux fois que je me fais doubler.

— Tu n'as que 32 ans. »

Tony secoua la tête.

« Crois-moi, David, ça n'arrivera plus. J'ai raté mon tour.

— T'en sais rien.

— Je le tiens de quelqu'un qui le tient de Tucker. »

David ne dit rien.

« C'est pas comme si je débutais et que je venais de m'installer dans le Wisconsin ou au Texas, reprit Tony. J'ai donné. Tu me demandes depuis des années quand je vais revenir à New York. Eh ben, voilà. La seule chose qui me manque, c'est un boulot. »

David réfléchit à l'idée de faire travailler Tony pour lui. *Pour lui ?* Avec lui. Il ne pouvait pas lui demander de recommencer en bas de l'échelle.

« Je vais voir si...

— Tu vas voir ? Arrête, David, file-moi un boulot, merde. »

Il vida son whisky d'un trait avant d'ajouter :

« J'ai déjà donné ma démission. »

David était surpris.

« C'est carrément gonflé, dis donc.

— Ouais, mais t'es carrément mon ami. »

David avait peur que Tony s'ennuie, mais au contraire : son rôle d'homme de l'ombre et de bras droit semblait satisfaire en lui un côté primal, le même que chez le jeune homme joyeux et déférent qui cédait la victoire à David au squash alors qu'il était parti pour lui infliger une déculottée. Son salaire de maître-assistant n'étant plus source de frustration, Tony s'acheta un triplex au treizième étage sur Park Avenue, à 400 mètres de la maison sur la 5e. Avec leurs épouses respectives, ils voyagèrent à Miami et à Paris. Il y eut même une période, après le divorce de Tony et avant que David ait rencontré Nadine, où ils se retrouvèrent à nouveau célibataires tous les deux et se payèrent des week-ends débridés à Atlantic City, week-ends dont ils sortaient lessivés et amèrement conscients de leur âge.

Peu à peu, Tony endossa la responsabilité de tous les aspects du travail de David que ce dernier rechignait à faire ; et, de fil en aiguille, son rôle finit par s'étendre à tous les domaines de sa vie. C'était Tony qui s'occupait des recrutements et des licenciements. C'était Tony qui gérait les relations avec la presse. Qui choisissait un cadeau pour les 65 ans de Bertha. Qui se tenait au bord de la tombe quand David l'enterra. Et lorsqu'ils découvrirent le terrible secret, ce fut encore Tony qui se déplaça à Albany pour aller le récupérer.

David tenait beaucoup à l'autonomie. C'était, disait-il, le fond du problème, ses parents avaient estimé Victor incapable de se débrouiller tout seul, alors que c'était précisément son placement en institution qui l'avait rendu dépendant. Il fallait qu'il apprenne à s'autogérer, à prendre ses propres décisions, à faire ses courses et son ménage lui-même. Au début, bien sûr, ils garderaient un œil sur lui. Mais l'objectif était de devenir peu à peu obsolètes. Se voyant en libérateur, David ne se rendait pas compte qu'il ne faisait que caricaturer la pensée hippie de l'époque ; convaincu qu'on devait choisir seul sa façon de vivre et de mourir, il fit supporter les leçons de son enfance terriblement solitaire à quelqu'un qui – il le constaterait plus tard – n'était peut-être pas outillé pour les recevoir. Et il prit le parti d'ignorer la contradiction intrinsèque de leur arrangement : le fait de déclarer Victor indépendant tout en lui fournissant un appartement, un revenu et même un filet de sécurité en la personne de Tony Wexler, qui avait pour consigne de se placer en retrait dès qu'il se serait assuré que Victor n'allait pas se laisser mourir de faim ni se mettre à courir tout nu dans la rue.

Il y avait aussi une deuxième contradiction : pourquoi se donner la peine d'arracher Victor à sa claustration si c'était pour le cacher à nouveau ? En voulant expier les péchés de ses parents, David les réitérait. Pendant près d'un quart de siècle, ce secret avait été source de honte donc de mensonges ; croyait-il vraiment que le fait de planquer Victor au fin fond du Queens mettrait fin à ce cycle ? Que voulait-il réellement, la transparence ou les cachotteries ?

Si, en 1965, vous aviez demandé à David de se décrire, il se serait défini comme quelqu'un de calme, méthodique, le contraire de l'impulsivité primaire qu'il reprochait tant à sa mère. Mais en vérité, arrivé à la quarantaine, alors qu'il venait d'hériter d'une immense fortune, se reposant de plus en plus sur les autres pour gérer les tracas du quotidien, il était devenu le vrai fils de sa mère : incapable d'admettre que ses jugements à l'emporte-pièce puissent être erronés, réticent à s'impliquer lui-même dans leur mise à exécution, se bornant à exprimer ses volontés et à les considérer comme exaucées. Il ne détestait et ne redoutait rien tant que la « logistique », et toute son existence s'était contorsionnée pour s'adapter à ce dégoût. S'il n'avait pas envie de devoir regarder quelqu'un dans les yeux pour lui annoncer qu'il était viré, rien ne l'obligeait à le faire. S'il n'avait pas envie de se charger des acrobaties visant à garder secrète l'identité de Victor – même auprès de l'agence de gestion des Muller Courts –, qui pouvait l'y contraindre ? Tony s'occupait de tout, et il ne se plaignait jamais. En adoptant ce *modus opeiandi,* David s'était transformé en un genre de despote mineur ; et, bien que l'application de ses décrets se déroulât généralement sans la moindre anicroche, il ne s'était jamais autant trompé qu'en ce qui concernait Victor Cracke... à part peut-être dans l'éducation de son plus jeune fils, celui qui ne voulait pas rentrer dans le rang.

Ses trois premiers mariages avaient été des désastres absolus et il s'était juré qu'on ne l'y reprendrait pas lorsqu'il rencontra Nadine dans un gala de charité. C'était en 1968, il avait vingt-deux ans de plus qu'elle, il était grincheux, misanthrope, connu de la gent féminine comme une moulinette à femmes. Elle était intelligente, splendide, séduisante, bref surtout pas faite pour lui. À vrai dire, elle l'intimidait – lui, un des hommes les plus riches de New York ! – et lors des présentations il se montra délibérément froid. Elle fit une plaisanterie au sujet de la cause qui était à l'honneur ce soir-là et lui épousseta une peluche sur le revers de sa veste, allumant en lui un désir féroce qui ne cessa de le consumer jusqu'à ce que le cancérologue de Nadine leur annonce qu'il n'y avait plus rien à faire.

Peu coutumier de l'échec, David lui fit faire le tour du monde en quête des meilleurs spécialistes ; et, bien qu'elle ait été consentante, après sa mort il s'en voulut terriblement de l'avoir épuisée. Si seulement il l'avait laissée partir en paix... Il devint maussade, hargneux, et quand les gens tentaient de le réconforter en lui assurant qu'il finirait par s'en relever, il se disait que c'était parce qu'ils ne voyaient pas à quel point elle était différente. Comment aurait-il pu le leur faire comprendre ? C'était le genre de sentiment que personne ne pouvait réduire à des mots, et David encore moins. Il n'avait pas envie de devoir s'expliquer. Il n'en avait d'ailleurs pas besoin. La meilleure preuve de ce qu'elle avait représenté pour lui, c'était l'enfant.

Il n'en voulait pas d'autre, ayant toujours attribué à ceux qu'il avait déjà l'échec de ses trois premiers mariages. Il paraît qu'un enfant augmente votre aptitude au bonheur. Mais David considérait le bonheur comme un jeu à somme nulle. Les enfants venaient déséquilibrer toute l'équation et, pire, ils restaient une fois les épouses parties, lui bouffant son énergie, son argent et sa santé mentale. Il n'avait pas la moindre idée de la façon dont leur parler; il se sentait ridicule de devoir se mettre à quatre pattes pour leur poser des questions dont il connaissait la réponse. Lui, on l'avait laissé s'élever tout seul; pourquoi ne pouvaient-ils pas en faire autant? Quand Amelia, Edgar ou Larry voulaient quelque chose, il leur disait de le mettre par écrit.

Mais, en dépit de ses efforts, ils devinrent tous assez falots. Leurs mères les couvaient et, au moment où on l'appelait à la rescousse pour jouer son rôle de père, c'était déjà trop tard. Les deux garçons étaient des béni-oui-oui sans imagination, incapables de faire autre chose que d'appliquer les ordres qu'on leur donnait d'une voix sévère; il les nomma vice-présidents. Amelia n'était bonne qu'à jardiner, heureusement qu'elle vivait en Europe.

Il avait assez de problèmes comme ça. Pourquoi s'en rajouter un?

« Je suis trop vieux.

— Pas moi, rétorquait Nadine.

— Je suis nul en tant que père.

— Tu seras mieux cette fois-ci.

— Qu'est-ce qui te fait croire ça?

— Je t'aiderai.

— Je n'ai pas envie d'être un meilleur père. Ça me va très bien d'être nul.

— Tu ne le penses pas vraiment.

— Si.

— Non.

— Nadine. J'ai suffisamment d'expérience pour savoir que je ne suis pas fait pour élever des enfants.

— De quoi tu as peur ? »

Il n'avait peur de rien. La peur, c'est quand vous pensez qu'une mauvaise chose *risque* de vous arriver. En l'occurrence, il savait qu'elle arriverait *à coup sûr*. Ce qu'il ressentait, c'était plutôt de la fatalité ; il avait déjà vécu ça.

« Je t'aime, dit Nadine. C'est ça que je veux. S'il te plaît, ne discute pas avec moi. »

Il ne répondit pas.

« S'il te plaît », répéta-t-elle.

Il ne pourrait pas lui dire non indéfiniment. Il suffisait à Nadine d'arrêter de lui en parler.

À sa demande, il essaya d'être un meilleur père. Sors-le, suggérait-elle. Emmène-le dans un endroit sympa. David ne savait pas où aller, et elle refusait de lui mâcher le travail. Elle lui disait de se servir de son imagination. Mais lui, à 3 ans, il jouait seul dans sa chambre ; à 3 ans, il avait commencé à lire ; il savait tenir un violon. Il n'avait aucune idée de ce que faisaient les enfants normaux à 3 ans.

Il l'emmena avec lui au bureau, où il s'efforça de l'intéresser aux maquettes de ses prochains chantiers. Il lui montra un projet de marina à Toronto. Deux centres commerciaux dans le New Jersey. Il pensait que ça se passait bien jusqu'à ce que sa secrétaire lui fasse remarquer que le gosse s'ennuyait à mourir. Sur ses recommandations, il l'emmena plutôt au muséum d'histoire naturelle. Bien qu'il siégeât au conseil d'administration, David mit un point d'honneur à faire la queue comme n'importe quel père l'aurait fait, et il acheta trois tickets : un pour lui, un pour l'enfant et un pour la nurse qui les avait escortés en silence toute la matinée. Regarde, dit David à son fils en lui montrant du doigt un squelette de dinosaure. Le gamin se mit à pleurer. David essaya de le distraire avec d'autres curiosités, mais la digue avait cédé. L'enfant pleurait ; il était inconsolable. Il ne s'arrêta que lorsqu'ils eurent regagné la maison et que David l'eut posé entre les bras de sa mère en lui disant : « Reprends-le, je t'en supplie. »

Ce fut la dernière fois qu'il essaya d'être un meilleur père.

En revanche, la maternité allait bien à Nadine. Très bien. Trop bien. Et tout ce qu'il avait prédit commença en effet à se réaliser. Il la sentit s'éloigner de lui progressivement sans pouvoir rien y faire. Ne l'avait-il pas prévenue ? Si, pourtant, il l'avait mise en garde. Elle ne savait pas ce qui les attendait, mais lui si, et *il l'avait prévenue*. Il aurait dû être plus ferme. Il aurait dû lui demander de patienter cinq ans, histoire de voir si elle pensait toujours pareil, si elle avait toujours envie de tout compromettre avec un enfant.

Nadine avait apporté de la lumière dans la maison et, après sa disparition, l'obscurité qui vint reprendre sa place – cette obscurité avec laquelle David avait longtemps vécu, sinon heureux, du moins sans jamais s'en plaindre – se mit à l'étouffer. Les plus petites contrariétés lui provoquaient de terribles migraines, si violentes qu'il était obligé de garder le lit jusqu'à ce qu'elles passent. N'importe quoi pouvait les déclencher. Un bruit soudain, une mauvaise nouvelle. Le simple fait de penser à quelque chose de désagréable.

Et l'enfant, bien sûr. Il n'y avait pas moyen de le faire

se tenir tranquille. Il piquait des colères. Il était têtu et obstiné ; il persistait dans ses convictions ridicules même quand David lui en avait démontré pour la énième fois les failles manifestes. Ses superstitions agaçaient David au plus haut point. Parfois, quand le gosse le harcelait de questions sur sa mère, David préférait l'ignorer purement et simplement, se cacher derrière son journal en attendant qu'il se lasse de lui-même. Il était trop vieux pour jouer la comédie. Il n'avait pas envie de parler de choses imaginaires ; la réalité était bien assez dure comme ça. Ou bien il s'agrippait le front en disant à la nurse de le sortir d'ici : « Sortez-le d'ici. »

Les migraines s'estompèrent avec le temps mais le comportement du gamin ne fit qu'empirer. Il ne pouvait rester plus de quelques mois dans un établissement scolaire avant de s'en faire expulser. Il prenait de la drogue. Il volait. David ne voulait pas en entendre parler ; chaque fois que Tony essayait de le consulter à ce sujet, il lui répondait : « Occupe-t'en. » Cet enfant était perdu, disait Tony ; il avait besoin d'un mentor. Et David lui rétorquait qu'ils ne s'en mêleraient pas, convaincu qu'il était de la capacité du moi à produire du sens et à paver son propre chemin.

Dans sa soixante-dix-septième année, il avait fini par s'habituer à sa vie, à l'idée que sa fille était futile, ses deux fils aînés des chiffes molles et le troisième aussi haineux qu'incontrôlable. Il avait accepté tout cela, sans regrets ni remords. La seule chose qu'il voulait, c'était vivre, travailler et mourir.

Et puis un beau jour, alors qu'il s'apprêtait à présider la réunion d'un conseil d'administration, une violente douleur lui enserra le bras et, en une seconde, il eut l'impression de passer sous un rouleau compresseur, d'être aspiré très haut vers le plafond, flottant à 2,50 mètres au-dessus de la table d'où il contemplait son propre corps avachi – le comble de l'indignité –, tandis qu'un cadre sup imbécile essayait de lui faire un massage cardiaque en lui brisant les côtes il voulut protester mais aucun son ne sortit de sa bouche. Alors il ferma les yeux et, quand il les rouvrit, la pièce était pleine de médecins, d'infirmières et d'appareils émettant des bips-bips. Tony était là aussi. Il lui tendit la main et David la saisit. Son meilleur et unique ami, la seule personne qui ne l'avait jamais abandonné. Il serra sa main de toutes ses forces. Mais toutes ses forces ne représentaient pas grand-chose. Son cœur s'était flétri. Il le sentait. Que ce soit de vieillesse, de mauvaises habitudes de vie ou de mauvais gènes, son cœur s'était remodelé de façon permanente.

On pouvait faire beaucoup pour un homme de son âge et, dans son état, beaucoup plus qu'on n'avait pu faire pour Nadine. Un mois plus tard, il remarchait comme s'il ne s'était jamais rien passé. Physiquement, il allait bien, même s'il était constamment anxieux et mélancolique. Eût-il été d'une autre génération qu'il aurait peut-être entrepris une psychothérapie. Mais ce n'était pas la méthode Muller. Il convoqua Tony et lui annonça qu'ils allaient procéder à quelques changements à compter de tout de suite.

Il convoqua sa fille et ses fils aînés. Amelia fut déconcertée mais prit néanmoins le premier avion. Edgar et Larry vinrent à la maison avec leurs enfants. Une fois qu'ils furent tous réunis dans son bureau, David leur annonça qu'il voulait qu'ils sachent à quel point ils comptaient pour lui. Ils dodelinèrent de la tête, mais tous regardaient ailleurs : le plafond, les bibelots sur la cheminée, la sculpture en pierre à côté... n'importe où sauf dans sa direction à lui. Ils hochaient la tête dans le vide. Gênés par cette soudaine démonstration d'affection. Craignant de le vexer. Ils pensaient qu'il allait bientôt mourir et ils voulaient être sûrs d'avoir leur part du gâteau.

« Je ne vais pas mourir, leur dit-il.

— J'espère bien », rétorqua Amelia.

Depuis quand s'était-elle mise à parler comme ça, avec cette voix-là ? Qui étaient ces gens ? Ses enfants. Des étrangers.

« On se réjouit que tu ailles mieux, papa, lança Larry.

— Oui, renchérit Edgar.

— Vous allez encore devoir me supporter un moment, répondit David.

— Tant mieux.

— L'un d'entre vous a-t-il des nouvelles de votre frère ? »

Silence.

« Je l'ai vu l'année dernière, finit par dire Amelia.

— Ah bon ?

— Il est venu à Londres pour un salon.

— Comment va-t-il ? demanda David.

— Bien, je crois.

— Pourrais-tu lui dire de venir me rendre visite ? »

Amelia détourna le regard.

« Je peux toujours essayer, murmura-t-elle.

— Dis-le-lui. Dis-lui la tête que j'ai. Exagère s'il le faut. »

Amelia acquiesça.

Mais, têtu comme une mule, son fils refusa de venir. David bouillait de rage. Cette fois, il voulait user de la contrainte. Dans un rare moment de désaccord, Tony lui fit remarquer que c'était un grand garçon.

David le fusilla du regard. Tu vas t'y mettre aussi, Tony ?

« C'est vrai, insista ce dernier. À son âge, tu étais déjà à la tête de la société. Il est capable de prendre ses décisions tout seul. »

David ne releva pas.

« Je suis allé dans le Queens, reprit Tony. Comme tu m'avais demandé.

— Et ? »

Tony hésita.

« Il ne va pas bien, David.

— Il est malade ?

— Je pense. Il ne peut pas continuer à vivre là-bas. C'est un taudis. »

Tony remua nerveusement avant d'ajouter :

« Il m'a reconnu.

— Tu es sûr ?

— Il m'a appelé "monsieur Wexler".

— Sans blague ! » s'exclama David.

Tony hocha la tête.

« Qu'est-ce que tu proposes ? lui demanda David.

— Une maison de retraite. Un endroit où il n'aura plus à s'occuper de rien. »

David réfléchit un moment.

« J'ai une meilleure idée. »

Il avait la colonne vertébrale toute tordue. La peau lui pendait sous les bras. Quand ils l'emmenèrent chez le médecin, il pesait 42 kilos. On aurait dit que c'était l'oncle de David plutôt que son neveu. Ils le nourrirent, le lavèrent, le firent opérer de la cataracte et l'installèrent au deuxième étage de la maison sur la 5e Avenue, dans la chambre d'enfant de David.

Dans leur hâte de l'arracher à son appartement, ils négligèrent de regarder ce qu'il y avait dans les cartons ; Tony pensait qu'ils étaient pleins de cochonneries. Ce n'est que lorsqu'il commença à recevoir des messages de quelqu'un qui avait parlé à quelqu'un qui avait parlé à quelqu'un de la tour Cornaline – un certain Shaughnessy – que Tony se décida à aller y jeter un œil de plus près. En revenant, il appela David et, suite à une discussion interminable, il obtint la permission d'en toucher un mot à la Muller Gallery.

Victor devint vite accro à la télévision. Le flot constant de paroles semblait le réconforter. Peu lui importait le type de programme : David pouvait le trouver devant le télé-achat, marmonnant dans sa barbe pour se parler à lui-même ou aux gens sur l'écran, qu'il avait clairement l'air de préférer à la compagnie des humains. Il reprit un peu de poids, même s'il ne mangeait toujours que lorsqu'on lui apportait de la nourriture. Toutes les tentatives de David pour engager la conversation se soldaient par une rebuffade silencieuse. Il parvint néanmoins à comprendre qu'il aimait jouer aux dames. Ils faisaient une ou deux parties quotidiennes, lors desquelles Victor avait toujours un petit sourire aux lèvres, comme s'il se souvenait d'une bonne blague.

Quand l'article du *Times* parut, David le lui apporta pour le lui montrer. En voyant la photo de ses dessins, Victor blêmit et lâcha son bol de soupe. Il empoigna la page, la chiffonna, se tourna sur le côté et tira la couverture sur sa tête, refusant de répondre aux questions de David ou de sortir de sa cachette. Il ne mangea plus rien pendant deux jours. Comprenant son erreur, David fit une promesse à Victor, une promesse qui sembla le rassurer un peu. Alors David appela Tony et lui ordonna de récupérer ces dessins à n'importe quel prix.

Les feuilles étaient vieilles et fragiles ; elles avaient été désassemblées en pages individuelles. David se tenait au chevet de Victor tandis que ce dernier les feuilletait rapidement. Il s'arrêta sur un dessin représentant cinq anges qui faisaient la ronde autour d'une étoile couleur rouille. David demanda à Victor s'il était content, maintenant. En guise de réponse, Victor se leva de son lit, traversa la pièce en boitillant jusqu'à la fenêtre qui donnait sur la 92e Rue et en souleva péniblement le châssis. Puis il prit les dessins et, un par un, il les déchiqueta dans le vide. Il lui fallut dix bonnes minutes pour venir à bout de la pile, et David dut faire un effort considérable sur lui-même afin de ne pas intervenir. On leur mettrait sans doute une amende pour détritus sur la voie publique. Ça ne ferait jamais qu'une centaine de dollars en plus des 2 millions qu'il avait déjà dépensés. Mais l'argent n'était que de l'argent, et quand Victor eut terminé il avait l'air plus calme que jamais. Pour la première fois depuis des semaines, il regarda David droit dans les yeux, sa respiration chuintant légèrement tandis qu'il se remettait au lit et allumait la télé.

Mais ce n'est pas le seul aspect du plan de Tony qui s'est avéré décevant. Il a aussi échoué dans son objectif premier : le fils cadet de David n'a pas passé un seul coup de fil, jamais envoyé de carte de remerciement.

Sans doute est-ce mérité. David ne récolte que ce qu'il a semé. Né dans la solitude, il mourra dans la solitude.

Au moins il a Victor. Ils sont un peu pareils, finalement.

Et il a la maison sur la 5e. D'une certaine façon, elle a été sa plus fidèle compagne, sinon la plus avenante. Depuis qu'il en a hérité, David Muller a eu quatre épouses, quatre enfants, un nombre incalculable de domestiques et plus que sa dose de migraines, au propre comme au figuré. Toujours aussi exposée aux courants d'air, elle demeure une source constante de soucis : des tuyaux mangés par la rouille, du plâtre qui s'effrite et des vitres qui ne semblent jamais vouloir rester propres plus de quelques jours. C'est uniquement par fidélité excessive à la mémoire de ses parents qu'il s'est retenu d'en faire un musée mais, quand il ne sera plus là, il a bien l'intention que ça le devienne.

Son médecin le pousse à faire de l'exercice, aussi David préfère-t-il l'escalier à l'ascenseur. Il monte et il descend trois fois par jour, des salles de réception et de la galerie de portraits du rez-de-chaussée à la salle de bal et à la chambre de Victor, puis à sa propre suite dans les anciens appartements de son père. Parfois, il se tient un moment dans le couloir où, enfant, il a entendu les bruits de verre brisé. Il ne monte jamais au quatrième.

« Ethan a appelé », dit Tony.

David lève les yeux de son journal.

« Il veut passer.

— Quand ?

— Demain. »

Silence.

« Qu'est-ce qu'il veut ? demande David.

— Il veut nous rendre le reste des dessins. »

Silence.

« Je n'en sais pas plus que toi », ajoute Tony.

Le lendemain, David se lève tôt, prend sa douche, s'habille et descend accueillir son fils, qui arrive en taxi et qui a l'air mitigé. Ils se serrent la main, puis ils restent un moment à s'observer. David s'apprête à suggérer de monter dans son bureau quand son fils lui demande de pouvoir jeter un coup d'œil à la galerie de portraits.

« Mais bien sûr. »

Il y a là Solomon Muller, qui sourit avec bienveillance. À côté de lui, ses frères : Adolph et son nez crochu, Simon et ses verrues, Bernard et ses grosses touffes de cheveux des deux côtés du crâne. Papa Walter, qui a l'air d'avoir mangé trop épicé. Et père, dont le long corps dégingandé semble s'être désarticulé pour tenir dans le cadre. Le portrait de Bertha est le seul d'une femme Muller, il est légèrement plus grand que ceux des hommes. Il y a une place pour le portrait de David et deux autres panneaux encore non attribués. Ce qui soulève la question embarrassante et jamais formulée de savoir où...

Par anticipation :

« Je n'en veux pas.

— Tu changeras peut-être d'avis.

— Non. »

David regarde son fils qui a les yeux pleins de colère rivés sur le lambris du mur et, pour la première fois, il comprend à quel point ça doit lui coûter d'être là.

Alors qu'ils montent au premier étage, David raconte le jour où il a fait visiter la maison à Nadine et la réaction qu'elle a eue en voyant la salle de bal.

« Elle a poussé un cri, dit-il en souriant. Littéralement. »

Il ouvre la porte de l'immense pièce plongée dans la pénombre, la surface de son parquet lisse comme une mer gelée. Le bruit de leurs pas résonne. Au plafond, les dorures sont ternies, et le kiosque à musique semble s'être recroquevillé en frissonnant. Il faut vraiment qu'il monte un peu le chauffage.

« On a dansé, poursuit-il. Il n'y avait pas de musique mais on a continué pendant au moins une heure. Ta mère était une danseuse hors pair, tu savais ça ?

— Non.

— Pourtant si. »

Soudain, David est pris de l'envie folle d'enlacer son fils et de valser avec lui à travers la pièce. Alors il dit :

« On peut se parler franco ? »

La négociation dure moins de cinq minutes. Ethan refuse d'être payé quoi que ce soit.

« Un petit quelque chose, au moins. Tu as travaillé dur, ils sont à toi...

— Je n'ai rien fait d'autre que les mettre au mur.

— J'ai cru comprendre que tu éprouvais un certain sentiment de...

— S'il te plaît, n'essaie pas de discuter. »

David observe son fils qui, en grandissant, s'est mis à ressembler à Nadine comme deux gouttes d'eau. Elle, il n'a jamais su lui dire non. Pourtant, il n'a eu aucun mal à dire non à son fils. Encore maintenant, il serait capable de se disputer avec lui, à vrai dire, il a même *envie* de se disputer avec lui, de lui faire admettre ses erreurs.

« Si c'est ton souhait.

— C'est mon souhait.

— D'accord.

— Je les ai remis dans l'appartement. Tony pourra s'en occuper, j'imagine.

— Oui.

— C'est tout, alors. »

Silence.

« Je ne veux pas te retenir, dit David.

— Je ne suis pas pressé. »

Silence.

« Dans ce cas, dit David, j'aimerais te présenter quelqu'un. »

La porte est légèrement entrebâillée. David frappe quand même. Quand ils entrent, l'homme dans le lit est à moitié assoupi, presque invisible sous deux gros édredons. Il se redresse un peu en voyant qu'il a de la visite. Ses yeux humides s'affolent et cherchent dans tous les sens. Mais comme Ethan s'avance, en disant à David un mot qu'il n'a pas prononcé depuis longtemps, sur un ton que David ne se souvient pas d'avoir jamais entendu, comme il lui dit « Papa ? », alors son regard commence à se fixer.

Remerciements

Plusieurs personnes ont rendu ce livre possible en me fournissant des informations, des références personnelles ou les deux à la fois. Mille mercis à Ben Mantell, Jonathan Steinberger Nicole Klagsbrun, Loretta Howard, Stewart Waltzer, Jes Handley, Catherine Laible, Barbara Peters, Jed Resnick et Saul Austerlitz.

Comme toujours, je dois une immense reconnaissance à Liza Dawson et à Chris Pepe. Merci également à Ivan Held, à Amy Brosey et à toute l'équipe de chez Putnam.

Merci à mes parents et à mes frères et sœurs.

Je ne pourrais pas écrire sans les idées, le soutien et les conseils que ma femme me procure généreusement jour après jour. Son nom mériterait de figurer sur la couverture autant que le mien.

Photocomposition CMB Graphic
44800 Saint-Herblain

Achevé d'imprimer par N.I.I.A.G.
en août 2010
pour le compte de France Loisirs, Paris

N° d'éditeur : 60183
Dépôt légal : août 2010
Imprimé en Italie